여우

심아진 소설집

여우

심아진 소설집

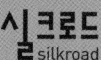

작가의 말

낳고, 낳을 것이다

내게 있어 2014년은 새로운 고립이 시작된 해였다. 최초의 단절을 경험했던 1991년—어린 시절을 보낸 고향을 떠나 홀로 상경한 해였다—처럼 무섭지는 않았다. 다만 스무 살의 나이에는 고통스러워도 아름답게 경험한 것을 20년도 더 지난 시점에서, 성숙하게 끌어안지 못하고 거친 모습을 보이게 될까봐 걱정스럽기는 했다.

다행히 2년 동안 내가 살고 있는 '아일랜드'라는 나라는 걱정을 무색하게 할 만큼 튼튼한 감옥이었다. 그러니까 이곳은 사방이 바다인 섬, 온전한 단절의 장소였기에 포기로 인해 저절로, 또 비교적 수월하게—'성숙하게'까지는 아니라 하더라도—감내할 수 있었다고나 할까?

어설픈 희망을 행운의 동전처럼 꼭 쥐어본 일이 있는 사람은 알 것이다. 그 희망이 절망보다 난폭하며 무자비하다는 것을. 때때로 희망에 중독된 사람은 애증이 뒤섞인 눈으로 술을 바라보는 알코올 의존자만큼이나 딱해 보인다. 가질 수도, 버릴 수도 없는 이 죽일 놈의 희망….

감히 내가 희망 하나 없는 철저한 절망 가운데 자유로워졌노라고 말하려는 것은 아니다. 그냥 조금은 편안해졌다고, 조금쯤 무감해지기는 했다—아마 감각을 둔화시키는 이런저런 보조제가 도움을 주었을 것이다—고 말하고 싶은 것이다. 가까운 이들에게 한국이 그립다거나 상황이 힘들다고 투덜거리기는 했지만, 나는 점차 '어찌할 수 없음'에 순응해갔다.

 그동안 사람이 아니지만 간간이 내게 위로를 던졌던 것은 조나단 스위프트가 보았을 법한 거대한 바위와 대양이었고, 오스카 와일드가 즐겨 칭송했을 분홍빛·보랏빛의 꽃들이었으며, 또한 제임스 조이스가 악몽의 검은 범을 만났다는 마텔로 타워 등이었다. 그리고 까마귀, 까치, 참새, 오리, 백조, 다람쥐, 고양이, 개, 여우 들…. (그중 가장 빈번하게 나를 찾아준 여우에게, 또 감동을 주었던 녀석의 새끼들에게 특별히 감사하는 마음이다.) 무엇보다 어느 누구의 배려도 간섭도 허락하지 않은 채 제 갈 길을 가는 바람을 빼놓을 수 없을 것이다. (바람에 대해 제대로 알고 싶은 사람이라면 아일랜드를 방문해야 한다.)

 소설을 쓰면서 가장 신경 썼던 부분은 '내가 즐거워야 한다'는 점이었다. 나 자신이 만족하기 위해 '새로움'은 필수였다. (식당에서 음식을 주문할 때, 나는 먹어보지 못한 음식을 자주 주문한다. 검증된 것들이 주는 맛깔스러움보다 겪어보지 못한 것을 경험하는 게 더 큰 즐거움을 주기 때문이다.)

 또한 소설은 텔레비전 드라마나 영화와는 달라야 한다는 생각을 줄곧 했다. 영상 매체로 접했을 때 더 나은 이야기가 있다면, 왜 굳이 힘들여 책을 읽겠는가? 나는 밑줄 그어가며, 곱씹어가며, 공들여 읽을 수 있는 책을 좋아한다. 로렌스 스턴의 〈트리스트럼 샌디〉에 나오는 토비 삼촌처럼, 나 역시 '나의 목마'를 탈 수밖에 없었다.

  이곳에서 세 번째 여름을 맞고 있다. 달리 할 일이 없어서,—만약 이 부분이 부럽다면, 매우 신중해야 할 것이다—심심해서, 사랑을 되찾기 위해서, 동시에 떠나보내기 위해서, 무엇보다 살기 위해서 나는 읽고, 쓰고, 꿈꾸는 일들을 그치지 않았다. 따귀를 낳았고, 불안을 낳았고, 바람을 낳았고, …낳고, 낳았다.

  2016년 여름, 내가 낳은 이야기들을 더는 품고 있을 수가 없었다. 그들이 먼저 자립이 필요하다고 당당히 요구한 탓도 있었다. (자식 이기는 부모가 없다.)

  다시 새로운 고립의 해를 맞아야 할 것이다. 용감히 세상에 나간 아이들을 떠올리며, 어쩌면 남은 유형 기간을 좀 더 가뿐하게 견딜지도 모르겠다.

2016년 5월
더블린에서
심아진

차례

작가의 말 낳고, 낳을 것이다   4

불안은 없다   9

찌개가 끓고 있을 것이다   41

여우   77

따귀를 낳았고   115

바람의 습격, 그 누구도 알 수 없는 방식으로   143

아름다운 사람   185

동행자   221

그저 서장에 불과합니다—여자의 이야기   255

그저 서장에 불과합니다—남자의 이야기   277

작가에게 우리가 그래, 친구야! | 김지방   295

불안은 없다

나는 발가락 사이사이에 다시금 팽팽하게 걸린 실의 감촉을 만끽한다.
그 선들은 제각각 다른 방향이지만 서로 얽히지 않은 채
무한한 공간을 향해 평행하게 뻗어 있다.

1

 불안하다. 실연이 코끝에 걸려 있기 때문이다. 나뭇잎 가두리 이슬방울처럼, 사랑이 금방이라도 떨어져버릴 듯 위태롭게 매달려 있다. 나는 발가락 사이사이 걸어두었던 여러 가닥의 실들이 소리도 없이 흘러내리는 것을 느낀다. 연민이나 감사, 공감이나 존경 등과 닿아 있던 그것들은 한때의 팽팽함을 다시는 회복하지 못할 것처럼 무기력해져 있다.

 이제 막 문을 연 카페 조하르에는 사람이 많지 않다. 아직 냉방기를 돌리지 않아 실내는 후덥지근한 데다 눅눅한 냄새까지 난다. 여인들은 나를 둘러싸고 앉아 앞에 놓인 각자의 음료수를 홀짝거리고 있다.
 나는 누가 이 자리를 만든 것일까를 곰곰이 생각해본다. 공부를 잘했고, 지금도 잘하고 있는 K는 아닐 것이다. 흔히 공부 머리는 따로 있다고들 하는 말이, 말 그대로 공부가 아닌 연애에 관한 일에 더 천부적인 누군가가 있다는 것일 테니 말이다. 일주일 전, 북한은 남북

불가침 협의를 파기하고 비핵화 공동선언을 백지화한다고 발표했다. 판문점 연락 채널도 폐쇄되었다. 상황이 좋지 않다. K의 위도 좋지 않다. 그런 그녀가 오늘은 커피를 시켜놓고 앉아 있다. K가 아니라면 누구일까?

"이런 나쁜 놈은 감옥에 처넣어야 해요."

역시 가장 먼저 입을 연 것은 쉽게 들떴다가 아무렇지 않게 가라앉기를 잘하는 Y이다. 우리는 만난 지 하루 만에 키스를 했고, 삼 일 만에 섹스를 했다. 내 입장에서 Y는 열정적인 여자지만, 내가 아닌 다른 사람들은 그녀를 헤픈 여자라 생각할 수도 있을 것이다. 어쨌거나 Y는 지나치게 성급해서 차분히 이런 자리를 만들 수 있는 사람이 아니다. Y는 결코 아니다.

"말씀드렸다시피 우리가 여기서 삼류 영화를 찍으면 우린 정말 삼류가 되고 말아요. 감정적인 대응은 자제하시죠."

그렇다면 냉정하게 말을 하는 J일까? J는 아름다운 손톱으로 길게 기른 머리를 뒤로 한 번 쓸어내린다. 튀어나온 네일 장식에 머리카락 한 올이 걸렸다. J는 그런 자신의 손톱을, 혹은 머리카락을 보지 못한다. 내 어깨나 등을 부드럽게 긁던 J의 손톱을 떠올리자 오소소 소름이 돋는다. 그녀는 이제 나 따위는 안중에도 없다는 듯, 차분히 찻잔에서 티백을 건져 올리고 있다. 날이 더워도 얼음 들어간 것은 먹지 않는 그녀의 취향은 언제 봐도 고상하다.

"그렇지만 마냥 시간을 끌고 있을 수도 없어요. 이런 인간에게 시간을 쓰는 게 아깝다고요."

커피를 반이나 마신 K가 그제야 속이 쓰린지 오만상을 찌푸리며 나를 바라본다. 나는 시선을 피하지 않는다. 솔직함과 속임수 사이에 있는 거리를 가늠해보느라 나는 자못 진지하다. 엄청나게 자존심이 상한 K를 보는 것은 나로서도 괴로운 일이다. 내가 시선을 피하지 않는 것은 어디까지나 그녀에 대한 배려에서다. 그러나 배려와 속임수의 거리 또한 그다지 멀지 않다.

"무얼 할 수 있죠, 우리가?"

Y가 묻는다. J가 손톱 장식에 붙은 머리카락을 발견하고 떼어내며 대답한다.

"뭐든 찾아봐야죠. 혼인빙자간음죄가 폐지되었다고 해도 이 사람 집에 찾아가 동네 망신을 줄 수는 있어요."

그건 적절한 생각이 아니라고 나는 J에게 말해주고 싶다. 나보다 그녀 자신들이 더 상처를 입을 것이기 때문이다. 동네라는 것은 나에게도 그녀들에게도 그저 익명의 누군가가 모여 사는 곳일 뿐이다. 우리는 익명의 사람들에게 비슷한 정도로 관계하고 있지만, 관계란 결국 자기 자신에게로 향해 있기 마련이다.

그나저나 하필 오늘인가? 아버지는 오늘 입원했다. 암 판정을 받았지만 믿을 수 없다며 이 병원 저 병원을 옮겨 다니다가 결국 포기하고 받아들인 날이다. 아버지, 어머니, 나, 모두. 셋이 모두가 된다는 것은 칠십억이 모두가 된다는 것과는 비교가 되지 않는다. 하지만 때때로 셋의 세상이 칠십억의 세상을 능가하기도 한다. 병원에 다시 가봐야 할 것이다. 불안하다.

"이 인간의 집을 찾아가고 말고 할 게 뭐 있어요? 이 자리에서 끝을 내죠."

"여기서는 안 돼요. 여긴 제가 자주 오는 카페예요."

"저 역시 자주 왔죠. 당신이 함께 온 그 사람과."

"그럼 어쩌자는 거예요?"

"정말 이건 말도 안 돼요."

"개새끼."

상황은 언제나 그렇듯 몇 개의 계단을 한꺼번에 뛰어넘어버린다. 맞지 않는 부분을 도려내어 붙인 듯 혹은 너무 서두른 듯 이음새가 매끄럽지 않다. 누군가가 울고, 누군가가 욕을 하며, 누군가가 내 멱살을 잡기도 한다.

나는 인터넷에서 보았던 기사를 떠올린다. 해마다 해왔던 한미 연합군의 키리졸브 연습을 놓고 북한이 대응 타격 운운하는 이유에 대한 다양한 의견들이 올라와 있었다. 어떤 이는 늘 있어 온 북한의 생떼라고 했고, 어떤 이는 대북 지원을 요구하는 제스처라고 했으며, 또 어떤 이는 우리가 모르는 남북의 이해 관계자들이 짜고 치는 고스톱이라고 했다. 울고 욕을 하고 멱살을 잡는 여인들과 나 사이에는 어떤 이해 관계가 있을까?

잠깐 사이에 내 옷에서 단추 하나가 뜯어져 나갔고, 테이블 위에 있던 냅킨 몇 장이 바닥에 떨어졌다. 다행히 물이나 커피가 엎질러지지는 않았다.

삼류 영화를 찍어서는 안 된다던 여자들이 결국 삼류 영화의 한 장면을 전개시키고 있는 사이, U는 홀로 입을 다물고 있다. 알뜰한 U답게 공짜로 제공되는 물 한 잔만을 앞에 놓은 채 조용히 먼 곳을 응시하고 있다. 여자들의 말은 각자의 개성에 따라 이 방향, 저 방향으로 튀어 오르다 벽에 부딪치다를 반복한다. 너저분한 난무 가운데 U만이 자세를 바꾸지 않고 정지해 있다.

나는 U의 끝 간 데 없는 우울함 때문에 가슴이 먹먹하다. 자신에게는 다소 생경한 선택 '가능성'을 두고 U는 침울할 수밖에 없으리라. 어떤 상황이든 어떤 물건이든 그녀는 여태 단 한 번도 제대로 선택이라는 것을 해본 일이 없다. 그녀의 세계에는 언제나 젖은 옷처럼 축축 늘어진 무거운 필연만이 가득했기 때문이다.

'가능성'이 자신을 더 초라하게 만든다는 것을 깨닫자마자 U는 곧장 일어선다.

"전 그만 가볼게요."

다른 여자들이 놀라서 U를 바라본다. U는 그사이 한 번도 나와 눈을 마주치지 않았다. 그녀는 그런 사람이다. 여자들은 뭐라고 소리를 치며 항의를 하지만 U는 그대로 나가버린다. U가 여자들을 모은 것일까? 나는 U가 마시던 물 잔을 들어 목을 축인다. 따뜻하고 소박한 그녀의 온기가 잔을 통해 전해져 온다. 눈물이 흐르려는 것을 애써 참는다. U는 여자들을 부르지 않았을 것이다. 그녀는 천성이 모질지 못한 사람이다.

눈물 대신 다른 것이 내 얼굴을 적신다. Y가 쏟아부은 오렌지 주스. Y는 빨갛게 상기된 귀여운 볼을 실룩이며 반 이상 남은 주스를 내 머리에 부었다. 녹다 만 얼음 덩어리와 함께 주스 방울이 여기저기로 튄다. J가 질색을 하며 자리를 피한다.

아직 이른 시간이라 카페에 다른 손님은 없다. 호기심 가득한 얼굴로 우리를 지켜보던 종업원 두어 명이 자리로 다가오려다 멈춘다. 내 눈길이 그들의 접근을 막았기 때문이다. 나는 끈적이는 액체를 닦아내지 않고 그대로 앉아 있다. 오렌지색 얼룩은 내가 자초한 것이니만큼 내가 감당해야 할 것이다.

K가 일어선다. 이런 장면이야말로 K를 가장 비참하게 했을 것임에 틀림없다. 그녀는 자신의 지성이 이 순간에 아무런 도움도 되지 못한다는 것에 절망하고 있을 것이다. 지금쯤 예민한 반응을 보이고 있을 위장과 어찌할 수 없는 자괴감 때문에 그녀의 얼굴은 잔뜩 일그러져 있다. 그러기에 커피는 마시지 말지. 나는 입술 끝까지 밀려온 말을 재빨리 삼킨다. 내 시선을 피하지 않은 K는 아마도 내 마음을 읽었을 것이다. 그녀는 당황하여 나간다.

"너라는 인간…."

K의 마지막 말이 그녀를 대신해서 자리에 남았다. Y도 가방을 챙겨

든다. 가여운 그녀의 가슴은 내 머리에 쏟아부은 주스 때문에 심하게 뛰고 있을 것이다. 사실 작은 일은 크게, 큰 일은 더 크게 생각하는 Y의 담력에 딱 맞는 행동을 하기는 한 셈이다. 나는 꽃무늬 원피스를 입은 Y에게서 풍기는 향수 냄새에 압도당한다. 세상의 좋은 냄새는 다 가져와야겠다는 듯 Y는 늘 새로운 향수를 구입했었다. 그녀는 새로운 향기를 맡을 때마다 마치 먹이를 앞에 둔 생쥐처럼 작은 코를 발름거리고는 했다. 얼마나 상큼하고 얼마나 깜찍한 연인이었던가! 나는 Y의 옷자락이 펄럭이면서 퍼져 나온 향수에 취해 잠시 눈을 감는다. 반인반수 켄타우로스의 가슴에서 인간의 피부와 말의 가죽이 합쳐지듯, 큰 일과 작은 일이 겹쳐져 있다. 그녀와 이렇게 될 수밖에 없었다는 사실이 나를 슬프게 한다. 북한은 오늘 오전에 미사일을 쏜다고 했는데, 지금쯤 발사를 했을까? 여자들은 미사일 따위에는 관심이 없는 듯하다.

2

이제 남은 사람은 J. 그녀는 마시던 허브티를 들고 흡연실로 자리를 옮긴다. 나는 늘 하던 대로 그녀의 가방을 들고 따라 나선다. 종업원들이 우리가 앉았던 자리를 정리하기 위해 움직이기 시작한다. 그들의 얼굴은 뻔한 스토리에서 지나친 반전을 기대하는 극장 관객처럼 탄력 없는 호기심으로 빛나고 있다.

J의 매끈한 손이 가는 담배 한 개비를 케이스에서 꺼낸다. 잠깐 몸을 기울인 탓에 그녀의 고혹적인 가슴골이 선명히 드러난다. 나는 바지 앞주머니에서 라이터를 꺼내 불을 붙여준다. 언제나처럼 이어지는 일련의 동작들, 아무런 변화가 없으므로 앞으로도 변하지 않을 것 같은 익숙한 동작들이 무거웠던 내 마음을 위로한다. 하지만 나는 아주 잠깐 안도했을 뿐, 빠른 속도로 의기소침해지고 만다.

J는 무기력하게 바스러진 내 모습을 표정 없이 바라본다. 표정 없는 얼굴이라는 것은 사실 말이 안 되는 표현인지도 모른다. 하지만 세상에 무표정하다는 게 어딘가에 있기는 분명 있는 것이라면, J야말로 바로 그런 표정을 만들 수 있는 사람이다. 다른 아무것에도 관심이 없고 오로지 자신으로 가득 차 있을 때 J는 무표정한데, 그것은 그녀가 극도로 화가 났음을 뜻하기도 한다. J는 내가 다른 여자들을 만났다는 사실이 아니라 그것을 들켰다는 데에 더 화가 났을 터이다.

"아버지가 암이래."

어림없겠지만 나는 그녀의 동정심을 얻어보려 한다. 아버지가 암인 것은 틀림없는 사실이고, 아침에 입원을 한 것도 사실이다. 나는 아버지와 어머니를 병원에 내려놓은 채 다급히 카페로 뛰어온 터였다. 여자들은 한꺼번에 내게 문자를 넣었고, 오지 않으면 자신들이 찾아가겠노라 협박했다.

J에게 동정심을 기대할 수 있을까? 아마 그럴 수 없을 것이다. J는 누군가가 자신을 사랑한다는 사실보다 자신이 누군가를 사랑할 수 있다는 것에 더 가치를 두는 여자다. 사랑의 경계가 어디쯤인지 J는 단 한 번도 파악하려 들지 않았다. 그녀는 자신을 사랑하기 때문에 남도 사랑할 수 있는 사람이다. 나는 그렇게 자신을 사랑하는 그녀에게 반하지 않을 수가 없었다.

그녀가 가진 아름다운 것들을 절절한 심정으로 바라본다. 고어텍스를 넣었을 오똑한 코와 부드럽게 잘 깎인 턱선, 얼음 마취를 견디며 여러 번의 제모 과정을 거쳤을 하얀 겨드랑이, 종아리…. 무엇보다 지나치게 크지도 작지도 않은 그 도도한 물방울 모양의 가슴이 지금 이 순간에도 나를 미치게 만든다.

가슴을 성형하고서 나는 그녀의 성감대에 결함이 생기지나 않았나 싶어 걱정을 했더랬다. 하지만 그녀는 자신이 예뻐져서 더욱 흥분된다며 최상의 컨디션을 자랑했다. J는 구석구석 아름답지 않은 데가 없는 사람이다.

　게다가 J는 아름답다는 사실에 만족하지 않고 열심히 일도 하는 사람이다. 나는 종종 네일아트숍 근처에서 그녀의 일이 끝나기를 기다리고는 했다. 얇은 커튼과 광고판 사이로 이리저리 움직이는 J를 바라보는 것은 즐거운 일이었다.

　J는 기본 마사지나 각질 제거 등은 직원들이 하게 했고, 자신은 손톱을 꾸미는 난이도 있는 작업을 주로 했다. 단순한 색칠이 아니라 진주나 큐빅 등의 네일파츠를 붙이는 것이 트랜드라며 J는 제 손톱에 여러 샘플을 만들어놓고 있었다. 손님의 손톱을 손질하다 잘못해서 접착제가 자기 손톱에 묻은 날이면 J는 신경질을 내기도 했다. 자신의 실수가 아니라 손님이 손을 가만히 있지 못하고 움직인 탓이라며, 그들의 인내심 없음을 욕했다. 돼지 손에 진주를 달아주면 뭐해? J는 아름답지 못하거나 아름답기 위해 노력하지 않는 여자들을 대놓고 경멸하기도 했다. 나는 착하지 않은 그녀의 뻔뻔함을 높이 샀다. 우리 둘은 결코 선량하지 않다는 점에서 죽이 잘 맞았다.

　어느 날 J와 차를 타고 가는데, 방향 지시등을 켜지 않고 차선을 바꾸었다는 이유로 뒤따라오던 세단이 경적을 울려댄 일이 있었다. 물론 신호를 주지 않은 내게 잘못이 있었지만, 나는 보복하기로 했다. 침착하게 세단 뒤로 빠졌고, 조용히 그를 쫓았다. 얼마 지나지 않아 세단은 대로를 벗어나더니 비탈길을 올라갔다. 나는 속도를 늦추며 동네의 거주자 주차 구역에 서는 세단을 지켜보았다. J는 이미 내가 하려는 일을 알고 있었다. 운전자가 내려서 사라지는 것을 확인한 후 나는 야구 모자를 눌러 쓴 채 키를 빼 들고 세단 쪽으로 갔다. J는 스치듯 지나가면서 손에 든 키로 문짝을 긁는 나를 바라보고 있었다. 경고음은 울리지 않았다. 나는 웃으며 차로 돌아왔고, J도 웃었다. 아마 J가 나를 사랑하게 된 것은 정확히 그 사건 이후였을 것이다.

"너도 나 말고 다른 남자 있잖아."

나는 '남자들'이라고는 하지 않는다. 사실 나는 그녀가 나를 만나면서 그들과의 관계를 대충 정리한 것을 알고 있다. 하지만 지금의 J는 내가 그렇게 말해주기를 바랄 것이다. 언제나 그랬듯 선량하지 않은 J와 나에게 말은 아주 적은 의미를 지니고 있을 뿐이다.

"그래서 뭐?"

J는 나보다 두 살이 더 많다. 혼기를 놓친 여자의 나이라고 해도 과언이 아니다. 자신을 가꾸는 데에 엄청난 공을 들인 만큼 J는 남자도 그만한 가치가 있기를 바랐다. 나는 그만큼의 가치를 가지고 있지 않았지만, 포기를 모르는 시간이 모든 것을 해결했다. 끈끈한 마법의 지팡이를 세 개나 가지고 있는 시간은 J를 지치게 만들었고 나를 웃게 만들었다.

"아버지 병원에 같이 가줄래?"

"너는 멍청해."

"암이라면서도 전쟁 걱정을 더 하셔."

"…."

"아버지는 너를 좋아하셔."

"미친놈."

J는 아버지에게 인사를 한 적이 있다. 여자는 많으면 많을수록 좋다고 말하던 아버지는 Y가 J가 되든 J가 U가 되든 크게 신경 쓰지 않는 눈치였다. J 역시 내 아버지가 누구든 상관하지 않는 것 같았다.

담배를 피우는 사이, 그녀의 무표정하던 얼굴이 조금이나마 풀린 듯하다. J는 대개 오래 화를 내기보다 현명하게 마음을 돌리는 쪽을 택했다. 스스로를 오롯이 위하기에, 그녀는 자신이 상처받지 않도록 최선을 다할 것이다. 그리고 그런 그녀를 사랑하므로 나 역시 쉽게 포기하지 않을 것이다. 이번에도 시간이 나를 도울 것이라 믿는다.
 J는 짧아진 담배를 야무지게 비벼 끄고 가방을 챙겨 일어선다. 손질한 손톱에 흠이 갈까봐 조심하는 그녀를 위해, 나는 자동문의 버튼을 눌러준다. J는 잠시 나를 돌아보며 한숨을 내쉰 후 말한다.
 "너 근데, 취향 참 웃기더라."
 한숨에는 적어도 한숨만큼의 가능성이 숨어 있을 수 있다. 나는 J가 질투를 한 것 같아 내심 흡족하다. 마지막 말을 남기지 않았더라면 정말 섭섭했을 것이다. J는 그런 내 마음을 아는지 모르는지, 택시 정류장 쪽으로 총총히 걸어가버린다. 그녀는 개장이 늦어진 자신의 네일아트숍을 서둘러 열어야 할 것이다.

3

 나는 흡연실에 잠시 더 앉아 있다 천천히 일어선다. 종업원들은 오렌지 주스로 끈적거렸을 자리를 깨끗이 닦은 모양이다. 하지만 내 몸에는 여기저기 주스의 얼룩들이 남아 있다. 냄새 역시 좀처럼 사라지지 않는다. Y가 남겨준 향기라 생각하니 닦아내고 싶은 마음도 없다. 그러나 영원히 사라지지 않을 것 같아도 언젠가는 희미해지고 만다. 희미해져서 보이지 않으면 결국 사라지는 것과 크게 다르지 않을 것이다. 그것이 내게 위안이 된다. 문을 여는 등 뒤로 종업원들의 시선이 엉겨서 따라온다.
 카페 벽면을 따라 몇 걸음을 떼기도 전에 L과 마주친다. 비대한 몸에 잔뜩 힘을 준 L은 여자 삼손처럼 거칠어 보인다. 눈이 붓고 유난히 볼이 처진 걸 보니 간밤에 무언가를 잔뜩 먹고 잔 모양이다. 스트레스성 과식으로 더욱 퉁퉁하게 불어나고 말았을 세포들이 아우성을 치고 있는 듯하다.

나는 그제야 상황을 이해할 수 있다. L이 다른 여자들을 모두 불러 모은 것이다. 나는 몇 날 또는 몇 달 동안 내 뒤를 조심스레 따라다녔을 L을 떠올린다. 어째서 그녀의 무거운 발소리를 듣지 못했던 것일까?

L은 늘 안절부절못하는 얼굴을 하고 있었다. 하지만 내 뒤를 밟고부터 분명 이전의 안절부절못하는 얼굴과는 좀 다른 안절부절못하는 얼굴이 되었을 터인데, 둔감하게도 나는 그것을 알아차리지 못했다. 조심성을 잃었던 것이다. 그렇구나. L이다. 여자들 중 아무 때나 시간을 낼 수 있고 집요하게 일을 처리해나갈 수 있는 사람은 사실 L밖에 없다. 나는 L이 자신의 추진력을 수험 공부에 좀 더 썼더라면 올해에는 꼭 원하는 대학에 붙을 수 있었을 것이라 생각한다. 공부 외의 다른 것에 언제나 더 열성적인 게 L의 문제점이다.

"왜 들어오지 않았어?"

L은 아무런 대답도 하지 않는다. 생각과 감정이 엉켜 쉽게 말을 꺼내지 못하는 것일 게다.

"들어갈래? 날도 더운데 시원한 냉커피나 한잔하자."

나는 방금 나왔던 카페를 가리킨다. 나는 사업에 실패한 아버지의 죽마고우가 운영하는 곳으로, 매상을 올려주어야 한다고 그 카페를 소개하고는 했다. 사실 그렇지 않다. 그냥 그 카페가 여러모로 좋은 위치에 있었기 때문에 선택한 것뿐이다. 카페는 여자들과 나의 생활 공간에서 적당히 멀리 떨어져 있는 터라 결코 들통날 일이 없는 안전한 곳이었다. 너무 특이하거나 너무 예뻐서 그녀들이 주변에 소개하거나 따로 오게 되는 일이 없도록 가장 무난하고 편안한 곳을 택했던 것이다. 여자들은 대개 내가 소개해주는 친구들 때문에 나를 믿어 의심치 않았다. 친구들은 세심하게 분류되어 있었다.

나는 치밀한 나의 행보를 파헤쳐낸 L의 열정을 칭찬해주고 싶다.

"커피 마시자."

하지만 L은 고집스레 고개를 가로젓는다. 나는 두툼한 그녀의 어깨를 토닥여준다.

처음 L을 만났을 때도 나는 이렇게 어깨를 두드려주었다. 학원의 수학 선생이었던 나는 두 번이나 입시에 실패한 L을 지도하고 있었다. 내가 있는 학원은 이른바 소수 정예로 가르치는 곳이라 많은 돈을 낼 수 있는 학생들이 주로 찾았다.

L의 상태는 좋지 않았다. 고등수학을 가르쳐야 했지만, 그녀는 중학 수학도 제대로 알고 있지 않았다. 나는 직육면체를 놓고 평행하지만 만나지 않는 선들에 대해 설명하고 있었다. L의 오른팔을 뻗게 하고 내 왼팔을 뻗고, 다시 L의 왼팔을 뻗게 한 뒤 공간에서 무한할 수 있는 평행선들에 대해 이야기했다. 그녀의 손끝이 내 몸에 닿기도 했고, 내 손끝이 그녀의 몸을 스치기도 했다. 자신을 사랑해본 적이 거의 없는 삼수생 L은 나 때문에 얼굴이 빨개지기도 했다.

말이 나왔으니 말인데, 사실 그녀는 아무리 공부해도 대학에 갈 수 없는 지능과 안쓰럽다고 할 수밖에 없는 외모를 지니고 있었다. 최소한의 자기 방어마저 하지 않는 L에게 연민을 느끼지 않을 수 없었다. 나는 굵다란 허벅지나 팔뚝과 상관없이 그녀의 속눈썹이 얼마나 섬세한 곡선을 그리고 있는지, 야들야들한 손바닥이 얼마나 기분 좋은 느낌을 주는지에 대해 칭찬했다. L은 곧 나를 사랑하게 되었고, 나 역시 진심으로 그녀를 사랑하게 되었다.

그런 내 마음이 지금도 변함없다는 것을 L이 알아주면 좋으련만…. L은 토닥여주는 내 손길을 뿌리치고 운다. 삼수 때 합격했던 지방대라도 갔더라면 이런 꼴은 당하지 않았을지도 모른다. 그녀는 나 때문에 서울을 떠날 수가 없노라고 했다. 일단 등록은 해놨어요. 재수 없어서 내년에 점수가 더 떨어질지도 모르니까…. 나야 전문대라도 서울에서 다니고 싶은데 아버지가 그런 데 가면 학비도 안 줄 거고 용돈도 끊어버릴 거래요.

돈이 많은 L의 아버지는 지방대면 어떠냐며 그녀를 한사코 사 년제 대학에 보내고 싶어했다. 하지만 L은 내 곁을 떠나려 하지 않았다. 물론 나 역시 그녀를 먼 곳으로 보내고 싶지 않았다. 남부터미널에서 한 시간 반 거리라는 그 학교는 실제로 차가 고속도로를 달리는 시간만 한 시간 반이었고, 집에서 터미널, 다시 터미널에서 학교까지 들어가는 시간을 합하면 못해도 세 시간은 되는 거리에 있었다. 하루에 왕복 여섯 시간을 쓰면서 다니기에는 분명 그럴 만한 가치가 없는 곳이었고, 서울에서의 통학은 사실상 불가능했다. L이 한 해 더 수험 공부를 결심한 것은 어디까지나 나 때문인 셈이었다. 하지만 L은 애초부터 공부 같은 것을 할 수 있는 사람이 못 되었다. 어쨌거나 학원도 가는 둥 마는 둥, 공부도 하는 둥 마는 둥 하는 L이기에 얼마든지 시간적 여유가 있었을 것이다.

언제부터 나를 따라다닌 것일까? 그녀가 오늘의 자리를 만들기까지 얼마나 고통스러웠을까를 생각하니 가슴이 아려온다. 떨리는 목소리를 진정시키지 못한 채 괴로움을 눌러가며 여자들 하나하나와 접촉했을 것이다. 여전히 남아 있을 그 괴로움이 그녀의 두 겹 턱 사이에서 깊은 신음 소리와 함께 새어 나온다. 나는 진심을 담아 말한다.

"사랑한다."

그 말을 하지 말아야 했던 것일까? L이 갑자기 무시무시한 힘으로 따귀를 날린다. 뺨이 옆에 서 있는 가로수 꼭대기에 걸린 느낌이다. 아프다. 나는 내색을 하지 않기 위해 웃는다. 적절하다는 생각도 든다. 역시 이런 일은 따귀 같은 것으로 끝을 장식해야 제격이다.

L은 덩치에 어울리지 않게 앙증맞게 돌아서서 벽을 따라 걷는다. 몸에 비해 터무니없이 작아 보이는 그녀의 발이 위태롭게 땅을 스친다.

아직 오전이 완전히 자리를 잡지 않은 시간, 여름 해가 숙취를 털어버리려는 주정꾼처럼 몸에 잔뜩 힘을 주고 있다. 한 잔의 해장술이 필요할 것이다. 늘어진 몸을 다시 일으키고 언제 그랬느냐는 듯 또다시 유쾌해지기 위해 딱 한 잔만 더 마셔야 할 것이다.

취향 참 웃긴다고 말했던 J는 L과 직접 만났던 것일까?

뺨은 또 다른 태양이 된 듯 뜨겁다. 나는 어쩐지 속이 후련해진 느낌이다. 아버지에게 가봐야겠다.

4

아버지의 병실 앞에 정복의 군인 몇 명이 서 있다. 그들은 문병을 마치고 막 돌아가려는 참이다. 아직 수술을 한 것도 아닌데, 엄청나게 신속한 자들이다. 충성스러운 기세로 보아 아버지가 퇴원을 한 후에도 찾아와 병원 침대에 대고 경례를 해댈 것 같다. 아버지는 의연하다.

"어서들 가봐라."

"충성!"

그들은 장소가 병실이라는 것도, 아버지의 병이 대한의 남아로서는 분명 부끄러울 수 있는 유방암이라는 것도 괘념치 않는다는 듯 엄숙하게 거수경례를 올린다. 금방이라도 '유방암이라니!' 하며 그 투박한 손들로 눈물을 훔칠 것 같아 나는 가슴이 조마조마해진다. 이 인실이지만 옆 침대가 비어 있어 그나마 다행이다.

"다른 곳으로 전이가 되었을 수 있단다."

어머니의 말에 나는 별다른 대꾸를 할 수가 없다. 이럴 때 똑똑한 K가 있다면, 치료 과정과 병의 예후에 관한 각종 가능성들을 자세히 얘기해 줄 수 있을 텐데…. 사시 일차에 여러 번 붙었고, 지금은 행시를 준비하고 있는 K라면 틀림없이 충분한 설명을 해줄 수 있을 것이다. 의학 분야지만 다방면으로 상식이 풍부한 그녀니까 말이다.

아버지는 사십 평생을 군인으로 살아왔다. 말하자면 뼛속까지 군인이다. 그는 분단된 조국을 가진 사람으로서 매사에 경계심을 잃지 말아야 한다고 믿었으며, 때문에 언제나 조심스러웠고 진지했다. 아버지가 유일하게 경계를 풀 때는 내가 여자를 데려갈 때였는데, 이는 그가 군인다움을 남성다움과 같은 맥락으로 이해했기 때문이었다. 아버지가 신뢰하는 남성다움은 아버지 나이 때의 사람들이 흔히 그렇듯 마초적인 환상과 연결되어 있었다. 멋진 사나이에게는 여자가 끊이지 않는 법이다. 아버지는 그렇게 말하며 자신이 그런 남자이기라도 하다는 듯 뿌듯해하고는 했다. 그러므로 그는 내가 J를 데려간 지 얼마 지나지 않아 다시 U나 K를 데려가도 나무라지 않았다. 아버지는 내가 여자를 소개할 때마다 '좋다, 좋아!' 하며 고개를 끄덕이고는 했다. 인사를 나누는 동안만큼은, 탯줄이 끊어진 순간부터 맺고 끊음을 선명하게 하지 않은 적이 없다던 아버지의 절도도 자취를 감춘 것 같았다. 아버지는 잠시나마 군의 기강이나 국가의 안위에 대한 걱정을 잊었다.

문병 온 부하들이 돌아갔음에도 아버지는 자세를 풀지 않는다. 양반다리를 하고서 무릎 위에 두 주먹을 올려놓고 있다. 주먹은 너무 꽉 쥐어도 안 되고 너무 느슨하게 쥐어도 안 된다. 날달걀 하나를 손바닥 안에 숨겨놓은 듯한 긴장감을 유지한 채 자연스러워야만 하는 두 주먹. 아버지는 비스듬히 눕거나 손을 괴거나 하는 편안한 자세를 취해서 그 달걀을 터뜨리거나 해서는 안 된다는 듯 엄숙하다.

지금의 아버지는 엄숙함을 잃는 것이 북한의 침공보다 더 위협적일 수도 있다고 생각하는 것 같다. 그 강인한 육체가 곧 수술대 위에서 맥없이 무너져 내릴 것이라 생각하니 씁쓸해지는 마음을 주체할 수가 없다.

"텔레비전 틀어봐라. 이건 전시 상황이다."

"북한이고 뭐고 당신 걱정이나 하슈. 불바다 어쩌고저쩌고 해도 결국 아무 일도 안 일어난다니까."

불안은 없다 25

"그러니 무식한 여편네 소리를 듣는 거야. 두고 봐라. 이번에는 저놈들이 무슨 일을 내고 말지."

보살핌을 받는 입장도 보살펴야 할 입장도 입씨름에는 한 치의 양보가 없다. 나는 양보 없는 두 사람의 사이에 끼어든다.

"의사들이 뭐래요?"

어머니는 갑자기 물병을 집어 들더니 내 팔을 잡아끈다.

"물이나 뜨러 가자."

"왜요? 안 좋대요?"

병실에서 좀 떨어지자 어머니는 참았던 말을 쏟아내기 시작한다.

"글쎄, 저런 양반이 여성 호르몬 과다 분비 때문에 유방암이라니 말이 되니? 남자들 나이 들면 드라마 보고 찔찔거린다고는 하더라만, 느이 아버지야 아직도 뉴스 아니면 볼 게 없는 줄 아는 양반이잖니. 게다가 의사들이 말도 안 되는 소리를 하지 뭐냐."

"무슨 소리를 했는데요?"

어머니는 정수기에서 받은 물을 병째로 들이켠다. 속이 탄다는 그녀에게서, 험한 밭일을 장정 못잖게 척척 해냈다는 외할머니의 모습이 어른거린다. 걱정 때문이겠지만 어쩐지 그 걱정이 아버지만을 향해 있는 것 같지 않다.

"글쎄, 고환을 떼어내야 할 수도 있다지 뭐냐. 호르몬 분비를 억제시켜야 한다나 뭐래나."

나는 막막해진다. 이쯤 되면 K의 조리 정연한 설명도 소용이 없을 것이다. 빌어먹을 삶! 내내 제 곁에 있었던 욕망이나 의지를 마치 생전 처음 본다는 듯 쌀쌀맞게 외면하는, 또한 그것들을 풀썩 들었다 놓고서도 그렇게 했는지 의식도 하지 못하는 이기적인 삶, 삶의 행태! 나는 불현듯 U가 그립다.

"저 절에 좀 들렀다가 올게요."

"아버지 검사 받는 것은 어쩌고?"

"기본 검사는 이미 다 했잖아요. 저녁에 의사랑 간호사가 체크만 한 번 하러 올 거예요. 어머니는 그냥 옆에 계시기만 하세요."

"그래도 어떻게 나 혼자 있니?"

"금방 올게요."

"너 또 엉뚱한 짓 하지 마라."

5

주차를 한 뒤 시동을 끄자, 북한의 도발에 동요할 필요가 없다는 대통령의 소식을 전하던 앵커의 목소리가 함께 꺼진다. 동요 따위를 해서 해결될 생이 아니다. 공감한다. 하지만 그렇다고 마냥 평안할 수도 없다. 한 여자를 사랑하건 모든 여자를 사랑하건 불안하기는 마찬가지다. 불안은 실에 딸려 뽑히기도 하는 젖니처럼 속 시원히 떨어져 나가는 게 아니다. 그것은 새살이 돋기까지 완전히 제거된 것인지 아닌지 결코 알 수 없는 발가락 티눈처럼 의뭉스럽다. 그 지독한 은근과 끈기에 질린 어떤 이는 차라리 완전히 체념한 뒤 편안해지기도 한다. 심지어 순순히 자유를 내어주기도 한다. 자유롭지만 않다면 불안하지 않을 수도 있을 테니까. 이 손 저 손이 모두 묶이게끔, 힘을 쑥 빼버리기도 하는 것이다. 맞다. 동요할 필요 없다. 주인을 섬기는 낙타처럼 순순히 끌려가면 그뿐이다. 전쟁 위협 같은 것과는 비교도 되지 않는 무시무시한 생이 언제나 아가리를 딱 벌리고 있으니 말이다.

막 점심 공양이 시작되어 분주한 터라 본당 안에는 사람이 없다. 어머니가 종무원으로 있는 이곳에서 나를 이상하게 보는 사람은 없다. 입구에서 기본적인 반배, 본존불상 앞에서 삼배를 올린 후 나는 세심하게 주위를 살핀다. 그러고는 더 망설이지 않는다. 헌금함의 작은 자물쇠에 열쇠를 넣고 돌려 뚜껑을 열고 약간의 지폐를 꺼내는 데까지 십 초 남짓한 시간이 걸린다. 너무 많이 가져가면 문제가 되고, 너무 적게 가져가면 헛수고가 된다. 나는 적당한 양의 지폐를 빼내 클러치백에 넣으면서 재빨리 그중 한 장을 도로 꺼내 함에 넣는다.

이어 향을 피운 뒤 백팔 배를 시작한다. 내 동작은 시종일관 한 치의 흐트러짐도 없다. 누가 언제 보아도 아무런 의심을 할 수 없을 만큼 나는 경건하다. 그러나 사실 나의 백팔 배는 다른 사람이 본당으로 들어올 때까지만 지속되는 백팔 배다. 그러니 어떤 때는 스무 번쯤 절을 하다 그치기도 하고 어떤 때는 정말 백팔 배에 육박하기도 한다.

마흔 번쯤 절을 했을 뿐인데 벌써 다리가 후들거린다. 하지만 내친김에 오늘은 백팔 배까지 가야겠다. 절을 하는 내내 여자들에 대한 생각과 차를 타고 오면서 들었던 라디오 뉴스가 엉긴다. 전형적 시간 끌기…, 진 빼기 작전…, 그럴 수도 그렇지 않을 수도…. 절은 이제 예순 번을 넘어서고 있다. 예순둘, 예순셋….

사실 이도저도 아닌 입장을 고수하는 것은 그다지 어렵지 않다. 탐욕스러운 자와 바보만이 이렇고 저렇다는 결론을 내리는데, 탐욕스러운 자나 바보가 되기란 사실 쉬운 일이 아니다. 일흔여섯, 일흔일곱, 일흔여덟….

절에서 일하는 사람들은 젊은 나의 불심이 대단한 줄 안다. 그래서 어머니의 체면을 세워주기도 하는데, 어머니가 내가 기도비에 손을 대는 것을 알고도 아무 말 하지 못하는 것은 바로 그 체면 때문이다. 나는 어머니의 체면을 훼손시키지 않기 위해 최선을 다할 것이다. 이제 아흔 번째 절이다.

절은, 하다보면 정말 마음을 정화시켜준다. 나는 오늘 아침의 만남을 떠올리며 배꼽 아래로 숨을 들이마시고 내뱉기를 반복한다. 카페 조하르에 나타났던 U와 K, J와 Y, 그리고 L. 북한의 도발보다 백배는 놀라운 일이었다. 그러나 살다보면, 놀라운 일에 맞닥뜨리는 경우가 놀랍지 않은 일에 맞닥뜨리는 경우보다 훨씬 많다. 어느 날 갑자기 화장실 한 줄 서기가 제대로 되는 게 놀라우며, 어떤 홍보에도 불구하고 지하철 에스컬레이터 두 줄 서기는 결코 제대로 되지 않는 것도 놀랍다. 주말이면 고속도로가 주차장이 되는 것이 놀랍지만, 그다음 주말이나 그다음 다음 주말에 크게 다르지 않다는 사실은 더 놀랍다.

U와 K, J와 Y, 그리고 L이 내 진심을 더 이상 믿지 않는다 해도 크게 놀랄 일은 아닐 것이다. 하지만 내가 그녀들 하나하나를 사랑하는 마음은 맹세코 진심이다. 그들을 그냥 그렇게 놓아버릴 수는 없다. 정말 이렇게 끝낼 수는 없는 일이다. 백여섯, 백일곱…, 마지막으로 백여덟. 나는 무릎을 구부렸던 방석 옆 바닥에 엎어진다.

열 오른 몸 안으로 서늘한 기운이 들어온다. 외롭다. 하지만 나보다 더 외로웠을 U. 편의점 아르바이트와 꽃집 아르바이트로 간신히 생활을 이어가던 U는 그래서인지 너무 쉽게 나를 받아들였다. 열 살 이상 나이 차가 나는데도 U는 신경 쓰지 않았다. 무거운 화분들을 옮기고 있던 U, 내가 주는 작은 사과 하나, 값싼 머리핀 하나에도 무척 기뻐했던 U. 그녀는 지나치게 조용히 웃었고, 그럴 필요가 없는데도 애써 말을 삼갔다. U를 보고 아버지는 천생 여자라며 흡족해 했었다. 아버지의 병실에서 U가 떠오른 것은 그녀가 아버지의 유방암을 진심으로 걱정해줄 유일한 사람이라 생각되었기 때문이다. 내가 절에 들른 것은 어디까지나 U를 위해서이다.

나는 절을 빠져나와 U가 일하는 편의점으로 향한다. 뉴스는 더 이상 북한 소식을 전하지 않는다. 여느 때와 마찬가지로 누군가가 이기고 졌음을 알리는 스포츠 뉴스가 카 오디오를 통해 흘러나온다. 불안 따위는 모르는 팬들의 함성.

U는 편의점에 있다. 스캐너를 손에 쥔 채 멍하니 있던 그녀가 나를 보

고 화들짝 놀란다. 아침의 소동에 미안해 해야 할 것은 마치 U 자신이라는 듯 어찌할 바를 모른다.

나는 말없이 그녀의 손을 잡는다. U가 내게 실망을 했건, 배신감을 느꼈건 내게 지금 그런 것은 중요하지 않다. 모자란 잠 때문에 빨갛게 충혈된 U의 눈이 불안하게 흔들린다. J처럼 화려한 손을 단 한 번도 가져보지 못한 U의 거친 손.

나는 목이 메어 말을 하지 못하고 조용히 봉투를 건네준다. U가 고개를 가로젓는다. 나는 그녀가 세 들어 사는 집에 올려줘야 할 보증금이 얼마인지를 알고 있었고, 봉투에는 딱 그만큼의 돈이 들어 있었다.

U에게 아버지 얘기를 한다.

"유방암이고 전이까지 이루어진 상태야."

나는 마치 그래서 그녀가 돈을 꼭 받아야만 한다는 듯이 단호하게 봉투를 손에 쥐어준다. 원망과 걱정, 미련과 감사로 혼란스러운 U의 마음이 전해져 온다.

나는 편의점 문을 밀고 나간다. U는 봉투를 들고 따라 나오지만 성큼성큼 걸어가는 나를 잡지는 못한다. 나는 엄청난 행복감에 젖어든다.

6

직업 군인인 아버지는 늘 긴장하고 있었다. 북한이 언젠가는 핵을 터뜨리고 말 거라며 신경을 곤두세웠고, 군의 기강이 흐트러질지도 모를 사태에 철저히 대비하고 있었다. 아버지는 자신이 믿고 있는 원칙에 의거해, 평생 해서는 안 된다고 생각하는 일은 결코 해보지 않았으며 하려고 생각조차 해보지 않은 사람이었다. 그는 언젠가 일어날, 마침내 일어나고야 말 변화에 대비해 늘 부동의 자세를 취하고 있었다.

나는 대체로 아버지의 방어적인 태도를 무시하는 편이었지만 그의 유방암만큼은 무시할 수가 없었다. 어쨌거나 암은 아버지가 꼿꼿이 허리를 세우고 있건, 납작 엎드려 있건 간에 상관없이 생긴 거였다.

 사람들은 자신과 자신의 인생이 어긋나는 것을 외면하는 것만으로 용케 위기를 모면했다고 생각하고는 한다. 땅바닥에 머리를 박는 타조처럼 내가 보지 않으면 남도 보지 않는다고 여기는 것이다. 나는 그 어긋나는 지점을 노려보는 것으로 어긋남을 막을 수도 있지 않을까 생각해보고는 했다. 노려보고 있는 동안은 불안하지 않을 수도 있지 않을까? 하지만 잠시 눈을 돌리는 사이, 또는 단지 눈을 깜빡였을 뿐인 짧은 순간에 무슨 일이 일어날지는 아무도 모른다.

 육십 년이 넘었다. 남북은 대치하고 있고, 격돌은 언제든 일어날 수 있다. 아버지의 말처럼 썩어 문드러지고 있으니 언제든 전쟁은 터질 수 있을 것이다. 아버지는 평생 가슴을 바짝 땅에 댄 포복 자세로 적에게 총구를 겨눈 채 잠시도 경계를 늦추지 않았다. 하지만 그사이 자신의 가슴이 썩어 문드러지고 있다는 사실은 감쪽같이 몰랐다. 왼쪽 가슴에서 피와 고름이 나오고서야 무언가가 잘못되었다는 것을 받아들였다. 하지만 그 이전의 작은 멍울이나 조금 두꺼워진 피부, 혈관을 타고 전기가 흐르는 듯한 느낌 등은 아버지에게 아무런 영향도 미치지 않았다. 귀를 스치고 머리카락을 그을리며 날아간 총알들에 대해 아버지는 언제나처럼 용감했을 뿐이다. 그것들이 아버지를 지나치면서 결코 무시할 수 없는 자국을 남겼는데도 말이다.

 나는 아버지가 그럴 수밖에 없었다고 생각한다. 모호할 수밖에 없는 인생의 안개와 주의를 기울이기에는 너무 치밀한 시간 때문에 말이다. 나는 지금 아버지의 것과 크게 다르지 않은 참호 속에서 아버지와 비슷한 자세로 엎드려 있다. 결국 내가 대체로 무시한 아버지의 생이 내 생과 크게 다르지 않다는 사실 때문에 비장한 마음이 된다. 몸을 땅에 붙이고 기어 다니다보면, 언젠가 내가 맞닥뜨리게 될 그것을 조용히 넘어서버리게 될지도 모른다.

　북한은 응분의 대응을 하고야 말 것이라며 연일 엄포를 놓고 있다. 미국과 중국이 우리나라를 나눠 가지지 못해 안달이 났으니 기어이 전쟁이 날 것이라 생각하는 사람과, 우리 땅에는 석유가 나지 않으니 그럴 리는 없을 거라고 주장하는 사람들이 다 함께 농담을 주고받았다. 휴가 계획은 왜 세우니? 전쟁 날 텐데. 공부는 왜 하니? 전쟁 날 텐데. 어쩌면 사람들은 정말 전쟁을 바라는 것인지도 모른다. 연애는 왜 하니? 전쟁 날 텐데.

　나는 불안에 빠지지 않기 위해 백화점으로 향한다.

7

　나는 Y가 오래전부터 군침만 흘리고 있었던 향수를 사 들고 Y에게로 간다. Y는 일단 내가 주는 향수를 받아 든다. 얼마 전에 어머니가 샀던 것과 같은 브랜드의 제품이다.

　어머니는 Y를 본 적이 있다. 백화점에서 우연히 만나 함께 밥을 먹기도 했다. 씀씀이가 헤퍼 보인다. 어머니는 Y가 화장실에 간 사이 경고하듯 내게 말했다. 그러니까 귀엽잖아요. 좀 쓰면 어때요? 인간은 소비의 동물인데. 어머니는 차 마시자는 Y의 제안을 차갑게 거절했다. 어머니의 손에는 평소 Y가 목을 매는 제품의 로고가 찍힌 쇼핑백들이 들려 있었다.

　Y는 새치름하게 말한다.

　"어떻게 그렇게 많은 여자들을 한꺼번에 만나고 있었던 거야?"

　"너를 사랑하는 내 마음은 변함없어."

　Y는 내가 준 향수를 지그시 내려다본다.

　"그건 알아. 내가 그 정도도 모른다고 생각하지는 마."

"우리는 정말 잘 어울리는 커플이잖아. 그렇지?"

"아니야. 지금은 아닌 것 같아."

나는 포장을 뜯고 향수를 꺼내 그녀의 손목에 뿌려준다.

"내가 다른 여자들 때문에 너한테 소홀한 적 있어?"

Y는 자신의 손목을 흔들며 향을 맡는다.

"그랬다면 벌써 헤어졌겠지. 너는 나한테 잘해줬어."

"네가 부은 오렌지 주스 아직 닦아내지도 않았다."

"나는 뭐라도 했어야 했어."

"알아. 너는 뜨거운 사람이니까."

"솔직히 그 여자를 만나기 전에도 너를 의심했어. 네가 하는 일에 비하면 넌 너무 바빴으니까."

Y는 내가 하는 일을 존경한다. 어찌어찌하다 수학을 전공하고 학원에서 선생을 하고 있을 뿐인 내가 아인슈타인을 능가하는 천재인 줄 안다. Y는 우리의 관계를 놓고 내가 설명한 벡터 공간에 대해 완전한 무지에서 오는 감탄을 보였다. Y는 아주 어려서부터 수학에는 관심이 없었지만 내가 하는 말을 모두 알아들었다. 굳이 마르코프 체인을 들어 설명하지 않아도 Y는 우리의 관계가 이산 확률 과정에 의한 것임을 완벽히 이해했다. 즉 Y는 우리가 만나는 일 회, 이 회, 삼 회의 과정에서 내가 선물하는 향수 일과 이, 삼 등의 의미를 놓치지 않았던 것이다. 그녀는 우리가 앞으로 만날 어떤 날이 지금 만나고 있는 순간에 의해 영향을 받을 수 있음을 모르지 않았다.

"나는 네가 향기에 반하는 모습 때문에 반한 거야. 지금의 나를 어떻게 생각하는지 알아. 다 정리할게. 아니, 이미 다 정리됐어. 좋은 향수가 나오면 너를 생각하지 않을 수 없을 거야."

"향수는 고마워. 리미티드 에디션인데, 어떻게 구한 거야?"

"너를 위해 뭐든 구할 수 있어. 연락해도 되지?"

8

 나는 어느새 K가 있는 고시원 앞에 와 있다. K가 내게 물었다. 너는 키도 작고, 미남도 아니고, 사시 패스한 인간도 아닌데 뭘 믿고 나한테 이렇게 들이대니?
 K와 나는 중학교 동창이다. 내가 있는 듯 없는 듯 묻혀 있는 인간이었다면 K는 전교 일이등을 차지하던 수재였다. 하지만 너무 공부를 잘해 법대에 들어간 것이 그녀 인생의 화근이었다. 늘 일차는 붙고 이차나 삼차에서 떨어지는 통에 K는 끝까지 포기하지 못했고, 애꿎은 기대만을 뜯어먹으며 이십 대를 보냈다.
 공부하느라 연애 한 번 해보지 못한 K에게, 또 뒤늦게 연애를 하려 해도 역시 공부하느라 시간이 많지 않은 K에게 나는 이상적인 남자 친구였다. 그녀의 모든 시간을 배려하고, 아껴주며, 위해주었기 때문이다. 그녀가 아니라 그녀의 시간을 사랑해주는 나를, 마침내 그녀도 사랑하게 되었다. 물론 K의 마음을 얻기까지 나는 온갖 굴욕적인 짓을 다했다. 너는 내 취향 아니야. 그녀는 내가 자신과 어울리지 않는 짝이라는 말을 노골적으로 표현하기도 했다. 하지만 K의 메말라 보이는 영혼이 나를 멈출 수 없게 만들었다. 나는 그녀가 실제로 메말라 있는 것이 아니라 단지 메말라 보인다는 사실에 강하게 끌렸다. 결코 자연스럽지 않고 안간힘을 쓴다는 느낌. 꼿꼿하기 위해 손가락 한 마디도 힘을 빼지 않는 K의 기운이 내게서 존경심을 우러나게 했다. 그녀가 완강할수록 나는 점점 더 그녀에게 끌렸다. 그리고 나는 그 어떤 것도 영원히 완고할 수 없다는 것을 잘 알고 있었다. 그냥 친구하자.
 나는 그렇게 K를 안심시켰다. 그러나 친구인 나는 늘 그녀의 어딘가를 만지고 싶어했고, 더듬다가 떠밀림을 당하거나 따귀를 맞기도 했다. 나는 무릎을 꿇기도 했고, 자해 같은 것을 해버리겠다는 암시를 주기도 했다. 온갖 비굴한 방법을 다 썼고, 그녀를 너무나 사랑하므로 포기하지 않겠다는 맹세를 남발하기도 했다. K가 좋아하지도 않을 이벤트를 준비했고, 그녀로서는 관심도 없을 이런저런 선물을 하기도 했다. 어느 순간 아마도 K는 내가 그녀를 위해 쏟아붓고 다니는 시간이 갸륵했을 것이고, 자신이 나를 상대하느라 버리는 시간이 아까웠을 것이다. 결국 그녀는 나를, 아니 내 시간을 거두어주었다.

K는 나오지 않으면 고시원 밖에서 소리쳐 그녀를 불러내겠다는 내 문자 메시지를 받은 후 마지못한 듯 나온다. 내가 쉽게 물러서지 않을 것임을 알고 있기 때문일 것이다.

그녀는 아침보다 훨씬 파리한 얼굴이다. 위염이 도진 모양이다. 나는 그녀가, 생각했던 것보다 더 심하게 충격 받았음을 알 수 있다. 분명하게 끊어 말하기를 좋아하는 그녀가 말끝을 계속 흐리고 있었다.

한두 해 봐온 것이 아닌지라 나는 K의 목소리만으로도 그녀의 상태를 짐작할 수 있다. 그녀는 분명 실연으로 괴로워하고 있었다. 나도 그녀 자신도 모르는 사이, 나를 많이 좋아하게 되어버린 K를 보며 나 역시 충격을 받는다. K는 쓰러지려는 이성을 붙잡는 데 정신이 팔려 정작 내게 화를 내지도 못한다.

"나 이제 정말, 그만둘 거야. 고시 같은 거 아예 잊고, 취직이나…."
"그러지 마라. 내가 벌어다 줄 테니, 너는 그냥 계속 공부해."

K는 울음을 터뜨린다.

"왜 그랬니? 왜 그랬어? 너 같은 게 왜 내게 그랬어?"

나도 K와 같이 운다. 고시 공부가 피곤하고, 그 고시로 얽힌 세상이 피곤했을 그녀가 너무나 애처롭다.

왜 그렇게 힘겹게 살아야 하는지 모르면서 우리는 살고 있다. 고통이 없는 인생은 말도 되지 않는다는 듯 오기를 부리면서 위안거리를 애써 만들어내고는, 잠깐 숨을 쉬는 사치를 부렸으니 이제 충분하다고 완강하게 믿는다.

 K의 야윈 몸이 더운 바람에 녹아버릴 것만 같다. 납작 엎드린 채 총을 겨누고 있는 내 옆에서 그녀 역시 어설픈 자세로 총을 부여잡는다. 어쩌면 우연히 녀석을 날려버릴 수 있을지도 모른다.

 우리는 고시원 근처 공원 벤치에 앉아 어깨를 마주 잡고 한참을 운다. 사람들의 발걸음이 주변에서 얼마간 멈추었다 가는데도 울음을 멈출 수가 없다. 울다가 우리는 끌어안듯 서로에게 기댄다. 내가 입을 맞추어도 K는 거부하지 않는다. 그녀와 나는 퉁퉁 부은 눈이 진정될 때까지 그렇게 부둥켜안고 있다.

 "영원히 너만 사랑할 거야."
 "들어가야 돼."
 "그래, 열심히 해."
 그녀는 고시원으로, 나는 병원으로 걸음들을 옮긴다.

9

 해가 저물었다. 아버지는 이런저런 주사를 맞은 데다 하고 또 했던 검사를 다시 한 번 더 하느라 완전히 지쳐 있다. 꼿꼿하던 등을 둥글게 말고 쓰러져 자는 그의 얼굴은 고통으로 일그러져 있다.

 나는 그 고통의 대부분이 수치심으로 얼룩져 있다는 것을 안다. 아버지는 자신이 결국 대한을 지키는 철통 방어벽이 아니라, 치욕적인 세균들의 공격으로 진작 텅 비어버린 공동空洞이었음을 깨달았을 것이다. 내가 병원에 있지 않은 것은 잘한 일이다. 아버지는 덜 부끄러웠을 것이다. 북한은 결국 아무 짓도 하지 않았다는데, 아버지는 더 이상 뉴스를 보고 싶어하지 않는다.

 나는 어머니를 집으로 돌려보낸 뒤 혼자 병실을 지키고 있다. 노크하는 소리가 들린다.

"와주었구나."

놀랍게도 L이 찾아왔다. 통통한 그녀의 손에 과일 바구니가 들려 있다. 아버지는 깨지 않는다. 나는 주스 병 두 개를 꺼내 들고 나가 그녀와 함께 병실 앞 벤치에 앉는다. 냉방이 완벽한데도 L은 땀을 흘린다.

"뺨 떨어지는 줄 알았다, 아까."

L이 또 뺨을 때리러 오지는 않았을 것이므로 나는 가볍게 말한다. L은 쉽게 말을 꺼내지 못한다. 주스 병을 입에 댔다 뗐다 하고 있는데, 액체의 양은 줄지 않는다. 분홍색 바지를 입은 간호사가 지나가며 친절히 묻는다.

"환자분 불편한 거 없으시죠?"

"네, 그냥 주무시고 계세요."

L의 눈이 간호사의 때 묻은 하얀 슬리퍼에 오래 머물러 있다. L과 처음 데이트를 했을 때도 그녀는 종일 내 구두만 내려다보고 있었다.

"알게 된 지 오래됐어요."

"그랬구나."

도대체 L은 나를 얼마나 따라다닌 것일까? 사수를 결심하던 올 겨울부터? 아니면 지난해 수능도 보기 전?

"당신이 나 같은 사람을 좋아하는 게 이상하잖아요. 처음에는 당신을 안 만나면 그뿐이라고 생각했다가, 나중에는 그래도 좋다고 생각했다가…."

L의 작은 눈에서 소리 없이 눈물이 흐른다. 삼수 때부터인가? 어쩌면 우리가 만났던 초반부터 알고 있었을지 모른다.

"울지 마라."

나는 바지 뒷주머니에서 꺼낸 손수건으로 L의 눈물을 닦아준다. 통곡 없이 물처럼 흐르는 눈물이 소리 나는 울음보다 더 슬프게 느껴지는 법

불안은 없다

이다. 나는 마음 바닥까지 젖어 그녀의 눈에 살며시 입을 맞춘다. L이 더 이상 견딜 수 없다는 듯 내 가슴에 몸을 던진다.
"그 여자들은 이제 당신을 더 이상 만나지 않을 거예요. 그렇죠?"
"그럼. 덕분에 깔끔하게 정리됐잖아."
나는 L을 아기처럼 토닥여준다. 토실한 그녀의 어깨가 믿을 수 없는 속도로 떨린다. L은 나처럼 자신을 사랑해주는 사람이 아무도 없다고 했다. 머리가 나쁜 L을 부모님은 부끄러워했고, 뚱뚱한 L을 친구들은 놀려대며 밀어냈다. L을 조금 아는 사람들은 그녀를 경멸했고, 많이 아는 사람들은 무시했다. L은 종이접기를 잘했는데, 아무도 그런 것을 높이 사주지는 않았다.
"사랑해."
"저도요."
나는 물감 맛이 나는 포도 주스를 한 모금 마신다. 북한은 늘 뻔한 거짓말을 하고 극성스럽게 엄포를 놓으며, 언제 그랬냐는 듯이 침묵해버린다. 그러나 북한이 아무런 이유 없이 변덕에 의해서만 그러고 있지 않다는 것을 우리도 알고 그들도 안다. 누구나 몸부림을 치고 있는 것이다.

10

L은 눈물도 다 말리고 주스도 다 마신 뒤 집으로 돌아갔다. 아버지는 수액 때문에 방광이 무겁다며 일어나 화장실을 한 번 다녀오고는 다시 잠에 빠졌다.
자정이 다 된 시간이다. 나는 충전이 완료된 전화기를 들고 J와 K, U와 Y, 그리고 L에게 메시지를 넣는다. 그녀들의 보조개와 쌍꺼풀과 귓불 등을 떠올리며 잘 자라는 인사를 한다. 문자들이 가늠할 수 없는 망을 뚫고 달려가는 사이, 아버지의 암세포들은 다시 전투 태세를 갖추고 있고, 대남 대북 선전 문구들은 허공을 가르고 있다.

아버지는 좀 어떠셔요? 이제 아르바이트를 마치고 서둘러 막차를 타고 있을 U에게서 문자가 온다. 역시 U의 마음은 상냥하기 그지없다. Y에게 준 향수의 사진이 카톡으로 전송되어 온다. 그녀는 행복한 밤을 보낼 것이다. K는 공부에 집중하느라 자주 전화기를 들여다보지 않는다. 답이 없어도, 나는 그녀에게 굿나잇 이모티콘을 하나 더 보낸다. 아버지 수술 잘되었으면 좋겠다. J에게서도 답문이 온다. L은 구구절절 사연이 길다. 나는 꼼꼼히 그녀의 문자를 읽는다. 어쨌거나 그녀들은 나를 필요로 하고, 나는 필요와 사랑의 경계가 명확하지 않다고 믿는다.

더 이상 불안하지 않다. 내 자유가 다시금 그녀들에게 단단히 묶여버렸으므로 나는 진심으로 안도한다.

북한이 밤을 기해 쏠 수도 있다던 미사일은 결국 발사되지 않았다. 다시 일상이다.

나는 오늘 종일 연락하지 못한 P와 H에게 따로따로 메시지를 보낸다. 별일 없지? 잘 다녀왔어? 미처 답을 보내지 못해 토라져 있을 N과 S에게도 문자를 보낸다. 아버지가 암이래. 유방암이시래. 기다리고 있었다는 듯 글자들이 날아온다. 뭐라고? 그랬었구나. 결국 암이신 거구나. 걱정돼서 어째? N에게서는 대번에 전화가 걸려온다. 내일 찾아뵐게. 자기야, 기운 내.

빛깔은 다르지만 반짝이는 것임에 틀림없는 무수한 감정들이 사이버 공간을 따라 바쁘게 이동한다. 나는 발가락 사이사이에 다시금 팽팽하게 걸린 실의 감촉을 만끽한다. 그 선들은 제각각 다른 방향이지만 서로 얽히지 않은 채 무한한 공간을 향해 평행하게 뻗어 있다.

누군가 빠진 사람이 더 있나?

균형을 잡느라 피곤했던 나는 침대에 눕자마자 곯아떨어지고 만다. 북한도 남한도 모두 잠이 드는 시간, 언제나 그렇듯 불안은 없다.

찌개가 끓고 있을 것이다

조금 더 나아가, 아니 뒤로 돌아가,
그는 애초에 사라지지 않을 수도 있었을 것이다.
그러나, 그럼에도 불구하고, 찌개는 계속 끓고 있을 것이다.

찌개가 끓고 있을 것이다

 애초에 나는 테이블 a, b, c, d, e, f 모두에 '찌갯집'을 뻔질나게 드나드는 단골손님들을 배치할 계획이었다. 하지만 마음을 바꿔 우선 테이블 a와 d, e와 f만 채우기로 한다. 익숙한 것들과 비어 있지 않은 것들이 먼저 나를 못마땅하게 만들 것이고, 점차로 나 아닌 다른 모두도 괴롭힐 것이기 때문이다.
 그러므로 테이블 f에는 단골이 아닌 그저 그런 손님들을 앉힐 것이고, 테이블 b와 c에는 아직 아무도 앉히지 않을 것이다. 테이블 b는 입구와 가까워서 안정감이 들지 않고, 테이블 c는 박스들이 쌓여 있는 구석에 있으니 오거나 말거나 상관없는 사람들의 몫으로 두어도 무방할 것이다.
 그럭저럭 괜찮다. 어수선하지도 않고 지루하지도 않다.

 나는 찌갯집 주인 현이 사흘째 모습을 드러내지 않는 시점에서 이야기를 시작할 것이다. 특별히 사라질 이유가 있어 보이지 않았던 현이 말 그대로 어느 날 갑자기 사라져버렸던 것이다.

찌개가 끓고 있을 것이다   43

그러니까 오늘 밤 찌갯집은 그가 사라졌다는 소식을 심각하게 받아들였거나 그다지 심각하게 받아들이지는 않았어도 얼마간 비중을 두기는 한 지인들로 북적거릴 것이다. 물론 그가 없어진 것을 전혀 알지 못하는 자들과, 없어진 것을 안다 하더라도 모르는 것과 크게 다를 바가 없는 사람들에게도 테이블을 내어줄 것이다. 예측 가능함에 목 졸려본 적이 있고, 단조로움에 따귀를 맞아본 적이 있는 나로서는 장담 따위는 하지 않겠지만 말이다.

*

먼저, 홀로 김치찌개를 끓이고 서빙을 하면서 바쁘게 주방과 홀을 오가는 아르바이트생에게 주목해야 할 것이다. 그는 사라진 찌갯집 사장을 걱정해서 모였다는 이들이 진정으로 그러는지를 의심하며, 무엇엔가 심통이 난 듯 일을 할 것이다. 물론 그가 다른 사람들을 의심한다고 해서 그만은 진심으로 사장을 걱정하고 있다는 뜻은 아닐 것이다. 아르바이트생의 관심사는 오로지 자신이 시급 육천 원에 걸맞지 않은 일을 하고 있다는 사실을 주변 사람들이 알게 하려는 데 있을 것이기 때문이다. 그는 크게 인간적인 면모를 벗어나지 않으면서도 인간적인 면모 따위에 끌려 다니지 않을 수 있는 지점이 어디인지를 가늠해볼 것이다.

최근 들어 찌갯집 사장 현과 가장 가까이 지냈다고 할 수 있는 아르바이트생은 사흘 전 홀로 가게를 열고 청소를 할 때만 해도 아무런 걱정을 하지 않았을 것이다. 그는 현이 여느 때처럼 근처의 다른 가게 사장들과 수다를 떨고 있거나, 인근 서점에서 새로 나온 책들을 구경하고 있으리라 여겼을 것이다.

아르바이트생이 아무래도 여느 때와는 다르다고 생각하며 전화를 넣은 것은 오후 여섯 시가 지나 첫 손님이 들이닥친 직후였을 것이다. 그는 신호음만 가고 끝내 통화가 되지 않는 전화기에 대고, 습관적으로 욕설을 내뱉었을 것이다. 현의 전화기가 아니라 자신의 전화기에 얼마간 침이 튀었다는 사실이 그를 더 열 받게 만들었을 것이다.

아르바이트생은 경험에 근거하지 않은 상상력을 발동시킬 만한 위인이 아니었으므로 몇 가지 단순한 가정을 해보았을 것이다. 사우나에 가서 잠이 든 것일까? 교통사고를 당한 것인가? 어쩌면 전화기를 잃어버리고 찾고 있는 중일지도 모른다.

아르바이트생은 어린 게 무기가 된다는 것까지는 몰랐지만, 어쨌거나 어렸으므로 결국 길 건너 노래방 주인에게 도움을 청했을 것이다.

*

이제 나는 테이블 a에 사장의 고등학생 때 친구 세 명을 앉힐 것이다. 평소에 바쁘게 주방을 오가는 찌갯집 주인 현이 짬짬이 들러 술잔을 주고받을 수 있도록 동창들은 늘 그 자리에 앉고는 했을 것이다.

납치라도 된 거 아닐까? 왜, 택시 타고 가다가 다 털리고 창고 같은 데 감금되는 사람들 있잖아.

친구 1이 말할 것이다.

야, 납치가 되려면 우선 어딘가로 나가야 할 거 아냐? 오 년째 이 동네를 떠나본 적이 없는 놈이야.

친구 2가 어이없다는 듯 말하며 제 앞에 놓인 술잔을 비울 것이다. 친구 1은 친구 2의 태도가 자신에게 적대적이라는 사실에 살짝 서운할 것이다.

그럴 리가! 쉬는 날에는 놀러 다녔겠지.

현이 쉬는 날에는 놀러 다닌 게 분명하다고 믿고 싶은 친구 1은, 그러나 사실 자신의 말에 자신이 없을 것이다. 그는 찌개를 휘휘 젓는 동작으로 자신 없는 상태를 무마하려 들 것이다.

너 진짜 모르는구나. 찌갯집은 가게 연 이래로 문을 닫은 적이 거의 없어. 녀석이 심하게 아팠을 때를 빼고는 말이야.

친구 3도 친구 2의 말에 힘을 실어줄 것이다. 현이 없어진 것이 그간 현에게 무심했던 친구 1의 탓이기라도 하다는 듯, 친구 3은 의기양양할 것이다. 슬슬 짜증이 나기 시작한 친구 1은 짜증이 나는 걸 감추기 위해 하나마나한 제의를 할 것이다.

그럼 진짜 이상한 일이잖아. 신고해야 하는 거 아냐?

친구 2와 친구 3은 끝까지 친구 1을 무시할 수밖에 없다는 듯한 태도로 말할 것이다.

여태 아무도 안 했을까봐?

노래방 주인이 신고했대.

친구 1은 또다시 잘 끓고 있는 찌개를 뒤적일 텐데, 이는 어디까지나 서운하고 자신 없고 짜증이 나는 복합적인 감정을 숨기기 위한 동작일 것이다. 그러나 곧, 친구 2와 3은 자신들 역시 딱히 큰소리칠 입장이 아니라는 사실을 깨달을 것이다.

그들은 모두 의기소침한 가운데, 뽁뽁 거품을 터뜨리며 끓고 있는 찌개를 바라볼 것이다. 찌개는 냄비 가두리를 넘을 듯 말 듯 하면서도 끓어 넘치지는 않은 채 돼지고기와 김치로부터 깊은 맛을 우려내는 중일 것이다.

친구 1, 2, 3은 곧 그 자리에 합류할 친구 4가 뭔가 조치를 취하고 올 것이라 기대할 것이다. 친구 4는 '뭔가 조치를 취하는' 일들을 곧잘 도맡아 해왔을 것이기 때문이다. 그러나 나는 친구 1, 2, 3이 마냥 친구 4만을 기다리게 하지는 않을 것이다. 그들은 그들대로 사라진 현의 행방에 대해 수소문해볼 수 있는 다른 방법을 시도할 것이다.

"너 진짜 모르는구나"라고 했던 친구 3에게 기회를 줄 것이다. 적어도 그는 어느 자리에선가 현을 막역한 사이라며 소개한 일이 있기 때문에 더 책임감을 느낄 것이다. 물론 현도 그렇게 생각했는지는 모를 일일 것이고, 친구 3이 실제로 그렇게 느껴서 그렇다고 이야기했는지 역시 모를 일일 것이다. 어쨌거나 그는 휴대전화기를 꺼내 들고, 고교 동창들끼리 만든 단체 대화방을 통해 현이 사라졌다는 사실을 알릴 것이다.

자리에 함께 있는 친구 1과 2도 자신들의 휴대전화기를 꺼내 들어 친구 3을 도울 것이다. 하지만 대화방에 뜬 반응들은 전혀 도움이 되지 않을 것이다.

다 커서 실종은 무슨 실종이야?

내가 데리고 있다. 씻기고 밥 먹이고, 엉덩이 두들겨서 고이 돌려보내마.

술들 곱게 마셔라. 즐거운 밤!

친구들의 반응은 싸늘하진 않지만, 결코 진지하지도 않을 것이다. 그들 모두 농담을 주고받는 데 익숙해 있고, 어설픈 장난질에 속아 넘어가 본 경험이 아주 많을 것이기 때문이다.

여전히 찌개에는 손도 대지 않은 친구 2가 분통을 터뜨릴 것이다. 그는 안주 없이 맑은 소주 한 잔을 또 비울 것이다. 다른 친구들에게 털어놓지 못한 어떤 일 때문에 마음이 무거워진 친구 3이 친구 2도 혹시 그런 게 아닌가, 의심하며 빈 잔에 술을 따라줄 것이다.

친구 3은 자신이 현에게 빌린 돈을 아직 갚지 못하고 있다는 사실을 다른 친구들에게 털어놓을까 말까를 고민하고 있을 것이다. 깊게 고민을 해서인서 아니면 깊지 않게 고민을 해서인지, 친구 3은 갑자기 배가 고플 것이다. 그는 조금 더 기다려야 제 맛이 날 찌개를 더 이상 기다리지 않고 자신의 그릇에 덜며 아르바이트생에게 요구할 것이다.

여기, 밥 좀 주시게!

*

 사흘째 혼자 가게를 보고 있는 아르바이트생은 점점 끓어오르는 화를 주체할 수 없을 것이다. 첫째 날만 해도 그는 사장을 걱정하며 이리저리 연락을 해보는 데 신경을 썼을 것이다. 찌갯집에 드나드는 단골손님들에게 주인이 없어진 사실을 열심히 알리기도 했을 것이다. 평소 사장이 누님이라 부르는 앞집 노래방 주인과 함께 가게 옥상에 있는 사장의 집 문을 땄을 때는 다소 비장해지기까지 했을 것이다. 그는 그래도 방이 어지럽혀 있지 않은 데다 온기도 있어 안심이 되었을 것이다. 둘째 날에 아르바이트생은 노래방 주인과 매우 가까운 사이가 되었다고 느끼며 그녀가 경찰에 신고하는 것을 거들었을 것이다. 접수를 한 후, 둘이 입을 모아 우리나라 경찰의 문제점에 대해 이야기를 나눌 때는 사실 자기와 사장이 가족과 같은 사이라고 생각하기도 했을 것이다. 하지만 셋째 날 출근길에 아르바이트생은 자신이 남의 처지를 안타깝게 여길 입장이 아니라는 사실을 깨달았을 것이다. 이틀 연속 학원에서 아침 수업 내내 존 것이 낮에 혼자서 너무 많은 일을 한 탓이라 생각했을 것이기 때문이다.
 그러므로 아르바이트생은 현을 단순한 가게 사장이 아니라 형님으로 여겼다는 사실을 서서히 잊을 것이다. 틈틈이 공부도 하고 친구들과 메시지도 주고받으며 수월하게 일했던 지난 삼 개월에 대해 감사한 마음을 갖기보다 지금 그렇지 않다는 사실에 화를 낼 이유가 충분하다고 생각할 것이다. 그는 지난달 월급을 받은 이후로 일주일이 지났다는 것을 기억해낼 것이다. 사장을 믿거니 하고 따로 기록해두지 않았으므로 사실 이레째인지, 여드레째인지는 명확하지 않을 것이다. 어쨌거나 그는 모을 수 있는 만큼 현금을 모은 뒤 들고 나갈 생각을 할 것이다. 좀 미안한 마음이 들면 곱하기 칠을, 오히려 억울한 마음이 들면 곱하기 팔을…. 그는 기회를 엿볼 것이다.

어이, 여기 소주 두 병 더.

아르바이트생은 테이블 d에 앉아 있는 남자와 여자 중 취기가 좀 더 오른 여자가 손을 번쩍 들며 하는 말을 무시하고 싶을 것이다. 하지만 그녀의 말을 못 들은 체하는 게 쉬운 일은 아닐 것이다. 그는 그다지 공손하지 않게 테이블 d에 소주병을 내려놓을 것이다.

아르바이트생은 현의 동창들이 앉아 있는 테이블 a의 주문 역시 외면하고 싶을 것이다. 그는 사장의 친구들이 일개 아르바이트생인 자신보다 사장과 더 가까운 사이이므로 직접 밥을 퍼서 먹을 수도 있다는 사실을 깨닫기 바랄 것이다. 그는 할 수만 있다면 그들에게 이렇게 말하고 싶을 것이다.

나는 아르바이트생입니다. 결코 사장 따위가 아니란 말입니다.

그러나 그는 무시하지도, 외면하지도, 항변하지도 못한 채 다만 바쁜 척만을 할 것이다. 그는 어제 씻어놓지 않은 냄비들을 씻지는 않으면서 씻는 시늉만을 할 것이며, 대충대충 건성건성 일을 할 것이다.

하지만 아르바이트생은 테이블 e에 앉은 손님들에게는 그럴 수가 없을 것이다. 며칠에 한 번은 꼭 김치찌개를 먹지 않을 수 없다는 듯 이곳에 드나드는, 소위 덩치들이 앉아 있기 때문일 것이다. 그는 주방에서 이미 충분히 끓인 찌개를 테이블 e에 얌전히 내려놓은 뒤 언제나처럼 서비스로 주는 달걀말이까지 준비할 것이다. 그는 몇 개 남지 않은 달걀을 모두 써버릴 것이다.

*

테이블 e에 둘러앉은 덩치들은 우리가 '덩치'라는 표현을 쓸 때 흔히 예상할 수 있는 그런 일들을 하며 먹고사는 자들일 것이다. 그들은 자신들의 보스가 찌갯집 주인 현을 아우님이라 부르며 각별히 여긴다는 것을 알고 있을 것이다.

덩치 2와 덩치 3은 현이 사라진 것이 보스와 현의 가라오케 동업 소문과 관련이 있을지도 모른다고 말할 것이다. 그러나 덩치 1은 그들의 추측을 일축하며 다른 가설을 세워볼 것이다.

혹시 우리 형님 무서워서 튄 거 아닐까?

덩치 1이 그냥 던져본다는 듯 무심히 말할 것이다.

잘 봐주기로 했는데 무섭긴 뭐가 무서워?

덩치 3은 아직 좀 더 끓여야 부드러워질 돼지고기를 성급하게 건져 먹으며 말도 안 된다는 표정을 지을 것이다.

덩치 1은 덩치 3이 모르는 소리를 한다는 듯 고개를 설레설레 저을 것이다. 평소 영화를 많이 보는 그는 어쩌면 보다 개연성 있는 다른 이유가 있을지도 모른다고 생각할 것이다. 덩치 1은 자신이 지금껏 봐온 영화들이 언제나 현실을 기반으로 만들어졌다는 데 큰 의의를 두는 자일 것이다. 그러므로 그는 보스와 보스의 여자, 그리고 현을 얽어 이미 그럴싸한 시나리오를 만든 바 있을 것이다.

덩치 1은 아직 다른 사람들에게 그 이야기를 해본 적이 없음에도 불구하고, '너는 공감할 것이다'를 뜻하는 그윽한 눈길로 덩치 2를 바라볼 것이다. 그러나 덩치 2는 덩치 3처럼 배가 고플 뿐이라는 듯 찌개 속 물렁물렁해진 라면을 건져내느라 바쁠 것이다.

사실 덩치 2와 덩치 3은 마음이 편치 않을 것이다. 그들은 보스 몰래 가끔 현으로부터 얼마간의 찬조금을 받아왔을 것이기 때문이다. 그들은 현이 사라진 일이 그것과 연관이 없기를 간절히 바라고 있을 것이다.

덩치 2가 말없이 말할 것이다. 현이 보스에게 말했다면 우린 벌써 죽었어. 말 안 했을 거야. 덩치 3도 덩치 2를 바라보며 말없이 답할 것이다. 그래, 우리가 뭐 물리력을 행사한 것도 아니고…. 설령 그랬다고 해도 이렇게 갑자기 사라질 일은 아니지. 무언의 대화가 서로를 위로할 것이다. 게다가 현은 한 번도 투덜거린 적 없었어. 그는 우리에게 호의를 보였다니까! 그랬지, 그랬고말고.

덩치 2와 덩치 3은 결국 밥이나 맛있게 먹자는 쪽으로 결론을 내릴 것이다. 그들은 두 사람의 내막을 눈치 채지 못한 덩치 1을 내버려둔 채 허겁지겁 배를 채울 것이다.

*

이때, 테이블 f에서 이른 저녁 식사를 마친 두 남자가 일어설 것이다. 그들은 많은 돈을 들이지 않고도 푸짐하게 밥을 먹고 싶을 때마다 현의 찌갯집에 들르는 인근의 대학생들일 것이다.

오늘 사장님이 안 계셔서 카드 계산이 어렵습니다. 현금으로 주실 수 있는지요?

아르바이트생은 가게의 주인이 없는 것과 카드 리더기의 작동 사이에 아무런 관련이 없다는 사실을 깡그리 무시하고 말할 것이다. 현금이 없다고 하면 그때 카드를 받아도 된다는 계산을 하고 있으므로 그의 태도는 느긋하고 뻔뻔할 것이다.

두 대학생은 가지고 있는 돈이 많지 않으나 까다로운 자들이 아니므로 오천 원씩을 내 구천구백 원을 지불한 뒤 백 원을 돌려받을 것이다. 그들은 밥을 먹으면서 테이블 a와 테이블 e 등에서 사라진 사장에 대해 말하는 것을 들었으므로 어쩔 수 없는 호기심을 감추지 못하고 아르바이트생에게 물어볼 것이다.

사장님이 실종된 겁니까?

확실하지는 않아요. 아는 사람들끼리 걱정을 하고 있는 중입니다.

난감한 일이네요.

난감한 일입니다.

무사히 오시기를 바랍니다. 수고하세요.

네, 고맙습니다. 안녕히 가세요.

저녁을 배불리 먹은 두 사람은 별일도 다 있다고 생각하며 가게를 나설 것이다. 아르바이트생은 사장이 없는 사흘 간 받은 현금의 총액을 계산하느라 잠시 산수를 사랑할 것이다.

*

이제 앞에서 살짝 언급한 바 있는 테이블 d를 좀 더 세밀하게 볼 것이다. 창가에 놓인 그 테이블에는 첼로를 전공하는 여학생과 경영학을 공부하는 남학생 두 사람이 앉아 있을 것이다. 그들은 사장이 사라지기 전의 여느 날과 마찬가지로 예전에 몇 번이나 나눴던 이야기를 하고 또 하고 있을 것이다.

여학생은 여느 때처럼 '악기가 무겁다'로 시작해서 '악기가 징그럽다'를 지나 마침내 '첼로를 그만둘 것이다'로 나아갈 때까지 계속 술을 마셔댈 것이다. 그녀는 또 여느 때처럼, 찌개에 떠다니는 김치나 고기는 먹지 않고 국물만을 축내며 위장에 전해지는 싸한 느낌을 즐기기도 할 것이다.

그들의 자리는 언제나 비슷해서 한 주 전과 두 주 전을, 혹은 한 달 전과 심지어 한 달 후를 뒤섞어놓은 것처럼 보일 것이다.

첼로를 켜는 여자보다 두 살이 어린 남자는 아직 군대에도 가지 않았고 졸업도 요원한 스스로의 처지에 대해 한 번쯤 돌아볼 생각은 결코 하지 않은 채 무조건 자신을 믿으라며 큰소리를 칠 것이다. 그는 악기야 자기가 들어주면 된다고 하다가도 그렇게 싫으면 첼로를 그만두라고 위로했다가 결국 같이 자러 가자고 조르는 말로 끝을 낼 것이다.
 여자는 남자가 원하는 것이 무엇인지 모르지 않지만 그것을 쉽게 들어주고 싶은 마음이 없으므로 시종 그의 말을 못 들은 체할 것이다.
 그런데 사장 오빠는 도대체 어디를 간 거야?
 올 때 되면 오겠지.
 남자는 넘어올 듯 넘어올 듯하면서도 넘어오지 않는 여자 때문에 오늘도 애가 탈 것이다. 그녀는 그의 기분을 잘 알고 있으므로 일부러 울먹이며 말할 것이다.
 내가 사장 오빠 사랑하는 거 알지?
 남자는 여자가 자신을 완전히 받아들이지도 않지만 완전히 받아들이고 싶은 마음이 없지도 않다는 것을 강조하기 위해 그런 말을 한다고 생각할 것이다. 그녀가 언제나 멀리 있는 남자들을 끌어들여 가까이 있는 남자를 더 가까이 끌어들인다는 것을 알고 있을 것이기 때문이다.
 남자는 아직 여자와 자본 적이 없으므로 그런 여자의 유치함을 기꺼이 감수하는 쪽을 택해왔을 것이다. 그러나 그는 오늘, 그러지 않기로 작정할 것이다. 그는 평소와 달리 그녀의 술주정을 잘 받아주지 않을 것인데, 그것은 어디까지나 오늘 내가 사장이 사라진 사건에 의미를 부여하기로 했기 때문일 것이다.
 남자는 여자와 비슷하게 위선적으로 찌갯집 사장을 들먹여 여자를 자극해보고자 할 것이다.
 사장님 없어진 게 그럼 너 때문이기라도 하다는 거야?
 그럴걸? 친하게 지내는 동생 애인을 가로채느냐 마느냐 고민하느라고 사라지신 거지.
 경영학도는 사실 첼리스트의 허세가 지긋지긋할 것이다. 그는 처음 여자를 만났을 때만 해도 그녀가 몸도 마음도 가볍기 그지없는 요즘 여자들과 다르다는 점을 높이 샀을 것이다. 하지만 그는 점점 여자가 중시

한다는 순결이 예상했던 바와 달리 거추장스럽기만 하다고 생각하게 되었을 것이다. 그는 여자와 헤어지면 다시는 남과 다른 것을 찾아 헤매지 않을 것이라 다짐하고 있을 것이다. 그는 '다름'에 대한 지향이 적어도 시대착오적이어서는 안 된다는 교훈을 얻었을 것이다.

사장님이 그런 거에 관심 가졌음, 여기 찌갯집에 드나드는 여자애들 하나도 남아나지 않았겠다. 웬 도끼병이야? 그 형, 며칠 전에 역사 교과서 국정화 반대 집회 나가고 싶다 했어. 거기 가 있는 건지도 몰라.

그러니까 멋있지.

그럼, 그런 멋있는 사람하고 잘해보지 그랬어.

본질이 아닌 것들을 긁어대는 일로 인해, 젊은 두 사람은 조금씩 더 젊어질 것이다. 긁다가 피가 나는 어떤 지점에서 마침내 희열을 느끼게 될 때까지 그들은 멈추지 않을 것이다.

술값이나 속여 먹는 너보다야 백배 멋있어.

너 말이면 다야?

남자는 숟가락을 탁 내려놓을 것이다. 그는 술값을 계산할 때 소주 한두 병쯤을 다른 좌석으로 슬그머니 밀어놓던 것을 여자도 낄낄거리며 함께 재미있어 했다고 말하고 싶을 것이다. 하지만 말을 한다 해도 주변에서 들을 수 있을 만큼 크게 목소리를 높이지는 않을 것이다. 아니, 그는 그냥 말을 하지 않을 것이고, 대신 다른 결심을 할 것이다. 남자는 자신이 너무 오래, 과하게 술을 마셔대는 여자를 따라다녔다고 생각할 것이다. 그는 결심을 실행으로 옮길지 말지를 결정하기 전에 담배 한 대를 먼저 피우는 게 낫겠다고 생각하며 밖으로 나갈 것이다.

한편 여자는 조금 전에 뱉은 말 때문에 자기가 진짜로 찌갯집 사장을 사랑하는지도 모른다고 생각할 것이다. 그녀는 종종 손님들의 술자리에 합석하기도 했던 사장을 떠올릴 것이다. 술을 조금만 마셨을 때의 사장은 유쾌했을 것이다. 그러나 술을 조금 더 마셨을 때의 사장은 진중했을 것이다. 젊은 날에는 뭐든 마음 가는 대로 일단 해보는 게 중요해. 실수를 하더라도 그게 꼭 필요한 실수였다는 것을 나중에는 알게 될 테니까 말이야. 여자는 당시에는 사장이 흔한 말을 주억거린다고 생각했을 테지만 지금은 그 말을 멋있게 여길 것이다. 그녀는 점점 실제 일어난 일들보다 일어날 수 있는 일들에 마음이 더 쏠릴 것이다. 맞아! 바다를 보러 가고 싶다고 했어. 아니야, 칠십 번 국도를 달려보고 싶다 했지. 그녀는 사장이 어떤 말인가를 했던 것 같기도 하고 안 했던 것 같기도 해서 애가 탈 것이다. 술을 많이 마셔대는 그녀는 점점 기억력이 떨어지는 자신 때문에 우울할 것이다.

이제 곧 그녀는 언제나 그래왔던 술버릇대로 울기 시작할 것이다. 그러나 담배를 다 피우고 돌아온 애인 앞에서 그리할 것이므로 아직은 그저 옆에 세워둔 첼로 가방을 끌어안기만 할 것이다.

*

이제 나는 다소 어수선해진 식당에 노래방 주인을 들여놓을 것이다. 사라진 현을 대신해 며칠 동안 찌갯집을 돌봐온 그녀는 노래방을 자신의 아르바이트생에게 맡겨두고 찌갯집으로 들어설 것이다. 단골들과도 안면이 있는 그녀는 마치 이곳의 주인인 양 모두에게 가볍게 인사를 건넨 뒤 아르바이트생에게 주인처럼 말할 것이다.

그릇 좀 닦아두지 않고 뭐했니?

그녀는 아르바이트생이 가까스로 참고 있다는 사실을 알지 못할 것이므로 자신과 사라진 사장과의 관계를 과신하며 목청을 높일 것이다. 그녀는 평소에도 사장에게 일하는 사람한테 너무 관대하다며, 그래서는 원활한 운영을 할 수가 없을 거라고 충고를 했을 것이다.

쓰레기통 비우고 병들도 빨리빨리 정리해. 사장님 없다고 이러면 되니?

　노래방 주인은 식기세척기에 들어갈 수 없는 큰 그릇들을 벅벅 닦아대며 고개를 절레절레 흔들 것이다.

　그녀는 처음에 자신이 한 말 때문에 사장이 사라져버렸을 리는 추호도 없다고 여겼지만, 아무리 궁리해도 적당한 이유가 떠오르지 않자 혹시 그럴지도 모른다고 생각하는 중일 것이다. 오래전부터 그녀는 사장을 동생처럼 여겨서 한다는 잔소리를 길게 늘어놓고는 했을 것이다. 그녀는 의식하지 못한 어떤 말이 그에게 심하게 상처를 주었을 가능성을 배제할 수 없다고 생각할 것이다.

　그러나 다른 이유가 있지 않았을까? 그녀는 현이 찌개에 넣을 돼지를 직접 도축이라도 하기 위해 농가를 방문하러 갔다고 가정해볼 것이다. 그러나 곧 스스로의 난감한 상상력을 많은 사람들이 들먹이는 주입식 교육 탓으로 돌릴 것이다. 당연히 그럴 리는 없을 것이다. 김치나 고기, 대부분의 조미료와 밑반찬은 사장이 굳이 선별하지 않아도 되는 곳에서 배달이 되었을 것이기 때문이다.

　그녀는 좀 더 낭만적인 가정을 해볼 것이다. 어쩌면 배달 차가 올 때마다 그가 지었던 이상한 표정과 관련이 있지 않을까? 현은 찌갯집과 노래방 사이 골목에서 물인지 기름인지 알 수 없는 액체들을 방울방울 흘리며 서 있는 트럭을 바라보며 말했을 것이다. 계속 이 주변만 맴돌고 있는 것 같아. 현은 그 트럭이 단지 주변만을 맴돌고 있지 않다는 사실을 알기에 오히려 그런 말을 하는 것처럼 보였을 것이다. 노래방 주인은 어쩌면 현이 트럭을 따라 어디론가 가버렸을지도 모른다고 여길 것이다. 그가 가끔 '오늘이 며칠이지?'라고 물었던 게 트럭이 왔다 가는 날이었던 것만 같을 것이기 때문이다. 그는 어디서 왔는지 알 수 없는 트럭을 따라 어디론가 가버린 것인지도 모른다! 노래방 주인은 자신의 추론이 꽤 마음에 들어 흐뭇한 미소를 지을 것이다.

*

테이블 a에 앉았던 친구 1이 슬그머니 일어나 설거지를 하는 노래방 주인에게 다가갈 것이다. 그는 좁은 부엌에 두 사람이 서서 일하면 더 불편하다는 사실을 모르는 척하고 그녀를 도울 것이다. 친구 1은 그녀에게 호감을 갖고 있으므로 기회가 될 때마다 관심을 끌기 위해 애를 쓸 것이다. 노래방 주인은 둔한 사람이 아니므로 그 사실을 모르지 않을 것이다.

녀석이 진짜 어디로 사라진 걸까요?

경찰에서 가족이 접수를 안 하면 적극적으로 찾아볼 수가 없다고 하던데, 가족들에게 연락은 해보셨어요?

가족이 아니면 안 된다고요?

그렇대요.

가족에 대해서는 잘 모르는데….

친구 1은 다시금 자신이 현에 대해 정말 아는 게 별로 없다는 생각을 할 것이다. 사실 현이 대학가에서 장사를 한다는 것을 우연히 알게 된 동창이 소문을 내지 않았더라면 영영 그를 만나지 못했을 것이다.

우리가 너무 무심했네요.

그러게 말이에요.

말은 그렇게 할 테지만 두 사람의 머릿속에서는 다른 생각들이 춤을 출 것이다. 그들은 도파민이며 페닐에틸아민, 옥시토신 등이 충분히 분비되는 가운데 이전에 좀 수줍어했던 감정들이 적극적으로 움직이기 시작했음을 감지할 것이다. 그러므로 그들은 그사이 아르바이트생이 앞치마를 벗어던지고 가방을 챙겨 나가버렸다는 사실을 알지 못할 것이다.

*

정말 너무하네요.

젊은 사람들이 다 그렇죠, 뭐.

아르바이트생이 말도 없이 사라진 걸 알고서 테이블 a와 d, e에 앉은 사람들이 다 같이 분개할 것이다.

테이블 d에 앉은 커플 중 남자는 아르바이트생이 미리 계산을 해달라며 현금을 받아갔다는 사실을 모두에게 알릴 것이다.

사장님이 없어서 카드 계산이 안 된다고 말했다니까요.

어제 그제 현금 받은 거 다 챙겨서 나갔나 봐요. 메모는 남겼더라고요. 받을 돈에 못 미치지만 가지고 가겠다고.

진짜 나쁜 놈이네. 사장이 제 편의를 얼마나 봐줬는데!

삼수생이랬죠? 학원비 버는 게 안쓰럽다고, 사장님이 그리 챙기더니만….

테이블 e에 앉은 덩치들은 이런 때야말로 자신들이 나서야 한다는 듯 아르바이트생을 다음에 만나면 가만두지 않겠다고 으름장을 놓을 것이다. 그것만이 사라진 사람을 위해 할 수 있는 유일한 일이며 도리라는 듯이 그들은 결연할 것이다.

덩치들은 벌써 식사를 마쳤지만 이곳으로 오겠다는 보스를 기다리고 있는 중일 것이다. 그들은 너무 취하지 않도록 조심하며 술을 홀짝거릴 것이다.

*

노래방 주인이 설거지를 마치는 것과 동시에 중년의 남자 둘이 들어와 입구 가까이의 테이블 b에 앉을 것이다.

아르바이트생을 대신해서 친구 1이 대신 주문을 받을 것이다. 이곳의 단골들과 전혀 안면이 없는 그들은 소주와 찌개를 주문한 뒤 묵묵히 밥을 먹을 것이다. 그들은 음식물이 묻지 않도록 덜렁거리는 넥타이를 셔츠 사이에 끼워 넣고는 맛있게 식사를 할 것이다. 두 사람은 사라진 찌갯집 사장을 전혀 알지 못하므로 다른 사람들의 대화에 귀를 기울이지 않을 것이고, 들뜬 듯한 분위기도 눈치 채지 못할 것이다.

그들이 앉은 테이블 b는 사라진 현과 관련이 없고 관심도 없는 자들을 내내 기다리고 있었을 것이다.

*

그러나 노래방 주인을 포함해 테이블 a와 d, e에 앉은 사람들은 사장이 사라진 사건과 부수적인 또 하나의 사건, 즉 아르바이트생이 나가버렸다는 방금 전의 사건에 함께 연루되었으므로 강한 연대감을 느낄 것이다. 그들은 현에 대해 이야기하고 싶어할 것이고, 그를 알고 있는 다른 사람들과 나눌 만한 것을 나누고 싶어할 것이다.

테이블 a에 앉은 친구 2가 술병을 들고 테이블 e로 옮겨 앉을 것이다. 그는 예전부터 덩치들에게 호기심을 갖고 있었다는 사실을 굳이 밝히려 들지는 않을 것이다. 그는 그들과 스스럼없이 술잔을 주고받는 자신을 꽤나 폭넓은 인간관계를 맺을 줄 아는 통 큰 인간으로 여길 것이다.

얼굴은 가끔 뵀는데, 이제 인사를 트네요.

한 잔 받으십시오.

이어 두 무리는 테이블을 조금씩 옮겨 자리를 아예 합쳐버릴 것이다.

첼로를 켜는 여자와 경영학도인 남자도 자신들의 술잔과 술병을 들고 두 무리의 사이에 끼여 앉을 것이다. 여자는 점점 취할 것이고 남자는 가격이 오른 담배 한 갑을 오늘 하루에 다 피웠다는 사실을 떠올리며 더욱 우울해할 것이다.

모두들 달리 할 수 있는 일이 없으므로 술을 마실 것이다.

그러나 그들이 거나하게 취하기 전에 테이블 a에 합류하기로 되어 있었던 친구 4가 들어올 것이다. 친구 4는 경찰의 도움으로 조금 전까지 꺼지지 않았던 사장의 전화기가 있던 곳에 가보고 왔노라며, 자신이 실제적으로 필요한 일을 했음을 자랑스러워할 것이다.

좀 더 빨리 위치 추적을 할 수 있었으면 좋았을 텐데.

가족 아닌 사람들한테 이런 일을 해주면 안 된다고 어찌나 생색을 내던지.

그래서 휴대전화기가 어디에 있었던 거예요?

그게, 말도 안 되게 사흘 내내 이 근처에 있었더라고요.

진짜 말도 안 되는군요. 근처 어디요?

찌갯집 반경 이 킬로를 벗어나지 않았대요. 요 앞 대로변 백화점 있잖아요? 거기가 신호 끊어진 마지막 지점이랍니다.

다른 사람이 전화기를 훔쳤거나 주웠을 수도 있잖아요. 사장님이 근처에 있으면서 전화를 받지 않을 이유가 있나요?

사람들은 더 물어봐도 별 도움이 되지 않을 질문을 친구 4에게 계속 해댈 것이다. 친구 4는 자신에게 집중된 시선을 은근히 즐기며 디테일한 부분들을 과장해 이야기를 늘어놓을 것이다.

우리나라 경찰들 참! 친구라는 사람들이 여러 번 전화를 넣고 찾아와서 정상을 참작한 거라나 뭐라나, 생색을 내더라고요. 신호를 따라 이 동네를 한 바퀴 다 돌았네요. 그러니까 어디서 출발을 했냐면….

그러나 똑같은 말을 자꾸 반복하는 지경에 이른 친구 4의 얘기는 모두가 지루해하기 전에 끝이 날 것이다. 덩치들의 보스가 찌갯집에 들어설 것이기 때문이다.

덩치 1, 2, 3은 자신들의 대장에게 텔레비전에서 흔히 볼 수 있는 깍

듯한 인사를 하지는 않을 것이다. 보스는 그런 인사가 불필요하게 사람들의 시선을 끈다며, 평소 그러지 말 것을 당부했을 것이다. 그는 덩치들이 모두 정치가들만큼이나 권위적이라는 편견을 깨야 한다고 말했을 것이다. 그러나 덩치들이 특별히 눈에 띄는 행동을 하지 않았음에도 불구하고 보스는 모두의 시선을 끌 것이다. 그는 결코 권위적이지 않은 사람으로 보이지는 않을 것이다.

*

노래방 주인이 새로 끓인 찌개를 내올 것이다.
계란 떨어진 걸 몰랐네요.
모두들 서비스로 나오는 달걀말이가 나오지 않을 거라는 사실을 알고 실망할 것이다. 덩치들은 자신들이 이미 그것을 먹었다는 사실에 약간의 기쁨을 느낄 것이다.
사람들은 모두 적당히 배가 부르지만 그래도 뭔가 다른 안줏거리가 있었으면 좋겠다고 생각할 것이다. 그러나 곧 찌갯집의 유일한 메뉴는 김치찌개뿐이라는 사실을 떠올리고 쉽게 마음을 접을 것이다.
한편, 아직 아무도 손을 대지 않은 찌개는 열심히, 홀로, 끓고 있을 것이다. 냄비 너머로 튀어 오르기를 소망하는 거품들이 요란한 소리를 내며 아우성을 칠 것이다. 붉은 국물은 냄비에 부딪치고 허공으로 솟아오르며 탈출을 시도하겠지만 쉽지는 않을 것이다. 언제나처럼 테이블 위에는 무수한 도전의 흔적들이 찍힐 것이다.
보스는 친구 4가 이야기한 모든 것을 이미 알고 있다고 말할 것이다. 그는 자신이 아는 경찰을 통해 현의 휴대전화기를 추적하게 했다는 사실을 강조할 것이다. 친구 3은 덩치들의 보스를 뭐라 불러야 할지 애매해, 호칭을 생략한 채로 술 한 잔을 따를 것이다. 그는 언젠가 현에게 가게에 덩치들을 끌어들이면 다른 손님들이 떨어져나갈 우려가 있으며 가게 수준도 떨어질 것이라고 충고한 바 있을 테지만, 전혀 그런 적이 없었던 듯 행동할 것이다. 어쨌거나 그는 현이 보스에게 그런 말을 하지 않았을 것이며 앞으로도 하지 않으리라 확신하기 때문일 것이다.

한 잔 받으시죠.

그런데 사장은 어째서 가족들과 연락을 끊고 지내는 거요?

그게 저희도 잘 모릅니다. 마누라나 자식 얘기라면 몰라도 본가 얘기가 나오는 일은 없으니까요.

그런데 사장님은 왜 여태 결혼을 안 하신 거예요?

글쎄, 그런 걸 시시콜콜 어떻게 다 물어봐?

자신이 사장과 야릇한 관계에 있다고 믿기 시작한 첼로를 켜는 여자와 어쨌거나 여자 문제가 틀림없다고 여기는 덩치 1이 적극적인 관심을 보일 것이다. 그러나 첼리스트는 제 기억력을 도무지 신뢰할 수가 없을 것이고, 덩치 1은 보스 앞에서 감히 자신의 시나리오를 펼치지 못할 것이다.

마침 한 무리의 여자 손님들이 찌갯집에 들어왔기 때문에 그들의 생각은 자연스럽게 중단되고 말 것이다.

*

여자들과도 안면이 있는 노래방 주인이 말할 것이다.

오늘은 사장님이 없어서 알아서들 드셔야 해요.

여자들은 근처에 박스가 쌓여 있어 어수선하기는 하지만 테이블 a와 e를 붙여놓은 자리와 가까운 테이블 c에 자리를 잡을 것이다. 등산을 마치고 정해진 코스인 양 찌갯집에 매주 들르는 여자들이 물을 것이다.

어디 가셨어요?

실종됐어요.
네 명의 여자들은 처음에는 농담인 줄 알다가 곧 농담이 아니라는 사실을 알고는 놀랄 것이다. 그들은 외투를 벗고 가방을 내려놓고 알아서 술병을 챙기느라 부산을 떨면서 그간의 이야기를 소상히 들을 것이다. 언제나처럼 그들은 한꺼번에 여러 가지 일들을 할 것이다.
어머, 그러고 보니 나 엊그제 사장님 본 것 같은데?
여자 4가 이 근처가 아닌 전혀 엉뚱한 동네에서 현을 본 것 같다고 말해 다들 비상한 관심을 보일 것이다.
어디서요?
마포요.
정말이에요?
밤이었는데, 딱 사장님처럼 보이는 사람이 바지 주머니에 손을 넣고 걸어가고 있었어요. 사장님인 것 같아 부르려다가 그 시간에 거기 올 리가 없다고 생각해서, 잘못 본 건 줄 알았죠.
여자 1, 2, 3은 말을 한 여자 4가 그 시간에 왜 거기 있었는지가 잠시 궁금하지만 바로 물어보지는 않을 것이다. 여자들은 가끔 자신들 중 누구 하나를 몰아세웠을 테지만, 모르는 사람들 앞에서 그랬던 적은 결코 없었을 것이다. 그들 모두는 상대의 것을 지켜주어야 내 것도 지킬 수 있다는 데에 암묵적으로 동의하고 있을 것이다.
누구랑 같이 있었어요?
첼로를 켜는 여대생이 물을 것이다. 그녀는 자신이 얼마 전 혼자 찌갯집에 들른 날, 몹시 취해서 사장에게 고백 비슷한 것을 했다는 새로운 스토리를 막 짜낸 참일 것이다. 그녀는 그날도 많이 취했으므로 세세한 것까지 기억하지 못할 뿐이라 여길 것이다. 그녀는 남자 친구와 헤어지고 싶다며 사장의 품에 몸을 던졌던 게 취중에 했던 실제 행동인지, 아니면 꿈인지를 알 수가 없어 갑갑할 것이다.

찌개가 끓고 있을 것이다

혼자 걸어가고 있었어요.
그 시간에 마포에 갈 리가 없잖아요. 잘못 본 거예요.
친구 2는 마포에 있는 어떤 다리를 떠올리며 여자의 주장을 일축할 것이다. 그가 극단적인 선택을 할 이유가 결코 없다고 믿는 모두가 친구 2에게 동의를 표할 것이다.

*

이 시점에서 나는 내가 왜 이리 힘겹게 '것이다'로 계속되는 이야기를 끌어가고 있는지에 대해 생각할 것이다. 과거 시제로 썼더라면 정말 쉬웠을 것이고, 현재 시제 역시 크게 무리가 없었을 것이다. 왜 하필 미래형으로 이야기를 하고 있는 것일까? 그러나 나는 그 이유를 말할 필요가 없을 것이다.
어쨌거나, 그리스의 화가 프로토게네스가 개의 입에 스펀지를 던져 거품을 그려 넣었다는 일화와는 상관이 없을 것이다.

*

다시 약간의 환기가 필요한 시점에서 새로운 사람이 들어설 것이다. 찌갯집 사장으로부터 자주 밥을 얻어먹는 노숙자가 바로 그 사람일 것이다. 군복 바지를 입은 노숙자가 문을 열고 들어서면, 이미 그를 알고 있는 노래방 주인이 마지못해 일어설 것이다.
오늘은 사장님 없어서 밥 못 드려요.
그게 무슨 말입니까?
사장님이 실종됐어요. 그래서 우리도 걱정을 하는 중이고요.
그러나 노숙자는 매우 명민하게도 사장의 실종과 자신에게 음식을 나눠

주는 일 사이에 아무런 관련이 없음을 간파할 것이다. 그는 테이블에 놓여 있는 붉은 찌개와 푸른 술병들을 노골적으로 노려보며 떼를 쓸 것이다.

그러지 말고 밥 좀 주세요.

글쎄, 오늘 그럴 형편이 아니라니까요. 빨리 나가세요.

노래방 주인은 노숙자가 사실 밥이 아니라 술을 얻으러 왔다는 것을 알지만 시치미를 떼고 말할 것이다. 그녀는 자신이 현에게 했던 잔소리 중에 이런 사람에게 술병을 쥐어주어서는 안 된다고 했던 말이 포함되어 있었다는 사실을 떠올릴 것이다. 사람이 그렇게 물러 터져서야! 저런 사람들은 한 번 오면 계속 와. 소문나면 떼로 몰려온단 말이야. 노래방 주인은 자신이 현과 특별한 사이도 아니면서 주제넘은 말을 너무 많이 한 것일지도 모른다고 생각할 것이다. 그녀는 그가 없어져버린 게 그런 것들과 상관이 없기를 다시금 바랄 것이다.

영업 시간에 남의 가게에 와서 왜 이러시는 거예요?

당신이 주인도 아니면서 웬 참견이야?

두 사람의 실랑이를 끝내기 위해 너무 늦게 나서서는 안 된다고 생각하는 덩치 3이 일어서려 할 것이다. 그러나 그보다 더 빨리 노숙자는 크으, 가래 끌어올리는 소리를 내면서 가게를 나가버릴 것이다.

장담컨대 노숙자가 행여 침을 뱉기라도 했다면 그의 누런 앞니들은 덩치들에 의해 산산조각이 나고 말았을 것이다. 다행히 보스는 이제껏 얻어먹은 술과 밥이 아무것도 아니었다는 듯 못된 행동을 하는 노숙자를 가엾게 여길 줄 아는 사람일 것이다. 그는 가치 없는 일에 주먹을 휘둘러서는 안 된다며 본때를 보이려는 부하들을 다독거릴 것이다. 부하들은 수십 번도 넘게 들은 보스의 훈계를 마치 오늘 처음 듣는다는 듯한 태도로 경청할 것이다. 보스는 말을 하면서 모여 있는 다른 사람들에게 자신이 똥오줌은 가릴 줄 아는, 꽤 괜찮은 건달임을 피력하고 싶어할 것이다.

*

갑자기, 평소에는 거의 울리는 일이 없는 찌갯집의 유선전화기가 따르릉거릴 것이다. 경찰에서 연락이 온 것일지 모른다고 여긴 친구 4가 벌떡 일어설 것이다. 그러나 그는 일어서면서 경찰에게 자신의 휴대전화 번호만을 알려주었다는 사실을 기억해낼 것이다. 누가 가게로 전화를 한 것일까? 혹시 현인가? 아니면 도망치듯 사라져버린 아르바이트생? 어쨌거나 친구 4는 전화를 건 자가 누구인지 가장 먼저 알게 될 것이다. 그가 가게 전화기를 들고 진지한 표정을 지으면 사람들의 궁금증은 커질 것이다.

네에? 네에…. 정말이요?

모두의 시선이 전화를 받는 친구 4에게로 쏠릴 것이다. 친구 4는 몇 번 더 네, 네를 연발하다가 자신의 전화번호를 불러준 후 통화를 끝낼 것이다. 친구 4는 다시 한 번 사람들에게 알려줄 일이 생겼다는 사실에 아까처럼 흥분할 것이다.

좀 전에 여기 들렀던 대학생들이 사장이랑 매우 닮은 사람을 봤다고 하네요. 사진을 찍었다고…. 곧 제 전화기로 전송을 한답니다.

사진은 금방 도착할 것이다. 사람들은 머리를 맞대고 친구 4의 전화기 화면을 들여다볼 것이다. 그러나 곧 그들은 라면 박스를 뒤집어쓰고 누워 있는 사진 속 인물이 결코 자신들이 알고 있는 찌갯집 사장이 아님을 발견할 것이다.

에이, 비슷하지도 않구먼.

어떤 놈들이 보낸 거야?

사진 속 인물이 현이 아님에도 불구하고 친구 4의 전화기는 테이블을 고루 돌아 한쪽 구석에 박스가 쌓여 있는 여자들의 테이블까지 전해질 것이다. 여자 1은 남들보다 조금 더 오래 사진을 들여다볼 것이다. 그리고 사진 속 인물이 확실히 사장인 것 같지는 않아 안심할 것이다. 그녀는 얼마 전에 찌갯집 사장에게 육각수로 만들었다는 고가의 비타민을 팔았다는 사실을 떠올리며 찜찜해하는 중일 것이다. 여자는 "육각수라니!"라며 싱글싱글 웃는 그로 하여금 한 박스에 열 병이 들어 있는 비타민 서른 박스를 사게 했을 것이다. 서른 박스 사면 열 박스는 공짜인 셈이에요. 주변에 선물도 하시고 효도도 하시고…. 여자 1은 테이블 옆에 쌓여 있는 박스들이 자신이 팔았던 것들이 아니지만 비슷한 종류인 것 같아 내심 불편했을 것이다.

그녀는 제 술잔이 비었음을 알리기 위해 옆에 앉은 여자 4의 잔에 술을 따를 것이다. 양심의 가책을 느낀다는 사실을 자인하고 싶지 않으므로 그녀는 결코 자작을 하지는 않을 것이다. 그러나 여자 1은 사장에게 미안한 마음이 드는 것을 끝까지 부정할 수는 없을 것이다.

여자 1이 아닌 다른 사람들도 어쩐지 침울해질 것이다. 현의 실종에 자신들이 연루되어 있을 리가 결코 없다고 생각하면서도, 사진을 보고 나서인지 이상하게 마음이 더 무거워질 것이다.

*

어, 저게 뭐야?

친구 3이 분위기를 바꿀 만한 일이 생겨 얼마간 기쁘다는 듯 주방 한구석을 가리킬 것이다. 다들 꼬질꼬질하게 털끝이 말라붙은 고양이 한 마리를 바라볼 것이다. 그리고 몇몇이 말할 것이다.

지저분한 녀석이네. 쟤도 노숙이야?

아이고, 사람 먹이는 걸로도 모자라서….

얻어먹으러 온 것치고는 너무 당당하군.

평소에 찌갯집 사장이 사료를 어디에 두는지 알고 있는 여자 2가 자리에서 일어설 것이다. 캣맘을 자처하는 그녀는 평소 동네 고양이들을 돌보아 온 사장의 역할을 사장이 없는 지금에야말로 자신이 대신해야 한다고 여길 것이다.

그녀를 잘 알지 못하는 회색 고양이는 도망치듯 주방에서 나갈 것이다. 하지만 고양이는 약간의 기대를 버리지 않고 베란다에서 기다릴 것이다. 회색 고양이 옆에는 더 늙고 더 지쳐 보이는 얼룩 고양이가 함께 있을 것이다.

사장님 없어서, 며칠 제대로 못 먹었겠구나.

여자 2는 길고양이를 돌보는 일로 자신과 현 사이에 생길 듯 말 듯 했던 애틋한 감정을 떠올리며 사료를 부어줄 것이다. 수컷인 회색 고양이는 암컷이 먼저 먹을 때까지 얌전히 기다릴 것이다. 여자 2는 현이 오래된 부부인 그들을 기특하게 여겼다는 사실을 사람들에게 말해줄 것이다.

찌갯집 사장이 없는 곳에서 찌개를 먹고 술을 마시는 사람들 모두가, 이제 동물을 사랑하는 그와 그가 사랑하는 동물들에 대해 이야기할 것이다. 그들은 각자 알고 있는 온갖 동물에 관한 이슈를 들먹이며, 사람이 짐승만도 못하다는 식상한 결론을 내릴 때까지 잠시 현에 관해 잊을 것이다. 그들은 동물 학대 방지와 보호를 위한 법, 제도, 관습 등에 대해 이야기하다가 내친김에 구태의연한 사회적 병폐 또는 인간 존재의 부조리에 관해서도 떠들어댈 것이다.

그러다 마침내, 구태의연한 사회적 병폐에 특별히 비분강개하지도 않았고 인간 존재의 부조리한 측면이 두드러졌다고도 할 수 없는 현이 갑자기 사라질 이유가 도무지 없다는 데 생각이 미칠 것이다.

*

이제 테이블 a, b, c, d, e, f는 이리저리 뒤섞여 비어 있는지 차 있는지조차 알 수 없을 것이다. 아마 끝까지 아무도 앉지 않는 빈 테이블을 두겠다고 한 말은 지켜지지 않았을 것이다. 그러나 기억력이 좋은 사람이라면 아무것도 장담할 수 없다고 했던 말은 지켜졌다는 것을 알 것이다.

어쨌거나 테이블이 뒤섞여버렸으므로 여자 1, 2, 3, 4와 덩치 1, 2, 3, 혹은 친구 1, 2, 3, 4 역시 뒤섞여버렸을 것이다. 시간으로부터 외면당한 줄도 모르는 그들은 한 숟가락 두 숟가락 찌개를 뜨고 한 잔 두 잔 술을 나누면서 점점 친밀해져갈 것이다. 누군가는 국물이 졸아든 찌개에 육수를 더 부을 것이고, 그때마다 다른 누군가는 낮춰두었던 불을 높일 것이다. 손과 발과 팔과 다리와 허리 등이 이리저리 꼬인 그들은 기쁨과 노여움과 욕심과 두려움과 근심 등을 뭉쳐 다함께 '건배'를 외칠 것이다.

찌갯집 주인의 지인들은 각자의 경험과 추억을 들먹이며 행방불명된 찌갯집의 주인을 또다시 까맣게 잊을 것이다. 생각들은 현란하게 가지를 뻗어가다가 마침내 완전히 엉뚱한 곳에도 닿을 것이다. 사라진 사람이 사실을 안다면 섭섭해하겠지만 다행히 그는 그 사실을 모를 것이다.

불현듯 누군가가 다시 혀를 차고 누군가가 콧방귀를 뀌고, 또 누군가가 한숨을 내쉬면 생각들은 그다지 무안해하지 않고 서둘러 제자리로 돌아올 것이다. 찌개가 끓고 있는 테이블로! 그들 모두는 세월만 낭비하며 나이를 먹은 게 아니므로 의연하게 처신할 줄 알 것이다. 어쨌든 여전히,

찌개가 끓고 있을 것이다.

찌개가 끓으면 고춧가루 섞인 국물 방울들이 불쑥 고개를 내밀 것인데, 일부는 저절로 터질 것이고 또 일부는 냄비에 부딪혀 터질 것이다.

그중 또 얼마쯤은 밖으로 튀어 나가기도 할 텐데, 그렇다고 전부가 흘러 넘치지는 않을 것이다. 김치찌개는 제가 감당할 수 있는 양을 잘 알고 있다는 듯 언제나처럼 자글자글 끓고 있을 것이다.

*

그러나 나는 누군가가 예측 가능함에 목 졸리거나, 단조로움에 따귀 맞기를 바라지 않을 것이다. 그러므로 이제 찌개는 느닷없이 끓어 넘칠 것이다.

대학생 십여 명이 우르르 찌갯집에 들어서면서부터 바로 그 일이 일어날 것인데, 노래방 주인이 더 이상은 남의 장사를 해줄 수 없다고 여기며 그들을 제지하는 것이 발단이 될 것이다.

오늘은 사정이 있어서 장사를 할 수가 없어요.

왜요?

노래방 주인은 권커니 잣거니 받은 술에 꽤 취하기도 했으므로 친절히 설명을 하기가 싫을 것이다. 그녀는 귀찮다는 표정을 지으며 막무가내로 그들을 밀어낼 것이다.

그냥 그럴 만한 일이 있어요.

하지만 이때, 여자 3이 나설 것이다. 그녀는 손님들에게 사장이 아무렇게나 자리를 비우는 가게라는 인상을 주어서는 안 된다는 듯 부드럽게 말할 것이다.

보다시피 학생들 모두 앉을 자리가 마땅치 않아요. 예약 손님도 있고요. 미안해요.

여자 3은 김치찌개 외의 다른 음식은 먹고 싶지 않다고 투정을 부리는 듯한 학생들을 달래 내보낼 것이다. 그런데 이때, 학생들의 등을 토닥이며 "다음에 꼭 다시 와요"를 덧붙이기까지 하는 여자 3 때문에 첼로를 켜는 여자와 노래방 주인 등은 기분이 나빠질 것이다. 노래방 주인은 여자 3이 꼭 들었으면 좋겠다는 듯 그녀를 똑바로 바라보며 말할 것이다.

일하는 사람 따로, 생색내는 사람 따로 있지.

여자 3은 발끈할 것이다.

무슨 말씀을 그렇게 하세요? 그냥 가라면 저 손님들 다음에 또 오겠어요? 남의 가게라고 정말 너무하시네.

아니, 당신이 뭘 안다고 지금 나한테 남의 가게 운운하는 거야?

적절한 기회를 놓치고 싶지 않은 친구 1이 노래방 주인을 위로하는 척, 말리는 척하며 슬그머니 그녀의 어깨를 감싸 안을 것이다. 친구 2와 친구 3, 그리고 머릿속이 온통 영화로 가득한 덩치 1이 흑심이 없어 보이지 않는 그의 손놀림을 예의 주시할 것이다.

이때, 스스로에 대한 연민으로 꽉 찬 첼리스트가 혀 꼬인 소리로 말할 것이다.

다들 왜 이러세요? 사장님은 저를 좋아한단 말이에요.

이어 그녀가 참고 참았던 울음을 터뜨릴 것인데, 경영학도는 이를 더 이상 참을 수가 없어 버럭 소리를 지를 것이다.

제발 착각 좀 그만해. 세상 남자들이 모두 너를 좋아하냐?

여학생은 서러워 죽겠다는 듯 울음소리를 높이며 마침 옆에 앉은 보스에게 몸을 기댈 것이다. 보스는 그녀를 안아줄 수도 밀쳐낼 수도 없어 난감한 얼굴을 할 것이다.

학생, 진정해. 진정하라고.

오늘 밤 이후 그 누구보다 여학생을 경멸하게 될 경영학도가 보스를 포함한 모두에게 경고하듯 말할 것이다.

얘 술버릇이 원래 그래요. 술만 마시면 질질 짜면서 없는 얘기 지어내고 그러니까 신경들 쓰지 마세요.

하지만 첼리스트는 모두가 신경을 쓰지 않게 둘 수는 없다는 듯 집요하게 주장할 것이다.

뭐가 없는 얘기야? 사장님이 나 진짜 좋아한단 말이야!

그만해라, 그냥.

자, 그만들 하시게.

현의 동창들은 노래방 주인을, 여자들은 여자 3을, 덩치들은 보스의 품에서 울먹이고 있는 첼리스트를 달래는 와중에 경영학도가 볼멘소리를 할 것이다.

그나저나 사장님은 도대체 왜 사라지신 겁니까? 왜 갑자기 사라지신 거냐고요?

잠시 그 문제를 잊고 있었던 모두가 황당해하며, 알면 이러고 있겠느냐는 듯한 표정을 지을 것이다.

바로 그 순간, 사람들이 주의를 기울이지 않은 바로 그때에 찌개는 끓어 넘칠 것이다. 육수가 지나치게 많아서였을 수도, 불이 너무 세서였을 수도, 혹은 아무도 거품을 걷어주거나 내용물을 뒤적여주지 않아서였을 수도 있을 것이다. 이유야 어찌 되었든 찌개는 끓어 넘칠 수도 있는 게 찌개라는 사실을 모두에게 상기시켜줄 것이다.

사람들은 냅킨으로 순발력 있게 붉은 국물을 닦고 행주를 찾고 또 불을 줄이느라 법석을 떨 것이다.

불을 줄여도, 찌개는 끓는 것을 바로 멈추지는 않을 것이다. 냄비 밖으로 넘쳐서 속이 시원하다는 듯, 그러나 사라진 현과는 아무런 관련이 없다는 듯 찌개는 여전히 자글자글 끓고 있을 것이다.

*

이제, 어떤 일의 끝에 등장하더라도 마무리나 해결과는 크게 상관이 없는 경찰관이 들어설 것이다.

깡마른 경찰이 찌갯집에 들어서자 보스를 제외한 여러 사람들이 그를 반길 것이다. 보스는 자신과 잘 아는 경찰이 아니라 안면이 없는 낯선 경찰이 온 데 대해서 약간의 불쾌감을 느낄 것이다.

경찰은 아르바이트생을 제외하고 친구 4와 노래방 주인, 보스 등 신고자가 모두 실종자의 가게에 모여 있다는 사실을 짚고 넘어갈 것이다. 이름이 불린 사람들은 경찰이 왜 그 사실에 주목하는지 이해할 수 없을 것이다.

어쨌든 저희가 가족들의 소재를 파악했습니다.

가족이 어디에 살고 있나요?

친구라면서 그것도 모르셨습니까? 개인 정보라 알려드릴 수 없습니다.

괜히 나섰다가 면박을 당한 친구 4가 작고 낮은 소리로 무어라 변명을 할 것이다. 하지만 경찰관은 그의 말을 듣지 않을 것이고, 다른 친구들 역시 친구 4를 돕지 않을 것이다.

어쨌거나 주인이 없는 가게에 계신 거니 빨리들 정리하십시오.

경찰관이 지나치게 위협적으로 말을 해서, 또 듣고 보니 맞는 말이기도 해서 모두들 소심해질 것이다. 그러나 노래방 주인은 자신들의 입장을 알리지 않을 수 없다고 여길 것이다.

저희도 이리저리 찾아보려고 모인 거예요.

하지만 경찰관은 상대하기 싫다는 듯 이전보다 더 딱딱하게 말할 것이다.

술 많이 드셨네요. 앞집에서 노래방 하신댔죠?

그가 볼펜을 꺼내 수첩에 무언가를 적는 바람에 노래방 주인은 기가 질릴 것이다. 경찰관이 나가자 모두들 지은 죄도 없이 위축되었다는 사실 때문에 울적해질 것이다.

*

　그러나 울적한 기분도 잠시, 그들은 마시던 술을 마저 마시지 않는다면 술에 대한 예의가 아니라고 생각하며 즐겁게 잔을 채울 것이다. 그리고 이 방향 저 방향으로 골고루 잔을 부딪친 뒤 현이 왜 없어졌는지에 대해 다시 한 번 의견들을 쏟아낼 것이다. 명쾌한 답이 나오지 않을 테지만, 괘념치 않을 것이다.
　울다가 잠들었다가 다시 잠을 깬 첼로를 켜는 여자가 갑자기 첼로를 꺼내 연주를 시작할 것이다.
　사장 오빠가 좋아했던 곡이에요.
　슈베르트의 아르페지오네를 연주하는 여자는 이제까지와는 다르게 보일 것이다.
　팔백이십일 번, 에이 마이너구면.
　뜻밖에 덩치들의 보스가 그렇게 말해서, 다들 놀랄 것이다. 보스는 현이 여러 번 이 곡을 들려준 적이 있다고 말하지는 않을 것이다. 다만 그의 말을 자신의 말로 바꿔 이렇게 덧붙일 것이다.
　이 곡은 캄캄한 데서 들어야 제맛이야. 별 보며 들으면 더 죽이지만, 요즘은 별을 볼 수 있어야 말이지.
　보스는 새삼 자신이 꽤 멋진 놈을 동생으로 삼았다고 생각할 것이다.
　첼리스트는 뿔난 아이를 어르고 달래듯 첼로를 능숙하게 다룰 것이다. 커다란 악기는 그녀의 품에서 덩치에 어울리지 않게 나긋나긋해질 것이다. 제 연주에 취한 여자는 잠시나마 진심으로 사라진 사장 오빠의 안부가 궁금할 것이다.
　경영학도는 여자의 두 다리 사이에 꼭 끼어 있는 첼로를 물끄러미 바라볼 것이다. 그는 "먼저 자보고 사랑해야 한다"고 했던 현의 말을 떠올리며 그러지 않았던 자신을 나무랄 것이다.

한편, 그렇게 가까이에서 첼로 소리를 들어본 적이 없는 덩치들은 악기의 거대한 울림에 감동을 받을 것이다. 은근히 감상적인 데가 있는 그들은 애잔한 선율이 사장이 사라진 이 시점에 매우 잘 어울린다고도 생각할 것이다.

여자 1을 제외한 여자 2, 3, 4는 불현듯 결핍감을 느낄 것이다. 등산로에서 오래 지니고 다니던 손수건이나 모자 등을 잃어버렸을 때처럼 상당한 아쉬움을 느낄 것이다. 여자 1만이 그렇게 느끼지 않는 것은 그녀는 여간해서는 물건을 잃어버리지 않기 때문일 것이다.

노래방 주인은 급히 올랐던 취기가 가시는 것을 느낄 것이다. 현을 동생처럼 여긴다고 입버릇처럼 말했지만 정작 동생이 없는 그녀는 주인 없는 찌갯집을 황망히 둘러볼 것이다.

친구들은 앞에 놓인 술잔을 비우며 묵묵히 국물과 김치와 돼지고기를 바라볼 것이다. 누구도 찌개를 더 떠먹지는 않을 것인데, 이는 결코 슈베르트의 탓은 아닐 것이다. 그들은 친구가 보고 싶을 것이다.

찌개는 무심한 척 끓고 있을 것이다. 끓지 않을 도리가 없을 것이다. 찌개는 당장 끓어 넘치지는 않겠지만 다시 언제든 그럴 수 있는 태세로 침착하게 끓고 있을 것이다.

현은 갑자기 사라졌을 때처럼 갑자기 돌아올 수도 있을 것이다. 어디에 갔다 온 것인지 끝내 말하지 않은 채 그는 그저 웃기만 할 수도 있을 것이다. 아무렇지도 않게 자기가 끓인 찌개가 세상에서 가장 맛있다고 말하며 단골손님들과 즐겁게 술 한 잔을 나눌 수도 있을 것이다.

그러나 동시에 그는 영영 돌아오지 않을 수도 있을 것이다. 새로운 어떤 곳에서 마치 단 한 번도 찌개를 끓여본 일이 없는 사람처럼 끓어 넘칠 수 있는 찌개에 관한 생각 따위는 하지 않은 채 살아갈 수도 있을 것이다.

조금 더 나아가, 아니 뒤로 돌아가, 그는 애초에 사라지지 않을 수도 있었을 것이다.
 그러나, 그럼에도 불구하고, 찌개는 계속 끓고 있을 것이다.

 '것이다'로 이어지는 이야기는 이렇게 끝나지 않은 채로 영원히 계속될 것이다.

여우

여우야, 밥 먹어!
그는, 우리는, 어쩌면 죽을 때까지 여우를 먹이는 게 아니라
여우를 먹이다가 죽을지도 모른다.

여우

"콜라 맛이 이상해요!"

우리 중 가장 최근에 이 집에 들어온 이가 다급하게 외친다. 우리는 막 뜯어 먹으려던 피자 조각을 주춤, 내려놓고 일 리터짜리 콜라병을 바라본다. 검은 액체가 자신이 이상하다는 것을 이제야 알았느냐는 듯 퉁퉁한 엉덩이에 힘을 준다. 여덟 개의 눈동자가 예의에 어긋나지 않을 정도의 간격을 유지하며 한곳에 모인다.

"무슨 비누 맛 같은 게 나요."

비누 맛 나는 콜라를 처음 발견한 것이 자신이라는 것을 잊지 말라는 듯 여자가 의기양양하게 컵을 내민다. 우리 중 의식적으로 소심해 보이지 않기 위해 애를 쓰는 다른 여자가 맛을 본다.

"주방 세제 맛인데요?"

주방 세제를 먹어본 경험이 확실히 있어 보이는 그녀의 말에 다들 경악과 존경이 뒤섞인 한숨을 내뱉는다.

"무슨 말들을 하는 겁니까?"

이 집에 들어온 지 가장 오래되었다는, 입주 여섯 달째인 남자가 페트

병을 통째로 흔들어본다. 그는 여자들의 예민함에 질릴 대로 질려본 적이 있다는 것을 과시하고 싶다. 하지만 예전의 어떤 날처럼, 그는 이번에도 하릴없이 무안해지고 만다.

"엄청난 거품이군요."

그는 좀 전에 자신이 했던 말, 즉 '무슨 말들을 하는 겁니까?'를 변기에 쑤셔 넣어야 하는 상황에 대해 겸연쩍어한다. 엄청난 거품 사이로 엄청난 불안을 야기하고 있는 검은 병. 이를 악문 액체의 위협 앞에 모두의 치아와 뼈가 시큰거린다.

"여우야, 밥 먹어."

뒤뜰에서 여우를 부르는 집주인의 목소리가 들린다. 우리는 '세제 콜라'와 무관하지 않을 집주인 피터를 반사적으로 돌아본다. 거대한 통유리창 너머에서 벌건 생고기를 들고 있는 그가 보인다. 투명해서 더 견고해 보이는 창이 진작부터 이런 일이 생길 줄 알았으나 자신과는 무관할 뿐이라는 듯 저물녘의 햇살을 투과한다.

오늘도 여우와 피터의 실랑이가 계속될 모양이다.

*

우리 모두는 피터의 집에서 처음으로 동물원 우리에 갇혀 있지 않은 여우를 보았다. 이곳 아일랜드의 여우는 생텍쥐페리가 그린 황금빛 여우와는 전혀 다른 모습을 하고 있었다. 반짝이는 밀밭 사이에서 나타나 작고 뾰족한 귀를 쫑긋거리지도 않았고, 눈물 흘릴 일이 생길 수도 있다는 것을 각오한 채 길들여지기를 기다리는 친근함을 보이지도 않았다. 녀석은 대체로 무심했고, 사실 상당히 거만했다.

비에 젖은 지푸라기색 털을 아무렇게나 몸에 붙인 채(여우는 털 빛깔 따위가 전혀 자신의 관심사가 아니라는 점을 강조하고 싶어하는 듯했다.) 속을 알 수 없는 잿빛 눈을 깜빡이는 여우를 볼 때마다, 우리는 이상하게 무기력해졌다. 녀석의 무심함과 거만함에 어쩐지 기가 질리는 느낌이었다.

"피터라고 불러."

집주인은 한국 이름을 밝힐 필요가 없는 이유를 모두들 알고 있지 않느냐는 듯한 태도로 퉁명스럽게 자신을 소개했다. 그는 유학생 공유 사이트에 올려놓은 싹싹한 광고 문구와는 달리 공동생활에 필요한 상세한 지침 따위를 설명하지도 않았다.

"인터넷에 있는 그대로야."

피터는 자신을 조금이라도 더 귀찮게 하면 내쫓고 말겠다는 인상을 은연중에 심어줄 줄 아는 남자였다. 각기 다른 날짜에 입주한 우리들은 각기 다른 패턴으로 기대와 다른 동거 생활에 적응해가는 수밖에 없었다.

처음으로 전원이 모인 저녁, 우리는 누군가가 한국 슈퍼에서 사왔다는 새우깡을 놓고 캔 맥주를 땄다. 제대로 된 잔이 없어 하얀 거품이 일품이라는 기네스를 제대로 즐기지 못하는 건 유감이었지만, 어쨌거나 느긋한 마음이 되었다.

집주인이 여우에게 밥을 줘야 한다며 나가자(우리는 그 무렵 이미, 피터가 여우에게 밥을 줄 때마다 따라 나가 구경하던 것을 그만두었다.) 누군가가 그의 이름을 놓고 트집을 잡았다. 피터가 뭐예요, 피터가? 한국 이름 대신 굳이 영어 이름을 쓰는 건 사대적인 발상이에요. (물론, 말을 한 이는 피터가 듣지 못하는 상황이므로 그렇게 당당하게 떠들었다.)

어쨌거나 우리는 그를 피터로 불렀다. 피터는 엄밀히 말해 우리가 세 들어 살고 있는 집의 주인이 아니었다. 그는 아일랜드인 주인으로부터 집 전체를 세내어 유학생들에게 다시 세를 주는, 전전세 비슷한 것을 놓는 우두머리 세입자인 셈이었다. 입성을 보면 그가 그런 큰 금액을 내고 집 전체를 세내었다는 게 믿기지 않지만, 어쨌든 우리로서는 그를 집

주인 대리, 아니 집주인으로 여기지 않을 수 없었다. 우리는 그가 실제 주인으로부터 모든 권한을 위임받았다는 사실을 확인한 후로 그의 심사가 틀어지지 않도록 애를 쓰고 있었다. 우리 모두는 비싼 임대료에 환경은 더 열악한 다른 집들을 이미 경험한 바 있었다.

*

"우리가 경기 보러 간 사이, 피터가 콜라에 세제를 넣은 게 틀림없어요."
"단체로 배를 움켜쥐고 뒹구는 모습이 보고 싶었던 걸까요?"
"여우랑 틀어진 뒤로 부쩍 심술이 심해졌어요."
조금 전, 우리는 거실에서 고함을 지르며 한일 축구 경기를 관람하고 있었다. 마침 휴일 오후라 이국땅에서 '대한민국'을 외치는 다소 가슴 뭉클한 시간을 함께 갖기로 했던 것이다. 우리가 우리 돈을 갹출해서 산 피자를 거실로 가져가지 못한 것은 피터가 인터넷 사이트에 올린 '입주자 유의 사항' 중 '음식은 식탁에서만'이라는 항목 때문이었다.
"우리끼리만 신나 있어서 화가 났던 걸까요?"
"하지만 자기 입으로 축구는 좋아하지 않는다고 했어요."
"피자도 나눠 줬잖아요. 도대체 왜 그랬을까요?"
"원래 이상한 게 한두 군데가 아닌 인간이잖아요."
"아, 정말 도저히 못 참겠어요."
하지만 우리는 정말 도저히 못 참겠다는 누군가의 이야기를 계속 들을 수도 그의 말에 맞장구를 칠 수도 없다. 뜰과 거실 사이의 유리문이 열렸다 닫히는 소리가 났기 때문이다.
우리 모두는 약속이나 한 듯 먹으려다 말았던 피자를 다시 손에 든다. 누구보다 빨리 콜라를 맛보았던 여자와 그 옆에 있던 남자는 서둘러 한

입 베어 물기까지 한다. 피자에도 무언가를 뿌려놓은 게 아닌가 하고 잠시 의심하지만, 다행히 식은 피자에서는 쿰쿰한 치즈 냄새와 진한 토마토소스 맛이 날 뿐이다. 우리는 피터에게 우리끼리 불만 사항을 토로하고 있었다는 인상을 주지 않기 위해 한일전을 들먹이며 부지런히 피자를 먹는다.

주방으로 온 피터는 고기에 감았던 초록색 실을 대충 말아 쓰레기통에 던져 넣는다. 쓰레기가 가득 차 있어서 은색 통의 뚜껑이 제대로 닫히지 않는다. 원래 쓰레기 버리는 것을 포함해 집을 청소하고 관리하는 모든 일은 피터가 하게 되어 있었다. 우리는 그것이 임대료가 싸다는 점 외에 이 집이 가진 또 하나의 장점이라 여기고 계약한 바 있었다. 하지만 여우와 피터 사이에 뭔가가 제대로 진행되지 않은 후로 피터는 자신이 해야 할 일을 등한시하고 있었다. 게다가 화풀이라도 하듯 우리를 괴롭히고 있었다.

*

우리 중 가장 먼저 이 집에 입주했다는 자의 말에 의하면, 피터는 오랜 기간에 걸쳐 공을 들여 여우와 친해졌다. 피터는 자신이 왜 다른 데에 비해 별다른 장점이 없는 이 집을 계약했는지에 대해 길게 설명했다고 한다.

카펫 깔린 게 좋은 게 아니야. 요즘은 서양 사람들도 카펫에서 얼마나 많은 먼지며 세균이 생기는지 잘 알고 있지. 개조한 집들에선 다 마루를 까는데, 여긴 거추장스러운 카펫이 온통 깔려 있잖아. 욕실도 두 개뿐이지. 집을 보러 다녔을 때 방마다 욕실이 딸린 곳도 봤어. 세를 내기엔 안성맞춤이었지만, 뜰이 작아서 좀 갑갑했지. 이 집 뒷마당을 보는 순간, 딱 여기다 싶었어.

여우

피터는 널찍한 뒤뜰이 무척 마음에 들어 더블린 십사 구역의 이 집을 당장 계약하지 않을 수 없었다고 한다. 그는 푸른 잔디가 깔린 뜰을 애지중지 여기며, 일주일이 멀다 하고 잡목들을 다듬고 잔디를 깎았다. 그는 집이 마치 자신의 소유인 양 자랑스러워하며 말했다.

이런 널찍한 공간이 있어야 사람이 가슴도 트이고, 여유도 생기고 그러는 거야.

얼마 지나지 않아 뜰은 또 한 가지 즐거움을 더해주었다. 여우가 나타났던 것이다. 겨울이 되자 피터는 뜰의 잔디를 무언가가 밤마다 파헤친다는 사실을 알게 되었다. 아침마다 식물의 구근을 찾아 헤매기라도 한 듯 구덩이를 파놓은 흔적들이 눈에 띄었던 것이다. 피터는 두더지를 직접 본 적이 없었지만, 내셔널지오그래픽에 나오는 두더지 따위가 아닐까 생각했다. 하지만 그는 곧 자주 가는 정육점 아저씨를 통해 그것이 여우라는 사실을 알아냈다. 이 동네에는 여우가 많아요. 그 여우한테 날마다 먹을 것을 주는 사람도 있어요. 우리 집에서 버리는 고기 조각들을 얻어 가죠. 그런 사람이 있어서는 안 된다는 듯 고개를 흔드는 정육점 주인에게 피터는 물었다. 저도 좀 얻어 가면 안 될까요? 주인은 조금 전에 언급한 사람을 비난하려던 의도는 아니었다는 듯 서둘러 기름 덩어리며 뼈 따위를 챙겨 주었다. 피터는 자신이 산 고기보다 무거운 그것들을 기꺼이 들고 왔다. 그는 도심의 주택가 뜰에 나타난다는 여우가 간절히 보고 싶었다.

*

뜰에서 돌아온 피터는 크게 즐거워 보이지도 크게 언짢아 보이지도 않는다. 그것은 여우와의 일이 그다지 잘 진행되지도 잘못 진행되지도 않았다는 것을 의미한다. 어쩌면 한마디쯤 해볼 수 있을지도 모른다.

콜라에 세제를 넣은 것은 살인미수까지는 아니더라도 어쨌거나 위해를 가하려는 행위임에 분명하기 때문이다.

그가 살집이 두둑한 손을 꿈틀꿈틀 움직이더니 비닐장갑을 벗겨낸다. 붉은 핏방울이 묻은 비닐장갑이 위협적인 태도를 누그러뜨리지 않으며 우리를 비웃는다. 비닐장갑 따위의 비웃음을 받을 수는 없다고 느낀 우리 중 한 명이 발끈하여 나선다.

"누가 콜라에 이상한 걸 넣었어요."

우리는 제대한 지 얼마 되지 않아 군인 정신 같은 게 남아 있을지도 모를 그가 대견하다. 아까 정말 도저히 참을 수 없다고 했던 남자는 정작 조용히 있는데, 이상하다는 콜라를 냉큼 맛보았던 여자가 그를 돕는다.

"축구 경기 보는 사이에 누가 주방 세제를 넣은 거 같아요."

우리 중 아무도 그 '누가'가 피터라고는 말하지 않는다. 하지만 피터는 그것이 자신을 겨냥한 말이라는 걸 알아차리고 추궁하듯 우리 모두를 차례로 둘러본다. 밀릴 이유가 없다고 확신하는 네 쌍의 눈이 제법 담대하게 피터를 향하지만, 곧 힘을 잃고 만다. 피터는 현지인들이 잘 그러듯 어깨를 한 번 쓰윽 올리고는 조용히 말한다.

"그럴 리가 없잖아? 누가 콜라에 그런 걸 넣었겠어?"

"우리 생각에는…."

아마 꽤나 성급해서 가장 먼저 콜라를 마셨을지도 모를 이가 경솔하게 털어놓으려는 말을, 순발력 하나만큼은 누구에게도 뒤지지 않는다고 자부하는 다른 어떤 이가 재빨리 순화시켜 말한다.

"섣불리 뭐라 할 수는 없지만 누가 일부러 그런 건 분명합니다."

"별일이 다 있군."

피터는 믿을 수 없다는 듯 페트병을 흔들어본다. 잠시 가라앉았던 무지갯빛 거품들이 뽀글뽀글 올라온다. 그가 거품을 보며 만족스러워한다는 느낌 때문에 우리 모두는 각자의 담력에 따라 정도가 다른 두려움에 사로잡힌다.

"콜라가 원래 흔들면 이렇게 거품이 올라오고 그러는 거 아닌가?"

"마셔보세요."

"난 콜라 같은 건 안 마셔."

우리는 아주 짧은 순간, 그러니까 콜라병 속의 거품 몇 개가 폭, 폭, 하고 터졌을 뿐인 그 몇 초 사이에 피터에게서 무심한 여우의 눈빛을 보았다고 생각한다. 그는 어떤 소리도 내지 않고 조용히 다가와 냉정하게 먹이를 물고 가는 여우를 닮았다. (우리가 아는 한 여우는 결코, 단 한 번도, 먹이를 주는 피터를 따뜻하게 바라본 적이 없었다.)

"그런데 왜 반말하세요?"

어디서나 엉뚱한 걸로 본질을 흐리는 자들이 있다. 우리 중 한 명이라는 사실이 난감할 뿐이다. 순발력을 발휘해 분위기를 험악하게 만들지 않으려던 이의 노력은 수포로 돌아간다.

"지금 나를 의심하는 것 같아 하는 말이잖아. 니들은 내가 뭘로 보여, 도대체?"

우리는 대꾸를 하지 못한다. 종이 상자에 남은 다섯 개의 피자 조각들이 벌겋고 허연 배를 두드리며 할 말은 하라고 아우성을 친다. 그러나 피터가 '뭘로' 보이는지에 대해 생각을 시작한 우리들은 피자 조각들의 응원을 슬그머니 외면한다.

*

험난한 과정을 거치지 않고 이 집을 구한 사람은 아무도 없었다. 게다가 다시 집을 구하는 것이 얼마나 어려운지를 모르는 사람도 없었.

유학을 알선해주는 곳에서는, 처음에는 무조건 홈스테이를 해야 한다고 말한다. 그들은 집주인과 영어로 대화도 할 수 있고, 현지 적응에도 도움이 되고, 무엇보다 가장 안전하다며 유학생들을 몰아붙인다. 주인의 간섭이나 입에 맞지 않는 식사, 비싼 집세에 대해 걱정을 하면 홈스테이를 하면서 천천히 집을 구하면 된다고, 집 구하는 것은 문제가 안 될 거라고 장담을 한다.

거짓말! 말도 안 되는 거짓말이었다. 집은 많았으나 우리가 들어가서 살 수 있는 싼 집은 거의 없었다. (비싼 집이라면 왜 없겠는가! 한국에도 아일랜드에도 남아도는 게 집이다.)

우리 중에는 홈스테이를 하면서 까다로운 집주인으로부터 당할 만큼 당하고 나온 이가 있었다. 주인 여자는 그가 집 안의 어떤 물건을 만지기만 해도 히스테리를 일으키고는 했는데, 가장 곤혹스러운 것은 속사포처럼 쏟아내는 그녀의 말을 하나도 알아들을 수 없다는 데 있었다. 아일랜드 영어만 정복하면 세계 영어를 정복할 수 있다 했건만, 그는 정복은커녕 전복을 당하고 말았다. 자신도 알지 못하는 그 집 안의 어떤 물건이 없어진 데 대해 혐의를 받은 날, 그는 그가 직접 부르자고 해서 부른 경찰에게 제대로 된 항변조차 하지 못했던 것이다. 결국 그는 보증금도 돌려받지 못한 채 그 집에서 쫓겨나고 말았다. 그는 자신이 날린 보증금의 반도 요구하지 않는 피터의 집에 무작정 들어올 수밖에 없었다.

누군가는 볕도 들지 않는 컴컴한 방에서 방보다 훨씬 검은 흑인과 함께 석 달을 살았다. 어두운 것과 밝은 것만이 대비를 만들어내는 게 아니었다. 어두운 곳에서는 나름의 비율에 의해 또 다른 명암이 만들어졌다. 더 어두운 것에 의해 이상한 형태로 뚜렷해진 명암은 통상적인 흑백 대조보다 훨씬 지독했다. 가장 참을 수 없었던 것은, 그렇게 어두운 곳임에도 레게 스타일을 한 흑인의 머리카락 사이로 기어 다니는 벌레들이 매우 선명하게 보였다는 점이었다.

다 포기하고 한국으로 돌아갈 결심을 하고서야 이 집을 얻게 된 이도 있었다. 우리들 중 가장 나이가 많은 그녀는 임시로 며칠이라도 잘 수 있는 찜질방이나 피시방도 없는 이 나라를 지긋지긋하게 여겼다. 하지만 그녀는 자신의 임금을 모조리 떼먹은 한국의 직장 상사마저 용서해야겠다는 마음이 들 무렵, 피터의 집에 들어오게 되었다. 남자 셋에 여자 둘이 한 집에서 살아야 한다는 게 부담스러웠지만, 그녀는 사회생활을 꽤 해본 사람답게 더 나은 곳이 없다는 사실을 재빨리 받아들였다. 그녀는 자신의 룸메이트가 그나마 여자이며, 그들이 쓸 방에 잠금장치가 있다는 사실만으로도 큰 위안을 얻었다.

이곳에 오자마자 등록금을 몽땅 날린 남자도 있었다. 그가 등록한 학교는 적절한 자격을 보유하고 있지 않다는 이유로 하루아침에 폐쇄되었고, 그 학교를 소개한 유학 알선 업체는 숫제 연락도 되지 않았다. 그는 다급하게 한국 대사관에 달려갔지만, '유학생 주의 사항'을 배포한 지가 언제인데 아직도 당하는 학생이 있느냐는 핀잔을 들었을 뿐이었다. 그는 날려버린 등록금을 만회하기 위해 일자리를 구했다. 현지인들의 식당에서는 영어가 안 되므로 일을 할 수 없었고, 흔한 중국 식당에서조차 중국인들에게 밀려 자리를 잡지 못했다. 결국 그가 간 곳은 한국 슈퍼였다. 물건들을 배달 차에서 내리고 선반에 진열하고 포장하는 동안 그에게 유일하게 위안이 되었던 것은, 상품에 한국어와 더불어 영어 표기도 있다는 점이었다. (그러나 생각해보면 한국에도 영어로 표기되어 있는 물건들은 넘쳐났다.)

*

우리는 피터가 '뭘로' 보이는지 잘 안다. 그는 집주인, 아니 그 이상이다. 우리는 보이지 않는 공간 속으로 성큼 물러난다. 그 공간이 우리를 으스러뜨릴 듯 꼭 안는다.

"의심을 하는 건 아니고요."

우리는 조심스럽게 말한다. 피터는 자신을 귀찮게 한 대가를 치르게 해주고야 말겠다는 듯 네 쌍의 눈동자를 차근차근 노려본다. 우리는 구차하게 살고 싶지 않은 욕구가 강하게 일지만, 욕구와 별개로 시선을 피하기에 급급하다. 무기력하고 피로하다. 콜라에서 얻었어야 할 카페인과 당을 충분히 섭취하지 못해서일 것이다. 서른도 안 된 우리 대부분과 서른을 갓 넘긴 우리 중 한 명은 스트레스나 술로 복구 불가능하게 된 기초 체력을 탓하며 조용히 입을 닫는다. 구체적인 정황도 증거도 그 어떤 것도 당장은 나라진 우리의 생각과 언어를 다시 살려내지 못할 것이다. 우리 중 조금 형편이 나은 자 한 명이 그대로 피터의 집을 나갈 때 돌려받지 못할 보증금의 액수를 가까스로 떠올리지만, (그는 형편이 좀 나으므로 '만료일 이전에 나갈 시 보증금을 돌려드리지 않습니다'라는 계약서의 조항을 여차하면 무시해버릴 수도 있다고 생각하고 있었다.) 그것은 이미 피터가 유유히 위층으로 올라가버린 직후의 일이다.

카페인 부족 상태를 더 이상 견디지 못한 누군가가 콜라 대신 커피라도 마시기 위해 물을 끓인다. 우리는 독약 같은 새카만 커피에 설탕을 듬뿍 넣어 마신다. 커피인지 설탕물인지 모를 그것이 잠깐은 우리에게 새 힘을 준다.

"그나저나 여우는 왜 속을 썩이는지…."

누군가가 피터에게 고분고분하지 않은 여우를 탓한다.

"하지만 여우 탓은 아니죠. 야생인데, 피터가 주는 고기를 넙죽 받아먹겠다고 가까이 오겠어요?"

"어쨌거나 여우 때문에 우리가 피해를 보고 있어요. 집이 엉망인데, 다 같이 청소를 좀 하면 어떨까요?"

"계약서에 공동 구역의 청소는 피터가 하게 되어 있어요. 못 참겠으면 직접 하든지요."

"하고 싶어 하겠다는 게 아니잖아요. 집이 너무 더러우니 조금씩 치우는 게 낫지 않을까 한 거죠."

"한 사람이 나서면 그때부터 피터는 꼼짝도 않을 거고, 그럼 결국 우리가 다 해야 할 거예요."

"그럼, 이러고 계속 살아요?"

신경이 날카로워진 우리는 서로에게 짜증을 낸다. 우리끼리 다투는 게 아무런 소용이 없는 일이라는 것을 알면서도 멈출 수가 없다.

"그럼 어떡해요?"

"피터에게 뭐라고 한마디해야 해요."

그러나 누가? 이미 군인 정신을 발휘한 바 있는 이는 자신을 제외한 사분의 삼 우리에게 기대를 건다. 하지만 사분의 삼 우리에게는 군인 정신 따위가 없다. 우리는 네 개의 입을 모아 하나의 입을 만들지 않고서는 불가능한 일이라고 생각한다. (그러기 위해서는 우리들의 몸이 먼저 하나로 합쳐져야 할지도 모르는데, 불행히도 우리는 합체 가능한 로봇이 아니다.)

"차라리 조용히 이 집을 나가는 게 나아요."

"피터가 바라고 있는 게 딱 그겁니다. 계약 만료 이전에 나가면 보증금을 돌려주지 않아도 되니까요."

"어쩌면 저 사람, 우리 같은 사람들을 위협해서 생기는 돈으로 내내 여기서 살았던 건지도 몰라요."

"아, 너무 무서워요."

누군가가 '무섭다'는 말을 했으므로, 우리 모두는 일시에 칼날 가는 기구에 정육점용 칼을 쓱쓱 문질러대던 피터를 떠올리지 않을 수 없다. 그가 여우에 미쳐 어떤 짓도 할 인간이라는 생각들을 하다가 컬트 영화를 너무 많이 본 것일지 모른다는 반성을 살짝 하며 우리는 다시 커피를 홀짝인다. 누군가의 커피는 적당히 식었지만 누군가의 커피는 너무 식어버렸다.

상황이 나빠진 것은 어디까지나 피터가 여우에게 지나치게 욕심을 부렸기 때문이다. 그저 먹을 것이나 주고, 여우가 오가는 것을 지켜보기만 했을 때는 적어도 이렇지는 않았던 것이다. 피터가 여우에게 무언가를 하려 든 최근 몇 주, 쓰레기는 산더미처럼 쌓였고 욕실의 하수구에서는 물이 잘 빠지지 않았으며, 거실 등 두 개는 불이 들어오지 않는 채로 방치되었다. 피터는 여우 외의 다른 일에 도무지 관심이 없어 보였다. "정말 도저히 참을 수 없다"는 누군가의 말은 사실 우리 모두의 심정이다. 몇 주 전만 해도 분명 이 정도는 아니었던 것이다.

*

"여우야, 밥 먹어."

피터는 아침저녁으로 뜰에 나가 현지인은 결코 알아들을 수 없는 한국말로 여우를 부르고는 했다. 대개의 경우, 여우는 그의 목소리를 알아듣고 모습을 드러냈다. (물론 한국말을 알아들은 건 아닐 것이다.) 피터는 여우에게 먹이 주는 것만이 이곳에 사는 유일한 목적이라는 듯 열과 성을 다했다.

처음부터 피터와 여우가 쉽게 친해진 것은 아니었다. (말이 나왔으니 말이지만, 이후에도 그들은 딱히 친해 보이지는 않았다.) 어쨌거나 그의 설명에 의하면, 아주 오랜 시간을 거치면서 서서히 가까워졌다고 한다.

정육점에서 고기를 얻어 온 그날, 피터는 당장 넓적한 대접에 기름 덩어리를 담아 뜰에 두었다. 여우는 나타나지 않았다. 그는 거실 소파에 앉아 줄곧 뜰을 내다보며 녀석을 기다렸다. 사위가 캄캄해졌다. 피터는 자신이 짐승처럼 어둠을 뚫고 사물을 분간할 수 있으리라 여기는 듯 밤새 거실을 떠나지 않았다.

다음 날 아침, 피터는 기름 덩어리가 사라진 빈 그릇을 발견했다. 밤 사이 여우가 다녀간 것임에 분명했다. 피터는 다시 먹이를 놓아두었다. 여우는 그날도 모습을 보이지 않았지만, 피터는 다음 날 또 빈 그릇을 볼 수 있었다. 그는 간절해졌다. 두더지처럼 땅을 파기도 하는 여우, 농밀한 어둠 사이로 고기를 물고 가는 여우, 지나치게 조심성이 많은 그 야생의 짐승이 궁금해서 견딜 수가 없었다. 사흘째 되는 저녁, 피터는 "여우야, 밥 먹어"라며 소리를 질렀다. 자신의 말을 알아듣는 이웃이 없으리라는 사실이 그로 하여금 조금 더 목청을 돋우게 했다. "여우야, 밥 먹어." 여전히 여우는 나타나지 않았다. 피터는 며칠 더 공을 들였다. 매번 여우를 부른 뒤 먹이를 놓아두었고, 아침이면 빈 그릇을 확인했다.

여섯째 날(우리 모두는 피터가 너무도 자주, 상세히 설명해주었으므로 그날이 닷새나 이레가 아닌 엿샛날이라는 것을 정확히 알고 있었다.) 저녁, 피터는 뜰의 대접에 기름이나 뼈 따위가 아니라 자신이 먹으려고 샀던 스테이크용 소고기를 놓아두었다. 그날 밤에도 여우는 보이지 않았지만, 다음 날 아침 피터는 대접에 이상한 갈색의 액체가 담겨 있는 것을 발견할 수 있었다. 밤새 내린 이슬이라고 하기에는 양이 많았다. 비라고 할 수도 있겠지만 전날에 비는 분명 내리지 않았다. 게다가 공기 좋기로 유명한 이곳의 이슬이나 비가 그런 누리끼리한 갈색을 띠고 있을 리 없었다. 피터는 그릇을 들어 킁킁거리며 냄새를 맡아보고서야 그것이 여우의 오줌이라는 것을 알았다.

그는 심경이 복잡했다. 먹이를 준 자신에게 여우가 배은망덕하게 굴었다고 생각하자 괘씸했지만, 한편으로 자신이 놓아둔 그릇에 어떤 식으로든 반응을 했다는 게 기특했다. 게다가 짐승들이 배설물로 영역 표시를 한다는 점을 감안하면 여우가 피터의 뜰을 제 것으로 여기고 있다는 사실은 고무적이었다.

피터는 계획한 일을 일주일 만에 모두 끝낸 성경의 창조주보다 하루 더 끈기를 발휘했다. 여덟째 날 저녁, 그는 다시 "여우야, 밥 먹어"를 외친 뒤 살점이 좀 붙어 있는 큼지막한 소뼈 하나를 놓아두었다. 여느 때보다 바람이 많이 불었다. 거대한 루바브 잎이 아래위로 흔들렸고, 너도밤나무 잎사귀들이 일정한 방향으로 쏠리기도 했다. 피터는 그림자의 미세한 변화나 뜰의 풍경을 바꾸는 그 어떤 흔들림도 놓치지 않으려고 애를 썼다. 멀리서 갑자기 새들이 날아오르면 그곳에서 여우가 오고 있는 게 아닌가 싶어 숨을 죽이기도 했다. 그는 뜰에 면한 거실 유리문에 얼굴을 바짝 붙였다. 그의 입김이 유리에 자국을 만들었다. 작은 다람쥐 한 마리가 밤나무에서부터 쪼르르 내려오다가 나무뿌리가 드러난 곳에서 멈추었다. 하지만 녀석은 잠시 망설이는가 싶더니 나무로 도로 올라가버렸다. (내려온 이유를 잊어서였는지도 몰랐고, 뜰에서 건질 만한 게 없다는 걸 재빨리 파악해서였는지도 몰랐다. 피터는 이 부분까지도 매우 세세하게 설명했다.)

여우가 나타난 것은 그때였다. 짐승은 피터가 수도 없이 머릿속으로 그렸던 것과는 달랐다. 여우는 결코 황금빛 털이나 영롱한 눈 따위를 빛내지 않았다. 대신 그것은, 저물녘임에도 선명하게 보이는 네 개의 까만 발을 도도하게 드러냈다. 언제라도 날렵하게 튀어오를 차비를 갖춘 듯한 조심스러운 네 개의 움직임….

유리문 안에서, 피터는 극히 미세한 소리만을 내고 있을 부드러운 그 발소리를 듣고 있는 듯한 착각에 빠졌다. 그는 예측할 수도 없고 감히 예측해서도 안 될 것만 같은 그 야생의 몸짓으로부터 눈을 뗄 수 없었다.

여우는 헛간 옆의 낮은 담장 사이로 잠시 사라졌다 다시 나왔다. 마치

퇴로를 확인해두는 전장의 군인처럼 신중해 보였다. 피터는 그제야 이웃집과의 경계에 심어진 관목들이 상당히 두껍게 자라 있다는 것을 알아차렸다. 관목 사이에 여우들이 다니는 통로가 있었던 것이다.

여우는 돌연 피터가 있는 집의 거실 쪽을 노려보았다. 피터는 집 안의 가구인 양 미동도 않고 있었다. 기껏 온 여우를 놀라게 해서 쫓아버리고 싶지 않았던 것이다. 그는 자신의 초대에 응해준 여우가 진심으로 고마웠다.

여우는 조심스럽게 뜰의 가장자리를 따라 돌며 그릇에 접근했다. 뾰족한 입, 까만 발, 그리고 끝부분이 하얀 꼬리. 피터는 여우의 모습을 하나도 놓치지 않고 보았다.

여우는 그릇으로 고개를 숙이기 직전, 마치 진작부터 알고 있었으나 모른 체했을 뿐이라는 듯 똑바로 피터를 바라보았다. 먹어도 되는 거지? 그렇게 묻는 듯했다. 피터는 감격에 겨워 자신도 모르게 고개를 끄덕였다. 먹어도 되고말고. 어서 먹어, 어서. 여우는 꽤 무거워 보이는 뼈다귀를 한입에 덥석 물고는 쏜살같이 담장 쪽으로 향했다. 이번에는 뜰을 곧장 가로질렀다.

피터는 여우가 관목 틈새로 사라지기 직전에 뒤를 한 번 더 돌아본 것이 어디까지나 자신에게 감사 인사를 하기 위해서라고 생각했다. 벌겋고 허연 뼈다귀를 문 여우의 입은 튼튼한 빨래집게처럼 빈틈이 없어 보였다. 피터는 가슴이 뭉클했다.

*

그렇다. 우리들 모두가 입주한 지 얼마 되지 않았을 때만 해도 피터는 분명 행복해 보였다. 마주칠 때마다 여우 이야기를 늘어놓는 그의 얼굴에 기대감과 자랑스러움이 가득했던 것이다. 하지만 지금은 분위기가 달라졌다.

"피터는 도대체 여우랑 뭘 하겠다는 걸까요?"

우리는 이층으로 올라간 피터가 알아듣지 못하도록 낮은 목소리로 속삭인다.

"그저 친해지고 싶은 거라면 왜 이전처럼 음식을 주는 것만으로 만족하지 않는 거지요?"

"완벽하게 친해지고 싶은 게 아닐까요?"

"짐승이랑 어떻게 완벽하게 친해지겠어요?"

"유별난 사람이니까요."

피터는 유별난 사람임에 틀림없었다. 사실 가장 특이한 점은 그가 여우와 집에 관련된 일을 빼고는 다른 아무것도 하지 않는다는 데 있었다. 그는 학교에 다니지도 않았고 직장에 다니지도 않았다. 그렇다고 집에서 공부를 하거나 취업 준비를 하는 것 같지도 않았다. 피터는 하루 중 대부분의 시간을 여우가 드나드는 뜰을 손질하거나 여우의 먹거리를 준비하는 데 썼다. 여우가 없는 피터는 상상도 할 수 없었다. 그는 온전히 여우에게만 매달려 있었다.

물론 우리는 우리가 없는 동안 피터가 무엇을 하는지 정확히 알지 못했다. 하지만 그러한 것들을 직접 물어볼 수도 없었다. '물어보면 쫓아내고야 말 것 같은' 그의 태도에 부지불식간 짓눌려 있었기 때문이었다. 그는 입으로 말하지 않고도 우리 모두가 '말을 할 수 있는 쪽은 집주인이며 듣는 쪽은 세입자여야 한다'고 느끼게끔 만들 줄 알았다.

다른 유별남이라면 피터의 나이일 것이다. 사실 그는 유학생이라고 하기에는 지나치게 나이가 많아 보였다. 우리 중 일부는 덥수룩한 머리 사이로 아무렇게나 삐져나와 있는 흰머리로 짐작컨대 그가 마흔을 훌쩍 넘겼을 것이라 말했고, 일부는 그것이 그저 새치에 불과하므로 서른 중반도 되지 않았을 것이라 주장했다. (일단 우리는 그의 나이를 가늠하기가 어렵다는 점과 그가 평균적인 유학생의 나이보다는 한참 많을 것이라는 데는 동의했다.)

우리는 그가 왜 아일랜드에 온 것인지, 이곳에 온 지 얼마나 되었는지, 또 무슨 돈으로 먹고살고 있는지 (게다가 여우까지 먹이는 것인지) 알 수 없었다. 그러므로 피터가 우리들의 보증금과 월세를 주인에게 전부 주지 않고 일부를 떼서 쓰고 있을지 모른다는 누군가의 주장은 신빙성이 있어 보였다. 아일랜드 남쪽 지방에 살고 있다는 주인은 더블린의 임대료 시세를 잘 모르는 것인지도 몰랐다.

우리는 이전의 다른 세입자들이 어쩌면 우리처럼 피터의 괴롭힘을 당하다 보증금을 포기한 채 나가버렸을지도 모른다는 생각을 하기도 했다. 네다섯 명의 보증금을 모으면 제법 큰 금액이 될 터였다. 어쨌거나 확실한 것은 아무것도 없었다. 피터가 집주인과 통화하는 걸 들은 적 있다는 이가 말했다. 일단 영어 실력은 상당해. 토익 칠백오십이나 팔백? 우리는 통화 내용만으로 피터의 토익 점수를 알아낼 수 있다는 데 대해 아무런 반론도 제기하지 않았다. 그 통화 내용을 들은 이가 유학생들에게 알려진 학교 중 가장 수준이 높은 곳에 다니고 있기 때문만은 아니었다. 사실 우리들은 누구나 자기 실력에 상관없이 다른 사람의 실력을 가늠할 수 있었다. 영어와 엉긴 채 살아온 무수한 시간들이 우리로 하여금 적어도 '감별' 정도는 하게 만들었기 때문이었다.

그러므로 언젠가 바지 고무줄이 느슨해져 어쩔 수 없이 하얀 속살이 드러난 피터의 엉덩이가 '업 유어 애스Up your ass'라고 욕했을 때, 우리는 기분 나빠하는 대신 고개를 끄덕였다. 토익 팔백오십. 피터는 분명 영어를 꽤 잘했다.

어쨌거나 우리는 괜찮은 영어 실력에도 불구하고 여우만을 기다리고 있는 피터를 유별난 사람이라 여기지 않을 수 없었다. (당시의 우리는 '불구하고'에 대해 좀 더 신중한 접근을 해야 한다는 사실을 몰랐다.)

다만 그에 대해 깊게 혹은 오래 생각하지는 않았다. 아일랜드에 온 지 얼마 되지 않았던 우리들은 당시만 해도 피터나 여우에 대해 깊게 또는 오래 생각할 만큼 여유롭지 않았던 것이다.

유학 생활을 갓 시작한 우리는 분주했다. 돈을 벌기 위해 닥치는 대로 아르바이트를 해야 했고, 등록금을 축내지 않기 위해 공부도 해야 했으며, 또 짬짬이 그림엽서 같은 사진들을 찍기 위해 아일랜드 곳곳을 관광도 하러 다녀야 했던 것이다. 우리가 찍는 사진들은 한국에 있는 지인들에게 우리가 어떻게 지내고 있는지를 숨길 수 있는 유일한 방편이었다. 우리 중에는 머나먼 타국에서도 고향의 숯불갈비를 찾는 이들을 위해 불판을 닦아대느라 어깨가 그 불판보다 딱딱해진 총각이 있었으며, 영어에 대한 공포감을 극복하기 위해 더 나은 영어를 구사하지도 않는 남부 유럽 출신의 급우들을 쫓아다니느라 종아리에 알이 밴 처녀도 있었다. (그녀는 나중에 영어보다 스페인어나 이태리어를 배우는 게 낫겠다는 말도 했다.) 우리는 현지 사람들이 쓰는 '소리 Sorry'에 왜 '미안해'란 뜻보다 '저리 좀 비켜줄래?'란 뜻이 더 많이 들어 있는지에 대해 생각해보는 것만큼의 관심도 집주인에게 쏟을 여력이 없었다. 우리는 정말 너무 바빴다.

그러나 우리는 피터가 '기르고 있다'는 여우에 대해서는 신경을 쓰지 않을 수 없었는데, 그가 우리와 마주칠 때마다 여우에 관해 이야기했고 잘 들어주지 않았을 때는 반드시 보복 아닌 보복을 했기 때문이었다. (그는 심사가 틀어질 때마다 드라이기와 전기요를 많이 써서 세금폭탄을 맞았다며 우리에게 초과분을 요구하기도 했고, 자신이 깔아놓은 인터넷 망을 같이 쓰는 만큼 요금 분담을 해야 한다는 치사한 말도 했다.)

우리는 냉장고에서 물 한 병을 꺼내 마시다가도, 토스트 한 쪽을 구워 먹다가도 그가 동할 때면 언제든 여우에 관한 이야기를 들어주어야 했다. 우리의 귀에는 정말로 딱딱한 여우 못 같은 게 박혀버린 것 같았다.
　영어로 설움받지 않고자 유럽의 서쪽 끝에까지 유학을 온 우리들은 그가 영어로 여우 얘기를 해준다면 한결 나을 거라고까지 생각하고는 했다. 우리는 점점 여우에게, 그리고 여우 이야기에 질려갔다.

*

　여우는 곧 아침저녁으로 피터의 뜰에 드나들게 되었다. 저녁 무렵에만 여우를 보는 게 서운했던 피터가 아침까지 잘 차려 대접했기 때문이었다. 여우는 피터의 '여우야, 밥 먹어'라는 한국말을 정확히 알아듣기라도 한 듯 그가 부르면 곧 모습을 드러냈다. (입주 초에 그것을 본 우리들은 정말 신기해했고, 그런 모습이야말로 청정 아일랜드의 진면목이라며 사진을 찍느라 법석을 떨었다. 분명 그랬던 때가 있었다!)
　건초빛 여우는 긴장한 기색을 보이지는 않았으나 결코 친근감을 보이지도 않았다. 피터는 아무리 맛있는 음식을 들고 나가도 적정한 거리 유지를 포기하지 않는 여우에게 서운해했다. 날이 흐르고 달이 흘러도 여우는 매번 피터가 음식으로부터 완전히 등을 돌려야 움직이고는 했던 것이다. 약삭빠른 짐승은 그가 집을 향해 옮기는 걸음, 딱 그만큼의 보폭으로 그릇을 향해 발을 옮겼다.
　언젠가 피터는 뒤돌아 가는 척하다가 급작스레 몸을 돌려 여우에게 가려 한 적이 있었다. 하지만 여우는 한 치의 틈도 주지 않고 재빨리 덤불 사이로 몸을 숨겨버렸다. 피터가 돌아서고서야 여우는 살그머니 덤불에서 나왔는데, 그가 다시 돌아보면 녀석도 그 자리에 그대로 멈추고는 했다. 언제든 덤불로 다시 돌아갈 수 있는 만반의 경계 태세를 갖추고서 말이다.
　여우는 피터가 완전히 유리문을 닫고 들어가야만 먹이를 물었다. 게

다가 녀석은 그 자리에서 그릇에 놓인 음식을 죄다 먹는 법이 없었다. 여우는 입에 물 수 있는 만큼 먹잇감을 물고 담장 사이 구멍으로 사라졌다가 가져갈 수 있는 게 남아 있을 때만 다시 나타났다.

한 번은 피터가 돼지 껍데기를 가위로 조각조각 오려 여덟 장을 만들어 그릇에 흩어 놓은 적이 있었다. 여우는 침착했다. 피터가 유리문 안으로 들어가서 문을 닫자 여우는 돼지 껍데기를 차곡차곡 잔디에 쌓았다. 여덟 장 모두를 높이 쌓은 뒤 여우는 그것을 한 입에 물고 사라졌다. (그 장면을 같이 본 우리 중 한 명은 과연 그래서 '꾀 많은 여우'라는 말이 생겼다며 두고두고 여우의 지능을 칭찬했다.)

우리는 여우가 음식을 물고 가면서 그릇에 오줌 누는 것 또한 심심찮게 보게 되었다. 가끔은 그 그릇 속이나 주변에서 검은 똥이 발견되기도 했는데, 그럴 때면 피터는 그것들을 집어 들고 들어와 자랑스레 우리에게 보여주었다. 그는 수분이 거의 없는 여우의 분비물이 한약방에서 팔기도 하는 새까만 환약을 닮았다고 말하며 만족스러운 표정을 지었다. 그는 배설물로 인해 자신과 여우 사이가 더 끈끈해졌다고 믿는 것 같았다.

피터는 여우를 먹이는 데 점점 더 욕심을 냈다. 정육점에서 버리려고 둔 고기 찌꺼기가 아니라 사람도 사 먹기 힘든 소고기 살점을 던져주기도 했던 것이다. 그는 곧 뼈가 없는 닭 가슴살을 샀고, 어느 날은 오리, 어느 날은 칠면조 고기를 준비했다. 여우의 식탁은 날이 갈수록 화려해졌다.

바람이 차가워지기 시작하자 그는 여우의 영양 상태를 걱정했다. 여우는 잡식성이야. 그렇게 말하며 피터는 사과를 네 조각으로 잘라 그릇에 담아두었다. 하지만 여우는 그것을 입에도 대지 않았다. 고기를 먹을 수 있는데 굳이 왜 과일 따위를 먹겠느냐는 듯 외면하는 여우를 향해 피터는 애타게 외쳤다. 겨울을 나려면 비타민도 섭취해야 해. (우리는 이웃이 그의 말을 알아듣고 비웃는 일이 생기지는 않아 천만다행이라 생각했다.) 여우는 소리치는 피터를 멀뚱히 바라보다가 속이 탄 그가 가까이 다가가려 하자 언제나처럼 덤불 사이로 몸을 감추고 말았다.

그는 여우의 면역력을 높이기 위해 채소를 갈아 넣은 고기 전을 만들기 시작했다. 다진 고기에 파프리카나 당근 등을 잘게 썰어 넣고 계란으로 반죽한 뒤 납작하게 빚었다. 겉만 살짝 익힌 고기 전이 고소한 냄새를 풍기며 그릇에 담기면 여우는 재빨리 그것을 물고 사라졌다. 피터는 여우를 볼 수 있는 몇 분간을 위해 온종일 정성을 다했다.

*

여우가 닭이나 양을 잡아가서 인간에게 피해를 줄 수도 있잖아요. 이웃 사람들이 당신에게 항의라도 하면 어쩌려고 그래요? 우리 중 할 말은 해야 한다고 여긴 어떤 이가 용기를 내서 피터에게 물은 적이 있다. 그는 피터의 방 다음으로 큰 방을 쓰는 자였다. 어쩌면 방 크기에 의해 담력의 크기가 정해지는 것인지도 몰랐다.

하지만 피터는 남자의 대담함을 코딱지만큼도 대견하게 여기지 않는 듯했다. 그는 사납게 말했다. 더블린은 시골이 아니라 도시야. 이곳에서 닭이나 양을 키우는 사람은 없다고. 게다가 요즘의 농장들은 닭이나 양을 키우는 우리 둘레에 전류를 흘려 보내지. 잡아먹힐 수 있는 놈이나 잡아먹으려는 놈 모두 눈에 보이지 않는 그 담이 얼마나 무서운지 알아. 이런 도시에서 여우가 도대체 무슨 피해를 준다는 거야? 기껏해야 쥐를 잡아먹어 환경을 더 깨끗하게 만들어줄 뿐이야. 피터는 쥐를 잡아먹는 여우를 직접 보기라도 한 듯 단호하게 말했다.

하지만 질문을 던진 이는 기왕 버린 몸이다 싶었는지 물러서지 않았다. 여우가 당신이 주는 먹이 때문에 야생성을 잃어버리면요? 당신이 이곳을 떠난 후에 사냥하는 법을 잊어버린 녀석은 굶어 죽을지도 몰라요. (우리 모두는 드러내놓고 고개를 끄덕이지는 못했지만 진정 그를 대견하게 여기며 응원의 박수를 보냈다.)

하지만 피터는 그마저도 단칼에 뭉개버렸다. 나는 죽을 때까지 여우를 먹일 거야. 내가 살아 있는 한 여우는 죽지 않아.

피터에게 대들었던 이는 적절한 보복을 당했다. 한동안 그의 방 히터만이 작동되지 않았던 것이다.

*

우리가 당한 보복은 유치하기는 해도 무시할 만한 것들이 결코 아니었다. (유치하므로 무시할 수 있다고 생각하는 사람들은 남의 땅에서 발 가벗겨진 느낌으로 서본 일이 결코 없는 배부른 자들일 것이다.)

용감했으나 히터가 작동되지 않는 방에서 잘 수 있을 정도로 용감하지는 않았던 이는 그날 밤 우리 중 가장 작은 방을 가진 이에게 신세를 졌다. 그는 싱글 침대와 책상 하나만으로도 비좁은 다른 세입자의 방에 침낭을 깐 채 새우잠을 자야 했다.

야간에는 전체가 부담해야 하는 난방비를 고려해 거실의 히터를 돌리지 않는다는 피터의 말을 믿을 수 없지만, (우리들 모두 한밤중에 거실에 내려가본 일이 분명 한두 번쯤은 있었다.) 현명한 그는 그쯤에서 기왕 버린 몸을 더 버리기보다 적당히 타협을 하기로 결심했다.

피터는 멀쩡하던 히터가 작동되지 않는 원인이 히터를 잘못 사용한 이에게 있다고 우겼다. 그가 AS 비용을 지불하지 않는다면 자신도 기술자를 부르지 않겠노라고 선언했다. 호기롭게 일리 있는 질문을 던졌던 이는 더 이상 일리 있는 질문을 던지지 못했다. 피터는 자존심을 구겨가며 타협하려는 그의 노력을 가상히 여기지도 않으면서 유들유들하게 말했다. 엔지니어한테 전화가 왔어. 시골에서 공사가 끝나지 않았다네. 내일 오후나 돼야 도착한대.

피터는 결코 적당한 선에서 멈추지 않았다. 하루 미루어진 날에도 기술자는 오지 않았다. 그다음 날에도, 또 그다음 날에도 기술자에게는 자꾸 피치 못할 사정이 생겼다. 우리 중 아무도 불편하게 쪽잠을 자는 누군가를 위해 다른 기술자를 부르라는 말을 하지 않았다. '이곳엔 기술자가 드물다'거나 '이미 오기로 한 사람이 있지 않느냐'는 대답을 듣게 될 것이 뻔하기도 했거니와 괜히 나서서 또 다른 보복을 당하고 싶지도 않았기 때문이었.

여기서는 뭐든 천천히 진행돼. 급히 되는 일이 없다는 거 다들 잘 알잖아. 피터는 여유 있게 사는 유럽 사람들의 삶을 우리도 본받아야 한다며 침낭 신세를 지고 있는 남자의 염장을 질렀다. 그가 풀이 죽어도 너무 죽은 모습을 보이고서야 피터는 그만두었다. 우리 모두가 학교에 간 사이 기술자가 와서 미세하게 깨져 헛돌기만 한 밸브 뚜껑을 교체했다는 것이었다.

의심스러운 청구서에는 우리가 전혀 알아볼 수 없는 부품명이 적혀 있었다. 하지만 아무도 그 단어를 영어 사전에서 찾아볼 생각은 하지 않았다. 보증금을 날리고서라도, 아니 날리지 않더라도 집을 나갈 생각을 하는 사람은 없었기 때문이었다. 우리 모두는 피터가 유별난 동시에 나쁜 집주인이라 생각했지만 결코 집을 나가려고는 하지 않았다.

*

한동안은 아무도 피터가 이런저런 심술을 부린다는 것을 알지 못했다. 처음에는 그냥 아주 사소한 일들이 일어났을 뿐이었기 때문이다.

양말 한 짝, 컴퓨터 연결선, 칫솔, 간식 등 소소한 것들이 없어졌고, 좀을 먹은 듯 옷에 작은 구멍이 생기는가 하면 아침에 멀쩡했던 음식이 저녁에 상해 있기도 했다. 누군가가 일부러 했으리라고는 여길 수 없는, 어쩌면 그럴 수도 있는 일이 몇 번 일어나는 동안 자존감 낮은 우리는 오히려 자신을 탓했었다. 타지 생활에 적응하려다보니 이런저런 실수들을 반복하게 되는 것이라 여겼던 것이다.

하지만 시간이 흐르면서, 적어도 자신이 제정신이 아닐 이유가 없다는 확신이 든 우리는 자신을 뺀 나머지 우리들을 의심하기 시작했다. 각기 다른 날 입주했고 다른 학교에 다녔으며 다른 곳에서 일했던 우리는 서로에 대해 아는 게 거의 없었다. 사실 우리는 일부러 존댓말을 쓰면서 가능한 한 친해지지 않기 위해 애를 쓰고 있었다. 한국 사람들끼리 어울리다보면 영어는 뒷전으로 밀려난다는 유학생 주의 사항 중 하나가 우리의 감성을 얼린 게 일차적인 이유였다. 그러나 보다 큰 이유는 상대에 대해 알려면 자신도 결국 노출시켜야 한다는, 예외가 거의 없는 사교 법칙에 따르고 싶지 않다는 데 있었다.

한때 영어를 받아들이지 않기 위해 항일 투쟁만큼 치열한 전투를 벌였던 아일랜드에서 유학 생활을 하는 우리에게는, 오늘날 결국 영어로 돈을 벌게 된 아일랜드의 아픔 못지않은 아픔들이 있었다.

우리들 대부분은 부모가 돈이 많거나 공부를 잘해서 미국이나 영국으로 떠날 수 있었음에도 불구하고 아일랜드를 택한 게 아니었다. 끝없이 닭 목을 쳐야 한다는 호주나 뉴질랜드 대신, 또 풍토병으로 죽거나 칼에 찔려 죽을지도 모르는 아프리카나 필리핀 대신, 비교적 안전하고 입국이 쉬운 곳을 찾아 아일랜드로 온 것이었다. 물론 돈이 많았다면, 또는 공부를 잘했다면 애초에 언어 연수를 떠날 일이 없었을지도 모른다. 우리는 스스로 그다지 내세울 만한 게 없었으므로 다른 사람에게서도 내세울 만한 게 있는지 보려고 하지 않았다. 우리는 한집에 살고 있기는 했지만 누군가에게 도벽이 있는지, 누군가에게 가학 취미가 있는지, 또 누군가에게 정신병이 있는지를 알지 못했다. 다 같이 한국말이 모국어인 우리들이었지만 우리는 한국말로 긴 대화를 나누지 않았다.

그러므로 우리는 자신을 제외한 나머지 우리를 의심하며 상당한 시간을 보낸 후에야 비로소 피터를 지목하게 되었다. 특별히 하는 일 없이 집에만 있는 피터라면 능히 그런 짓을 할 수 있을 것이라는 데 겨우 생각이 미쳤던 것이다. 우리는 피터를 의심하게 된 이후로 조금씩 가까워졌다.

피터임에 분명했다. 모두가 학교에 가고 혼자 있는 낮에, 여분의 방 열쇠라면 얼마든지 가지고 있을 수 있는 그가 못할 일은 없어 보였다. 문제는 그가 왜 그러느냐는 것이었다. 집을 통째로 세를 낼 수도 있는 그가 돈도 안 되는 물건들이 탐이 나서 그랬을 리는 없었다. 변태라서? 변태라는 말에 민감할 수밖에 없는 우리 중의 여자들이 겁에 질리자 나머지 우리들이 그렇지는 않을 것 같다며 잃어버린 팬티 따위가 없는 것을 그 증거로 들었다. (그러나 여자들은 한동안, 어쩌면 자신들이 잃어버리고도 잃어버린 줄 모르는 팬티가 있다고 믿었다.)

우리는 이런 정황, 저런 증거들을 한참 끼워 맞춰보다가 결국 알게 되었다. 여우였다. 여우는 원과 관련된 공식에 빠지지 않고 따라다니는 원주율 파이π처럼 피터의 심통에 꼭 붙어 있었다. 피터는 우리가 여우를 좋게 생각할 때 우리에게 너그럽게 대했다. 그러나 그렇지 않을 때, 가령 우리가 그의 이야기를 외면한다든지 여우나 여우에게 밥을 주는 그에 대해 뭔가 거슬리는 말을 했을 때는 어김없이 해코지를 했다. 그런데 그것은 바꿔 말해, 여우와 여우 이야기를 하는 그를 존중하기만 하면 아무런 문제가 생기지 않는다는 뜻이기도 했다.

문제는 피터가 하는 대부분의 일과 그가 하는 말이 온통 여우에 관한 것이라는 데 있었다. 피해 가기가 쉽지 않았다. 게다가 여우는 꼭 피터와 우리가 얼굴을 마주해야 하는 아침과 저녁에 찾아왔다. (어쩌면 피터는 우리와 얼굴을 마주하는 꼭 그 시간에만 여우를 부르는 것인지도 몰랐다.)

피터와 우리 사이가 틀어지면, 즉 여우와 우리 사이가 틀어지면 우리는 정말 못 볼 꼴을 보아야 했다. 그는 우리 중 누군가가 냉장고 문을 열어놓아 안에 둔 고기며 유제품들이 몽땅 상했다고 날뛰는가 하면, 잃어버린 숟가락을 찾는다고 쓰레기통을 엎어버리기도 했다. 누군가가 자신이 사놓은 달걀을 하나씩 훔쳐 먹는다며, 달걀 한 판을 거실에 몽땅 쏟아부었을 때가 최악이었다. 처음에는 그가 알아서 치우겠거니 하며 버텼지만 결국 비린내를 견디지 못한 우리가 직접 세제를 풀고 카펫을 닦지 않을 수 없었다. 우리는 여우에 관해서라면 한없이 너그러워져야 했다.

*

그런데 우리는 오늘 오후, 또다시 부주의하게 피터와 여우에 대해 좋지 않은 말을 하고 말았다. 고기에 실을 꿰고 있는 피터를 두고 빈정거렸던 것이다.

"저 여우가 이 동네 여우 다 먹여 살리는 것 같아요. 하루에도 몇 번씩 오니."

"실이랑 바늘로 차라리 여우 옷이라도 지어주면 덜 거슬리겠어요."

"아무리 여기 고기가 싸다지만 이건 너무하잖아요."

"한국에서 들으면 기함을 할 일이에요."

"외화 낭비죠, 외화 낭비."

물론 우리는 작은 목소리로 이야기를 했다고 생각했다. 하지만 피터가 콜라에 세제를 부어버린 것은 부주의한 누군가가 피터에게 들릴 정도로 목소리를 높였기 때문인지 모른다. (어쩌면 우리 모두가 지친 나머지 더 이상 조심할 수 없었던 것뿐인지도 모른다.)

피터는 우리가 속삭이는 소리를 들었음에 틀림없다. 그래서 콜라와 세제가 섞이게 된 것이고, 마실 수도 없고 그릇을 닦을 수도 없는 이상한 액체가 만들어진 것이다. 우리로서는 피터의 심통이 이쯤에서 끝나기를 기대할 수밖에 없는데, 그러려면 오늘 여우가 부디 아무런 말썽도 부리지 말아야 할 것이다. 우리는 피터와 여우 사이의 일이 잘되기를 바라 마지않는다.

위층에서 피터가 내려온다. 그의 손에 낚싯줄이 감긴 얼레와 바느질 통이 들려 있다. 공연히 앉아 있다가 그의 심기를 거스르기 싫어서 우리는 주섬주섬 식탁을 정리한 뒤 거실로 자리를 옮긴다. 우리는 세제 콜라를 더 이상 문제 삼지 않기로 한다. 큰 피해가 없었으니 넘어가면 그뿐이다.

*

최근 들어 피터는 여우와의 거리를 좁히기 위해 안간힘을 쓰고 있었다. 최초의 노력은 멸치로 시작했다.

어느 날 그는 살짝 끓인 멸치를 들고 뜰로 나갔다. 그때 우리 중 누군가는 국물을 충분히 우려내고 건져도 될 멸치를 물만 적신 듯 들고 나가는 피터에 대해 쓴소리를 했다. 사람도 굶어 죽는 판에! 물론 우리 가운데 죽을 만큼 굶고 있는 이는 없었지만, 모두 피터가 도를 넘어서고 있다고 생각했다. 그가 빛깔 고운 소고기 안심 덩어리를 들고 나간 일보다 더 못 봐줄 꼴이었던 것이다. 우리는 한국 슈퍼나 아시아 마켓에서 사야 하는 마른 멸치 한 봉이 소고기 한 덩어리보다 비싸다는 것을 알고 있었다.

어쨌거나 그날 피터는 무언가를 작정한 듯 보였다. 그는 스무 마리가 넘어 보이는 멸치를 여우의 그릇에 한꺼번에 쏟아붓지 않았다. 단 두 마리. 그가 유리문을 열고 안으로 들어서자 여우가 멸치 두 마리를 물었다. 피터는 재빨리 문을 다시 열고 자신의 손에 들려 있는 멸치를 여우에게 보여주었다. 여우야, 밥 먹어. 밥이 아니지만 그는 그렇게 말했다. 여우가 '멸치'까지 알아들을 필요는 없다고 생각하는 것 같았다. 여우는 잠시 망설이는 것처럼 보였다. 피터는 한 발짝, 뜰로 나섰다. 멸치를 더 먹기 위해 여우가 자신을 기다릴 것이라 판단한 모양이었다. 하지만 여우는 쏜살같이 달아나 덤불 구멍으로 사라져버렸다. 피터는 다시 두 마리를 더 그릇에 놓고 돌아섰다. 여우가 다시 나타났다. 그는 유리문을 꼭 닫지 않았다. 약간의 틈을 만들어두었던 것이다. 피터는 완전히 문을 닫지 않아도, 즉 자신의 냄새가 여전히 남아 있어도 여우가 음식을 먹기 위해 다가올 것이라 기대하는 것 같았다. 열린 틈이 거의 보이지 않았던 두 번은 여우도 속았다. 피터가 유리문 안에 완전히 들어가 있다고 생각해서인지 순순히 그릇에 접근했던 것이다.

여우는 생각보다 멸치를 좋아하는 것 같았다. 하지만 세 번째에 피터가 문을 좀 더 열어둔 채 멸치를 던져주자 여우는 다시 나타나지 않았다. 결국 피터가 남은 멸치를 그릇에 모두 부었는데도 여우는 끝내 모습을 보이지 않았다. (우리 중 개를 키워본 경험이 있는 누군가는 여우가 처음 한두 번은 호기심으로 멸치를 먹었지만 더 먹고 싶지 않아 오지 않았을 뿐이라고 주장했다. 개나 여우는 고기보다 생선을 결코 더 좋아하지는 않는다는 것이었다.) 피터는 가끔 담장 위로 사뿐사뿐 다니고는 하는 검은 고양이가 그때 마침 나타나 남은 멸치를 다 먹는 모습을 지켜보아야 했다. (고양이라면 고기보다 생선을 더 좋아할 수도 있다!) 우리는 물었다. 왜 고양이를 쫓아버리지 않으세요? 그는 질문을 한 우리에게 대신 화풀이라도 해야겠다는 듯 무시무시한 눈빛을 하고 말했다. 교훈을 줘야지. 내가 줄 때 먹지 않으면, 다른 놈이 다 먹어버린다는 것을 놈도 알아야 해. 우리는 금방이라도 여우가 다시 나타나 고양이를 쫓아버리기를 그가 간절히 바라고 있다는 것을 알 수 있었다. 하지만 여우는 멸치도 피터의 뜰도 깨끗이 잊었다는 듯 그 저녁에 모습을 드러내지 않았다.

피터는 다음 날 좀 더 먹음직스러워 보이는 음식을 준비했다. 검붉게 윤기가 나는 큼지막한 소의 간이었다. 그는 여우에게 교훈을 주기보다 화가 난 듯한 여우를 오히려 달래려는 것처럼 보였다. 여우는 피터의 정성을 갸륵하게 여겨서인지, 아니면 그저 먹이가 아쉬워서였을 뿐인지, 피터가 부르자 또 나타났다. 사실 여우는 왔다가 그냥 가버리는 한이 있어도 오지 않는 법은 없었다. 비가 오고 바람이 거세게 불어도, 아직 어둡거나 벌써 어두워도 여우는 피터의 '밥 먹어'를 외면하지 않았다.

*

그러나 피터는 여우와의 평화로운 관계를 계속 이어가지 않았다. 그는 멸치의 실패에도 불구하고 또 다른 시도를 했다. 어쩌면 그도 슬슬 여우에게 밥만 주는 게 지겨워진 것인지 몰랐다.

지난 주말, 우리는 초록색 실이 꿰어진 고깃덩어리가 여우의 그릇이 아니라 그릇 옆 잔디 위에 놓이는 것을 보았다. 잔디와 같은 색의 초록색 실은 피터가 의도한 바대로 거의 눈에 띄지 않았다. (하지만 사람의 눈에 잘 띄지 않았을 뿐, 여우가 그것에 주의를 기울이지 않으리라는 보장은 없었다.) 여우를 부른 후 피터는 긴 실의 끝을 잡고서 유리문 안으로 들어왔다. 여우가 나타나자 그는 미세하게 열린 문틈으로 실을 조금 당겼다. 먹이에 다가가려던 여우가 이상하다 느꼈는지 걸음을 멈추었다. 우리는 피터가 무엇을 하려는지 궁금했다. 여우를 집 가까이 오게 하고 싶은 것일까? 여우를 더 오래 보기 위해서? 반응이 궁금해서? 아니면 혹시 여우를 잡고 싶기라도 한 것일까? 그러나 왜?

여우는 한 걸음 더 다가가려다 또 고기가 움직이는 것을 보고는 쏜살같이 도망가버리고 말았다. 피터의 예상과는 달랐겠지만 우리가 예상한 대로였다. 피터는 뜰로 나가 자기 손으로 실을 끊고는 여우를 불렀다. 하지만 여우는 다시 오지 않았다. 시르죽은 얼굴로 뜰을 내다보던 피터는 결국 거대한 까마귀가 고기를 물고 가는 모습을 지켜보아야 했다.

다행히 여우는 하루 만에 그를 용서한 것 같았다. 한 번 더 관용을 베풀겠다는 듯 도도하게 나타난 여우에게 피터는 실에 묶이지 않은 맛난 음식을 대접했다. 피터는 한동안 성실한 태도를 유지하려 애썼다.

하지만 그는 멸치로 시작한 애초의 의도를 버린 듯싶지는 않았다. 피터는 며칠 뒤 또다시 고기에 실을 연결하고 여우를 불렀다. 유리문에 얼굴을 바짝 댄 채 서 있는 피터는 초조해 보였다. 여우는 움직이는 고기에 대해 처음처럼 놀라지는 않았다. 녀석은 피터가 유리문 안에 있는 것을 확인하려는 듯 여러 번 멈춰서 집 안을 살피고 또 주변을 둘러보면서도 고기를 향해 다가오는 것을 그만두지 않았다. 하지만 피터가 고기를 조금 더 당기기 전에 여우는 잽싸게 달려들어 실을 끊고는 고기를 물고 달아나버렸다. 그는 여우가 사라진 덤불을 오래 바라보았다.

피터는 성급히 굴지 않기로 마음을 먹은 것 같았다. 다음 날 그는 여우가 의심하지 않도록, 고기를 아주 조금씩만 당기다가 어느 시점에서 당기는 것을 딱 멈추었다. 그는 여우가 여유 있게 실을 끊고 고기를 낚아채 가도록 내버려두었다.

언제부터인가 피터는 하루저녁에도 두 번 또는 세 번 여우를 부르고는 했다. 그는 날마다 조금씩 더 고기를 집 가까이로 당기고 있었는데,

언제나 어느 지점에서는 그대로 고기를 내버려두었다. 여우는 분명 움직이는 고기에 익숙해져가는 것 같았다.

덕분에 우리는 제법 가까이에서 여우를 볼 수 있었다. 검은 머리에 흰 머리카락이 불쑥불쑥 올라와 있는 피터처럼 여우도 누런 털 여기저기에 검은 털이 솟아 있었다. 여우는 매번 냉랭한 표정으로 (짐승에게 표정 같은 게 없다는 주장은 분명 틀린 것이다.) 실에서 고기를 끊어낸 후 재빨리 사라졌다. 그렇게 공을 들여봤자 난 네게 조금도 감사하지 않을 거야. 네가 무슨 수를 써도, 난 네가 원하는 것을 주지 않아. 여우는 그렇게 말하는 듯했다.

*

후반부에 들어선 한일전은 아직도 영 대 영으로 진전이 없다. 속이 느글거린다. 우리 모두는 피자가 아니라 라면을 끓여 먹었어야 한다고 후회를 하며 자리를 잡고 앉는다. 맥 빠진 축구 경기만큼이나 이상하게 맥이 빠지지만, 아무도 방으로 돌아가지는 않는다. 오랜만에 친목을 도모하는 자리인 데다 다른 경기가 아닌 한일전이기 때문이기도 하지만, 사실 방으로 돌아가 딱히 할 일이 없기도 한 탓이다. 분주했던 유학 적응기가 지난 후 언제부터인가 우리는 해야 할 영어 과제 따위에 쫓기지도 않았고 새로이 알거나 계획해야 할 일 때문에 바쁘지도 않았다. 어쩌면 우리는 벌써 유학의 한계를 느끼고 있는 것인지도 몰랐다. 영어 점수를 얼마간 올려도 아주 많이 올리지는 못할 것이며, 설령 고득점을 얻는다 해도 결국 취직을 못하리라는 것을 깨달을 수 있을 만큼은 시간이 흘렀던 것이다.

우리가 간간이 관전평을 붙여가며 경기를 보는 사이, 피터가 낚싯줄에 꿴 고깃덩어리를 들고 와 유리문을 연다. 아일랜드가 자랑하는 양고기가 뜰로 나가기 직전 비장하게 한숨을 내쉰다. 우리는 결전에 앞서 각오를 다지는 듯한 그 붉은 고기를 유심히 바라본다. 붉은 셔츠를 입은 우리 축구 선수들만큼이나 의욕은 있되 체력은 없어 보인다. 우리 중 사분의 이, 그러니까 절반은 여행을 하다가 아일랜드 들판의 살찐 양들을 본 적이 있다. 두 사람은 다른 두 사람에게 돼지처럼 뚱뚱하고 지저분한 양들을 보고 충격을 받았다고 말한다. 우리 모두는 여우든 양이든 이곳에서는 모든 게 상상하는 것과 다르다는 데에 공감한다.

우리의 눈은 컴퓨터 화면에 가 있지만 신경은 온통 피터에게로 쏠린다. 그가 줄에 꿴 고기를 놓고 여우를 부른 뒤 유리문 안으로 다시 들어오는 모습을 곁눈질한다. 사실 한일전보다 더 흥미진진하다. (영 대 영으로 끝나고 말 것 같은, 결국 어느 쪽도 이기고 지는 일이 없을 것만 같은 경기를 보는 게 지루해지기 시작한 탓도 있다.) 그는 미세하게 열린 문 사이로 고기와 연결된 투명한 줄을 꽉 쥐고 있다. 이전처럼 고기를 조금씩 당기려는 것임에 틀림없다.

"여우야, 밥 먹어!"

피터가 여우를 부르자마자 기다렸다는 듯 여우가 다시 나타난다. 우리는 여우가 여느 때처럼 조심스럽게 다가오지만 그 조심스러움이 이미 타성에 젖어 있음을 눈치챈다.

피터가 줄을 쥔 손에 힘을 준다. 힘이 들어간 그의 오른손이 우리 모두에게 윙크를 보낸다. 두고 보라고! 우리는 조금씩 움직이는 양고기와 여느 때처럼 경계하면서도 고기를 따라 함께 움직이는 여우에게서 눈을 떼지 않는다. 아무도 아까운 기회를 자꾸 놓치기만 하는 축구 경기를 보지 않는다.

어느 순간 피터는 더 이상 줄을 당기지 않는다. 이제 여우가 줄을 끊고 고기를 물어 갈 타이밍이다. 하지만 여우가 고기를 덥석 무는 순간, 피터는 줄이 끊어지도록 내버려두는 대신 있는 힘껏 줄을 당긴다. 그제야 우리는 오늘 피터가 쓴 줄이 여우가 결코 끊을 수 없는 낚싯줄이라는 데 생각이 미친다.
  무언가가 여우의 입에 걸린 게 틀림없었다. (우리는 그게 낚싯바늘이리라 쉽게 짐작할 수 있었다.) 여우가 동그랗게 등을 솟구치며 뛰어오르는가 싶은 그 짧은 순간, 어느새 피터가 뜰로 뛰어나가 있다. 그가 여우와의 거리를 좁히기 위해 들인 무수한 시간들이 결코 헛된 것만은 아닌 모양이다. 그는 재빨리 여우의 몸통을 잡는다. 여인의 비명 같은 여우의 날카로운 신음이 잘 가꾸어진 뜰 구석구석으로 퍼져나간다. 다급하면서도 화가 나서 어찌할 바를 모르겠다는 듯 무시무시한 소리다. 우리는 금방이라도 골을 터뜨릴 듯 유리한 국면에 접어든 축구 경기를 볼 때보다 더 흥분하여 우르르 뛰어나간다. 그러나 그 짧은 순간 (우리가 소파에서 일어서서 유리문을 통과해 몇 발짝 걸어갔을 뿐인 그 수 초간)에 상황은 완전히 바뀌어 있다. 우리 눈에 보이는 건 찢어진 입에서 피를 흘리며 괴로워하는 여우가 아니라 찢어진 손에서 피를 흘리며 나뒹구는 피터다.
  누군가가 피터의 손가락이 잘린 것 같다며 비명을 지르자 다른 누군가가 살점이 떨어져 나갔을 뿐이라며 비명 지른 이의 말을 정정한다. 누군가는 전화기를 꺼내 들고 이곳에서는 연결될 리가 없는 일일구와 구일일을 아무렇게나 눌러대고 (우리 중 아무도 아일랜드의 응급 구조대 번호가 몇 번인지 알고 있지 않았던 것이다!) 또 누군가는 대사관의 자동 응답기를 상대하고 있다. 누군가는 "어떻게 이런 일이!"라는 의미 없는 탄식을 내뱉고, 누군가는 여우가 사라진 담장으로 괜히 뛰어갔다 돌아온다.
  여덟 개의 팔이 피터를 부축해 안으로 들이고자 한다. 지혈을 하든 소독을 하든 응급 처치를 해야 한다고 생각한다. 하지만 피터는 고통스러워서인지 화가 나서인지 땅에 등을 댄 채 발을 구르며 우리의 손길을 뿌리친다. 우리 중 한 명이 피터의 발길질에 정강이를 걷어차인다. 또 한 명은 여우에게 물리지 않은 피터의 다른 손에 멱살을 잡히기도 한다. 그의 피가 우리들 모두에게 골고루 튀는 동안 그는 반복해서 욕을 한다.

"씨발, 개 같은 여우!"

한국말을 영어로 바꿔가며 공부를 했던 어떤 이가 피터의 욕이 제대로 된 욕이 아니라는 생각을 한다. 그러나 아예 말이 안 되는 건 아니지 않을까, 궁금해하기도 한다.

하지만 피터는 말이 되고 안 되고 따위에 이미 관심이 없는 듯하다. 신음하는 짬짬이 욕하기를 그치지 않는다. 욕설이 개인적 체면이 아니라 국가적 위상과도 관련이 있다고 생각하는 우리 중 누군가는 그 와중에도 이웃들이 욕설을 알아듣지 못해 다행이라 여긴다.

잠시 뒤, 해도 소용이 없을 모든 짓들을 우리가 그만두자 갑자기 피터가 통곡을 한다. 다치지 않은 손으로 가슴을 쥐어뜯어가며 운다. 고통에 차 동그랗게 구부린 그의 몸은 이제 우리들 중 누구보다 작아 보인다.

그 순간 이상하게, 우리의 눈에서도 눈물이 흐른다. 어쩐지 우리는 그간 피터가 여우를 어떻게 하려던 것인지, 피터가 왜 그랬는지를 이해할 수 있을 것만 같다. 우리에게 속하지 않는다고 여겼던 피터는, 어쩌면 이미 오래전부터 우리였을지 모른다. 아니, 언제부터인가 우리 모두는 결국 피터였던 것인지도 모른다.

우리는 그가 죽을 때까지 여우를 먹이겠다고 했던 말을 떠올린다. 피터는 결코 그의 뜰을 떠나지 않을 것이다. 떠나지 못할 것이다. 심지어 그는 상처가 아무는 대로 또다시 여우를 부를지도 모른다. 여우야, 밥 먹어! 그는, 우리는, 어쩌면 죽을 때까지 여우를 먹이는 게 아니라 여우를 먹이다가 죽을지도 모른다.

우리 중 가장 먼저 정신을 차린 이가 소독약을 들고 와 막무가내로 피터의 손에 쏟아붓는다. 어느 나라 말인지 알 수 없는, 아마도 어느 나라 말인지 따위와 상관없을 절규가 뜰을 넘어 하늘 가득 울려 퍼진다.

작고 까만 발을 가진 여우가 소리도 없이 우리 모두를 스쳐 지나간다.

따귀를 낳았고

이번에야말로 나도 속 시원히 말해버리고 싶다.
내가 나를 낳았고, 그 내가 또 다른 나를 낳았으며,
영원히 낳고 낳았을 뿐이라고….

따귀를 낳았고

 간호사의 뺨에 짝, 소리를 만들며 내가 등장한 순간, 어수선하던 병원이 일시에 조용해진다. 이상한 균질감이 크지 않은 실내를 차분하게 정돈한다.
 신문지를 접었다 폈다 하며 절도 있게 손을 놀리던 노인과 도사린 쥐처럼 몸을 옹송그리고 있던 중년 여성, 그리고 방전된 휴대폰을 아쉬운 듯 만지작거리던 학생 등이 모두 미세하게 움직여 소리가 난 쪽을 바라본다. 원체 부끄러움을 타지 않는 나지만 예상을 뛰어넘는 정적에 적잖이 당황한다. 수습하기에는 이미 늦어버린 사태에 대해 은선은 겨우 한 음절을 뱉어냈을 뿐이다.
 …말.
 나는 은선이 무슨 말을 하고 싶어하는지 안다. 바로 그것 때문에 은선은 느닷없이 나와 맞닥뜨려버린 것이다. 간호사의 왼쪽 뺨에 나의 흔적이 또렷이 남았다. 안 그래도 죽을상이던 간호사의 얼굴은 당황과 분노로 더욱 밉게 일그러져 있다. 은선은 말을 뱉어내기 위해 애를 쓴다. 하지만 소리가 올라오는 통로 어디쯤이 솜으로 틀어막혀 있기라도 한 듯 애꿎은 목만 주물러대고 있다.

당신 뭐야? 나한테 도대체 왜 이래?

한쪽 뺨이 벌겋게 부푼 간호사는 완전히 평정심을 잃었다. 아마도 꽤나 모욕적이었을 나의 기습. 결제 금액을 안내하고, 처방전을 내주고, 전화를 받기도 하던 야무진 모습은 온데간데없다.

왜 이러는 거냐고!

그녀가 누군가의 동조를 호소하듯 억울한 음성으로 말하지만, 위로 비슷한 것이라도 해줄 수 있는 사람은 없어 보인다. 동료 의식을 가졌을 법한 다른 간호사는 진료실에 들어가 있으니 소란을 알지 못하거나 알아도 나오지 못하는 것일 게다. 독감이나 장염에 지친 환자들이 간호사를 도와줄 수도 없는 듯하다. 은선의 행동에 동조하는 것인지, 아니면 몸이 너무 아파 참견할 힘이 없는 것인지 환자들 대부분은 두 사람을 멍하니 쳐다보고 있을 뿐이다. 그들은 빨개진 간호사의 뺨과 그에 못지않게 붉은 은선의 뺨을 번갈아 바라보고 있다.

저런!

너무 늦었다 싶은 탄성 하나가 어디선가 흘러나온다. 하지만 모호한 감탄사는, 제대로 된 호응을 얻지 못했을 때 빠르게 사라지고 마는 자의식처럼 순식간에 공기 중으로 흩어지고 만다.

은선은 거칠게 자신을 폭발시켰던 순간의 호기를 모두 잃었는지 침통한 표정을 짓고 있다. 지난밤부터 떨리던 다리를 이제 더 이상 제어할 수 없는 듯하다. 나는 은선이 갑작스레 나와 조우하게 된 것이 감기 때문이라고 생각한다. 침을 넘길 뿐인데도 지저깨비들을 삼키기라도 하는 것처럼 깔끄러운 목과, 뭉근히 달여지고 있는 듯한 달뜬 몸 때문일 것이다. 그리고 도저히 통제할 수 없는 두통. 감기가 아니라면 여태 세심하게 나의 접근을 살폈던 은선이 그렇게 한순간에 무너지지는 않았을 것이다.

은선은 나 때문에도 놀랐지만 방심한 자신에게 더 경악한다. 나는 오히려 차분한 기분으로 내가 만들어낸 것들을 지그시 응시한다. 가닥가닥 닳고 해어진 따귀의 아우라.

*

은선과 나는 많은 날을 함께해왔다. 그녀가 철없었을 때, 사춘기였을 때, 세상의 썩은 내와 단내를 구별하기 시작했을 때, 언제나 내가 같이 있었다. 그러나 은선은 내가 소탈하게 그녀를 대하는 것과는 달리 나를 친근하게 여기지 않았다. 그녀는 언제나 반쯤 겁에 질린 얼굴로 나를 보았고, 곧 도망가버릴 듯한 자세로 거리를 두었다. 은선은 나를 알고 있으면서도 모르는 척했고, 모르는 척하는 것이 반드시 편해서 그런 것만은 아니라는 듯 침울해했다.

그러니 오늘 병원에서 은선이 취한 행동은 하나의 작은 혁명이었다. 부드럽게 흐르던 곡선이 더 이상 과거와의 연결고리를 찾지 못한 채 영원히 미분 불가능한 지점으로 떨어지는 순간이었다. 아주 잠깐 동안이지만 은선은, 단호하게 끊어진 또는 심하게 허리가 꺾여버린 세상을 의연히 마주보았다. 어쩌면 그녀는 낙인을 찍으려는 듯 그악스럽게 날뛰는 시간을 더 이상 견딜 수 없었던 것인지도 모른다.

나는 은선이 어려서 외로운 것인지 외로워서 어린 것인지 가늠할 수 없는 시기에 처음 그녀를 만났다. 은선은 또래와 잘 어울리지 못하는 일곱 살 꼬마였다. 나이와 상관없이 우르르 몰려다니던 다른 아이들과 달리 은선은 늘 무언가를 따지는 듯 또는 무엇엔가 토라진 듯 외따로 혼자 있었다.

아직 누군가를 괴롭혀서 얻는 기쁨 같은 것을 모르는 아이들은 특별히 심심할 때만 멀리 떨어져 있는 은선에게 눈길을 주었다. 그들 중 아무도 수고롭게 은선을 불러들이려는 생각은 하지 않았다.

　은선은 아직 한 번도 끊어진 적이 없는 새 고무줄 뭉치를 들고서 사람보다 많은 나무들 사이를 쏘다니고는 했다. 은선의 동네는 4월이면 벚꽃들이 뭉게구름처럼 풍성하게 부풀어 오르는 곳이었다. 그러나 꽃은 아쉽게도 너무 빨리 사라져버렸다. 동네 아이들의 이와 입술은 빨리 진 꽃을 보상이라도 하듯 금방 익는 열매 때문에 독처럼 까매지고는 했다.

　동네가 끝나는 오르막길 중턱에 해병대의 초소가 있었다. 은선은 고갯길 모퉁이에 쪼그리고 앉아 돌멩이 몇 개를 모아 놀면서 자주 초소를 바라보았다. 반들반들한 모자를 쓰고서 철문 앞을 지키는 군인 아저씨 때문이었다. 치렁치렁한 어깨 장식과 가슴에서 반짝이는 배지들이 멋있게 보였다. 은선은 그의 몸에 붙어 있는 별이며 화살표, 네모 등을 땅에 그리며 반나절을 보냈다.

　미동도 않을 것 같던 헌병은 이따금 하품을 하거나 하늘을 바라보며 한숨을 쉬었다. 그런 군인을 따라 은선도 여러 번 하품을 하거나 하늘을 바라보며 한숨을 쉬었다. 은선과 작은 돌멩이들의 그림자가 점점 짧아져가고 있었다.

　며칠이 지났다. 똑같이 해가 움직이고 그림자가 짧아지는 시간에 은선은 벌떡 일어나 헌병에게 다가갔다.

　아저씨, 배에서 꼬르륵 소리가 나요.

　앳된 얼굴의 젊은이는 놀라서 은선을 쳐다보았다.

　버찌 좀 따주세요. 아저씨는 키가 크잖아요.

　주변은 벚나무 천지였다. 초소로부터 올라가는 길을 따라, 또 내려가는 길을 따라 제 취향대로 몸을 구부린 나무들이 열을 지어 있었다. 나무의 열매에서 나는 달콤한 향기가 사방에 진동했다.

　은선은 멀쑥한 헌병이 아무런 반응을 보이지 않자 손이 닿지 않는 벚나무 가지를 향해 깡충 뛰며 야, 야 소리를 내었다. 스스로의 용기에 감탄하면서도 너무나 부끄러워, 은선의 얼굴은 잘 익은 열매만큼 검붉어졌다. 헌병은 한동안 은선의 제자리 뛰기를 지켜보았다. 나뭇가지 사이에 숨어 있던 작은 새들이 꼬마가 성가시다는 듯 멀지 않은 곳으로 자리를 옮겼다.

막 더워지기 시작하는 무렵이라 은선의 이마에 땀방울이 송송 맺혔다. 이윽고 헌병이 손을 움직였다. 하얀 장갑을 벗은 맨손이었다.

자, 이만큼이면 되겠어?

은선은 헌병에게 바짝 다가가 손바닥에 놓인 열매 몇 개를 헤아려보았다. 그의 어깨와 가슴에 달린 알 수 없는 기호들을 살짝살짝 곁눈질하면서.

고작 여덟 개인데요?

헌병은 조심스레 주위를 살핀 뒤 가까이 있는 나뭇가지에 이리저리 손을 뻗었다. 너무 익은 열매는 그의 손이 닿자 따기도 전에 터져버렸고, 너무 단단한 열매는 은선의 야무진 판단에 따라 버려졌다. 적당히 무르고 적당히 달콤한 열매를 모으기는 쉽지 않았다. 무표정하기만 하던 헌병의 얼굴에 미소가 감돌았다. 은선의 작은 손에 수북이 열매가 모였다.

와, 많다!

은선이 감탄을 하는데, 느닷없이 철썩 소리가 났다. 물론 그 자리에 있었던 것은 나였다. 조마조마해하며 둘을 지켜보던 나는 헌병의 상관이 다가오는 것을 예민하게 감지하고 있었다. 상관은 씩씩대고 있었으므로 젊은 헌병이 혼쭐이 날 것은 분명해 보였다. 하지만 나는 꼬마 은선에게도 그에게도 상황을 알려줄 수 없었다. 그럴 입장이 못 되었다. 사실 은밀하게 나를 불러낸 것은 헌병의 상관이 아니라 은선과 헌병이었기 때문이다.

나는 무력한 자신을 탓했지만 무력한 것이 내 탓만은 아니라는 것 또한 모르지 않았다. 사실 은선과 헌병은 적절한 조심성을 발휘하여 나를

따귀를 낳았고

몰아낼 수도 있었지만 그렇게 하지 않았다. 아마도 그들이 지나치게 버찌 따는 데에 몰입했고, 너무 순수하게 햇살을 즐긴 탓이었을 것이다. 나는 하릴없이 그들의 옆에서 일 초, 일 초가 절도 있게 드러눕는 것을 바라보았다.

상관은 헌병의 뺨을 정확하게 겨냥했다. 나라고 경악하는 그 자국, 나임에 틀림없다고 침을 뱉는 그 흔적이 젊은 군인의 볼에 또렷이 찍혔다.

근무 중에 뭐하는 거야?

상관의 군화가 연달아 헌병의 정강이를 강타했다. 은선은 양손에 가득한 버찌를 모아 쥐고 달리기 시작했다. 경황이 없는 중에도 버찌를 손에서 놓을 수 없다는 악착같은 마음이 함께 달렸다. 겨우 일곱 살인데 정신이 아득해지는 게 어떤 건지 알 것 같았다.

은선은 헌병을 엿보던 고갯길 모퉁이를 돌아 급히 몸을 숨겼다. 은선은 사납고 잔인하게 날뛰는 나의 소리를 들었고, 무력하기 짝이 없는 군인의 신음을 들었다. 어린 은선은 자신의 뺨이 얼얼해지는 것만 같았다. 작은 손에 힘이 들어가자 물러진 버찌들이 터지기 시작했다. 붉고 검은 과즙이 손가락을 따라 흘러내려 옷을 적시고 땅을 적셨다.

부산스럽던 새들이 갑자기 조용해졌고, 짝짝거리는 소리만이 비현실적으로 울렸다. 은선은 너무 무서워서 눈물도 나오지 않았다. 자신이 헌병 아저씨를 구해야만 할 것 같은데 그럴 수가 없어서 화가 났다. 은선은 열매를 꼭 쥐고서 이 모든 일들이 지나가기를, 애초부터 아예 일어나지 않은 일이기를 빌었다. 그리고 무엇보다 제 탓이 아니기를 바랐다. 은선이 태어나기 전부터 벚나무는 가지를 뻗었고, 꽃눈을 흩날렸으며, 향을 뿜었을 터였다. 그런 것은 은선이 그렇게 하도록 또는 되도록 명령하거나 부탁한 일이 아니었다, 결코.

어린 은선은 이해할 수 없었다. 어째서 그 순간에 내가 나타난 것인지, 어째서 버찌를 땄을 뿐인 아저씨가 물러진 버찌 열매보다 못한 취급을 받은 것인지 알 수 없었다.

 가리사니를 잡지 못하는 은선의 눈에 나와 함께 범벅이 되어 쓰러진 군인의 모습이 보였다. 은선은 더 이상 견딜 수가 없어 전속력으로 집을 향해 달렸다. 양손을 지저분하게 물들이고서, 정성스레 갖고 있던 모든 것을 버려둔 채였다. 일곱 살 꼬마는 결코 달콤하지만은 않은 버찌 한 움큼의 세상을 제대로 느끼며 달리고 또 달렸다.

*

 간호사는 새록새록 화가 나는지 은선의 어깨를 거칠게 떠다민다.
 나한테 왜 그랬냐니까?
 간호사는 끝까지 존댓말을 쓰지 않는다. 은선의 다리는 진동 장치에 연결되어 있기라도 한 듯 아까보다 더 심하게 떨린다. 머리는 타오르다 숫제 날아가버릴 것만 같고, 귀에서는 끝없이 이명이 울린다.
 은선은 소리를 만들어내기 위해 애를 쓴다. 말해야 한다. 아프고 힘들고 먹을 만큼 나이를 먹은 사람에게 간호사가 되지 않게 반말을 써서 그랬다고 말해야 한다. 간호사도 의사도, 병원의 그 어떤 사람도 자신이 왜 아픈지, 언제쯤 나을 수 있는지에 대해 친절히 설명해주지 않았다고 항의해야만 한다. 하지만 은선의 성대는 또다시 겨우 한 음절을 뱉어냈을 뿐이다.
 …말.
 어른들의 다툼에 호기심을 느낀 사내아이가 다가와 두 사람을 빤히 올려다본다. 점성이 강한 누런 콧물이 아이의 코와 입술 사이를 들락날락하고 있다. 흐리멍덩한 아이의 눈이 간호사와 은선에게 번갈아 고정된다. 은선은 할 수만 있다면 빨개진 얼굴을 둘둘 말아 점퍼 주머니에 쑤셔 넣고 싶다.

나는 간호사와 은선의 사이 적절한 공간에서 부끄러움과 모멸감, 증오심 등을 부지런히 뒤섞는 중이다. 허섭스레기 같은 치기일 뿐이지만 잘만 포장하면 거룩한 분노로 보일 때가 있다. 결국 거기서 거기인 환멸이라도 고상한 체하는 역설이 될 수도 있다. 나는 가능하면 기분을 드러내지 않고 덤덤하게 나의 일을 한다. 오해를 이해로, 진짜 이유를 가짜 변명으로, 책임감 없는 즉흥성을 우연하지 않은 필연성으로 바꾸기도 한다. 결코 내게 휘둘리지 않겠다고 다짐했던 은선은 그 다짐이 아무런 소용도 없는 것이었던지 엄청나게 흔들리고 있다.

간호사는 대답하지 않는 은선이 대답하지 않음으로써 자신을 더욱 모욕하고 있다고 여기는 듯하다. 맞은 간호사는 때리기라도 한 사람처럼 의기양양하고, 정작 때린 은선은 죄지은 사람처럼 시르죽어 있다.

사실 내가 나선 곳에서 주객이 전도되는 일은 흔하다. 누군가의 자긍심이 비슷한 정도의 자격지심으로 바뀌기도 하고, 파죽지세의 기력이 하찮은 객기 따위가 되기도 한다. 나는 모든 것이 될 수 있다고 떠세를 부리면서 실상은 아무것도 되지 않은 채 떠돌아다니는 것을 좋아한다. 물론 내가 좋아한다고 해서 선택을 할 수 있다는 뜻은 아니다. 나는 어쩌면 아무것도 결정할 수 없기에 잠시라도 상황을 즐기는 쪽을 택하는 것인지도 모른다. 내가 하도록 되어 있는 일을 해야만 하기에, 그저 '좋아한다'는 말로 어쩔 수 없는 비애를 무마시키고 있을 뿐인지도 모르는 것이다.

무력감마저도 즐기며, 나는 은선과 간호사의 사이에 길게 드러눕는다. 어찌되었든 은선은 결국 이 순간을 피할 수 없었을 것이다. 오늘이 아니었다면 내일, 올해가 아니었다 하더라도 어떤 한 해에 반드시 이런 나를 정면으로 마주할 수밖에 없었을 터이다.

나는 은선이 이해할 수 있게 되기를 간절히 바란다. 필연의 지점에서 손톱을 물어뜯고 있을 수밖에 없는 나, 결국 이쑤시개만큼의 가느다란 저항도 할 수 없는 나를 말이다.

*

　은선은 한 차례의 경험으로 지극히 현실적인 아이가 되었다. 사춘기가 가까워지는 나이임에도 나와 마주칠 만한 일은 아무것도 만들지 않기 위해 애를 썼다. 신비롭거나 극적인 일들이 감성을 건드리기라도 하면 큰일이 난다는 듯 그것들로부터 멀찌감치 피해 다녔고, 조신하게 또 박또박 걸을 수 있는 길에서 결코 벗어나려 들지 않았다.
　은선은 나를 두려워서 피하는 게 아니라 더러워서 피한다는 듯 약게 굴었다. 그녀는 나를 없다고 생각하면 없을 수 있다고 여겼으며, 실상 없지는 않더라도 얼마든지 없는 것으로 치부할 수 있다고 확신하는 듯했다. 그래서 늘 내 어깨를 툭 밀치고 지나쳐버리거나 거추장스러운 거적때기처럼 발로 차버리고는 했다.
　나로서는 자존심이 상하는, 몹시 당황스러운 일이었다. 하지만 끈질긴 것 하나 빼고는 내세울 게 없는 나로서는 은선의 홀대 따위에 움츠러들지 않았다. 미뤄지든 감춰지든 그 어떤 수모를 당하든, 나는 내가 있어야 할 곳에서 나의 일을 해내고야 말기 때문이다. 매번 인식하기에는 너무 사소하지만, 그렇다고 무시할 만큼 미미하지도 않은 적절한 무게감을 가지고 나는 조심스럽게 은선의 주위를 배회했다.
　열네 살 은선이 드디어 자신과 가장 친한 친구 사이에 나를 끌어들이게 되었다. 물론 은선이 나를 완벽하게 의식한 것은 아니었다. 나는 짙은 안개처럼 은선의 주변을 감싸고 있었다. 안개는 멀리서는 아무것도 보이지 않게 하지만, 가까이에 있는 것들은 늘 웬만큼 보이게 한다. 그리하여 선명하지는 않아도 있는 것임에 분명한 나는 뚜렷하게 보이는 다른 어떤 것들보다 더 위협적인 것이 되기도 한다. 은선은 안개 사이로 나와 눈이 마주칠 때마다 공포에 떨고는 했다.
　은선은 친구가 좋아하는 남자아이가 자신을 좋아하고 있다는 것을 모르지 않았다. 그러나 은선은 자기가 자초한 일이 아니므로 잘못이 없다 여겼다. 남자아이가 애가 닳건 말건, 친구가 안절부절 속을 끓이건 말건 괘념치 않았다. 안개 속에서 비교적 뚜렷하게 내가 드러났음에도 불구하고 은선은 그런 일은 친구와 남자아이 둘이서 알아서 할 일이라고만 생각했다.

사실 은선은 아무런 행동도 취하지 않는 게 친구를 위하는 것이라고 여겼다. 자신이 헌병에게 다가간 일로 그가 짐승처럼 맞았다는 사실이 너무 무겁게 은선의 어린 날들을 짓누르고 있었기 때문이다. 은선은 외면하는 것만이 할 수 있는 최선이라 여겼다. 하지만 그 때문에 남자아이는 몸이 더 달았고, 친구는 그 탓을 은선에게로 돌렸다.

그리고 결국 나는, 거스를 수 없는 시간의 한 지점에서 완전히 모습을 드러내고야 말았다.

학급 회장이었던 친구는 체육 수업 준비를 위해 줄을 세우고 있었다. 은선은 열을 맞추라는 친구의 권유를 가볍게 무시하며 다른 친구와의 수다에 열중했다. 은선은 정작 친구가 원하는 것이 줄 따위를 맞추는 게 아니라 전혀 다른 것임을 알고 있었다. 하지만 그것은 은선이 줄 수 없는 것이었다. 은선은 친구가 나약하고 비굴하다고 생각했다. 무기력하게 맞기만 했던 헌병처럼, 친구도 바보 같은 짓을 하고 있었다.

그러나 은선은 한편으로 친한 친구를 잃고 싶지 않았다. 친구가 자신을 줄 세우기 위해 다시 한 번 팔을 잡아당길 때만 해도 아주 조금만 더 심통을 부릴 생각이었다. 자신에게 서운해하는 친구에게 그저 심하지 않은 경고를 해주고 싶었을 뿐이었던 것이다. 그때 은선은 분명 십대의 우정 따위는 아무것도 아닌 것으로 만들 수 있는 나의 힘을 지나치게 무시하고 있었다. 그녀는 그 순간에 내가, 응축되어 있던 내가 튀어나올 수 있는 가능성을 '설마'라는 허세로 눌러버렸던 것이다.

친구가 한 번 더 은선을 잡아당겼다. 알았어. 알았다니까. 은선은 친구의 얼굴을 마주하지 않으려고 애쓰느라 완전무장한 채 솟구쳐오를 준비를 마친 나를 미처 보지 못했다.

친구가 신경질적으로 또다시 은선의 몸을 잡아당겼을 때였다. 뿌리치려는 은선의 손톱이 친구의 맨살을 아프게 긁었다. 정교한 그 순간, 나는 친구의 손바닥에서 은선의 얼굴까지 몸을 길게 뻗었다. 하지만 어쩌면 은선의 얼굴에서 친구의 손바닥으로 몸을 뻗었던 것인지도 모른다.

아무튼 그 짧은 시간, 우리 모두를 둘러쌌던 안개는 걷혔다. 노련한 채찍의 포효처럼 가차 없는 소리가 났다. 친구도 은선도 모두 충격에 빠졌다. 친구는 처음으로 나와 맞닥뜨려 놀랐고, 은선은 왜 또 자신이 나와 엮였는지를 이해하지 못해 얼이 빠졌다.

친구가 어찌나 정확하게 겨냥을 했던지, 나는 한 치의 오차도 없이 은선의 뺨에 가 붙었다. 은선은 허랑방탕한 탕자처럼 무기력하게 나가떨어졌다. 그냥 고개만 꺾인 게 아니라 몸 전체가 꺾였다. 푸른 인조 잔디가 작고 쓸쓸한 그녀를 허둥지둥 안았다.

높은 하늘과 넓은 잔디 사이에 내가 있었다. 아이들이 온통 나를 바라보는 터에 황망하게도 외로웠다. 하지만 나는 십자가에 달린 예수처럼 발가벗겨진 나를 드러낸 채 뻔뻔한 시간을 견뎠다. 견디는 것만이 유일하게 내가 잘하는 것이었으므로 나는 부끄러워하지도 않았다.

은선과 눈이 마주쳤다. 그녀는 원망 어린 눈길로 나를 노려보다가 세게 나를 밟았다. 믿을 수 없는 힘이었다. 관절이 으드득거리며 부서지는 소리가 났다. 하지만 이미 나는 나의 일을 했고, 누구도 그 일을 되돌릴 수는 없었다. 나는 그게 내 탓이 아니라 말하고 싶었지만 은선이 허락하지 않았으므로 찔끔, 눈물을 흘렸을 뿐이었다.

친구와 은선의 우정은 심하게 마르고 갈라진 찰흙처럼 못쓰게 되고 말았다. 절뚝거리며 눈물을 흘리는 나를 보는 은선의 시선에 자기 연민이 더해진 자조의 웃음이 서렸다. 그녀는 자신이 가졌던 하찮은 것, 언제든 잃어버릴 수 있는 것들에 실망했고, 아울러 그런 것들을 여지없이 까발린 나를 증오했다.

나는 이 모든 일들이 결코 내가 의도한 바가 아니며 나 역시 피해자일 수 있다고 항변하고 싶었지만, 그럴 수 없어 안타까웠다. 표독스러워진 은선으로 인해 나는 초라해졌고, 얼마간 저열한 것이 되고 말았다.

나는 그대로 사라져버리고 싶었으나 그것 또한 내게 허락된 일은 아니었다. 겉으로 보이는 질타의 눈초리와는 달리 그녀가 나를 간절히 붙잡았기 때문이기도 했다.

사실 은선은 나를 잘 몰랐고 나를 좋아하지 않았지만, 나를 놓아주려 하지는 않았다. 자신이 나를 부여잡고 있다는 사실을 인정하지 않았지만, 결코 내가 떠나버릴 수 있도록 길을 내주지도 않았다. 그렇다. 나는 결국 은선과 떨어질 수 없는 존재였던 것이다.

자신을 지키고 싶을 때 내가 있다. 하지만 지켜낼 수 없을 때도 내가 있다. 스스로가 부끄럽다는 것을 인정하고 싶지 않을 때, 뚜렷하게 탓할 만한 대상이 없을 때, 그리고 알량하게 저울질했다는 것을 들키고 싶지 않을 때도 내가 있는 것이다.

그러므로 나는 발차기나 주먹질과는 다른, 내 본연의 어벌쩡한 형태로 뛰어나오고는 한다. 순수한 폭력과 달리 나는 종종 비겁해진다. 그 자리에 내가 있는 것이 과연 옳은 것인지 모를 때, 나는 비웃거나 애도하는 척하면서 엉너리를 치기도 한다. 나는 결과가 아니라 원인이 되기도 하며 오지랖 넓게 여기와 저기를 두루 간섭하기도 한다. 나아가서 나는 손으로부터 뺨이 아니라 뺨으로부터 손으로도 이동해가며 시간을 거스르고 공간을 넘어서 하나의 기원으로도 향하는 것이다.

나는 자신의 창자를 끊어내서 기꺼이 줄넘기를 하는 광대가 된다. 울고 웃으면서 자식을 잡아먹는 사투르누스가 된다. 스스로에 대한 혐오와 우주의 끝까지 펼쳐진 비애 사이에서 나는 아주 잠시 약해졌다가 영원토록 강해진다. 그리하여 횃불이 화려하게 타오르고 어둠이 농밀하게 응축된 지점, 다른 가능성을 생각할 수 없는 첨예한 지점에서 나는 숨을 딱 멈추고 긴장하고는 한다. 긴장이 계속되는 한 나는 늘 살아 있다.

*

진료실에서 의사와 간호사, 그리고 막 진찰을 마친 환자가 나온다. 은선은 아직 지갑에 넣지 않고 있던 신용카드를 간신히 챙겨 넣고 점퍼의 지퍼를 올린다. 한기가 들면서 다리의 떨림이 온몸으로 번져 온다. 의사가 정중하게 묻는다.

무슨 일이시죠?

그래, 그렇게 존댓말을 써야지. 은선은 시종일관 반말로 일관했던 간호사를 노려본다. 처방전. 사인. 여기. 은선은 간호사의 무례한 태도에 모욕감을 느꼈다고, 아니 죽이고 싶은 살의를 느꼈다고 말하고 싶다. 아파서 의기소침해진 환자들을 찍어 누르는 듯한 태도가 될 법이나 하냐며 따져 묻고 싶다.

그녀는 나와 만날 수밖에 없게 된 상황에 대해 천 가지쯤 이유를 만들어내야만 한다고 생각한다. 달리 방법이 없었을 뿐이라고 변명을 하고 싶은 것이다. 하지만 입술과 연결된 모든 기관들이 고열에 눌어붙기라도 한 듯 기능을 하지 못한다. 소리는 목 아래 깊은 곳에서 길을 잃었음에 틀림없다. 은선에게서 대답을 듣지 못하자 의사는 엄한 얼굴로 간호사를 채근한다.

김 간호사, 무슨 일이야?

흥분한 간호사가 기다렸다는 듯이 상황을 이야기한다. 하지만 간호사가 설명할 수 있는 정황이랬자 '계산을 해달라고 리더기를 내밀었을 뿐인데 갑자기 **뺨**을 맞았다'는 것이 전부다. 은선이 말을 하지 않으니 간호사의 목소리는 점점 커져간다. 이상한 환자. 이유. 갑자기. 억울한. 내가 지녔던 애초의 의미는 점점 작아지고 허름해진다. 나는 턱없는 폭력 한 조각이 되고 만다.

한심하게도 은선은 간호사의 말에 조금씩 동조하고 있다. 그래, 그렇게까지 할 건 없었잖아. 그녀는 형식과 의미의 층위 사이에 자리한 이해의 두께에 짓눌린 채 간호사의 입장을 헤아리지 못할 것도 없다고 생각한다. 은선은 점점 작게 웅크린다. 소심한 그녀의 이해라는 것은 밖으로 모험을 감행해 뻗어나가기보다 안으로 쪼그라들어 완벽히 숨어버릴 수 있기를 원한다.

그녀는 매우 쉽게 나를 다시 외면할 수 있으리라, 심지어 나를 한 번도 본 적이 없었던 것처럼 의연할 수 있으리라 생각한다. 나를 그저 사소한 짜증이나 예민함으로 취급하면서 간호사에게 사과를 한다면, 언제 나와 함께 있었느냐는 듯 고요하게 살 수 있을 것이라고도 생각한다. 나만큼이나 은선은 고집이 세고, 또 한심할 만큼 여리다.

그러나 그녀는 곧 알게 될 것이다. 내가 이 골목 저 골목에 아무렇게나 나타나고는 하는 시시껄렁한 무뢰배가 결코 아니라는 것을, 내 연민과는 별개로 나는 언제나 있어야 할 그 장소, 정해진 그 시간에 있을 뿐이라는 것을. 어쨌거나 내 모양새가 융통성 없는 필연과 크게 다르지 않다는 것을 말이다.

사실 나는 누군가가 살아내고 싶어하는 모순 가득한 세상에서 끝까지 곁을 떠나지 않는 신의 있는 동반자다. 시도 때도 없이 아무 데나 등장해 귀찮게 따라다니고는 하는 뭇따래기가 결코 아니란 말이다. 나는 은선을 위해, 은선이 원하는 한, 언제까지나 곁에 머물 것이다. 결코 그녀를 떠나지 않을 것이다.

하지만 은선은 여전히 나의 머리카락 한 올, 신발 끈 한 가닥만을 보고 있을 뿐이다. 내가 순환하는 길에서 뺨, 또는 손은 사소한 거스러미에 지나지 않으며, 신경증이든 진지함이든 그저 부분적인 이유일 뿐이라는 사실을 제대로 이해하지 못한다. 아무래도 좋다. 어쨌거나 나는 여전히 은선의 옆에 있고, 지금은 그것만이 가장 중요하다.

*

친구와 절교한 후, 은선은 자신이 아무 짓도 하지 않으려 기를 썼음에도 불구하고 끝내 다시 나와 마주치게 되었다는 사실 때문에 실의에 빠졌다. 군인 아저씨도 친구도 모두 나로 인해 잃은 것이라 믿어 의심치 않았다. 은선은 더욱 의기소침해졌고 한층 의욕을 잃었다. 무언가를 해도, 하지 않아도 자신과 상관없이 움직이는 것 같은 하루하루의 기세에 눌렸다.

은선은 살아 있는 것 같지 않은, 매사에 심드렁한 고등학생이 되었다. 그녀가 단호한 태도를 보이는 상대는 오직 나뿐이었다. 그렇게 나를 무시해도 내가 없어지지 않으리라는 사실을 결코 인정하지 않았다.

하지만 은선은 결국 또다시 나를 마주해야만 했다. 역사 선생을 좋아하게 되었기 때문이다. 고교 소녀가 스승을 좋아하게 되는 것은 사실 내가 있건 없건, 나를 의식하건 않건 상관없는 일이다. 조심해서 되는 일도 아니며, 눌러서 막아지는 것도 아니다. 은선은 스스로의 사랑을 결코 풋사랑이라 여기지 않는 조숙한 열아홉 살이 되어 있었다. 그녀는 나를 거의 잊은 듯 보였다.

은선은 역사 선생의 눈에 조금이라도 더 띄고 싶어서 학급의 회장이 되었다. 그녀는 식욕 왕성한 여고생들이 도시락 여는 시간을 기다리는 것만큼이나 절절하게 역사 시간을 기다렸다. 이과 진학을 깨끗이 포기한 것도, 싫어하던 역사 공부를 열심히 하게 된 것도 모두 선생을 계속 보고 싶어서였다.

은선이 사랑하는 선생과 그 선생이 담당하는 과목 사이에 흔히 있을 수 있는 시너지 효과가 일어났다. 그녀는 조선시대의 과전법과 직전법의 차이를 줄줄이 암기했고, 교과서에도 나오지 않는 답험손실법의 구체적 규정을 모두 찾아 정리했다. 은선은 세밀하게 역사를 공부하면서 선생의 영혼 깊은 곳을 은밀히 알아가는 것 같은 착각에 빠졌다. 그녀는 과제물을 거두어 가서 선생을 한 번 더 볼 때마다, 또 지시 사항을 들으며 가까이 서 있을 때마다 기뻐 어찌할 바를 몰랐다.

은선이 가장 기다리는 순간은 선생과 눈높이를 같이하고 '차렷, 경례'라는 구령을 붙일 때였다. 앉아 있는 친구들 위로 선생과 자신만 존재하는 것 같은 느낌이 들었기 때문이다. 인사를 나누는 짧은 시간에 은선은 온전히 선생과 하나가 된다고 믿었다.

그래서였다. 은선은 그날, 가슴이 너무 뛰어 선생의 얼굴을 보고 '차렷'이라는 말을 할 수가 없었다. 일어서기는 했으나 감정 조절이 되지 않아 입이 열리지 않았다. 선생을 사랑하는 마음이 십대들의 터질 듯한 몸처럼 터무니없이 부풀어 올랐다. 일어서서 멍하니 있다가 친구들의 웃음이 터진 후에야 간신히 차렷이라는 말을 뱉었다. 울어버릴 것만 같아 '경례'라는 다음 말을 발음할 수 없었다. 은선의 마음을 알고 있는 친구들이 박장대소했다. 소녀의 마음을 모르는 선생은 의아한 표정을 지었다. 다시 '차렷'을 시도했다. 목소리가 소프라노 톤으로 높이 떠서 나왔다. 친구들이 더 크게 웃었다. 선생은 출석부를 반듯하게 세워 비스듬히 몸을 기댔다. 그 모습을 보자 은선의 심장이 더 밑으로 내려앉았다. 지나치게 달아오른 얼굴이 어느 순간 목에서 떨어져 나가 풍선처럼 날아가버릴 것만 같았다. 다시 음성을 내기 위해 기를 썼다. 하지만 끝내 '경례'라는 말을 할 수 없었다. 선생은 은선을 대신해 구령을 붙였다. 친구들이 큰 소리로 인사했다.

은선은 안타까워 견딜 수가 없었다. 선생에게 멍청한 모습을 보인 것 때문에 화가 났다. 여전히 자리에 앉지 않은 은선에게 선생은 '이제 그만' 앉으라고 권했다. 교실이 또다시 웃음바다가 되었지만 어쩐지 은선은 앉을 수가 없었다. 뒤를 돌아보다 바위가 되어버렸다는 전설 속 아둔한 여인처럼 다리가 굳어버렸다.

선생의 얼굴은 엄해져 있었다. 그가 다시 말했다. 앉아라. 친구들은 이제 웃지 않았다. 선생은 입술에 닿은 머리카락을 잘근잘근 씹고 있는 은선을 기분 나쁘게 쳐다보았다. 주변에서 웃음을 터뜨리던 친구들 중 어느 누구도 선생에게 상황을 설명해주지 않았다.

아니, 이미 그럴 수 없었다. 나는 결코 돌이킬 수 있는 성질의 것이 아니었기 때문이다. 나도 모르게 내 길에 들어서서 부지불식간 내 일을 하고 있는 나를 제어하기란 사실상 불가능했다. 나는 일단 모습을 드러내면 결코 유야무야 사라지지 않는다.

야들야들한 여고생들의 살냄새에 취한 그날도 그랬다. 나는 그악스럽게 자리를 점유한 채 숨을 죽였다. 은선은 말을 듣지 않는 다리를 저주하고 있었고, 선생은 제멋대로 움직이려는 자신의 몸을 경멸하고 있었다. 하지만 두 사람 모두 나를 더 이상 어찌할 수가 없었다. 나는 선생의 오해와 소녀의 격정이 충돌할 것을 예상하면서 만반의 준비를 하고 있었다.

은선의 가까이로 다가온 선생은 겨우 선생일 뿐인 자신의 인생을, 어쩌면 더 나은 꿈을 펼칠 수도 있었을 자신의 인생을 후회라도 하듯 무겁게 가라앉은 목소리로 다시 한 번 앉을 것을 지시했다. 하지만 은선은 자신이 왜 앉을 수 없는지를 설명하기 위해 억울한 얼굴을 선생에게로 돌렸을 뿐이었다. 억울함을 건방짐으로 이해한 선생은 마지막 경고라는 듯 은선을 노려보았다. 가까스로 자제하고 있기는 했지만 그는 이미 나를 외면할 수 없는 상태에 와 있었다. 똑같은 수업 내용, 야간 자율학습의 피곤, 박봉, 그리고 밀린 고지서와 같은 것들이 선생의 이마 주름

깊숙이 자리를 잡았다.

　나는 심호흡을 하고 반듯하게 그의 옆에 섰다. 물론 은선을 동정하지 않은 것은 아니지만, 언제나처럼 내게는 아무런 힘도 없었다. 소녀의 눈물 어린, 설움 가득한 얼굴이 기어이 선생을 터뜨려버리고야 말았다. 두텁게 더께 앉은 일상과 꿈의 켜들이 일제히 갈라지고 있었다.

　은선은 머리라고 할지 뺨이라고 할지 정확하게 지칭할 수 없는 곳을 맞았다. 얼핏 보기에 심하게 꿀밤을 맞은 것처럼 보이기도 했지만, 거기에 있는 것은 분명히 나였다. 교묘하게 경계가 흐트러졌어도 때리는 사람이나 맞는 사람 모두 그것이 정확히 나와 관계되어 있다는 것을 모르지 않았다.

　내가 두 사람 사이에 제대로 자리를 잡는 순간, 둘의 입장은 순식간에 바뀌어버렸다. 선생은 겁에 질렸고 제자는 당돌해졌다. 나는 물 위로 미끄러지는 소금쟁이처럼 가뿐하게 둘 사이를 오갔다.

　초조해진 선생은 은선의 어깨를 잡고 억지로 자리에 앉히려 들었다. 그러나 갑작스러운 은선의 절규가 교사로서의 자부심을 이미 상당히 잃어버린 선생에게 일격을 가했다. 그녀의 비명은 충분한 근거를 내세우지는 못했지만 핵심을 놓치지 않았으며, 불안정했지만 강렬하기 이를 데 없었다. 그것은 선생이 부적절한 폭력을 취했음을 만천하에 드러내는 방식으로 교실 구석구석까지 가 닿았다. 선생은 자습이나 하라는 말을 남기고 허둥지둥 교실을 나가버렸다.

　은선은 비통한 얼굴이었다. 아주 잠깐이지만, 그녀는 죽을 때까지 나만 미워하겠다는 듯 나를 쏘아보았다. 그냥 선생님을 좋아했던 것뿐이잖아! 도대체 왜?

　내게 시간을 좀 주었다면 모든 것을 설명할 수 있었을 것이다. 나라고 자괴감을 느끼지 않는 게 아니며 나야말로 답답한 입장이라는 것을, 또 어찌하여 내가 있을 것 같지 않은 곳에도 내가 있고는 하는지에 대해 차근차근 모두 얘기하고 싶었던 것이다. 하지만 그녀는 성급히 마음을 닫았고 싸늘한 시선마저 내게서 거두어버렸다. 나 따위를 다시 상대하느니 그냥 죽어버리겠다는 듯 냉랭했다. 그녀가 이번에는 내 입장을 이해해주리라 기대했던 나는 기대감 때문에 더 심술이 나고 말았다. 어쨌거나 나를 불러낸 건 너야! 아니지, 선생이었을 수도 있겠네. 아냐, 아냐. 여기 있는 네 친구들이 모두 가세했어. 그랬다니까? 나는 은선이 나를 밀어낼 처지가 아니라는 사실을 상기시켜주기에 모자라지도 과하지도 않은 웃음소리로 그녀의 위벽을 자극했다. 은선은 배를 움켜쥐고 토할 것처럼 웩웩거리기 시작했다.

후덥지근한 여름 낮의 교실은 지나치게 조용했다. 그 흔한 매미 소리 하나 들리지 않는 가운데 어디선가 아주 작은 소리의 감탄사 하나가 흘러나왔을 뿐이었다. 저런!

*

의사는 부드러운 목소리로 은선에게 사과한다. 귀에 물이 들어간 것처럼 먹먹한 상태였기 때문에 마치 먼 곳에서 소리가 들리는 듯하다.

환자분께서 어떤 점이 마음에 안 드셨는지 모르겠지만, 그만 화를 푸시죠.

딱 이만큼이었다면 은선은 그대로 발길을 돌려 병원을 나섰을 것이다. 충분히 자신을 괴롭힌 데다 몸까지 아프니 만사가 귀찮아서라도 그대로 물러서고 싶었던 것이다. 하지만 의사의 다음 말에 은선은 또 한 번 몽니를 부리게 되고 만다.

우리 간호사가 여태 환자분하고 문제를 일으킨 적은 한 번도 없었는데….

은선은 그 말에 간호사가 상식적이라는 뜻과 은선이 비상식적이라는 뜻이 함께 들어 있고, 은선이 공연히 이상한 행동을 해서 사실상 분란을 일으켰다는 비난이 암시되어 있다고 생각한다. 그녀의 머릿속에서 버찌를 탐냈던 어린 시절부터 병원에 있는 지금까지, 나와 마주쳐야 했던 모든 순간들이 빠르게 지나간다. 억울하다. 이들은 늘 이런 식이다. 양보하는 척하면서 실은 경멸하고, 깍듯하게 대하지만 먼지만큼도 여기지 않는다.

은선은 온몸의 힘을 쥐어짜내 목소리를 내고자 한다. 도저히 이대로 그만둘 수가 없는 것이다. 그럴 것이다. 내가 있는 한 그녀는 가기로 예정되어 있는 곳까지 반드시 가야만 할 것이다. 결국 얼마간 추할 수밖에 없는 막다른 곳까지 가보아야만 끝이 날 것이다.

은선이 성대 깊이 막혀 있는 솜뭉치 같은 것을 필사의 의지로 뽑아내자 드디어 말이 터져 나온다.

저 간호사가 반말을 지껄였는데도요? 몸도 아파 죽겠는데, 내 돈 내고 치료 받으러 와서, 내가 왜 길에 굴러다니는 쓰레기만도 못한 취급을 받아야 하죠? 도대체 왜?

그러나 은선은 열에 들떠 자기가 무슨 말을 하고 있는지 제대로 알지 못한다. 앞뒤가 맞게 말하고 있는 건지, 이유를 충분히 밝히고 있는 건지…. 갈피를 잡을 수가 없다. 병원 특유의 알코올 냄새와 각종 세균을 뿜어내고 있을 환자들의 구취, 몸 냄새 등이 멀미를 일으킨다. 은선은 악을 쓴다.

왜 아무한테나 반말을 하냐고! 왜 아무 짓도 안한 나를 괴롭히냐고!

은선은 자신에게 반말을 쓴 간호사를 향해 보란 듯이 정확한 반말을 던진다. 신경질적으로 생긴 그 간호사가 내내 뒷말을 잘라먹으며 불쾌하게 대했던 것을 다른 사람들도 알고 있을 것이다. 간호사는 은선이 진료를 위해 지루하게 기다린 시간, 열에 들뜬 머리, 미치도록 아픈 귀, 찢어질 듯한 목 등 모든 것에 책임이 있음에 틀림없다. 은선은 암기라도 하듯 그런 사실들을 반복해서 머릿속에 나열한다. 간호사는 분명히 나쁜 사람이다. 자기도 약자면서 더 약한 자를 못살게 구는, 정말 나쁜 사람임에 틀림없다.

사실 은선은 존댓말을 쓰거나 안 쓰거나가 그렇게까지 중요하다고 생각지는 않는다. 그것이 간호사의 인격이라 할 수도 없고, 또 그렇다 한들 자신이 그것을 두고 왈가왈부할 이유가 많지 않다는 것도 안다. 평소의 그녀라면 틀림없이 무시하고 넘어갔을 일이었다.

하지만 그 자리에는 은선도 눈치 채지 못하게, 다른 아무도 모르게, 힘을 주고 있는 내가 있었다. 은선이 병원에 들어섰을 때부터, 아니 실은 그 이전부터 함께 있었던 나는 이미 시작한 일을 멈출 수가 없었다. 나도 은선도 정말 어찌할 도리가 없었던 것이다.

그녀는 혼신의 힘을 다해 항변한다. 이 여자가 환자들에게 함부로 대했다고요. 나뿐만 아니라 저기 계신 할아버지에게도, 저 아주머니에게도요. 하지만 은선이 언급한 사람으로 보이는 노인과 중년 여성은 자신들은 그런 취급을 받지 않았다는 듯 멀뚱히 앉아 있을 뿐이다. 마치 간호사가 은선에게만 반말을 했으며, 아마도 타당한 이유가 있어서 그랬을 것이라고 생각한다는 듯 조용하다. 환자들도 얄밉고 의사, 간호사들도 모두 한통속인 것만 같다. 은선은 병원에 있는 모두를 욕하고 싶다. 아프거나 나약한 사람들은 절대 서로 뭉치지 않아. 멍청하게 입을 벌린 채 벌어진 상황에 그저 몸을 맡길 뿐…. 내 탓이 아니야. 당신들 모두의 잘못이란 말이야!

그러니까 은선은 나라도 끌어들여 말도 안 되는 상황에 대해, 말이 안 된다는 말이라도 하고 싶었던 것인지 모른다. 그녀는 고집스러운 말의 성, 그래서 더 초라해지는 의미의 성을 자꾸만 높이 쌓아간다.

의사가 귀찮아 죽겠다는 표정을 지으며 은선을 만류한다.

환자분, 진정하시죠. 김 간호사, 사과드려. 다른 환자들도 있으니….

간호사는 어이가 없다는 표정이다.

그게 아니라….

뭐가 그게 아니라는 거지? 어서 사과부터 하라고. 사과해!

은선은 머리가 아파 견딜 수가 없다. 이대로 더 뜨거워지다가는 성냥개비처럼 순식간에 머리에 불이 붙어버릴 것만 같다.

선생님, 그게 아니라….

간호사가 울먹인다. 은선은 끝까지 잘못을 시인하지 않는 간호사에게 무슨 말인가를 더하려다가 갑작스레 고개를 돌려 나를 바라본다. 팔짱을 낀 채 은선과 다른 사람들의 다툼을 흥미롭게 구경하고 있던 나를 말이다.

나는 은선의 시선을 피하지 않는다. 결국 그녀도 정상이 아닌 몸 상태를 핑계 삼아 내가 활약하는 것을 보게 되어 얼마간 기뻐하고 있었을지 모른다. 어쩌면 그녀는 영원히 그녀 곁에 있을 나를 비로소 조금쯤은 받아들이기로 한 것인지도 모른다. 나는 은선을 향해 어색하게 웃는다. 그녀는 이전처럼 나를 외면하지는 않는다.

하지만 그녀는 더 이상 서 있을 수가 없는 모양이다. 몸을 부르르 떠는가 싶더니 둔중한 쇠망치에 맞기라도 한 듯 휘청거리다 그대로 쓰러지고 만다. 의사와 간호사들이 순발력 있게 움직이고, 환자들은 엉거주춤 엉덩이를 들썩인다. 병원답지 않은 이상한 활기가 실내를 가득 메운다. 그러나 내가 있던 자리의 끝이 대개 그렇듯 순간 조용해지면서 무의미해지고 만다.

*

은선은 그야말로 간신히 고등학교를 졸업했다. 몇 달을 더 선생의 얼굴을 봐야 하는 일은 참을 수 없이 고통스러웠다. 입안 가득 넘어온 토

사물을 뱉어내지 못하고 도로 삼켜야만 하는 상황처럼 곤욕스러웠다.
 은선은 버텨내기 위해 기억을 뭉개버렸다. 그날 이후 다시는 버찌 따위를 따지 않았을 키 큰 헌병도, 은선뿐만 아니라 본인조차 싫어하게 되었을 친구도, 그리고 제자 못지않게 은선의 졸업을 기다렸을 선생도 모두 잊으려고 애를 썼다. 무엇보다 추억들과 함께 모습을 드러낼 내가 두려웠기에 그야말로 사력을 다했다. 쉽지 않았지만 나를 못 본 체해야만 살 수 있었다. 그렇게,
 그렇게 살아왔다. 여러 여자를 사랑하는 남자 친구를 견뎌야 했을 때도, 직장 상사 간의 다툼에 끼여 엉뚱하게 피해를 입었을 때도, 애초부터 흐릿한 윤리를 마지못해 따라가야만 했을 때도 은선은 나와 마주치지 않도록 신중을 기했다. 결코 내게서 급습을 받는 일이 없도록 세심하게 주위를 살폈고 우직하게 노력했다.
 아마 이렇게 몸이 아프지만 않았더라도, 정신이 혼미해질 만큼 열에 들떠 있지만 않았더라도, 은선은 한동안 더 나를 외면할 수 있었을지 모른다. 나를 제대로 보지 않는 상태로 오롯이, 건강에 좋다지만 맛이 없는 음식을 먹을 때처럼 밋밋하게 살아갈 수도 있었을 것이다.

*

 깨어났을 때, 은선은 병원의 간이침대에 누워 수액을 맞고 있는 자신을 발견한다. 동시에 의사와 간호사를 향해 소리를 지르다 쓰러진 기억이 떠오르자 당황스러워 어찌할 바를 모른다.
 벌써 해가 진 것인지 창밖이 캄캄하다. 혼자 낯선 병원에 누워 있는 게 아닌가 싶어 두렵다. 당장 나가고 싶지만 팔에 꽂힌 주삿바늘을 빼낼 수가 없다. 은선은 작은 소리로 사람을 불러본다.
 저기요.

딱히 누구를 지칭하지는 않지만, 누군가를 부르는 게 분명한 소리를 내다가 은선은 신기하게 몸이 좋아진 것을 느낀다. 우선 침 삼키기도 어렵던 목이 가라앉았음을 알 수 있다. 열도 내린 것 같다. 더 이상 몸이 떨리지 않고 두통도 사라졌다. 수액의 위력이 이렇게 대단한 줄 몰랐다. 은선은 쪼그라든 비닐 주머니를 불안스레 바라보며 나를 떠올린다. 무안하기 짝이 없다. 서둘러 병원에서 나가야겠다고 생각하는데, 김 간호사라 불리던 그 간호사가 들어온다.

좀 어때요?

더 이상 반말이 아닌 존댓말이다. 은선은 어떻게 응대해야 할지 알 수 없어 입술만 달싹이다 말을 삼키고 만다. 간호사가 대신 말한다.

괜찮으실 거예요.

은선은 실제로 몸이 가벼워졌음을 느낀다. 푹 자고 일어나서인지 기분도 한결 낫다. 나와 얽혔던 일이 한갓 꿈이었던 것만 같다. 나를 모른 체하고 멀리했던 예전의 자신으로 태연히 돌아갈 수 있을 것도 같다.

그녀는 내가 자신의 어깨에 살며시 손을 두른 것을 알지 못한다. 나는 여전히 포기하지 않는 그녀가 가엽다. 떨리는 앙상한 어깨. 나는 아득한 영원에 닿아 있는 나의 길을 목도리처럼 그녀에게 둘러준다. 은선이 받아들이든 받아들이지 않든 나는 끝까지 그녀와 함께할 것이다. 다시 말해, 그녀는 내가 어찌해도 결코 나를 떠나보내지 않을 것이다. 그럴 수밖에 없을 것이다.

간호사가 주삿바늘과 수액 주머니를 정리한다. 은선은 자신과 간호사 사이에 내가 있었다는 사실이 부끄럽기 짝이 없다. 이 모든 것이 악의를 품고서 무례하게 자신을 몰아붙인 나 때문이었다고 생각한다. 은선은 결코 그녀 스스로가 나의 창조와 재생에 가담했음을 인정하려 들지 않는다.

네 시간쯤 주무셨어요.

간호사는 부드럽게 말하지만 표정은 여전히 부루퉁하다. 은선은 이불을 걷고 일어난다. 믿을 수 없을 정도로 몸이 가뿐하다.

저, 아까….

은선은 사과를 하려다 멈추고 만다. 죄송하다든지 실수였다든지 하는 단순한 말로 나와 얽혔던 일을 설명할 수 없을 것 같아서다. 자신이 경솔하거나 거만해서 그랬던 것이 아니라고 해명하고 싶지만, 쉽게 포기하고 만다. 그녀는 감정을 정확하게 전달하는 일이 얼마나 어려운 일인지 모르지 않는다. 은선이 결코 포기하지 않는 유일한 것은 나에 대한 포기뿐이다.

아직도 붓기가 가라앉지 않은 간호사의 왼쪽 뺨이 가시처럼 눈에 와 박힌다. 은선은 자신의 힘이 그렇게 세었던가 싶어 다시 자괴감에 빠진다. 여전히 무뚝뚝한 얼굴을 하고 있던 간호사가 답답하다는 듯이 말을 받는다.

알아요. 환자분 중이염 상태가 심해서 그랬대요. 항생제랑 투여했고, 약도 제가 대신 받아뒀으니 드시고 나면 괜찮을 거예요.

네?

은선은 간호사의 말을 쉽게 알아듣지 못한다.

제가 반말을 쓴 게 아니라 손님 귀 상태랑 몸 상태가 많이 안 좋으셨던 거라고요. 물론 제가 사랑니 때문에 제대로 발음하지 못한 탓도 있어요.

간호사는 자신의 일그러진 얼굴이 치통의 반증이기라도 하다는 듯 은선을 똑바로 바라본다. 그러고보니 간호사의 왼쪽 볼은 맞아서 부은 것이라고 하기에는 지나치게 불거져 있다.

은선이 그녀의 어깨에 살짝 기대고 있던 나를 와락 잡아당긴다. 작고 축축한 손이 내 목을 세게 옥죈다. 나를 못 보고 있는 것 같았던 그녀가 정확하게 나를 붙잡았다는 사실이 그리 유쾌하지만은 않다. 나는 무방비였던 것이다. 숨을 쉴 수가 없다고 호소하려 한다. 하지만 은선은 손에 힘을 더해 내가 한 마디도 할 수 없게 만든다. 일곱 살 꼬마 때부터 이미 내 길에 들어와 있었던 그녀를 쫓아다니느라 나 역시 힘들었다는 말을 해야 하는데, 그녀의 힘이 어찌나 센지 꼼짝을 할 수가 없다.

나는 은선에게 해줄 수 있는 말이 아주 많다. 그녀가 원한다면 죄다 설명할 수 있을 것이다. 왜 내가 나 자신을 파괴하기 위해 가장 시시한 제스처도 마다하지 않았는지, 왜 내가 받아들이고 싶은 것만 받아들이다가 종종 우스워지기도 했는지…. 조금씩 다르지만 거의 비슷하고 비슷하지만 또 조금씩 다른 그 안개 낀 길에 대해 할 수 있는 이야기가 정말 많을 것이다.

이번에야말로 나도 정말 시원히 말하고 싶다. 그 어떤 것도 무화시켜버리는 우연의 길 위에서, 또 변명과 치졸함이 난무하는 필연의 길 위에서 나 역시 새로이 진화하는 나를 보았을 뿐이라고…. 내가 나를 낳았고, 그 내가 또 다른 나를 낳았으며, 영원히 낳고 낳았을 뿐이라고….

하지만 여전히 은선은 내 말을 듣고 싶어하지 않는다. 그녀는 갑자기 나를 붙잡았을 때처럼 갑자기 나를 놓아주더니 옷을 찾아 입는다. 그러고는 쩔쩔매며 간호사에게 인사인지 뭔지 모를 고갯짓을 하고는 병원을 빠져나간다.

거리로 나선 은선은 다급히 따라붙은 나를 밀어낸다. 나를 조금쯤 알게 되었을 텐데도 그녀는 여전히 고집을 꺾지 않는다. 나는 세게 눌렸던 목을 주무르며 기를 쓰고 그녀를 쫓는다. 은선은 평소처럼 발걸음을 재게 놀려 나로부터 도망간다. 쫓는 자와 쫓기는 자 사이에 유의미한 간격이 생긴다.

나는 은선이 들으라고 큰 소리로 내 이야기를 한다. 아주 조금 가벼울 수 있는, 하지만 결코 쉽게 끝이 나지는 않을 나, 따귀에 관한 이야기를 말이다.

바람의 습격, 그 누구도 알 수 없는 방식으로

그것을 멈추게 할 수 있는 것은 바람의 습격밖에 없다.
바람이 분다. 그 누구도 알 수 없는 방식으로 말이다.

바람의 습격, 그 누구도 알 수 없는 방식으로

바람의 습격

이십여 년 전 마당 앞뜰에서 콩꼬투리를 벗기다가 귀가 먹고 만 마누라는 올해 일흔네 살이 되었다. 그녀는 사람들에게 말하고는 했다.

왼쪽 귀로 바람이 쌩 들어왔다 아이가. 골통을 후비듯이 돌아다니다가 다시 오른쪽 귀로 나왔는데, 그때부터 귀가 마 안 들린다. 꼭 한의원 대침맨크로 뽀족한 바람이었능 기라. 귀로 바람이 훅, 하고 들어오는 순간에 나는 대번에 알아채맀다. 아, 내가 귀머거리 되겠구나. 그래도 발바닥에서 들어온 기 아이라 다행이다, 나갈 디가 있는 귀로 들어왔씽께 죽지는 않겠구나, 위안이 되던 기라.

마누라의 가장 친한 친구로, 총기라면 누구에게도 뒤지지 않는다고 자부하는 여북댁의 말에 의하면 그날은 남실바람 정도가 불 뿐인 전형적인 봄 날씨였다고 한다. 대침 같은 바람이 불었다면 자신이 기억하지 못했을 리가 없다며 여북댁은 마누라의 바람 타령을 일축했다.

하지만 어쨌거나 할멈은 그날부터 귀가 들리지 않게 되었는데, 병원에서도 뚜렷한 원인을 집어내지 못하는 바람에 그녀의 말은 힘을 얻었다. 다들 갑자기 그런 것이니 갑자기 나을 수도 있다며 위로를 했지만 마누라는 이미 체념한 자의 완고함을 보이며 말했다.

천지가 뒤바뀌도 그럴 일은 읎다. 놈은 또 올 끼다!

마누라는 언제 다시 자신을 습격할지 모를 바람에 내성을 키우기 위해서라며 발악이라도 하듯 풍욕을 시작했다. 그 바람의 원래 의도가 자신을 쓰러뜨리려는 것이었던 만큼 다시 오고야 말 것이라 장담했다.

그녀는 발바닥으로 들어온 바람이 온몸을 관통해 정수리로 빠져나가는 바람에 며칠을 못 살고 죽었다는 자신의 사촌을 예로 들었다. 사촌 언니는 그녀에게 발로 들어오는 바람은 치명타가 된다며 유언처럼 조심하라는 말을 남겼다고 한다. 마누라는 자신의 어머니 역시 그놈의 바람 때문에 일찍 세상을 떠났고, 그 어머니의 어머니나 다른 친척들 역시 마지막에는 언제나 바람의 습격을 받았다고 주장했다. 마누라 자신은 그래도 그동안 하루도 빠짐없이 산을 오르내리고 정성 들여 보약을 먹어둔 덕에 귀만 먹고 만 것이라며 득의에 찬 표정을 짓기도 했다.

마누라의 바람 타령은 어제오늘 일이 아니었다. 내게 시집을 오고 얼마 후 바로 아래 남동생이 고향집에서 죽었다는 소식을 들었을 때도 마누라는 슬퍼하기보다는 오히려 신명이 난 것 같은 얼굴이 되어 이렇게 말했다.

그리 당부를 했는데도 내 말은 귓등으로도 듣지 않더이, 내 이리 될 줄 알았다, 알았어. 내는 진즉 알고 있었다, 마.

마누라는 마치 바람을 조심해야 한다는 자신의 말을 듣지 않은 벌로 동생이 죽기라도 했다는 듯 기세등등했다. 내가 알기로 그녀의 동생은 극도의 영양실조 상태에서 감기처럼 앓던 간염이 심해져서 죽었다. 바람 때문에 죽었다는 증거는 그 어디에도 없었지만, 마누라는 한사코 바람 탓하기를 멈추지 않았다.

나 같은 사람에게 시집을 오는 대가로 마누라의 친정은 얼마간의 돈을 얻었다. 친정이랬자 내가 준 돈의 혜택을 제대로 보지도 못하고 죽은 동생을 비롯해 아직 달거리도 없을 법한 여동생과 코흘리개 남동생이 있었을 뿐이었는데, 그녀는 그래도 자신 덕분에 동생들이 먹고살 수 있었다고 자랑스레 말하고는 했다.

첫아이를 낳은 뒤 나는 그녀의 동생들도 불러들여 거둘 수 있다고 말했지만, 마누라는 자기들도 이제 다 커서 알아서 살 수 있다며 내 제안을 거절했다. 마누라는 자신이 받을 수 있는 것 이상의 것을 바라지 않음으로써 자존심을 지킬 수 있다고 믿었다. 그러고는 바람의 공격을 받지만 않는다면 자신도 동생들도 어디서든 잘 살 수 있을 거라며 큰소리를 쳤다.

살아생전 나는 마누라가 단지 가난을 벗고 동생들을 먹여 살리기 위해 내게 온 것이 아니라, 여간 조심하지 않으면 안 된다는 그 바람을 피해 도망을 온 것이 아닐까 생각하고는 했다. 내가 떠난 다음에도, 또 살 만큼 살고 난 뒤에도 그녀는 여전히 바람을 두려워했다.

나는 평생 피곤하리만치 바람을 의식하고 산 그녀를 내가 있는 곳으로 이제 그만 데려가야 하지 않을까 생각하고 있다.

어서 죽어야지

식구들은 바람이 정확히 무슨 역할을 했는지 모르지만, 그 후로 할머니가 엄청나게 수다스러워졌다는 점은 분명하다며 입을 모았다. 엄마는 귀가 먹은 뒤로 나날이 목소리가 커지는 할머니를 보면서 고개를 가로젓고는 했다.

백 살도 넘어 사실 거다. 백 살이 뭐냐? 이백 살도 거뜬하실 거다.

엄마의 유일한 자매인 큰 이모가 미국으로 가버리자 외롭다고 노래를 부르면서도 고향을 떠나지 않으려는 할머니는 오롯이 엄마의 부담이 되고 말았다. 엄마는 일찍 저세상에 가버린 할아버지를 원망했고, 애들을 교육시키겠다고 떠난 뒤 돌아올 줄 모르는 이모를 탓했으며, 심지어 갓난아기 때 죽었다는 한 살 터울의 여동생까지 들먹이기도 했다.

형제도 많아야 의지가 되지 달랑 둘이서는 죽도 밥도 안 돼.

그러면서 엄마는 사정을 모르지 않으면서도 딴청을 부리는 할머니에게 지청구를 늘어놓았다.

성재 낳았을 때 제대로 뒷바라지도 해주지 않은 엄마를 내가 왜 이리 지극정성으로 보러 오는지 몰라. 다른 친정 엄마들은 일하는 딸 돕겠다고 자진해서 딸 옆에 오던데, 엄마는 손자 재롱도 마다하고 고향에만 붙어 있으려고 하잖아.

하지만 할머니는 분명 엄마보다 한 수 위였다. 할머니는 엄마가 그럴 때마다 도통 무슨 말인지 알아들을 수 없다는 듯 장애가 있는 딱한 사람 시늉만 했던 것이다.

우리 모두는 할머니가 말하는 입 모양이나 눈치만으로도 상대방의 말을 충분히 이해할 수 있다는 것을 알고 있었다. 하지만 할머니는 그럴 필요를 느끼지 않을 때 결코 그런 능력을 발휘하지 않았고, 보청기는 어딘가에 잘 두었는데 단지 당장 찾을 수 없을 뿐이라며 딴전을 피웠다. 게다가 할머니는 예의 그 바람 타령을 거듭하며 섣불리 자리를 옮겼다가는 급사할 수 있다는 말로 위협 아닌 위협을 하기도 했다.

결국 엄마가 졌다. 엄마는 경조사 없는 휴일에 아무것도 안 하고 집에서 뒹구는 게 소원이라면서도 막상 휴일이 되면 집에서 뒹굴지 못하고 할머니에게 다녀오고는 했다. 길이 멀다고 툴툴대면서도 엄마는 꾸준히 할머니 집을 들락거렸다.

할머니는 세상 대부분의 할머니들과 마찬가지로 '어서 죽어야지'를 입에 달고 사는 사람이었다. 하지만 온갖 종류의 건강식품으로 가득 찬 할머니의 집을 한 번이라도 본 사람은 그 말이 '반드시 오래오래 살 거다'는 말과 한 치도 어긋나지 않음을 알게 된다.

할머니는 이런저런 건강식품을 모으고 있을 뿐만 아니라 손수 환약을 만들기도 했다. 앞뜰에서 직접 재배한 콩과 깨를 빻아 말리기도 했고, 심심산골에서 구해 왔다는 약초를 솥에 찌기도 했다. 정체를 알 수 없는 열매나 씨앗들이 기름에 재워지기도 하여 할머니 집은 언제나 영양가 있을 법한 냄새로 가득 찼다.

할머니가 가꾸고 만든 것들은 반드시 엄마와 이모에게도 보내졌다. 덕분에 이모네 집이나 우리 집은 도시에서는 구경하기 힘든 건강식품들이 넘쳐났다. 이모가 미국으로 간 뒤로 할머니는 푹 익어야 더 맛있다고 우기며 김치를 소포로 보내기도 했는데, 이모의 말에 따르면 김치를 싼 비닐이 폭발 직전까지 부풀어 올라 있었다고 한다.

할머니의 건강식품 수집은 엄마의 말마따나 취미 생활이라 여기면 대수로울 게 없었다. 문제는 약을 담은 용기들이 자꾸만 늘어나는 바람에 방이 비좁아진다는 데 있었다. 이모와 엄마를 길렀다는 작은방과 마루 가득, 약병이며 식재료들이 널리기 시작하면서 급기야 할머니의 방마저 이부자리 하나 넉넉히 펼 공간이 없게 되고 말았던 것이다. 할머니는 동네 구멍가게에서 내다 버린 아이스크림 냉동고까지 들여 그 속을 채우고도 늘 저장 공간이 부족하다는 타령을 했다. 할머니의 집은 끈질기게 죽음을 몰아내려는 이미 죽은 것들로 언제나 소란스러웠다.

'어서 죽어야지'와 아무런 상관도 없을 것 같던 할머니에게 이상 징후가 나타난 것은 아버지가 암 수술을 받은 직후였다. 처음에 엄마는 아버지 병 수발로 이전처럼 자주 들르지 못하는 자신에게 할머니가 그저 심통을 내느라 아픈 척을 하는 것이라고만 여겼다. 하지만 할머니와 단짝인 친구 할머니의 증언이 거듭되자 엄마는 그야말로 뒤 마려운 강아지처럼 안절부절못하기 시작했다.

동네 이장이 건넛마을서 느 어무이 태우고 왔디라. 고갯길에 멍하니 앉아 있드라 카대. 내 얼굴을 퍼뜩 몬 알아보는 거 같기도 하고….

어제 걸려온 전화로 마침내 엄마의 인내심은 바닥을 드러내고 말았다. 친구 할머니의 말에 따르면 할머니가 느닷없이 생소한 이름을 부르며 울더라는 것이었다.

영순이라 카든가, 명순이라 카든가, 암튼 느그 이름은 아니디라.

엄마는 나를 몰아세웠다.

할머니가 언제 우시는 거 봤냐? 마침 돌아가신 할아버지 생신이니까, 같이 밥이라도 먹으면서 좀 살펴봐라.

엄마는 자신이 원해서 병 수발을 하고 있는 게 아니고 아버지도 본인이 원해서 유방암에 걸린 것은 아니라며 극구 싫다는 나를 닦달했다. 남자가 걸릴 확률도 적지 않다는 유방암 수술을 받은 아버지가 힘없이 엄마를 거들었다.

그래도 할머니가 손자들 중에 너를 제일 예뻐하시잖냐.

나는 제일 예뻐하는 거, 별로 달갑지 않다고 말하려다 엄마가 곧 '한가한 반 백수 주제에'로 시작해 한바탕 욕을 퍼부을 것을 예상하고는 마지못해 일어서고 말았다. 백수에 가까워도 나 역시 이모저모로 바쁜 일이 많다는 걸 이해시키기란 어차피 불가능할 터였다.

한 놈만 철저하게 괴롭히는 것이
모두를 적당히 괴롭히는 것보다 더 신나는 일이다

마누라보다 여덟 살이 많은 나는 누구나 '너무 일찍 갔다'고 아쉬워할 수밖에 없는 나이에 죽었다. 하지만 서른 살이 좀 못 돼서 아내를 들인 뒤 삼십 년을 같이 사는 동안 경제적으로 쪼들린 일 없고 큰 다툼도 없이 살았으니 만족스럽다면 만족스러울 수 있는 생이었다.

나는 얼굴 왼편에 자리한 검붉은 점과 절룩거리는 다리 때문에 돈을 주고 사오다시피 한 마누라를 감지덕지 아꼈다. 다리도 다리지만 얼굴의 커다란 점 때문에 어릴 때부터 세상과 단절되어 살았던 나는 마누라를 얻고서야 겨우 세상에 대한 적의를 얼마간 내려놓을 수 있었다.

내 힘으로 어찌해볼 수 없는 내가 있다는 것을 경험한 인간은 타인에게 결코 쉽게 마음을 주지 못하는 법이다. 하지만 내게 마누라는 남이 아니라 내게서 연장되어나간 또 다른 나였다. 나는 내 아버지가 내게 물려주신 내 돈으로 떳떳하게 아내를 얻었으므로 그녀가 곧 나 자신이라 여겼다. 누군가는 비웃을지 모르겠지만 그녀의 하얗고 윤기 나는 피부가 일정 부분 내게 용기와 자부심을 주었던 게 사실이다. 마누라로 인해 나는 세상으로 향한 문을 얼마간 열어볼 수 있었다. 절뚝거리는 다리만이라도 고치고 싶다는 생각을 처음으로 했던 것도 어디까지나 마누라 앞에서 남자다운 모습을 보이고 싶어서였다.

원래부터 다리를 절었던 건 아니다. 한 놈만 철저하게 괴롭히는 것이 모두를 적당히 괴롭히는 것보다 더 신나는 일이라는 것을 아는 운명이 끝까지 나 하나만을 물고 늘어졌기 때문에 일어난 일이었다. 위의 두 형이나 아래 남동생에게서는 나타나지 않았던 그 점처럼 부러진 다리가 끝내 제구실을 못하게 되는 불운도 내게만 떨어졌던 것이다. 숨을 곳을 찾아 자주 올라갔던 소나무에서 떨어진 날, 나는 차라리 뒤틀려버린 다리가 얼마간 얼굴로만 몰리는 시선을 분산시켜줄지도 모른다고 기대했었다. 그러나 내 얼굴과 내 다리를 통해 이미 쾌감을 느끼기 시작한 그 폭력적인 힘은 단 한 발짝도 양보하려 들지 않았다. 다리 때문에 얼굴의 점은 더욱 검붉어졌고, 점 때문에 다리는 더 비틀어졌다. 사람들은 반병신이 완전한 병신이 되었다며 포기를 모르는 기운찬 시선을 내게로 쏟아부었다.

집안의 근심과 우울은 모두 내 탓으로 돌려졌다. 똥 덩어리를 얼굴에 붙이고 다니는 동생을 뒀다며 놀려대는 친구를 두들겨 패고 돌아온 형은 친구가 했던 욕을 고스란히 내게 퍼부으며 주먹을 날렸다. 어머니와 할머니는 서로의 핏줄을 들먹이며 싸움을 그치지 않았고, 아버지는 이유를 다들 알지 않느냐는 태도로 외도를 합리화했다. 그러나 일말의 동정심 또는 동정심의 찌꺼기 정도는 던져줄 줄 알았던 운명이 나를 영영 외면하지는 않았다. 마누라는 언제든 마음만 먹으면 버릴 수 있는 찌그러진 양푼 따위로 나 자신을 취급했던 내게 한 가닥 구원이 되었다.

아내, 그것도 솜털이 난 복숭아처럼 뽀얗고 하얀 피부를 가진 아내를 얻고는 모든 것이 달라졌다. 보석으로 장식된 양푼은 더 이상 고물이라 할 수 없었다. 살아생전의 나는 늘 마누라를 떠받들었다. 나와 함께 산다는 것, 살아준다는 사실에 기뻐했고 고마워했다. 아이들이 깨끗한 얼굴을 가지고 태어난 것도 모두 마누라 덕이었다. 나는 그녀를 진심으로 아꼈다. 하지만 동시에 나는 마누라를 통해 모두를 적당히 괴롭히는 것보다 한 놈만 철저하게 괴롭히는 것이 얼마나 확고한 만족과 희열을 주는지도 알게 되었다.

쓸쓸함과 심심함의 차이

얼마나 쓸쓸하시겠니? 본인 생신보다 할아버지 생신을 더 챙기는 양반인데….

엄마는 그렇게 말했지만, 할머니는 전혀 쓸쓸해 보이지 않는다. 여북댁 할머니의 걱정도 기우임에 틀림없다. 할머니는 결코 총기를 잃었을 것 같지 않은 씩씩한 얼굴로 나를 맞아주셨다.

사실 여북댁 할머니가 전했다는 말과는 달리 할머니는 전혀 이상하지 않다. 오히려 지난번 뵈었을 때보다 말도 더 많아지고 목소리도 더 커져 한결 기운차 보일 뿐이다. 추억에 잠겨 우울해하는 기색도 없이 할머니는 돌아가신 할아버지 생신 따위가 대수냐는 듯 민첩하게 부엌을 오간다.

니도 묵고 내도 묵고 밥 묵자.

들리지 않는 소리를 내는 소리로 보상이라도 하겠다는 듯한 할머니의 우렁찬 목소리가 낡은 집을 흔든다. 나는 여북댁 할머니가 노인들이 때때로 비관에 빠지고는 하는 습성대로 지나치게 염려를 했거나 혹은 하는 척했을 거라 생각한다. 할머니들이 대단한 일이라는 듯 은밀하게 이야기를 꺼내는 이유는 대부분 한 가지다. 심심해서.

사실 할머니에게 죽은 지 이십 년이 넘은 남편의 생일이 중요할 리 없다. 이모나 엄마가 도망을 가면 갈수록, 손자들이 외면을 하면 할수록 할머니는 더 많은 기념일들을 생각해내고는 했다. 그것을 모르는 사람은 없었다. 하지만 헛제삿밥처럼 속뜻을 감춘 구실에도 불구하고 가족들은 무던하게 속아주고 있었다. 나는 심심한 할머니가 당신 못지않게 심심한 여북댁 할머니와 암묵적인 동의하에 어떤 상황을 설정한 것이라 생각한다. 어쨌거나 할머니는 심심해 보이기는 해도 결코 쓸쓸해 보이지는 않는다.

쓸쓸함과 심심함에 대해 생각하다가 나는 좀 우울해진다. 아무도 떠오르지 않는다면 심심함, 특별한 누군가가 떠오른다면 쓸쓸함이 되는 걸까? 그 차이를 알 수 있다면, 심심해서 여자를 만나기 시작했던 내가 여러 여자를 만난 후 오히려 말할 수 없이 쓸쓸해졌다는 사실을 설명할 수 있을지도 모른다.

할아버지가 생전에 좋아했던 음식에 대해 이러저러한 설명을 덧붙이던 할머니가 약 항아리들과 널린 식재료 사이를 분주하게 오가더니 마침내 허청거리며 상을 내온다. 여태 한 번도 엎어진 적이 없다는 것을 알지만 아무래도 위태로워 보여 나는 상을 달라는 시늉을 해 보인다. 그러나 말 그대로 시늉일 뿐이다. 할머니는 자신이 차린 밥상을 남에게 넘긴 적이 없다. 마치 동그란 상 가두리에 할머니의 평생 행운이나 건강 비결이 꼼꼼히 박혀 있기라도 하다는 듯 누구에게도 상을 넘기지 않았다.
묵어봐라.
할머니가 자랑스럽게 권하는 반찬들은 대부분 나물이다. 할아버지가 살아생전에 나물들을 좋아하셨을까? 나는 풀 반찬이 싫다. 다행히 누렇게 누워 있는 조기 한 마리가 있어 젓가락을 가져가려는데, 할머니의 젓가락이 더 빨리 움직이더니 내 밥 위에 나물을 얹는다.
가죽나물 묵어봐라. 향긋하대이.
나는 진짜 가죽이지 않을까 싶게 질겨 보이는 벌건 가죽나물이 의외로 먹을 만하다는 걸 알고 있다. 하지만 한 번 먹을 수는 있어도 결코 즐길 수는 없는 맛이다.
봄에는 그저 이 고비나물이 최고다. 푹푹 묵어라.
고비나물이라 불리는 그것은 떫은맛이 심하게 난다. 내가 인상을 찌푸리자 할머니는 끽끽 웃는다. 그 정도는 약이 되는 떫은맛이라며 더 많은 나물을 집어 밥 위에 올려놓는다. 할머니의 입과 젓가락은 장단을 맞춰가며 바삐 움직인다.
이 나물들이 전부 약초니라. 몸에 월매나 좋은지 모린다. 효소로 담근 김친데 억수로 맛나게 익었다 아이가. 느그 외할배가 이 두릅, 꼬장에 찍어 묵는 거를 그리 좋아했다.
나는 여러 차례 음식을 사양하지만 못 들은 체하는 할머니를 당해낼 재간이 없다. 사실 내가 할머니 집에 오기를 꺼리는 가장 큰 이유는 끝없이 먹어야 하기 때문이다. 할머니의 말 상대가 되어주는 것은 차라리 가벼운 고문에 속한다. 누구나 할머니 집에서는 먹고 먹고 끝없이 먹다가 결국 체하거나 체한 것과 비슷한 상태가 되어서야 풀려나고는 한다.
할머니의 수다가 먹는 사이사이 빈틈없이 꽉 들어찬다. 피부에 좋다는 삼백초, 할아버지가 즐겨 먹었다는 어성초 튀김, 간을 튼튼하게 해주는 돌미나리 나물, 엄마와 이모의 어릴 적 다툼, 할머니 자신의 실수와 재미있고 난감했던 여러 사건들….

쉴 새 없이 먹으면서도 계속 떠들 수 있는 할머니의 입은 경이롭기 그지없다. 고봉으로 담은 내 밥은 아무리 먹어도 줄지 않는데 할머니의 밥그릇은 어느새 깨끗이 비워져 있다. 나는 도저히 더 먹을 수가 없을 것 같아 슬그머니 숟가락을 놓는다.

저, 그만 먹을래요.

내가 상 뒤로 조금 물러나 앉자 할머니가 대번에 내 팔을 잡아끈다.

안 된다. 장정이 밥 한 그릇을 뚝딱 못해서야 쓰나. 조그 얹어서 빨리 더 무라.

할머니는 내게 밥을 더 먹이고 싶어서라기보다 내가 밥을 다 먹을 동안 말할 시간을 벌어서 행복하다는 듯 기운차게 말한다. 나는 할머니가 원하는 만큼 하고 싶은 말을 다 하고 나서야 나를 풀어주리라는 것을 깨닫는다. 하릴없이 다시 숟가락을 든다. 할머니는 만족스럽게 웃으며 이야기를 계속한다.

성재야, 니가 알랑가 모리겠다만, 느 할부지 참 몹쓸 양반이었다. 평생 바람이나 피우고 우찌나 속을 쎅였던지. 한 번은 메칠을 그년 집에 가서 안 오길래 내가 가시나들을 몽땅 그 보냈뿟다 아이가. 딸들이 우 몰려갔께 암만 그캐도 남새시러바서 고개를 들 수가 읎었던 기라. 똥줄 빠지게 뛰어왔더고마.

듣다가 나는 조금 놀란다. 소화 효소를 뿜어낼 공간도 없을 만큼 꽉 찼을 위장을 애도하며 건성으로 고개를 끄덕이다가 할머니의 기억이 이전과 다르다는 것을 불현듯 깨달았던 것이다.

내 평생 그 인간 때메 맘 고생한 거 생각하믄 자다가도 벌떡 일어난다 안 카나. 그 가락지도 결국 그년을 주고 말았제. 지 마음을 담은 옥가락지라 카믄서 내한테 보여줄 때는 은제고 말이다. 시상에 그리 고운 깔은 본 적이 읎었다 아이가. 문디 같은 영감.
 말을 하는 동안에도 할머니의 손은 분주하다.
 여, 오그락지도 무봐라. 꼬들꼬들하제? 아이고, 다 묵었네! 내 한 그릇 더 떠다 주끄마.
 늘 들어왔던 얘기의 반복이 아니라는 사실에 놀라는 동안, 더 놀랍게도 내 밥그릇이 깨끗이 비워져 있다. 나는 할머니가 여태 들은 적이 없는 이야기를 했다는 사실에 걱정스러워져 기습적으로 밥을 더 푸러 가는 할머니를 미처 말리지도 못한다.
 이상하다. 할머니는 여태 할아버지에 대해 좋게만 얘기해왔던 것이다. 어쩌다 할아버지를 흉보는 일이 있어도 너무 그리워서 그렇게라도 해본다는 인상만을 주던 할머니다. 게다가 이모와 엄마에게 들은 바에 의하면 두 분은 동네에 소문이 자자한 잉꼬부부였다. 바람은 뭐고, 가락지는 뭐란 말인가? 할머니가 정말 좀 이상한 게 아닌가 하는 생각이 든다. 내가 의아하게 쳐다보는데도 아랑곳하지 않고 할머니는 넋두리를 이어간다.
 니도 사진 봐서 알끼다만, 느 외할배가 그년 땜에 월매나 멋을 부리고 댕깄는지 모린다. 동리서 김창섭이 하면, 받은 유산 넉넉해서 신세 억수로 편한 한량으로 알았다 아이가. 내가 치맛단에 밥 풀데기 묻혀가미 딸년들 키울 때 그 인간은 중절모 쓰고 멋 부리고 댕기믄서 잘도 놀았다. 아이고, 내 팔자야.
 할머니가 한탄을 하는 사이에도 나는 뭐에 좋고 뭐에 효과가 있다는 것들을 꾸역꾸역 받아먹는다. 나물의 이름과 효능들이 마구잡이로 뒤섞인다. 할머니의 얘기도 마찬가지, 갈피를 잡을 수가 없다. 도대체 왜 갑자기 생소한 이야기를 하시는 걸까?
 결국 나는 남은 밥을 미역국에 다 말아 먹고서야 간신히 풀려난다. 엄마에게 전화를 해야겠다고 생각하지만 너무 배가 불러 당장은 일어설 수도 없다. 할머니는 입가심이라도 하라며 또다시 엄개즙이라는 것을 내온다. 마시는 둥 마는 둥하며 슬며시 일어나려는데 할머니가 대번에 눈치를 채고 내 손을 꼭 잡는다. 할머니의 악력은 대단하다.

이따 여북댁 올 기다. 오면 니가 사 온 케키 같이 묵자.

누구 생일이든 생일인데 케이크를 먹지 않고서는 생일이랄 수 없다는 태도라 나는 주저앉고 만다. 그냥 뭐라도 좋으니 할머니가 드실 만한 부드러운 것을 사 가라는 엄마 때문에 들고 온 케이크가 빌미가 될 줄은 몰랐다.

들리지 않게 된 뒤로 할머니는 스스로에게 매우 편리한 태도를 취하고 있었다. 무엇인가 수긍하거나 인정하기 싫을 때는 전혀 들리지 않는 척을 하고 있었고, 무언가를 주장하거나 고집을 부리고 싶을 때는 귀가 안 들려도 눈치로 다 알아들었다는 태도를 보였던 것이다. 나는 슬그머니 손을 빼려는 어쭙잖은 태도로는 결코 할머니에게서 빠져나갈 수 없으리라는 사실을 깨닫는다.

누군가가 다른 누군가에게 배 한 척이 되어준다는 것

손자 녀석이 제 엄마에게 전화를 건다.

엄마, 할머니가 좀 이상하시긴 한 것 같아요. 할아버지 흉도 많이 보시고, 할아버지가 다른 여자에게 옥가락지를 줬다는 둥 이상한 얘기도 해. 그래도 건강은 괜찮으신 거 같고, 기운 없어 보이지도 않아요. 밤차로라도 올라가면 안 돼요?

전화기 저편에서 딸이 잔소리를 하고 있는 게 분명하다. 손자는 한숨을 쉬다가 짜증을 내다가 하면서도 쉽게 전화를 끊지 않는다. 녀석은 아마 돌아가지 않을 것이다. 귀먹어서 어릴 때 제대로 봐주지 못한 손자라고 마누라가 얼마나 끔찍이 저를 위하는지 녀석은 잘 알고 있다. 제 할머니의 수다를 건성으로 듣고 있는 듯해도 실상 세심하게 제 할머니를 살펴보고 있음에 틀림없다. 속이 여려도 겉으로 무뚝뚝한 것이 나와 판박이다. 비록 외손자이기는 하나 성재는 나를 가장 많이 닮은 내 핏줄이다.

그나저나 마누라가 차린 내 생일상은 참 가당찮다. 나는 평생 육고기만을 좋아했던 사람이다. 생선은 비려서 잘 먹지 않았고, 나물 같은 것은 명절에 비빔밥으로 먹었던 게 전부다. 특히 물고기 냄새가 나는 어성초라면 기겁을 했다. 피부에 좋다며 즙으로 내기도 하고 나물로 무치기도 하다가 결국 튀겨서 주었던 그것을 나는 끝까지 마다하며 먹지 않았다. 나에 관해서라면 나보다 더 잘 알고 있는 마누라가 그런 것들을 기억하지 못할 리가 없다.

게다가 다른 여자나 가락지에 관한 얘기를 손자 녀석에게 주억거리다니…. 내 평생 마누라 외에 다른 여자를 바라본 일은 없었다. 오래되어 기억이 희미하기는 해도 만약 그런 일이 있었다면 그건 어디까지나 마누라를 너무 사랑해서 그랬을 것이다.

내가 옷을 잘 입으려 노력하고 늘 모자를 쓰고 다녔던 것은 어디까지나 내 다리와 점에 쏠리는 사람들의 시선을 조금이라도 흩뜨리기 위해서였다. 다른 여자에게 호감을 얻기 위해서라거나 멋을 부리기 위해 옷을 빼입고 모자를 눌러썼던 게 아니란 말이다.

여북댁이 이상하게 여기는 것도 무리가 아니다. 마누라는 최근 들어 자꾸 엉뚱한 소리를 해댄다. 더 이상 바람에 저항하지 못할 때가 되었다는 것을 알게 되었기 때문인지도 모른다. 어쨌거나 손자 녀석이 오해를 하지 않았으면 좋겠다.

손자는 마누라에게 중요하다. 물론 내게도 중요하다. 사실 마누라의 귀에 바람 따위가 들어가게 된 것이 어쩌면 손자와 관련이 있는 것인지도 모른다. 그 일이 성재가 태어난 직후 그리 되었기 때문이다. 마누라는 손자를 보고서 더 이상 도망갈 수 없다고 느꼈을 것이다. 나 역시 죽은 와중에도 다시 죽고 싶을 만큼 충격이 컸다. 그럴 수만 있었다면 마누라 집안사람들에게만 덤빈다는 그 바람이 내게도 덤볐을 것이다.

그러나 마누라는 잘 버텨냈다. 긴 시간, 아이들이 제대로 가정을 이루도록 도왔고, 여러 손자들을 먹였으며 또 성재가 무사히 크는 것도 보아왔다. 그녀는 아직도 미련이 많을지 모르지만, 이젠 내가 그 모든 것을 끊어주어야 할 때다.

어린 시절, 나무에 올라가서 떨어지기 직전에 보았던 쪽빛 바다를 잊을 수 없다. 머뭇머뭇 제자리를 맴돌다가 돌연 사라지고 마는 인생의 비밀처럼 바다 위에는 금방이라도 수평선 너머로 달아나버리고 말 것 같은 배 한 척이 떠 있었다. 배는 멀리 대양으로 나아가 공룡 같은 물고기들이 물살을 가르고, 원시림 같은 구름이 대범하게 바다로 뛰어들기도 하는 광경을 직접 볼 수 있을 터였다.

침울한 젊은 날이 가고 결혼을 한 후로 마누라야말로 내게 그런 배 한 척이 되어주었다고 나는 믿는다. 흉한 점이 내 인격을 함부로 대변해버리고, 비틀린 다리가 길을 모두 막았다 하더라도 마누라의 싱싱한 육체가 보란 듯이 나를 바다 너머로 실어다주었던 것이다.

나는 그녀와 함께했던 이승에서의 시간 동안, 그리고 그녀를 바라보기만 했던 저승에서의 시간 동안에도 단 한 번도 그녀를 사랑하지 않은 적이 없다. 이제 귀가 먹은 채 하루 종일 먹어대기만 하는 늙은 마누라지만, 나는 정말 그녀를 사랑한다.

떡도 밥도 아닌 것

여자들에게서 온 문자 때문에 숫제 전화기 자체가 부풀어 오른 것처럼 느껴진다. 심심한 내게 똑같이 심심한 여자들이 달려들고 있다. 그럼 내일 어디서 만나? 아버지께서 많이 아프셔? 우리 기념일 이틀 남은 거 알지? 나는 평소에 잘하던 교통정리를 제대로 해내지 못한다. 하나가 밀리면 열 개가 뒤로 밀리는데, 이미 스무 개쯤이 뒤로 밀려버린 상태이기 때문이다.

엉켜버린 스케줄을 제대로 풀어내기 위해 나는 할머니에게 치매 증세가 보이는 것으로 설정한다. 아는 여자들은 이미 알고 있지만, '아버지가 유방암'이라는 사실을 글로 써서 보내는 것보다야 훨씬 덜 민망할 것 같아서다.

삼백초다, 마시라.

할머니는 그새 또 다른 먹을거리를 들고 나온다. 접시 가득 떡도 밥도 아닌 것을 가리키며 말한다.

이건 쑥버무리다. 멥쌀 뽀사서 시루에 안쳐 찌낸 기니 묵어봐라. 좀 싸부레해도 꼬시대이.

할머니는 손으로 쑥버무리를 떼서 내게 내민다. 안 먹는다고 해도 소용이 없을 것 같아 나는 일단 그것을 받아 들고 삼백초 즙을 홀짝인다. 삼백초는 단맛이 돌아 크게 거슬리지는 않는다.

그라모 우리 이바구나 하자.

할머니는 여태 했던 말들은 결코 진정한 대화가 아니었다는 듯, 새로이 '이바구나 하자'며 나를 정답게 바라본다. 귀가 들려도 안 들려도 상관없는 재미난 세상이 할머니 앞에 무한정 펼쳐져 있는 것만 같다. 나는 할머니의 심심한 거미줄에 단단히 걸려들었다는 것을 인정한다. 거미줄에 걸린 벌레는 사력을 다하지만 결국 이 거미줄에서 저 거미줄로 소모적인 자리 이동을 할 뿐이다. 필시 기운 없어 보였을 내 표정에도 아랑곳없이 할머니는 한껏 목청을 높인다.

느그 할부지가 누런 개 키웠던 거 아나? 내하고는 말 한마디 안 해도 그놈하고는 씨부렁씨부렁 잘도 주끼쌌제. 낸들 느그 할배같이 다리도 절고 얼굴에 큰 점도 있는 사람한티 시집오고 자바서 왔겠나.

그러나 할머니는 점 얘기를 하다가 흠칫 놀라며 멈추고 만다. 나는 아무렇지도 않은 척 먹고 싶지도 않은 쑥버무리를 입에 넣는다. 쑥버무리라는 쌉싸래한 이름과 달리 고소하고 달다. 할머니는 안심한 듯 이야기를 계속한다.

친정 부모 일찍 돌아가고, 돈도 없는데 동생들은 줄줄이라, 내 마 인당수 폭 빠지는 심정으로 시집왔더이만, 그 인간이 나를 본치만치하는 기라. 내가 아들만 낳았시도 그리 무시하지는 못했을 긴데 줄줄이 딸년들만 낳아서 그런 기지 머. 아무리 그렇다 해도, 우예 그 가락지를 그년한테 줄 수 있노 말이다.

나는 할머니가 여러 번 꺼내는 반지 얘기를 이번에는 허투루 듣지 않으려고 노력한다. 하지만 '그년'이 누구인지는 알 수가 없다. 세상에 그렇게 고운 빛깔은 본 적이 없을 거라는 옥가락지가 할머니의 입담을 따라 떡도 밥도 아닌 형상으로 나타났다 사라졌다 한다. 넋두리는 끝이 없다. 악을 쓰듯 하는 소리 때문에 머릿속이 따끔거린다. 나는 하릴없이 손에 든 떡도 밥도 아닌 것을 자꾸 먹는다.

아들도 하나 못 낳고, 의지가지도 읎는데 우얄 끼고? 느 할배 맴 잡을라고 기를 썼다 아이가. 행펜이 점점 어려바져도 내 볼태기에 구리무하고 가리분은 꼭꼭 사서 발랐디라. 그란데 그 인간이 우쨌는고 아나? 하루는 잔칫집에 갔더니라. 풀 멕여 다린 살구색 깨끼저고리를 입고 가는데 느 할배라는 사람이 글씨, 나보고 저만치 떨어져서 오라 안 카나. 싫으면 자기가 떨어져서 걸으면 되지, 와 내보고 그랬실까 글씨. 내가 여분하면 참을라 켔는데, 도저히 못 참겠는 기라. 마 집에 돌아왔뿌렀다 아이가.

할머니는 수십 년도 더 지난 옛일이 갑자기 분해서 못 견디겠다는 듯 씩씩거린다. 정체 모를 쑥버무리라는 음식처럼 할머니의 상태가 정말 의심스럽다. 할아버지가 누군가에게 가락지를 줬다는 얘기를 포함해 할머니가 쏟아내는 말들을 도대체 믿을 수가 없다.

그 잠깐 사이에 내 전화기에는 또 한 무더기의 문자가 쌓여 있다.

할머니가 얼마나 편찮으시길래? 아버지도 아프시고 할머니도 아프시고, 자기 요즘 너무 힘들겠다. 내가 내려갈까? 이참에 인사도 드릴 겸.

나는 정신을 바짝 차리고서 그들 모두가 결코 이곳에 나타나거나 하지는 않도록 신중하게 답을 보낸다.

니는 알제, 내 마음?

나는 여러 마리의 개를 키웠다. 작은 스피츠부터 시작해서 털이 하얀 백구도 키웠고, 눈매가 사나운 투견도 키워봤다. 투견을 키운 것은 싸움을 시키기 위해서라기보다 언제든 누구와도 맞서 싸울 수 있는 놈을 한번쯤 가져보고 싶었기 때문이다. 그리고 무엇보다 놈이 아주 잘생겼기 때문이다. 윤이 나는 코도 코지만 반질반질한 녀석의 이마가 썩 마음에 들었다. 어떤 점도 어떤 얼룩도 없는 깨끗한 누런 털. 차라리 녀석의 얼굴과 내 얼굴을 바꾸었으면 싶기도 했다. 누가 먹다가 남긴 팥죽 같은 점, 딸기처럼 울퉁불퉁한 그 점을 지울 수만 있다면…. 나는 녀석에게 다소 어울리지 않는 '아리'라는 고운 이름을 붙여주었다. 내가 녀석을 아리라고 부른 후로 아리는 더 이상 투견처럼 보이지는 않았다.

아리는 영리했다. 아내가 시장을 가자고 하면 벌써 장바구니를 물고 서 있었고, 누군가가 아내나 나에게 화난 목소리로 말을 하면 이를 드러내며 으르렁거렸다. 아내와 내가 서로 때리는 시늉을 할 때가 가장 재미있었는데, 녀석은 이러지도 저러지도 못해 앓는 소리를 내고는 했다.

아리는 종종 집을 뛰쳐나와 아내와 내가 읍내에서 운영하는 슈퍼마켓으로 찾아오기도 했다. 경운기도 다니고 가끔 차도 다니는 대로를 이리저리 가로지르며 비장하게 달리는 모습은 장관이었다. 동네를 돌아다니면서 너저분하게 냄새를 맡거나 오줌을 갈기는 그저 그런 똥개들과는 차원이 달랐다. 마치 자신을 필요로 하는 주인에게 한시라도 빨리 뛰어가 명을 받들기 위해서라는 듯 녀석은 거침없이 달렸다. 더 이상 뭍으로는 돌아오지 않겠다는 확고한 결심을 한 작은 돛단배가 수평선 너머로 사라질 때처럼 거침없이 신속하게….

나는 아리를 아꼈고, 아리에게만은 모든 것을 털어놓았다.

느그 안주인이 울매나 고운지 니도 알제? 매끔한 살결이 울매나 빛나는지….

….

저번 날 살구색 치마저고리 입고 걸을 때는 동네가 다 환해졌다 아이가.

….

내같이 숭한 사람하고 살 여자가 아니구만, 맞제?

….

근데 내가 바보같이 굴었다.

….

모리겠다. 고마 그랬뿄다 아이가.

….

녀석은 다 알아 들었다는 듯 갈색의 동그란 눈을 뙤록뙤록 굴리고 있었다. 나는 아리와 점점 더 자주 얘기하게 되었다. 아내에게 미안한 마음이 쌓일수록, 그리고 아내가 미워질수록 아리와 대화하는 시간은 길어졌다. 녀석은 내가 말로 하지 않는 부분까지 모두 알아들었다.

아내는 내가 사람들 앞에서 자신을 면박 주고 구박하는 것에 분노했다. 처가에 준 돈 때문에 큰소리를 치는 것이냐며 따지기도 했고 억울해 하기도 했다. 하지만 내 짐작에 아내는 이유를 모르지 않았다. 나는 주로 나 자신에게 화가 났기에 아내를 괴롭혔고, 아내는 화가 났다기보다 내게 대응을 해주어야 내가 덜 화낸다는 것을 알기에 화를 냈다. 아내는 묵묵부답으로 있는 것이 나를 더 미치게 하는 일임을 잘 알고 있었으므로, 내가 스스로를 충분히 학대할 수 있게끔 적당히 목청을 높여주었다. 나는 너무 아파 더 이상 나를 내려칠 기운이 없을 때에야 간신히 멈추었다. 아내나 아리나 모두 눈치 하나는 기가 막히게 빨랐다.

세월도 그만큼 빨랐다. 아내가 마누라라는 호칭이 더 어울리는 나이가 되었을 무렵, 늙어서 몸이 둔해진 아리는 여느 때처럼 대로를 빠르게 달려가지 못했다. 아리는 규정 속도를 무시한 차와 부딪쳤다.

개와 인간의 정이라는 것에 지나친 환상을 품고 있었을 법한 이웃 하나가 얼굴이 벌개져서 달려왔다. 평소에는 늘 나 아닌 다른 곳을 바라보며 얘기하던 그가 그날은 울퉁불퉁한 점으로 뒤덮인 내 얼굴을 똑바로 쳐다보았다.

아직 숨이 붙어 있대예. 빨리 가보소.

나는 가게에서 파는 부엌칼 하나를 챙겨 들고 뛰쳐나갔다. 검은 피를 흘리며 혀를 빼물고 할딱거리는 아리를 사람들이 에워싸고 있었다. 이미 가망이 없었다. 나는 천천히 칼의 포장을 벗겨내고 아리의 목 깊숙이 칼을 박아 숨을 끊었다. 마치 내가 아리를 일부러 죽이기라도 했다는 듯, 못 볼 것을 보았다는 듯 사람들은 두려움 그득한 탄식을 내뱉었다.

나는 늘어진 아리의 사체를 안고, 그동안 북방의 너른 들판이기라도 한 듯 아리가 내달렸던 대로 쪽으로 발을 내딛었다. 대로는 해변과 이어져 있었다. 미처 가보지 못한 먼 곳을 아쉬워할 아리에게 나는 배를 마련해줄 생각이었다. 하지만 눈물이 앞을 가려 몇 걸음을 옮기지도 못하고 주저앉고 말았다. 나도 모르게 힘이 풀렸던 것이다. 그 순간에도 익살을 떠는 바보 같은 내 다리는 아리의 죽음을 애도하는 내 마음 따위를 안중에도 두지 않았다.

이미 상당한 혐오감을 주었을 내 얼굴이 더 흉하게 일그러지자 사람들은 겁을 집어먹었다. 나는 안간힘을 다해 자리에서 일어났다. 오랜 경험으로 알고 있었다. 내가 아리와 함께 그들로부터 멀어져도 내 얼굴의 검붉은 점은 결코 그들을 떠나지 않을 거라는 것을. 그들은 나나 아리가 어디로 가느냐보다 내 점이 어디로 가느냐에 언제나 촉각을 세우고 있을 거라는 것을. 나는 모두를 쫓아버리기 위해 소리를 질렀다.

꺼지란 말이다. 다들 꺼지라고!

그들을 따돌리자 늘어져 있던 아리가 조용히 웃었다.

니는 알제, 내 마음?

….

아리는 고개를 끄덕였다. 녀석과 내가 마음껏 항해할 수 있는 너른 바다가 멀리서 손짓하고 있었다.

세상에 본 적이 없는 고운 빛깔의 옥가락지

느닷없이 대문이 열리더니 여북댁 할머니가 뒷짐을 지고 들어선다. 엄마에게 할머니가 안 좋아 보인다며 수선을 떤 장본인이다. 그런데 친구 할머니를 본 할머니가 안 좋아 보이는 걸 증명이라도 하듯이 갑자기 이상해진다. 이야기를 안 하면 금방이라도 죽을 것처럼 절박하게 말을 쏟아내던 할머니가 입을 꼭 닫아버린 것이다. 무안해서 내가 대신 인사를 한다.

오셨습니까?

여북댁 할머니는 반갑게 내 손을 쓸어준다.

왔나?

그러나 정작 여북댁 할머니도 할머니와 눈을 마주치지 않은 채 끄엉차 소리를 내며 앉을 뿐이다.

쑥버무리 했네?

할머니는 갑자기 귀머거리 아니라 벙어리가 된 것처럼 말이 없어져서는 접시를 친구 쪽으로 밀기만 한다. 수줍음을 타기라도 하는 양, 아니면 친구 할머니가 무섭기라도 한 양 불안해 보이는 할머니. 여북댁 할머니 오면 케이크 같이 먹자고 했던 말은 까맣게 잊은 듯 보인다.

느 할머니 좀 안 좋아 보이제?

여북댁 할머니는 할머니가 못 듣도록 등을 지고는 나를 향해 작은 소리로 묻는다. 눈치로 상황 판단을 다 하는 할머니가 충분히 언짢아할 수 있을 듯한 동작인데 정작 여북댁 할머니는 바로 그 점을 노리고 있기라도 한 듯 내게 은근하게 대한다.

말해봐라. 우뚷드노?

나는 여북댁 할머니가 말하는 '안 좋아 보이는' 상태에 대해 아무 말도 할 수가 없다. 갑작스레 할아버지 원망을 하고 들어보지 못한 일화들을 읊어대고 있기는 하지만, 그것만으로 안 좋아 보인다고 할 수는 없다. 여북댁 할머니는 할머니가 마치 치매라도 걸린 것 같지 않느냐는 말을 하고 싶어하는 듯하다. 나는 친한 사이였던 두 분이 무슨 일인가로 다투었을 뿐인지도 모른다고 여기며 '글쎄요'로 얼버무린다. 이유 없이 생트집을 잡거나 토라지기도 하는 게 할머니들이니 말이다.

친구 할머니는 쑥이 보드랍다느니, 쌀을 마침맞게 불렸다느니 하며 쑥버무리를 연신 입에 넣는다. 나는 할머니 버금가라면 서러워할 정도로 합죽한 여북댁 할머니의 입이 오물거리는 것을 보다가 왼손 검지에 끼워져 있는 반지를 발견한다. 할머니가 내내 말했던 고운 빛깔의 옥가락지는 아니지만 옥색이 나는 두툼한 반지다. 혹시나 싶어 여북댁 할머니를 쳐다본다. 젊은 날로 돌아간다고 해도 결코 누군가를 홀릴 수 있는 매력은 없었을 법한 너부데데한 얼굴이다. 할아버지가 가락지를 주었다는 여인이 여북댁 할머니일 리가 없다. 그럴 리는 없을 것이다.

하지만 분명 두 분 사이에 무언가가 있다. 여북댁 할머니는 할머니가 말없이 있는 것에 익숙한 듯 보이기도 하고, 할머니가 입을 닫든 말든

괘념치 않는 것처럼 보이기도 한다.

봄이 읋어졌다 읋어졌다 캐도 봄은 또 있다카이. 냉이도 나오고, 원추리도 나오고, 이래 쑥버무리도 해 묵고, 하야, 날씨 좋다.

여북댁 할머니는 할머니의 침묵에 아랑곳 않고 혼자서 감탄사를 연발한다. 나는 할머니가 친구 할머니의 옥가락지가 부러운 나머지 없는 이야기를 만들어낸 것이 아닐까 잠시 의심한다. 그러나 여북댁 할머니의 옥가락지는 부럽다고 하기에는 너무나 초라하다. 그리 고운 깔은 본 적이 없을 거라던 그런 반지와는 거리가 멀어도 한참 멀어 보인다.

정작 할머니는 친구든 반지든 그 어떤 것에도 관심이 없는 듯 쑥버무리만 열심히 먹고 있다. 어쩐지 자꾸 여북댁 할머니의 반지에 눈이 가는 것은 오히려 내 쪽이다. 할머니는 한 마디라도 내뱉으면 큰일이라도 나는 사람처럼 비장하게 앉아서 입만 오물거리다가 여북댁 할머니가 돌아가자마자 참기 힘들었다는 듯 다시 말을 시작한다.

이거는 피를 맑게 해주는 기다. 황마에 대두, 마늘, 현미 다 갈아가 환으로 만든 기다 아이가.

할머니는 마루에 놓인 반닫이에서 주섬주섬 꺼낸 환약 몇 알을 손바닥에 놓고 흔들더니 물과 함께 삼킨다.

니도 몇 알 묵어봐라. 피도 맑아지고 정신도 번쩍 난다 카이.

할머니는 마치 여북댁 할머니에게 홀리지 않으려면 정신을 바짝 차리고 있기라도 해야 한다는 듯이 힘주어 말한다.

집요하고 우직한 운명을 피해 가려던 사람의 최후

나는 눈 주위와 관자놀이, 이마의 일부를 덮은 점이 화염상 모반이라는 것과 레이저로 치료가 되기도 한다는 사실을 알았을 때, 결코 그 소식을 달가워하지 않았다. 점을 없앨 수 있다는 생각 자체를 아예 해본 일이 없었기에 그것을 믿을 수 없기도 했거니와 결코 내게 그런 좋은 일이 생기리라 상상할 수도 없었기 때문이다.

이미 쉰 중반을 넘은 당시의 나는 어떤 행운도 아무런 대가 없이 그리 쉽게 오지는 않는다는 것을 잘 알고 있었다. 그래서 나는 딸들이 아버지도 사람답게 살아봐야 한다고 절규를 했음에도, 평생 그렇게 살아온 것을 나이 들어 바꾸면 뭐하겠느냐며 고집을 부렸다. 하지만 자기 죽는 꼴 보고 싶지 않거든 당장 치료를 받으라는 마누라를 단념시키기는 쉽지 않았다. 늘 나를 창피해하면서도 기를 쓰고 자신이 내 마누라임을 잊지 않으려 했던 그녀였다.

나는 심하게 욕을 해대면서도 결국 마누라를 따라나섰다. 사실 보기 흉한 외모만이 문제가 아니었다. 당시의 나는 모반의 합병증으로 녹내장이 심해져 시력을 거의 잃어가고 있었다. 나는 혼자서는 아무데도 갈 수가 없는 형편이라 늘 마누라를 들볶고 있었다. 그녀는 병원으로 가는 길에서도 내내 트집을 잡고 불호령을 내리는 나를 묵묵히 견뎠다. 평생 내 짐을 없앨 수 있다는 희망만으로 살아온 사람처럼 오달진 얼굴이었다. 마누라는 친구들이나 지인들 사이에 끔찍하게 남편을 챙기는 열부로 알려져 있었다.

첫 번째 치료를 받았을 때는 나도 어쩔 수 없이 가당찮은 희망을 품고야 말았다. 사실 의술이나 기술이 고집스레 제 길을 가고야 마는 운명을 뛰어넘을 수 있으리라 생각했던 것은 아니다. 그저 세상이 매우 영악하게 발전했다고 하니, 어쩌면 운명이라는 거대한 눈을 잠시나마 속일 수 있지 않을까 기대했던 것뿐이다. 점이 내게 붙어 있는 것이 아니라 그것이 곧바로 나 자체라는 사실을 설핏 외면하기로 했던 것이다. 그러나 맹세코 잠시 그래 보고 싶었던 것뿐이다. 살 만큼 살아온 내가 심연에 뿌리를 내린 운명의 집요함, 요지부동인 그 우직함을 모를 수가 없었다. 어쩌면 나는 그저 조금이나마 아내를 위로하고 싶었던 것뿐인지도 모른다.

마취 크림을 바르고 십여 분쯤 레이저를 쐬었던 것 같다. 빨갛던 점이 까맣게 변해 있었다. 치료 때 생긴 흉터와 멍 때문에 얼굴은 이전보다 더 끔찍해졌다. 의사는 열 번쯤 시술을 받고 나면 확실히 옅어진 걸 알 수 있을 것이라고 큰소리를 쳤다.

선크림과 피부 재생 크림을 발라대며, 그리고 그것을 도와주는 마누라에게 호통을 쳐대며 한 달여의 시간을 보냈다. 그리고 두 번째 치료. 세 번째, 네 번째…. 하지만 열 번이 넘는 시술에도 불구하고 얼굴의 점은 사라지지 않았다. 나중에 의사는 전혀 딴소리를 했다.

어린 아기들의 경우 일찍 치료를 시작하면 완치가 되기도 합니다만, 이렇게 두껍게 자리를 잡았고 연세도 많으신데 어떻게 완치가 되겠습니까? 화염상 모반은 심부혈관과 표재성 진피혈관이 전부 연결되어 있어 완치라는 것은 있을 수가 없습니다. 이삼 년 길게 보십시오. 그래도 처음보다는 많이 옅어지신 겁니다.

나는 말이 달라진 의사에게 분개했고, 더 이상 치료를 받지 않겠다고 선언했다. 하지만 마누라는 포기하려는 나를 닦달했고, 결국 얼마간 더 치료를 계속할 수밖에 없었다. 빨개졌다 파래졌다 검어지는 얼굴.

그러나 나는 열두 번째의 시술을 받은 후에 더 이상의 치료는 받지 못했다. 예상치 못하게 뇌혈관 하나가 터졌고, 쓰러졌으며, 그 길로 산 사람이 아니게 되었기 때문이다.

마누라는 내가 자기 집안의 핏줄이 아니므로 상관이 없다고 여겨서인지 바람 타령을 하지는 않았다. 대신 자신이 나를 끌고 병원에 간 것이 결코 아니며, 나를 평생 따라다녔던 내 운명이 결국 나를 쓰러뜨리고 말았다는 듯 원망스럽게 말했다.

점을 건드리지 말았어야 했던 기라. 인간이 지 타고난 명대로 사는 긴데, 생긴 거를 바꿀라 카이 운명도 바뀌뻔 기라. 내 이럴 줄 알았다, 알았어. 내는 진즉 알고 있었다, 마.

누구보다 수술할 것을 권했던 그녀였지만, 일이 터지고 나자 가장 큰 소리를 친 사람 역시 그녀였다. 그간 의사와 그의 시술을 신뢰했던 아이들은 모두 할 말을 잃었다.

물론 마누라가 계속해서 비겁하게 운명 탓만을 한 것은 아니다. 막상 내게 수의까지 입혀놓고보니 정말 실감이 났는지 그녀는 자신을 원망하기 시작했다. 쓰러진 순간에 피만 흘리게 했어도 내가 죽지는 않았을 거라며 모든 것을 자신의 탓으로 돌리기도 했다. 혈관에 좋다는 감즙을 꾸준히 먹이지 않아서라는 말도 빼먹지 않았다.

성재가 태어났을 때 딸들과 사위들은 모두 아버지가 손자 하나 더 생긴 것을 못 보고 가셨다며 아쉬워했다. 살아생전 나는 큰딸에게서 난 두 명의 손자와 작은딸에게서 난 손녀를 끔찍이 귀여워했었다. 아직 어린 아이들은 내 점을 그다지 이상하게 보지 않았으므로 나 역시 그들을 마음껏 사랑할 수 있었다.

하지만 마누라는 갓 태어난 성재를 보고 온 후 마치 죽은 내가 자신의 옆에 있는 것을 안다는 듯 말했다.

여보 영감, 잘 죽었소, 그냥 빨리 간 게 다행이요.

그리고 며칠 후 마누라의 귀에 예의 바람이 들어갔던 것이다. 귀가 먹은 뒤 마누라는 여태 그런 삶을 살지 못해 억울하다는 듯이 더 많이 말하고, 더 많이 먹고, 더 오래 살게 할 것 같은 것들을 만들며 시간을 보냈다. 마누라는 바쁘게 움직였다.

물려받고 싶은 것

금방 해가 졌다. 나는 할머니가 또다시 고봉으로 퍼준 밥과 효소를 넣어 무쳤다는 나물들을 잔뜩 먹고 토할 것 같은 기분으로 선잠이 들었다가 깬다. 점심과 저녁, 연이어 먹은 밥다운 밥이 자꾸 나를 졸리게 한다. 할머니는 지금 앞뒤로 손뼉을 치며 운동을 하고 있다. 나는 믿기지 않는 유연성을 가진 노인을 멍하니 바라본다. 할머니는 지극히 건강해 보인다.

　나는 산책 삼아 동네를 한 바퀴 돌기로 한다. 으슥한 시골길에는 사람의 자취가 없다. 낮게 깔린 들풀에서 개구리 피부처럼 미끈거리는 봄밤의 냄새가 난다. 왼쪽으로 등을 구부린 달이 상현달이던가, 하현달이던가? 어딘가 먼 우주로 날아갔다 부메랑처럼 돌아와서 시치미를 떼고 있는 듯 보이는 달이 짓궂게 나를 따라다닌다.

　골목길을 누비다보니 어느새 여북댁 할머니 집 앞이다. 할머니가 자꾸 넋두리하던 반지가 마음에 걸린다. 두 분은 타지에서 비슷한 시기에 시집을 오고, 비슷한 시기에 자식들을 낳아 가까워진 사이라 했다. 우리 집 일에 늘 여북댁 할머니가 함께했다. 모르긴 몰라도 여북댁 할머니 집안일에 할머니가 빠지는 일 또한 없었을 것이다. 엄마가 혼자 사는 할머니를 그나마 덜 걱정했던 것도 모두 단짝 친구 할머니가 가까이 있어서다. 하지만 낮에 할머니는 여북댁 할머니에게 데면데면한 모습을 보였다. 여북댁 할머니 역시 할머니의 상태를 걱정하는 오래된 친구로 보이지는 않았다. 할머니의 말이 다시 떠오른다.

　시상에 그리 고운 깔은 본 적이 읎었다. 그 가락지는 옥황국의 선녀들이나 끼는 그런 거였다 말이다.

　그러나 여북댁 할머니가 끼고 있는 반지는 분명 아무 시골 장터에 가도 있을 법한, 바람과 햇빛에 얼마간 광채를 잃어버린 그런 것이었다. 할머니가 딸들을 보냈다는 '그년'의 집이 결코 여북댁 할머니의 집일 리가 없었다. 그랬다면 두 분이 그토록 오래, 자매 같은 친구로 지낼 수도 없었을 것이다. 무엇보다 얼굴에 흉한 점을 달고 살았다는 할아버지가 그렇게 여유롭게 다른 여자를 만나거나 할 입장은 결코 아니었을 것이다.

나는 할아버지로부터 화염상 모반 따위를 물려받는 대신 할머니로부터 바람을 물려받았더라면 좋았을 것이라 생각한다. 어느 날 바람의 습격으로 할머니처럼 귀가 먹은 후 아무 말이나 막 할 수 있게 된다면, 혹은 할머니의 사촌처럼 단 한 방에 이 세상을 떠날 수 있게 된다면, 이렇게까지 피곤하게 살지 않아도 될 텐데 말이다.

엄마는 내 얼굴의 점에 평생을 바쳤다. 아기 때 치료하면 더 효과적이라는 말 때문에 피부가 여물기도 전에 시작한 수술로 나는 아주 어렸을 때부터 통증이 인생 자체인 줄만 알았다.

아기였던 나는 젖 냄새가 아니라 피부 타는 냄새에 더 잘 반응했다. 아프지 않을 수도 있는 삶이라는 것을 나는 몰랐다. 좀 자라서도 마찬가지였다. 삶은 통증이었고, 통증은 늘 새로운 또 다른 통증을 불러왔다. 레이저를 쐰 자리에 색소 침착이 일어나거나 흉이 생기면 그것들을 없애기 위한 또 다른 치료가 이어졌다. 나중에는 피부가 하얗게 되는 색소탈실을 겪기도 했다. 처음에는 십 회로 끝나리라 예상했던 시술이 어느새 이십 회, 삼십 회에 이르렀다. 최선을 다했다는 의사의 말 뒤에도 여전히 불그스레한 자국이 남았는데, 그 자국은 언제든 울퉁불퉁해지고 커질 수 있는 잠재력을 보유한 채 늘 위협적으로 내 곁을 맴돌았다.

나는 여자들이 쓰는 화장품과 이마를 충분히 덮을 수 있도록 길게 기른 앞머리로 최대한 점을 가렸지만, 그 부분은 늘 얼굴의 다른 부분과는 전혀 어울리지 않는 고유한 흔적을 과시했다. 할아버지의 모습을 사진으로 본 적이 있는 내게 많이 옅어지기는 했어도 결코 완전히 없어지지 않는 점은 분명 커다란 공포였다. 사진 속의 할아버지는 늘 점이 없는 얼굴 반쪽만을 보이려고 애를 쓰고 있는 것으로 보였다. 나는 누군가의 뒤에 서거나 비스듬하게 몸을 돌리지 않고서는 대응할 수 없는 세상을 살아왔던 할아버지의 사진을 오래 보았다. 그가 느꼈을 어마어마한 두려움을 나 역시 느끼지 않을 수 없었다.

　나는 가능한 한 많은 여자들을 한꺼번에 만나는 것으로 불안감을 이겨내고 있었다. 내 점의 내력에 대해 불쌍하게 여기지 않는 여자들은 없었다. 그들은 지워지지 않는 점의 흔적 때문에 결코 내가 그들을 배신하지 않을 것이라는 단순한 자신감과 아마도 자기애로부터 근거했을 동정심을 근거로 마음 편하게 나를 사랑했다. 나는 우월감을 과시하는 여자들도 미웠고 지나치게 그것을 감추려는 여자들도 미웠다. 양쪽 모두 언제나 내 등을 찌르기 위해 기회를 엿보고 있을 뿐이라 여겼다.

　표면적으로 나는 창을 겨눈 채 여자들을 뒤쫓고 있었다. 그러나 언제나 여자들의 손에 들린 창이 더 성능이 뛰어났으며 더 길었다. 그녀들의 창은 조금씩 길어지고 휘어지다가 지구 한 바퀴를 다 돌아 내 등을 겨냥하기 일쑤였다.

　나는 도망인지 추격인지 명확하지 않은 상태로 끝없이 달려야만 했다. 내가 누군가를 찌르는 순간 그 누군가의 창 역시 나를 찌를지 모른다는 공포가 쉼 없는 생활을 만들었다. 듣지 않을 수도, 예상하지 않을 수도, 또한 모르는 척할 수도 없었으므로 나는 끝없이 달렸다. 숨도 가쁘고 다리도 저렸지만 어쩔 도리가 없었다. 나는 어쩌면 나를 멈추게 할 수 있는 것은 결국 할머니의 바람 같은 것뿐일지도 모른다는 생각을 하고는 했다.

　할머니가 만들어 보내는 많은 건강식품들 중에는 내 피부를 위한 것들이 상당량 포함되어 있었다. 어쩌면 할머니가 긁어모으는 약초들이 모두 나를 위한 것일 수도 있었다. 나는 그것들을 모르지 않았지만 그것들이 별 효과를 발휘하지 않는다는 것 또한 모르지 않았다. 나는 할머니의 사랑을 알고 있지만 그게 내게 큰 도움을 주지 못한다는 것 또한 잘 알고 있었다.

여북댁 할머니 집 감나무에서 새가 운다. 아침이 아니라 밤에도 새가 운다는 게 신기하다. 무언가를 바라서도 아니고, 슬픈 사연 같은 게 있어서도 아니고, 그냥 이 밤을 견디기 위해 습관처럼 우는 듯하다. 나는 새소리를 들으며 여북댁 할머니 집 앞을 한 바퀴 돈다. 아직도 부른 배가 꺼지지 않는다.

직박구리 지저귀는 소리

직박구리들은 내가 살아 있을 때부터 여북댁 집 앞의 감나무에서 살았다. 새끼의 새끼가 사는 것인지, 부모 새가 장수를 누리며 계속 사는 것인지, 아니면 전혀 다른 무리가 옮겨 온 것인지는 알 수 없었으나 늘 그 나무에서 재잘대는 소리가 끊이지 않았다. 녀석들은 삐잇삐리릭 하기도 하고, 힁요이힁요이 하기도 한다. 같은 종의 새가 내는 소리일 터인데 매번 다르게 들려 놀라웠다. 하긴 강아지 소리 역시 누구의 귀에는 멍멍으로 들리고 누구의 귀에는 캥캥으로 들리지 않는가….

같은 소리를 놓고 다르게 듣는 것은 어쩌면 인간의 포용력이라는 것이 한없이 넓음을 보여주는 것인지 모른다. 하지만 거대한 수용이란 결국 인간 감관의 편협함을 저변에 깔지 않고서는 불가능하다. 넓다는 것이 좁다는 개념을 반드시 포함하게 마련인 것처럼 말이다.

마누라의 수다는 누군가의 귀에는 그저 삶에 대한 한탄으로 들리고, 누군가의 귀에는 삶에 대한 집착으로 들릴 것이다. 내 귀에는 그것이 끝없이 싸워온 삶을 달래는 소리로 들린다.

마누라는 어쩌면 귀를 관통했다는 바람이 지나간 이래 비로소 세상을 어르는 법을 알게 된 것인지도 모른다. 어쩌면 비로소 나를 용서하는 시간을 가졌던 것인지도 모른다.

풍욕

대문을 밀다가 나는 깜짝 놀라 얼어붙고 만다. 옷을 홀라당 벗은 할머니가 얇은 이불 한 장을 뒤집어썼다가 펼치기를 반복하고 있기 때문이다. 거리낌이 없다는 듯 쭈글쭈글한 몸을 한껏 드러내는 할머니의 몸이 기괴하기 그지없다. 그러고 싶지 않았지만, 의지보다 더 빠른 내 눈이 할머니의 늘어진 뱃살 아래쪽을 훑고 만다. 숱 없이 허여멀건한 거웃. 할머니는 내 시선을 놓치지 않았는지 나를 보며 비죽이 웃는다.

할머니 뭐하시는 거예요?

혹시 정말 알츠하이머에라도 걸린 것인가 싶어 등골이 서늘하다. 하지만 할머니는 마치 내 생각을 읽기라도 한 듯, 그리고 그런 걱정 따위는 전혀 할 필요가 없다는 듯 천연덕스레 말한다.

내 지금 풍욕하는 기다. 니도 해봐라. 이기 몸에 올매나 좋은지 아나?

풍욕? 그러고 보니 할머니가 귀가 안 들리게 되면서 꾸준히 해온다는 그 바람 목욕을 일컫는 말인가 보다. 하지만 발가벗은 몸이라니…. 정작 할머니는 아무렇지 않은 얼굴이다.

이라모 젊어지고 이뻐진다 카이.

점점 오리무중이다. 할머니는 단순히 건강해지는 것만이 아니라 젊어지고 예뻐지기까지 바라고 계신 것일까? 일흔넷 연세에?

내가 쪼매만 더 이뻤시도 느 할배가 그리 바람이 나지는 않았을 텐디, 다 내가 잘못해서 그란 기다.

게다가 돌아가신 지 한참 된 할아버지에 대한 험담을 계속하면서 말이다.

할머니 왜 이러세요? 감기 걸리세요. 얼른 들어가세요.

하지만 할머니는 내 눈을 똑바로 보지 않는다. 나는 밥상과 냉장고와 약 항아리들을 야무지게 오갔던 할머니의 분별력이 사라졌을까봐 불안하다. 그러나 실은 나 자신 때문에 더 불안하다.

의사는 치료가 끝났으며 다시 더 치료를 할 필요 없이 붉은 흔적이 자연스럽게 사라질 때까지 기다리면 된다고 했다. 하지만 아무리 충실하게 연고를 발라도, 아무리 기다려도 불그스레한 자국은 없어지지 않았다.

나는 스스로를 신뢰할 수 없게 되었고, 늘 두려움에 떨었다. 버려질지 모를 때를 대비해서 하나의 대안, 그 대안의 대안, 또 그 대안의 대안의 대안을 만들어나갔다. 한 여자에 의해 관계가 까발려지면서 잠시 수난을 겪기도 했지만, 나는 착실하게 다시 여자들을 모으기 시작했다. 나는 그녀들의 한가운데에서 여러 종류의 실을 잡아당기며 안전한 방공호를 지어나갔다. 하지만 나는 내가 아주 오래전에 분별력을 잃어버린 게 아닐까 싶어 초조해하고 있었다.

갑작스레 동작을 멈춘 할머니가 계속되는 레이저 치료로 감각이 거의 없는 내 이마를 만진다. 할아버지에게서 내게로 이어진 그 점이 완전히 사라지지 않았다는 것을, 결코 온전히 없어질 리 없다는 것을 알아차린 걸까? 뜻밖에도 할머니의 눈에 눈물이 가득하다. 동시에, 그 상황과는 정말 어울리지 않는 졸음도 눈에 가득하다. 나는 억지로 할머니를 방으로 데려가 널려 있는 옷가지를 챙겨 입힌다. 말린 나물과 아직 다듬지 않은 갖가지 음식 재료들이 어지럽게 깔려 있는 방 한쪽에서 할머니는 투정이라도 하듯 웅얼대다 잠이 든다.

나는 행여 할머니가 다시 일어나 또 이상한 행동을 하기라도 할까봐 밤새 눈을 붙이지 못한다. 웅크리고 자는 할머니의 작은 몸에서는 조금 전 이불을 폈다 접었다 하던 그 씩씩한 힘 같은 것을 결코 느낄 수 없다. 대체 왜 할머니가 저처럼 오그라들어 누워 있는 것일까? 나는 살 만큼 산 노인조차도 원하지 않는 힘에 떠밀려 원하지 않는 곳에 가게 될지 모른다는 의심을 품는다.

지구 이편으로, 나는 도망가고 있었다. 사람들은 초속 사백육십육 미터로 도는 지구를 따라 돌며 나를 쫓고 있었다. 귀 안쪽에 기분 나쁜 구토의 느낌이 올라오는 것을 느끼며 헛구역질을 해댔다. 어쨌든 쫓는 자와의 거리를 최대한 벌려야만 했다. 심장이 으깨져버릴 듯 뛰었고 혈관들이 출렁였다. 가까스로 그들을 따돌렸다고 느낀 순간, 지구의 공전 속도는 초속 삼만 미터에 달하고 있었다. 중추 감각과 시각의 느낌 차이에서 오는 혼돈 때문에 메스꺼워 죽을 지경이었다. 그러나 뛰는 것을 멈출 수 없었다. 이러다 정말 죽을 수도 있겠다 싶을 정도로 달리고 또 달렸다. 달리다보니 어느샌가 사람들의 뒤에 내가 있었다. 지구 한 바퀴를 다 돈 것이었다. 여전히 도망가고 있는 것이라 여겼던 나는 어리둥절한 상태로 앞에 있는 자의 등을 세게 찔렀다. 동시에 언제 따라왔는지도 몰랐던 그들의 기다란 창이 내 등을 찔렀다. 우주의 맹랑한 지점, 생경한데 끌어안을 수밖에 없는 어떤 지점이 열리고 있었다. 나는 다시 혼신의 힘을 다해 그들을 찔렀다. 다시 그들의 창이….

매번 비슷비슷한 꿈. 나는 땀에 흠뻑 젖은 채 잠에서 깨어난다. 아침이다.

어쩌면 인류는 진보하고 있는 것인지도 모른다

성재가 태어났을 때, 손자의 이마에 내 것과 같은 화염상 모반이 생긴 것을 알고 마누라는 절망에 빠졌다. 그러나 손자가 제 할아버지와 같은 삶을 살게 될까봐 걱정을 해서라기보다는 지워버렸다고 믿은 기억이 다시 살아나서였다.

그래, 그 반지를 말하는 것이다. 마누라가 계속 들먹이는 그 옥가락지…. 이제야 생각이 난다.

성재 어미의 밑으로 우리는 딸을 하나 더 보았다. 또 아들을 낳지 못했다며 울먹이는 마누라를 위로하기 위해 나는 읍내 보석상에서 반지를 하나 샀다. 아직 자리에 누워 있는 마누라에게 미역국을 먹이며 나는 자랑스레 그 반지를 보여주었다.

자리 털면 껴봐.

애정 표현에 서투른 나답게, 나는 그렇게만 말하고는 반지를 반닫이 아래 서랍에 넣어두었다.

성재의 어미는 아기의 점에 초연하게 대처했다. 모멸감이나 주변의 시선이라면, 어린 시절부터 이미 나를 통해 겪을 만큼 겪은 아이였다. 딸아이는 같은 병으로 제 아버지를 병원에 데리고 간 일이 있고, 이미 병에 대해 충분히 알고 있으므로 호들갑을 떨 필요가 없다며 잘라 말했다. 없앨 수 있어요.

하지만 성재의 어미의 어미인 내 마누라는 어찌할 바를 몰랐다. 그녀는 죽어라고 도망을 가도 결국은 덜미를 잡고야 마는 그 억센 손아귀를 모르지 않았던 것이다. 뻣뻣하면 뻣뻣하다고 허리를 잘라버리고, 굽신거리면 또 굽신거린다고 짓뭉개버리는 그 무지막지한 놈을 마누라는 너무나 잘 알고 있었다. 바람이 마누라의 귀를 관통한 것은 그즈음이었다.

다행히 성재는 내가 삶 전체라고 생각했던 그것으로부터 심각한 타격을 입은 듯 보이지는 않았다. 지속되는 수술을 잘 견뎌냈고, 다양한 방법으로 점을 가릴 줄도 알았다. 무엇보다 녀석에게는 여자들이 많았다. 허리가 가늘거나 가슴이 크거나 피부가 고운 많은 여자들이 늘 성재의 주위에 있었다.

마누라나 나보다 조금 더 낙관적인 딸, 그리고 그 딸보다 조금 더 낙관적인 손자. 그렇게 인류는 조금씩 진보하고 있는 것인지도 모르겠다. 우리는 왜 그때 그러지 못했을까?

마누라가 몸을 추스르기도 전에 아기가 죽었다. 아랫목에 뉘여 이불을 덮어놓았는데, 그만 숨이 끊어진 것이다. 가락지를 사 들고 갔을 때만 해도 나나 마누라는 아기 얼굴이 붉다고만 여겼지 그게 점이리라고는 생각하지 않았다. 위의 두 딸들 아무도 내게서 그런 것을 물려받지 않았던 것이다.

사실 그 밤의 기억은 가물가물하다. 나는 나처럼 검붉은 점이 아기의 눈 주위에 생긴 것을 안 이후로 매일 만취해서 들어오고 있었다. 어쩌다 알게 된 여자의 집에서 며칠을 묵기도 했다. 나보다 마누라가 더 제정신을 못 차렸다. 우리는 미친 듯이 서로를 찔러대며 사람이 해서는 안 되는 말을 주억거리기도 했다. 죄 없는 아기가 쌕쌕거리며 자고 있는 동안 죄 많은 우리는 지옥 불에 데기라도 한 듯 팔딱거렸다.

모르겠다. 더는 기억할 수가 없다. 그래서인지 모른다. 이승을 떠나지도 못한 채 내가 마누라를 기다리고 있는 것은. 우리는 함께 죄를 지었고, 그러므로 어디든 함께 가야 할 것이기 때문이다.

진심과 진심이 아닌 것 사이의 어이없게도 너무나 얇은 막에 대하여

막 아침 식사를 마친 내게 할머니가 입가심하라며 다슬기액을 권하는 순간, 갑자기 엄마가 들어선다. 급히 간병인을 구해 아버지를 잠시 맡기고 왔다는 엄마의 얼굴에는 근심이 가득하다. 할머니의 상태가 어떤지 직접 확인하고자 부리나케 차를 몰았을 것이다. 하지만 할머니는 엄마가 왜 왔는지 다 안다는 듯, 또 결코 걱정할 일이 아님을 알게 해주겠다는 듯 완전히 멀쩡해져 있다. 내게 했던 말들은 아예 꺼내지도 않고 풍욕을 했을 때처럼 흐리멍덩한 표정을 짓지도 않는다.

할머니는 엄마가 정말 아침을 먹은 것인지 여러 번 확인한 후, 그래도 한 그릇 더 먹으라고 권하다가 도저히 받아들여지지 않자 마지못해 포기한다. 에미한테 오면서 밥을 먹고 오다니 괘씸한 딸년이라며 욕도 조금 하고는 대신 찐 마라도 맛보라며 들고 나온다. 견과류를 잔뜩 갈아 넣었다는 미숫가루에 얼음을 띄워 오기도 한다. 할머니의 먹는 입과 말하는 입은 서로 전혀 다른 기관인 것처럼 각각 바쁘다. 폐를 튼튼하게 해준단다. 잇몸에 좋다디라. 묵어라. 마시라. 먹고 마시고···. 엄마는 굳이 밥을 먹지 않아도 다른 무언가를 계속 먹어야 한다는 것을 잘 알고 있었던 것이다.

할머니 집 마당에는 온갖 식물들이 모여 있다. 벌써 꽃이 핀 것도 있고 곧 필 듯 말 듯 봉오리가 맺힌 것도 있다. 그냥 풀처럼 보이는 것도 있고, 제법 약초같이 생긴 것도 있다. 할머니는 어떤 것을 가리켜 빈혈에 좋은 천궁이라 하고, 어떤 것을 가리켜서는 죽었나 싶어도 절대 죽은 게 아닌 쇠비름이라고도 한다. 당귀도 있고 도라지도 있다는데 인삼 있다고 하지 않는 게 신기할 지경이다.

엄마가 죄다 비슷비슷해 보인다고 하자 할머니는 펄쩍 뛰며 이건 이렇고 저건 저렇다며 명민하게 설명을 늘어놓는다. 엄마가 오방자라며 건네받은 누리끼리한 것에서 맵싸한 맛이 난다고 하니 할머니는 그게 약효가 있는 증거라며 기뻐하기도 한다. 할머니는 평소의 할머니와 조금도 다르지 않다.

마침내 엄마는 할머니가 별 이상이 없다는 결론을 내린 후 내게 하루만 더 있을 것을 당부한다. 그래도 혹시 모르니까 조금만 더 지켜봐라. 할머니는 얼굴만 비칠 거면 왜 왔냐며 서운해하다가, 제 신랑이 아프니 당연히 가봐야 한다며 고개를 끄덕이기도 한다. 나는 나도 함께 가겠다고 우기다가 익히 알고 있는 할머니 손의 악력을 느끼고는 포기하고 만다. 엄마가 허둥지둥 가버리고 난 뒤 나는 체념한 채 할머니의 수다를 기다린다.

유자청으로 떡 무친 기다. 묵어봐라. 기가 맥히제?

할머니의 다른 손에는 시원해 보이는 식혜 대접도 들려 있다. 나는 할머니가 집요하게 음식을 내오는 것이 집요하게 말을 계속하기 위해서라 확신한다. 할머니는 살구색 한복을 입고 할아버지와 잔칫집 갔던 날의 이야기를 다시 한다.

그기 지금 와서 생각해보믄 말이다. 느 할배가 나한테 좀 꿀리고 한께 일부러 바람을 피운 게 아닌가 싶기도 하다 말이다. 니도 아다시피 내가 이 나이에도 동리서 제일 이쁜 할망군데, 그때는 울매나 예뻤겠노 말이다.

나는 떡을 오물거리는 할머니를 바라본다. 할머니는 귀도 매우 잘 들리고 정신도 아주 말짱한 사람처럼 또박또박 말한다. 적당히 수줍어하면서, 조금쯤은 자랑스러워하면서 말이다.

그 순간 나는 할머니의 생각, 그리고 돌아가신 할아버지의 마음을 완벽하게 읽는다. 늙고 못생긴 신랑은 자신과 함께 걷는 아리따운 색시가 부끄러울까봐 일부러 떨어져서 걷는다. 마치 색시가 싫어서 그러기라도 한 듯 멀리 떨어져 걸어라고 말하고는 흘깃흘깃 살굿빛 한복을 곁눈질한다. 색시에 어울리지 않는 남편은 아주 많이 슬펐을지 모르겠다. 자신의 얼굴에 난 검붉은 점을 저주하며 일부러 화를 낸 것이리라.

느 할아버지는 일부러 그랬던 기다. 부러 친구 시켜서 그 여자 집에 있는 거를 내가 알게 했다 아이가. 안 그라믄 내가 우예 알았겠노?

할머니는 연신 떡을 껌처럼 씹어대며 이야기를 계속한다. 나도 할머니처럼 꾸역꾸역 떡을 씹고 있다.

내가 질투하기를 바랐던 기제.

나 역시 나를 신뢰하는 한 여자가 내게 다른 여자가 있다는 사실을 알아주길 바랐던 적이 있다. 새 구두를 신고 가거나 새 옷을 입고 만날 때, 인터넷 쇼핑으로 샀다는 내 말을 한 번쯤 의심해주기를 원했던 것이다. 그러나 여자들은 나보다 내 콤플렉스를 더 믿었다. 늘 앞머리로 얼굴을 가리고 다녀야 하는 내 처지를 담보로 스스로도 인식하지 못한 폭력을 내게 행사했다.

느 할부지가 나한테는 내색 안 했시도 아리한테는 전부 다 얘기했디라. 말 통하는 인간보다 말 안 통하는 개가 훨씬 나았던 기지. 느그 주인 아지매 참 곱지 않나? 개한테 그리 자랑했을 기다. 근디 말이다. 나도 그 사람 맴을 모르지 않았는디 말이다, 왜 삐지서 잔칫집도 안 가고 집에 돌아가뿌리고 말았실까? 살굿빛 깨끼저고리 입은 날은 내가 봐도 참 고왔디라. 나이도 많고 얼굴도 숭한 사람캉 사는 내가 가여울 정도였제.

할머니는 목이 마른지 밥알 뜬 식혜를 벌컥벌컥 마신다.

그 사람 마음을 내 모르지 않았다. 참말 모르지 않았단 말이다.

얼마간 여자를 만나다가 먼저 헤어지자고 말하는 쪽은 언제나 나였다. 이리저리 관리하기가 쉽지 않아서이기도 했지만, 상대방의 마음을 알 때가 되면 겁부터 났기 때문이다. 그 마음이 진심이고, 내 마음이 진심이고…. 그러나 그다음은? 반대의 경우도 마찬가지였다. 상대도 진심이 아니고, 내 마음도 진심이 아니고…. 결국?

할머니는 이제 새로이 조청에 절인 도라지를 먹고 있다. 나 역시 속이 점점 더부룩해지는 것을 느끼지만 꾸역꾸역 도라지를 씹는다.

그 사람 혈압으로 쓰러졌을 때, 귀를 물어뜯어 피만 냈시도 살렸을 긴데, 그라믄 살 수 있다는 말을 오데선가 들었는디 말이다. 내 그리 몬했다 아이가. 내는 이리도 오래 살고 있는데, 이리도 좋은 거 다 묵어감시로 살고 있는데, 느 할배는 너무 일찍 갔다 말이다. 피만 내도 살 수 있었실 긴데, 나는 그때 참말로 왜 그랬실까 말이다.

내가 여러 명의 여자를 동시에 만난다는 사실을 알아낸 한 여자가 내게 말했다.

네 점을 무기 삼아 너는 세상 뒤로 숨는 거밖에 할 줄 몰라. 그깟 상처가 대단치 않다는 걸 인정하지 않은 채 끝까지 비겁하기만 하지. 나쁜 새끼.

할머니가 할아버지를 살릴 수 있었을지 모른다는 상황…. 못생기고 늙은 남편을 살리기 위해 귀를 물어뜯었다면 할아버지는 살 수 있었을까? 사랑하는 그 마음을 온전히 다 표현했더라면 상황은 달라졌을까?

속에 들어간 밥이며 떡, 간식들이 한꺼번에 뒤섞이고 있다. 진심과 진심이 아닌 것 사이의 막이 어이없게도 너무나 얇을 수 있다는 사실 때문에 기어이 체하고 만다. 바늘로 내 손가락을 따주시던 할머니가 느닷없이 내게 말한다.

성재야, 잘 커줘서 고맙다, 참말로 고맙대이.

*

그해 가을 할머니는 풀 먹인 한복을 너느라고 댓돌을 놓고 올라갔다가 넘어진 이후로 다시 일어나지 못했다. 엄마는 뜬금없이 한복에 풀은 왜 먹인 것이냐며 지청구를 늘어놓았지만 할머니는 대답하지 않았다.

그간 만들어둔 환약이며 약즙은 할머니의 회복에 아무런 도움이 되지 않았다. 할머니는 먹는 것에도 말하는 것에도 모두 흥미를 잃은 듯 보였다. 가끔 꿈을 꾸듯 바람 얘기를 하는 게 전부였는데, 부러진 대퇴골로 바람이 들어온 것임에 틀림없다는 것이었다.

미국에서 이모가 오고 나서야, 할머니는 기다렸다는 듯 세상을 떠났다. 이별을 고하는 자리에서 여북댁 할머니는 생전에 할머니가 우정의 징표로 준 것이라며 옥가락지를 내놓았다. 오래전에 할머니가 할아버지로부터 받은 거지만 낄 수가 없게 되었다며 여북댁 할머니에게 주었다는 것이다. 할머니는 최근에 그 반지를 어디선가 찾아내 다시 낀 여북댁 할머니를 보고 반지를 도로 내놓으라며 심통을 부렸다고 한다.

다 늙어서 반지 따위가 아쉬워서 그랬겠나? 그냥 심심한께, 저도 나도 괜히 토닥거리는 시늉을 한 거제.

가락지는 여름을 나면서 더 빛이 바래져 있었다.
나는 수의 대신에 할머니에게 풀을 먹인 살굿빛 한복을 입혀야 한다고 주장했다. 엄마와 이모는 '애가 왜 이러는지 모르겠다'면서도 내 말을 따라주었다. 상처를 가진 인간을 자신의 상처로 감싸 안을 수밖에 없었던 할머니는 이제 상처 없는 세상에 고이 묻혔다.
나는 알 수 있었다. 할아버지가 할머니를 찌르고, 할머니가 다시 할아버지를 찌르며 무수한 상처를 만들었던 세상이 그제야 막을 내린 것을.

한 계절이 더 지나고 할머니의 봄나물이 그리워질 무렵, 나는 또 한 여자를 만났다. 여자의 창에 찔릴 예정이었던 나는 죽을힘을 다해 여자의 뒤로 달려갔고, 마침내 가차 없이 여자의 등에 창을 꽂았다. 하지만 찔린 여자의 손에는 정작 아무것도 들려 있지 않았다. 나와 마찬가지로 공포에 질려 달렸을 여자가 허술하게 주저앉았다. 여자가 말했다. 아니 할머니가 말한 것인지도 모른다. 누가 더 많이 찔렸는지, 누가 더 많이 찔렀는지를 따지는 건 무의미해.

우리가 살고 있는 태양계의 속도는 우리 은하를 중심으로 초속 이백이십 킬로미터에 달한다. 지구는 미친 듯이 돌고 있고, 멀미는 더욱 극심해진다. 나는 불현듯 이런 질주가 그 누구도 쫓거나 도망갈 수 없는 형태로 이루어진다는 것을 깨닫는다. 그것을 멈추게 할 수 있는 것은 바람의 습격밖에 없다.
바람이 분다. 그 누구도 알 수 없는 방식으로 말이다.

아름다운 사람

나는 고객 각자가 결코 남과 비교할 수 없는,
그리고 그럴 필요도 없는 '자기 자신'으로 인해
가장 아름다운 사람이 되게 합니다.

아름다운 사람

강해도 아름답고 약해도 아름답습니다. 작아서 아름답고 커서 아름답습니다. 그뿐만이 아닙니다. 곧거나 비틀리거나 길거나 짧아도 똑같이 아름답습니다. 모순입니까? 그렇지 않습니다.

나는 아름다운 세상에 눈이 부십니다.

나는 아름다운 사람이고, 또 내 고객을 그런 아름다운 사람으로 만드는 일을 합니다. 나는 무기력하게 웅크리고 있는 고객의 내면을 깨워 스스로의 아름다움을 직시하게 합니다. 돈이 많아도 사실 가난하고, 단단해도 한없이 여린 한 사람 한 사람을 위로하고 치유하는 것이 바로 내 일입니다.

아니오, 아닙니다. 당신은 경직되어 있는 데다 성급하시군요. 나는 자기 문제도 감당하지 못하면서 다른 사람을 감화시킬 수 있다고 큰소리를 치는 종교인이 아닙니다. 어쩌면 찾을 필요가 없을지도 모르는 무의식이니 내면의 아이니 하는 것을 끄집어내 심리를 치료한다는 상담가도 아닙니다. 나는 그저 내 고객의 옆에서 그가 스스로 발화하기까지 약간의 도움을 제공하는 사람일 뿐입니다.
　내 고객들은 처음으로 혹은 오랜만에 온전히 자신을 사랑하는 경험을 한 후 내게 감사의 인사를 보내고는 합니다. 나는 내게 한정된 시간 안에서 충분히 가치 있는 일을 하고 있습니다.
　내가 영감을 얻은 것은 로마의 시인 오비디우스가 소개한 창조 신화를 통해서였습니다. 서로 반목하고 방해만 했을 뿐인 카오스의 상태를 해결한 것이 바로 만물을 '떼어놓은' 자연이라는 대목이었지요. 혼돈의 상태를 구분하고 각자의 자리에서 자긍심을 갖게 할 때, 세상은 아름다운 개별자로 인해 아름다워지지 않을 수 없다는 것이었습니다.
　나는 고객 각자가 결코 남과 비교할 수 없는, 그리고 그럴 필요도 없는 '자기 자신'으로 인해 가장 아름다운 사람이 되게 합니다. 그래서 내 사업장의 명칭은 '아름다운 사람'이랍니다. 신에게도 시치미를 뚝 뗄 수 있는 '떼어놓은 나'를 지향하지요.
　잠시만요. 만나는 것이 썩 내키지 않는 J에게서 또 연락이 왔습니다. 내키지 않는 이유는 어디까지나 예감 때문입니다. 서른여덟 살 나이에 경험 어쩌고를 운운하면 건방지다고 말하실 분도 계시겠으나, 지금까지 겪은 바에 의하면 예감이 안 좋은 사람은 대부분 그 예감대로 끝을 보이고는 했습니다. 그녀 J가 내가 중시하는 균형 감각을 얼마간 위태롭게 하고 있기 때문인지도 모르겠습니다.
　네, 내게는 나름대로의 균형 감각이라는 게 있습니다. 부어도 부어도 늘 일정한 각도를 유지하는 모래 더미처럼 말이지요. 과학자들은 그 이유가 모래 알갱이들에게 더미의 안쪽에서는 고체처럼 형태를 유지하고 외부에서는 액체처럼 흘러내리는 성질이 있기 때문이라고 합니다. 정적인 마찰력이니 고비성이니 하는 골치 아픈 말들은 잘 모르겠습니다.

아무튼 나는 나를 이루는 단단한 것은 단단한 채로, 유동적인 것은 유동적인 채로 두어 늘 일정한 기울기를 유지하려 합니다. 내가 상대하는 많은 고객들은 부드럽게 흘러내리는 모래 알갱이들입니다. 분명 내게 속해 있으나 결코 내부에 응고되어 있지 않은 그들을 통해 나는 내 외형을 완성하고 또 세상과 소통합니다. 그들 역시 자신에게 속하지만, 그들의 안쪽으로 침투할 일이 없는 나라는 모래 알갱이를 소유함으로써 삶을 보다 덜 경직된 것으로, 조금 과장하자면 풍성한 것으로 만들고 있습니다.

J는 최근에 '아름다운 사람'을 가장 많이 이용한, 말하자면 최고 고객 중 한 명입니다. 그러나 J는 여느 고객과 같지 않습니다. 그녀는 한 방울의 물이 묻은 모래 알갱이처럼, 내게서 흘러내리지도 않고 또 내게 속하지도 않은 채 이상한 긴장감을 야기하고 있습니다.

내 고객 중에 특이한 사람들이 꽤나 있었지만 J처럼 나를 불편하게 한 사람은 거의 없었습니다. 그것은 어쩌면 남들에게서 조금이나마 흔적이라도 찾을 수 있는 자존감이라는 것을 그녀에게서는 거의 찾아볼 수 없기 때문인지도 모릅니다. 나는 아침 첫 양치질을 하면서도 J를 떠올릴 만큼, 바로 그 점이 마음에 걸립니다.

그럼, J에게 가지 않을 것이냐고요? 그럴 수는 없습니다. 나의 '아름다운 사람'의 신념은 '원하는 고객 누구에게나', '진정성 있는 서비스'를 '최선을 다해' 제공하는 것이기 때문입니다.

참, 나중에 오해가 생길까봐 미리 밝혀두는데, 내 고객은 거의 대부분 여자입니다. ('거의'라는 수식어를 붙인 까닭은 내가 결코 모든 것을 다 알 수 없고 예측할 수 없다고 겸허하게 생각하는 부류이기 때문입니다.) 다른 이유가 있어서는 아닙니다. 남성인 내가 어디까지나 개인적인 성 정체성에 기인하여, 보다 능숙하게 또 즐겁게 일을 할 수 있는 쪽이 여성일 뿐이기 때문입니다. 그러므로 나는 가끔 '남자는 안 되나요?'라는 질문을 올리는 사람들을 위해 홈페이지에 크게 안내문을 붙여놓았습니다. '여성 전용'.

나는 택배기사처럼 손에 작은 소포 상자 하나를 들고 J가 사는 아파트에 들어섭니다. 외부에서 만나지 않는 경우, 고객의 신변상 안전을 기하기 위해 내가 생각해낸 방법입니다. 배달하는 사람처럼 보이면 설령 같은 아파트의 주민과 함께 엘리베이터를 타도 이상하게 보일 일은 없습니다. J는 나의 작은 배려에 감사하고 있습니다.

그녀는 여느 때처럼 단정히 옷을 입고 있습니다. 브래지어와 팬티 차림이거나 숫제 알몸으로 만반의 준비를 하고 있는, 시간을 아끼는 사람들 특유의 업무 몰입도는 전혀 보이지 않지요. 나는 천천히 그녀의 옷을 벗기고 그녀가 바랄 것이라 짐작하는 방식대로 정중하게 마사지를 시작합니다.

그렇습니다. 몰이해를 부끄러워할 줄 모르는 사람들을 상대하기 싫어 내가 공식적으로 내건 사업명은 '여성 전용 아로마 마사지'입니다. 하지만 결코 평범한 마사지는 아니랍니다. 나는 고객의 뭉쳐 있는 영혼을 풀어주기 위해 내 영혼을 바쳐 일합니다.

발가락부터 목까지, 때로는 어깨부터 다리까지 한 시간쯤 마사지를 하다보면 내 몸은 온통 땀으로 흥건합니다. 고객이 원하는 경우 잠시 샤워를 하고 오기도 하지만, 원하지 않는다면 그대로 좀 더 밀도 있는 마사지를 이어갑니다. J는 1단계가 끝나고 2단계의 중간 즈음에서 마사지가 끝나기를 바라므로 나는 그녀의 집에서 샤워할 생각을 하지는 않습니다. 목이 마르지만 내색도 하지 않습니다. 이런 일에서 가장 중시해야 할 흐름을, 끊고 싶지 않기 때문입니다.

그녀의 온몸이 티를 내지 않으려는 안간힘에도 불구하고 미세한 경련을 일으킵니다. 언제나 거기가 끝이라는 것을 알지만 나는 내가 만든 규

율에 따라 묻습니다.

  계속할까요?

  J는 그녀의 집이 풍기는 인상만큼이나 정갈하게 답합니다.

  아뇨, 오늘은 여기까지만.

  그녀는 내가 '오늘도'가 아니라 '오늘은'이라는 말 때문에 매번 뻔해 보이는 질문을 다시 한다는 사실을 모르지 않을 것입니다. 내가 만져본 그녀의 피부 결로 미루어 짐작컨대, J는 결코 아둔한 사람이 아니기 때문입니다. 언젠가 허물어뜨려야 할지도 모를 경계에 대해 본인도 얼마간 각오를 하고 있음에 틀림없습니다. 하지만 오늘은 아니군요. 역시 오늘도 아닙니다. J는 결코 자신의 이성을 쉽게 무너뜨렸다가 다시 세울 수도 있는 모래성쯤으로 여기지 않습니다.

  그녀는 보통 사람이라면 넘기기 어려웠을 감각의 폭발 상태를 의연히 다스리고는, 방금 전까지 그녀의 벗은 몸을 본 나를 깡그리 무시한 채 옷가지를 들고 욕실로 사라집니다.

  J가 다시 나타나기까지는 그리 오래 걸리지 않습니다. 일 잘하는 사람들이 대개 그렇듯 그녀는 신속합니다. 나는 그녀만큼이나 **빳빳한 지폐**(그중 어느 한 장도 세종대왕의 얼굴이 같은 쪽에 있지 않은 것은 없습니다. J는 집 안의 물건들처럼 지폐 역시 늘 가지런하게 정리해서 준비해둡니다.)를 받아들고는 조용히 그녀의 집을 나섭니다. 아마 곧 그녀의 남편이 올 것입니다.

  운이 좋을 때는 다시 사무실로 들어오지 않고, 바로 일을 나가기도 합니다. 그럴 때는 일부러 시간을 들여 계절을 읽거나 겉모양으로는 아무것도 알 수 없는 행인들에게서 무언가를 알아내기 위해 애를 쓰지 않아도 되지요. (무언가를 읽거나 알아내서 어찌하겠다는 것이 아니라 그렇게 해야만 시간이 잘 가기 때문이랍니다.) 개념이 뚜렷이 선 철학자처럼 그저 이동을 하는 데만 집중하면 된답니다.

오늘은 운이 좋군요. 어려 보이는 친구가 메시지를 남겼습니다. 휴대전화 문자에 과도한 이모티콘을 사용하는 것으로 보아 분명 이십대 초반이거나 또는 그보다도 더 어린 여성일 것입니다. 문제가 되지 않느냐고요? 이십대 초반이든 그보다 더 어리든 사람은 사람입니다. 그것도 아름다운 사람. 그녀는 지금부터 H로 불립니다.

처음 만나는 고객이니만큼 차림새에 신경을 써야 합니다. 외모가 다는 아니지만, 첫인상에서 호감을 얻는 것이 일의 효과를 극대화하는 데 도움이 되기 때문입니다. 아파트가 아니므로 굳이 택배기사 차림을 할 필요는 없습니다.

아마추어가 아닌 나는 고객 H에게 가는 길에 잠시 미용실에 들릅니다. 푹 눌러썼던 야구 모자를 벗고 J만큼이나 가라앉은 머리를 수정하기 위해서입니다. 나처럼 고객의 요구에 최선을 다하는 미용사에 의해 한 달 전 투 블록 컷 볼륨 매직 펌을 했던 내 머리는 금방 웨이브가 살아 있는 스핀 스왈로 펌을 한 머리로 바뀝니다.

훨씬 낫군요. 젊은 친구 H가 좋아할 겁니다.

이제 나는 성북동에 있는 큰 집 앞에 다다릅니다. 대문에서 현관문까지 삼십 미터쯤 걸어 들어가야 하는 집이네요. 무시하지 마세요. 이런 집에 처음 와본 것은 아니랍니다. 내가 이런 집에서 살아보기도 했다면 비웃을 건가요? 상관없습니다. 나는 결코 그런 시시한 환경 따위를 자랑할 만큼 겉멋이 들어 있지는 않으니까요.

H는 본인 외에 아무도 없다고 했지만 큰 개가 있군요. 어린 여인은 검은 털북숭이 몸을 복부인처럼 흔들며 오는 이 개가 뉴펀들랜드 종으로 귀엽고 순한 놈이라고 소개합니다. 나는 기름칠을 한 것처럼 윤기 흐르는 털이 귀엽고 순한 놈의 징표라고 믿기로 합니다. 다행히 제게 호감을 표하기 위해 짖거나 덤비지는 않네요.

H는 이런 서비스를 받아보는 것이 처음이 아니라는 듯 호기를 부립니다. 그러나 스스럼없이 옷을 벗고 침대에 벌렁 드러눕는 행동은 그녀가 아직 자신 앞에 펼쳐진 세상을 어떤 식으로 감당해야 하는지 모른다는 사실만을 입증할 뿐입니다.

H는 H 또래의 여자아이답게 자신의 시야 안에 갇힌 작고 좁은 길만을 바라보며 짜증을 내고 있습니다. (H는 짜증이 아니라 증오라고 주장하겠지만, 최소한 십오 년 이상을 더 살아온 내가 보기에 그것은 자신을 믿지 못해 투덜거리는 단순한 짜증일 뿐입니다.) 나는 어린 여인의 행동에 아무런 장단도 맞추지 않음으로써, 또한 그녀가 원하는 저속한 말이나 행동을 삼감으로써 그녀에게 긴장감을 줍니다. 결코 H를 동정하지 않습니다. 나의 미숙한 고객은 적대적이거나 적대적이지 않은 세상 두 가지만 있는 게 아니라는 사실을 아직 몰라 당황하고 있습니다. 그녀는 살짝 약이 오른 듯도 보입니다.

당신은 좀 다르군요.

실제로 비교 대상이 많지 않으리라는 것을 알지만 나는 쓸데없이 반박을 하지도 않습니다. H를 무시해서가 아니라 그녀의 도전에 반응하지 않는 것이 그녀를 아름답게 만드는 데 더 도움이 되기 때문입니다. 사실, 그녀가 침대 아래 누워 있는 뉴펀들랜드만큼이나 귀엽고 온순하다고 생각하지만 내색을 하지는 않습니다. H는 귀엽고 순한 여인이 아니라 거칠면서 섹시한 여인이 되고 싶어합니다. 나는 그녀가 최고로 아름다워질 수 있도록 최선을 다합니다.

사실 H는 오븐에서 정해진 시간만큼 충분히 구워지지 않은 홈 메이드 쿠키 같습니다. 설익은 밀가루 맛이 나지만 매우 촉촉하고 부드럽다는 뜻입니다. (설익은 밀가루의 맛을 모른다면 인생의 반 이상을 모르는 것이나 다름없습니다.) 아름다운 그녀 때문에 나 역시 아름다운 내가 됩니다. 일부러 과잉 반응을 하지 않으면 더 좋을 테지만, 나는 그마저도

아름다운 사람 193

존중해주기로 마음먹습니다.

　H는 어쨌든 강해지고 싶은 겁니다. 별반 복잡하지도 않은 것을 엉킨 실타래라도 되는 양 버겁게 여기며 자신을 학대하던 그녀가 잠시 그 모든 것을 잊습니다. 꽃봉오리 같은 혹은 새순 같은 원래의 모습을 찾기까지, 쥐고 있던 사소한 것들을 내려놓고 그녀 자신의 아름다움에만 집중하게 되기까지, 그리 오랜 시간이 걸리지는 않습니다.

　오빠, 서른 살로 안 보여요. 잘 가.

　나는 서른여덟이라고 털어놓는 대신 설익은 쿠키 같은 H의 볼을 살짝 꼬집어줍니다. 서른여덟이든 서른이든 나는 납니다. 검은 개가 담요 같은 몸을 크게 한 번 흔듭니다.

　나는 충분히 잠을 잔 후 다시 컴퓨터 앞에 앉습니다. 내근 중에 하는 일이래야 홈페이지에 댓글을 달거나 회원 가입을 승인하는 게 대부분이니 친구를 만나거나 쇼핑을 하면서 휴대전화기로 업무를 볼 수도 있습니다. 하지만 나는 큰 화면을 보고 큰 자판을 두들기며 일 처리하는 것을 선호합니다. 내게도 나름대로 업무 시간이라는 게 있는데, 나는 그 시간에 다른 짓을 한 적이 거의 없습니다.

　누구도 침범할 수 없는 개인적인 인간의 기호를 무시하는 사람이라면 대단한 일도 아니면서 유난을 떤다고 생각할 수도 있겠지요. 하지만 작은 보도블록 사이의 금은 밟아도 큰 보도블록 사이의 금은 절대 밟지 않는 사람이 있는 것처럼, 혹은 안경의 코걸이 부분은 잡아도 귀걸이 부분은 결코 잡지 않는 사람이 있는 것처럼 저마다 스타일이라는 게 있습니다. 내 스타일은 월세를 내는 내 오피스텔에서 내 컴퓨터로 일을 하는 것입니다. 나는 나름의 규칙을 결코 어기지 않기 위해 노력하고 있습니다. 그게 나, 아름다운 사람의 코스모스입니다.

　H가 아직 입금을 하지 않았습니다. 약간 울적해집니다. 계산은 원칙

적으로 현장에서 바로 해야 하는데, 어제 H는 현금도 없고 당장 계좌이체도 할 수 없다며 한두 시간만 기다려달라고 했거든요. 있어 보이는 사람일수록 더 허접한 짓을 하기도 한다는 것을 알고 있기에 나는 H의 집이 부유해 보인다는 사실에는 기대를 걸지 않습니다. 그러나 귀엽고 순해 보이는 어린 여자가 뉴펀들랜드만도 못한 짓을 한다면 매우 슬플 것입니다.

나는 사람에게 실망하는 것을 가장 싫어합니다. 사람을 최고의 가치로 여기는 내 일에서 사람에 대한 신뢰가 무너지면 사용할 수 없는 신용카드만 잔뜩 들어 있는 지갑을 들고 나갈 때처럼 허탈해집니다. 가장 아름다운 사람으로 만들어주는 데에도, 또한 가장 아름다운 사람이 되는 데에도 신뢰는 필수적인 요건입니다. 그리고 그 신뢰는 여하한 다른 방법이 없으므로 대부분 지불되는 봉사료로 드러나고는 합니다.

경험이 일천하였을 때, 호되게 몇 번 당한 적이 있습니다. 만난 장소가 고급 호텔이었기에 돈을 받지 못하고 나오면서도 의심을 하지 않았습니다. 하지만 일을 끝낸 당일 자정까지도, 그다음 날까지도 입금이 되지 않았습니다. 고객 X는 전화나 문자에 아무런 반응이 없었고, 홈페이지에서 이미 회원 탈퇴를 한 상태였죠. 방법이 없었습니다. 꽉 막힌 훈계나 늘어놓을 것이 뻔한 경찰에게 신고를 할 수도 없었고, 언제 다시 나타날지 모를 여자를 찾아 호텔 앞을 어슬렁거릴 수도 없는 노릇이었습니다. 그야말로 강간을 당한 기분이었습니다.

또 한번은 가끔 아르바이트를 하는 후배 D를 보냈다가 당했습니다. 고객 Y는 D로 인해 피해를 입었다며 내 홈페이지와 관련된 모든 사이트에 악성 댓글을 달기 시작했습니다. Y는 D가 자신을 만족시키지 못했으며 오히려 자신이 서비스를 한 꼴이 되었다며 내 일의 이미지를 실추시켰습니다. 그녀가 원하는 것은 사과나 환불이 아니라 자신의 육체적·정신적 피해를 위한 보상이었습니다. 후배에게 자초지종을 들은 나는 난감하였습니다. 분명히 정점을 찍는 것 같으면서도 계속 아직 아니라고 우기는 그녀를 당해낼 수가 없었다는 것이었습니다. 내가 직접 나설 수밖에 없었습니다. 최고로 아름다운 Y를 만들어주는 것 외에 다른 방법은 없었으니까요. Y가 마침내 결혼을 하게 되기까지 결코 순탄치만은 않은 서비스가 이어졌습니다.

누구나 그렇겠지만 나 역시 경제적인 압박을 받지 않고 소신껏 좋아하는 일을 하고 싶습니다. 하지만 일하지 않으면 먹고살 수 없는 것과 마찬가지로 먹고살 수 없으면 일 또한 할 수가 없는 것이니 수익에 관한 부분에 신경을 쓰지 않을 수 없습니다.

신념과 이윤 사이의 균형은 모래 더미의 일정한 각처럼 자연스럽게 유지되는 게 아닙니다. 고객을 최고로 아름다운 사람으로 만들겠다는 내 신념과 이윤은 멈추어 있지 못하는 진자처럼 늘 이쪽저쪽으로 흔들립니다. 나는 그 사이에서 가끔 비지땀을 흘려야 합니다. (결코 내가 원하지 않는 일이지만 세발낙지를 그냥 삼켜버릴 수는 없는 것처럼 필요불가결한 일입니다.)

H가 계속 돈을 보내지 않는다면 죽여버릴 겁니다. (글자 그대로 해석하는 분은 없으리라 생각합니다.) 나는 그녀에게 진짜 신경질이 난 것은 아니지만 신경질적인 문자를 보냅니다. 그리고 현재 대화 중인 고객 W에게도 같은 일이 일어나지 않도록 봉사료에 관한 사항을 명확하게 설명합니다. 지금 체계를 이해한 그녀 W는 이렇게 묻고 있습니다.

장애인도 가능한가요?

내 나이 서른여덟. 양팔이 없거나 하반신의 일부가 없는 사람이라 해도 서비스를 하지 못할 이유는 없습니다. 나는 어디까지나 신뢰를 중시하는 프로입니다.

당연히 가능합니다.

지금 당장도 가능한가요?

네, 가능합니다. 하지만 아까 말씀드린 대로, 서비스 후 즉시 봉사료를 지불하셔야 합니다.

약속 시간을 잡습니다. 그녀가 사는 동네는 강남 한복판은 아니지만 강남 언저리입니다. 신선한 마음으로 일하고 깔끔하게 돈을 받을 것입니다.

나는 W 고객의 집 앞에서 잠시 망설입니다. 강남이라고 모두 고급 주택들만 있는 게 아니라는 걸 알고는 있었지만, 부자 동네에서 반지하인 집을 방문하는 것은 또 처음입니다.

장애가 있고 가난한 고객 W. 나는 조금 더 망설입니다. 하지만 내 발치에 있는 불투명한 창을 통해 내가 도착한 것을 눈치 챈 것인지, 그녀 W에게서 전화가 걸려옵니다.

인터폰이 고장 났어요. 문자로 비밀번호 드릴게요.

어쩔 수 없군요. 일단 들어가보는 수밖에.

W는 매우 하얀 피부를 가진 몸이 좋은 여성입니다. 예상과 달리 두 팔, 두 다리는 멀쩡하네요. 몸이 좋다는 말은 다른 사람들이 흔히 통통하거나 뚱뚱하다고 하는 상태입니다. 하지만 나는 모멸감을 일으킬 수 있는 그런 말들을 어지간해서는 쓰지 않으려고 노력합니다. W는 상당히 몸이 좋습니다. 사실 저는 이보다 더 좋은 몸의 소유자를 만난 일도 없고 오가며 본 일도 없습니다. 텔레비전에서 한두 번 봤던 것 같기는 하네요.

여기 있어요.

나는 휠체어에 앉은 W가 돈 봉투부터 대뜸 내밀자 약간 부끄럽습니다. 사전이 아니라 사후에 지불하면 되고, 그녀 때문이 아니라 다른 여자들 때문에 그런 것이라고 해명하고 싶지만 더 부끄러워질 것 같아 그냥 가만히 있기로 합니다.

그나저나 그녀의 집에서는 참기 힘든 냄새가 나는군요. 몸의 죽은 세포를 제때에 씻어내지 못해서 나는 냄새, 간단한 청소를 해서는 해결이 되지 않을 실내 화장실의 냄새, 먹고 싸는 대사의 전 과정에서 발생했을 무기물과 유기물의 냄새, 그리고 무엇보다 W가 복용하고 있을 듯한 갖가지 약품들의 냄새가 좁은 실내를 가득 메우고 있습니다. 나는 숨을 제대로 쉴 수가 없을 지경이지만 내색을 하지는 않습니다.

침대로 옮겨 드릴까요?

나는 매트리스만 덩그마니 놓인 W의 침대를 가리킵니다. 그녀의 거대한 몸을 감당하지 못했을 프레임을 치우고 매트리스만 놓은 것은 현명한 처사라는 생각이 듭니다. 나는 내 고객이 장애가 있어서 휠체어에서 일어나지 못하는 게 아니라 갑작스레 살이 찌면서 휠체어에서 빠져나오지 못한 게 아닐까 하고 생각합니다. 어느 쪽이든 그녀가 불편해 보이는 것은 사실입니다.

나는 W가 굳이 먼저 설명하지 않는 사정에 대해 섣불리 물어보지 않습니다. 내가 관심 가져야 할 부분은 어떻게 하면 W가 지금 이 순간 최고로 아름다운 사람이 될 수 있느냐 하는 것뿐이기 때문입니다.

조금만 잡아주세요.

W는 휠체어를 굴려 매트리스 가까이로 가더니 내 예상보다 훨씬 쉽게 자리에서 일어나 몸을 옮깁니다. 나는 그녀가 무릎 아래 위치의 매트리스에 편안히 누울 수 있도록 살짝 몸을 부축합니다.

처음 해보는 거예요.

W는 굳이 하지 않아도 될 말을 비장하게 던진 뒤 결심했다는 듯 손을 가슴에 모으고 신뢰 가득한 눈으로 나를 바라봅니다. 일 단계 마사지를 하자 그녀는 많이 행복해하고, 이 단계 마사지에 들어가자 자신이 세상에서 가장 아름다운 사람이라는 사실을 믿어 의심치 않습니다. 말랑말랑하고 축축한 그녀의 살 사이에서 나 또한 진정 아름다운 자가 됩

니다.

  W의 집을 나오면서 나는 코피를 조금 흘립니다. 건강에 이상이 있어서라거나 무리하게 일을 해서는 아닙니다. 그저 혈관이 남들보다 좀 약한 것뿐입니다. 하지만 요 며칠 일을 좀 많이 하기도 했습니다. (그러나 조금 많이 했을 뿐 무리하게 한 것은 아니랍니다.) 일 잘하던 A가 아르바이트를 그만둔 이래 얼마간 타격을 받은 것이 사실입니다.

  착한 A는 착한 성품의 한계를 넘어서는 일을 겪은 후 미련도 없이 일을 그만두었습니다. 내 잘못도 큽니다. 고객 Q가 A를 고집한다 해도 내가 적절히 중재를 했었어야 하는데 그러지 못했기 때문입니다.

  Q는 적극적이고 야한 여성이었습니다. 첫 만남을 가지기도 전에 이미 '오빠, 나 흠뻑 젖었어. 헤엄도 칠 수 있을 거야'라든가 '내 걸 고래 보지라고들 하던데, 기대해' 등의 문자 메시지를 수시로 보냈던 것입니다.

  남대문시장 옆의 제법 규모가 큰 호텔을 약속 장소로 알려줄 때는 꾀꼬리 같은 목소리로 A의 호기심을 자극하기도 하였습니다. 나는 즐거운 시간을 보내라며 듬직한 A를 보냈습니다.

  하지만 Q를 만나고 온 A는 두 번 다시 그녀에게 가지 않겠다며 거의 울먹이고 있었습니다. 꾀꼬리 같은 목소리와 결단코 연결 지을 수 없는, 이가 왕창 썩어 있는 호호 할머니가 자신을 기다리고 있었다는 것입니다. 다른 건 다 참아도 썩은 이를 드러내며 웃는 얼굴만큼은 참을 수가 없었노라며 통사정을 하는 A를 억지로 다시 보낸 것은, 어디까지나 고객의 만족을 최선으로 여기는 '아름다운 사람'의 좌우명 때문이었습니다. 고객 Q가 다른 사람은 절대 안 된다며 A를 고집하였던 것입니다. 일회성 마사지가 아니라 이십사 시간, 즉 풀타임 서비스를 받고 싶다는 바람에 나는 A에게 과감하게 제의를 하기도 했습니다.

  나한테 줄 거 없이 다 가져.

통상 아르바이트생과 나는 수익금의 반반을 나누어 가집니다. 사무실 임대료와 사이트 운영료, 기타 관리 비용까지 고려하면 파격적인 대우를 한다고 할 수 있습니다. 가끔 봉사료와는 별개로 받는 팁까지 아르바이트생이 모두 챙기니까요.

그다지 남는 게 없지만 어디까지나 고객의 요구에 부응하기 위해 나는 이런저런 경로로 아르바이트생을 쓰고 있습니다. 지금 또는 가까운 시일 안에 특정한 누군가를 원하는데 즉각 요구에 응할 수 없다면 고객을 진정으로 위한다고 할 수 없으니까요. 금전적인 이익만을 기대하지 않는 '아름다운 사람'이니만큼 당연히 그래야 한다고 생각합니다.

착한 A는 어디까지나 나에 대한 배려와 그간의 정리 때문에 다시 Q를 만났습니다. 하지만 이미 몇 시간을 채웠고 다시 한나절을 채웠으므로 포기하기 싫어 끝까지 해낸 풀타임 서비스는 그에게 정신적인 충격을 안겨주었던 것 같습니다. A는 다음과 같은 문자 메시지를 보낸 후 '아름다운 사람'과의 관계를 끊었습니다.

망할 할망구가 다 쭈그러진 보지까지 핥게 했어. 이젠 당신이랑도 끝이야.

그렇게 나는 A를 잃었습니다. 착한 A와 더 이상 함께 일할 수 없는 것은 애석한 일이지만, 내게는 아직도 언제든 도움을 요청할 수 있는 아르바이트생 B와 C, 그리고 D와 Z 등이 있습니다. 과로를 막기 위해 필요하다면 언제든 그들을 부를 수 있습니다.

조금 전 코피를 흘린 건, 어디까지나 혈관이 약해서일 뿐입니다.

나는 다시 J에게로 갑니다. 최근 두어 달간 J가 일주일에 네다섯 번을 부르고 있으므로 우리는 주말을 제외하고 거의 매일 보았다고 할 수 있습니다. (J는 부자임에 틀림없습니다.) 편안해질 만하죠. 하지만 오늘도 이상하게 편안한 기분이 되지 않습니다. J를 완전히 아름다운 사람으로 만들지 못해서일까요? 아니면 J가 나도 모르게 혹은 자신도 모르게 완벽하게 아름다운 사람이 되기를 거부하기 때문일까요?

어쩌면 J가 풋내기 시절의 내 첫사랑을 닮았기 때문인지도 모릅니다. 사실 처음 J를 본 순간 나는 J를 S로 부를 뻔했습니다. S는 세상의 모든 일들이 인간의 미미한 능력으로는 도저히 감당할 수 없고 영원히 알 수 없는 우연의 결과물일 뿐이라고 생각했을 무렵 내게 왔습니다.

늘 머리 위로 떠오르던 태양이 갑자기 발바닥 아래 땅에서 뭉개져버린 것만 같은 흐린 날이었습니다. 아프다는 핑계를 대고 조퇴를 허락받아 학교를 나선 나는 과감하게 무단으로 나오지 못한 자신을 비웃으며 하릴없이 침을 뱉고 있었습니다. 가래침을 가능한 한 크고 단단하게 만들어 표독스럽게 날리는 데 열중했던 당시의 다른 소년들처럼 나도 교문 앞 제비꽃을 겨냥하고 있었지요. 세 번 만에 보라색 제비꽃의 목이 꺾이면 당구장으로, 꺾이지 않으면 영화관으로 가겠다고 생각하고 있었습니다. 오래된 일이니만큼 반대로 정했을 수도 있겠지만 어느 쪽이든 상관없다는 것을 당신은 아실 겁니다. 어쩌면 나는 너무 부드러워 제대로 목이 꺾이지 않을 것 같은 제비꽃을 그저 오래 바라보고 싶었던 것뿐인지도 모릅니다.

첫 번째 침은 아예 제비꽃을 맞히지도 못했습니다. 두 번째 침은 제비꽃에 매우 근접해 있던 풀잎에 떨어졌지요. 끈적끈적한 점성 때문에 침은 매우 천천히 흘러내렸습니다. 세 번째 침은 갑작스레 나타나 제비꽃을 짓밟은 S의 구두 위에 떨어졌습니다.

그렇게 나는 S를 만났던 것입니다. 물론 우리 둘 중 아무도 그리스의 제비꽃 전설 속 소년 아티스나 소녀 이아가 되지는 않았습니다. (사실 그 시절에는 그런 신화에 관해서 알지도 못했습니다.) 우리는 큐피드의 납 화살도 황금 화살도 모두 아까울 법한 그저 그런 시시한 사랑을 했습니다. S는 시큰둥하고 무미건조하게 내 인생에 끼어들었다가 등장할 때와 마찬가지로 흐리멍덩하게 사라져버렸습니다.

그러나 흐리멍덩하게 사라졌다고 해서 흔적을 남기지 않은 것은 아닙니다. 사실 S는 제가 그 이전에 겪었던 모든 불운을 합친 것보다 더 넉넉한 상처를 남겼습니다. 물론 첫사랑 이전에 겪을 수 있는 불운이라는 것은 인간 정신에 돌이킬 수 없는 파괴력을 행사하는 엄청난 재난 따위가 아닐 확률이 높습니다. 어쨌거나 그다지 특별할 것 없다고 생각했던 S가 내 평생 그 무엇과도 바꿀 수 없는 독보적인 자리를 차지한 것은 신기한 일입니다.

S와의 사랑 그리고 헤어짐에 대해 당시에는 그것들이 그저 우연에 불과하다 생각했답니다. 하지만 좀 살아보니 알 수 있었습니다. 세상의 모든 우연은 미처 알지 못했을 뿐인, 아직 끝에 다다르지 않아 전모가 드러나지 않았을 뿐인 필연입니다. 그러므로 S를 다시 만난다면 그때 왜 우리가 헤어질 수밖에 없었는지 잘 설명할 수 있을 것입니다. 그리고 아마 우리는 언젠가 꼭 다시 만나게 될 것입니다.

나는 J에게서 언뜻언뜻 스치는 S의 얼굴을 봅니다. 제비꽃을 짓밟는 대신 제비꽃에 조심스럽게 물을 줄 수 있는 여인으로 성장했을 S. 지금에서야 이해하게 되었는데, 그 시절의 S 역시 결코 꽃을 뭉개고 싶지는 않았을 겁니다. 너무 수줍어서, 자신을 사랑할 만큼 당당하지 못해서, 또 당연히 자신을 사랑할 수 있다는 사실을 몰라서 그랬던 것뿐입니다. J도 자신을 사랑하지 못합니다. 그녀를 '떼어놓은' 아름다운 존재로 만드는 것. J는 내게 하나의 과제입니다.

J는 자신을 위해 '아름다운 사람'을 찾은 게 아닙니다. 그녀는 남편의 왕성한 성욕에 보조를 맞추기 위해 노력하고 있습니다. 장시간의 섹스를 원한다는 점을 제외하고는 모든 면에서 완벽한 남자인 남편(J의 남편은 자상하고 착한 성품을 가진 데다 선천적으로 가지런한 이를 갖고

태어난 운 좋은 치과의사라고 합니다.)을 위해 모자라는 자신의 성욕을 끌어올리고 싶은 것입니다.

그녀는 남편을 사랑하므로 남편에게 뭐든 해줄 수 있지만, 섹스만은 마음대로 되지 않는다고 말했습니다. 단정한 J가 그렇게까지 자신의 속내를 털어놓은 이유는 어디까지나 나를 조력자로 생각하기 때문입니다. J는 나를 통해 정점을 찍기 직전까지 자신을 몰고 가면 남편을 상대하기가 훨씬 쉬워진다고 말합니다. 하지만 J를 만날 때마다 어쩐지 조금씩 더 시들어가는 풀의 냄새를 맡게 됩니다. 나는 그녀가 걱정스럽습니다.

오늘 J는 평소보다 조금 더 술을 마신 듯합니다. 나를 처음 불렀을 때부터 그녀는 거의 드러나지 않을 정도로 살짝 술에 취해 있었습니다. 별다른 취향이 있어서 마시는 것은 아닌 듯, 코냑이나 와인, 맥주 등을 마신 흔적이 그녀의 입속에 남아 있고는 했습니다. 키스를 하느냐고요? 삽입 직전의 모든 단계를 다 거치면서 그녀를 극도로 흥분시키는 것이 J가 요구하는 내 일입니다. 당연히 혀를 주고받는 진한 키스도 합니다. J는 나를 통해 몸을 완전히 달군 후 남편과의 섹스에 충실하고자 합니다. 그녀는 정숙한 아내입니다.

J는 온전한 쾌락을 추구하지 않기 위해 저항합니다. 내게 삽입을 허락하지 않기 위해 극도로 자신을 절제하는 그녀의 노력은 더할 수 없이 처절해 보입니다. 나 역시 그녀의 탄력 있는 몸에 자극만 받은 채 긴장을 유지해야 하는, 감당하기 힘든 고통을 견딥니다. 정말이지 거대한 마시멜로처럼 완벽하게 부드러운 그녀의 엉덩이를 외면하기란 쉽지 않습니다. 곱게 갈려 하얗게 반짝이는 눈꽃빙수를 눈앞에 두고 숟가락 한 번 들어보지 못하는 기분이랄까요? 하지만 어쨌거나 나는 내 할 바를 망각하지 않는 프로입니다. 그래서 오늘도 묻습니다.

계속할까요?

오늘은 여기까지만이요.

매번 의외의 대답을 기대하지만 오늘도 그녀의 대답은 의외이지 않군요. 역시 그렇습니다.

조용히 자리를 정리하려다가 이상한 점을 발견합니다. 그녀의 항문 주위에 질에서 나온 분비물이 아닌 다른 무언가가 있다는 것을 알게 된 것이죠. 나는 그녀가 잠시 나른해져 있는 틈을 타 비치해두었던 수건으로 황급히 누런 얼룩을 닦아냅니다. 땀이나 체액을 수습할 때처럼 내 동작은 태연합니다. 나는 J가 옷을 입으러 욕실로 간 사이 수건을 둘둘 말아 가방에 쑤셔 넣습니다. 그녀가 얼마나 열심히 참아내고 있는지를 생각하니 가슴이 미어집니다. 어쨌거나 오늘 나는 본의 아니게 그녀의 수건을 훔치고 말았네요.

나는 택시를 타고 다시 사무실로 돌아옵니다. 사실 대중교통을 이용할 기력이 없습니다. 일반 직장인들의 퇴근 시간이라 차가 많이 막히지만 택시 기사님들도 이런 때 마냥 차를 놀리고 있으라는 법은 없으니까요. 그들 역시 고단한 업무에 대한 정당한 대가를 받아야 합니다. 나는 현금을 내고 공손히 거스름돈을 사양합니다.

홈페이지는 사실 저녁 무렵에 가장 활성화됩니다. 회사에서 잔뜩 스트레스를 받은 채 퇴근한 직장 여성, 늘 늦게 오는 남편을 기다리며 화가 난 여성, 그리고 낮보다 긴 밤을 더 견디기 어려워하는 여성들이 내 홈페이지를 방문합니다.

그런 고객들과 실시간으로 채팅을 하는 것은 중요합니다. 언제나 반응이 없는 벽을 향해 말을 해야 했던 그들이 가장 원하는 것은 무엇보다 커뮤니케이션이기 때문입니다. 나는 오랜만에 인사를 남긴 고객부터 처음 가입을 한 고객에 이르기까지 한 명 한 명 성실하게 관리합니다.

안녕?

안녕합니다. 안녕하시지요?

사십대 중후반인 U는 바람피운 남편에 대한 반발감에서 '아름다운 사람'과 인연을 맺은 고객입니다.

바람을 왜 피운 걸까?

스스로를 믿을 수 없게 되었을 때, 남자들은 낯선 타인을 찾게 된다고 합니다만….

왜 낯선 사람이어야 하지?

자신에게 얼마 남아 있지 않은 장점을 최대한 부풀려서 자랑하고 또 믿게 하려면 아는 사람은 곤란하니까요.

그럼 애초에 왜 자신의 장점들이 없어진 걸까?

친숙한 사람에게 자신감을 모조리 빼앗겨서요. 자신감은 누가 자꾸 보고 만지면 닳아 없어지는 거거든요.

U가 서비스를 받은 것은 실제로 몇 번 되지 않습니다. 가정주부인 그녀에게 냉동 만두 스무 팩쯤에 해당하는 비용을 여러 번 지불할 만한 여유가 없기 때문입니다. 나는 그녀의 형편을 동정하거나 만두를 사주는 대신, 그녀가 원할 때 언제나 성심껏 대화에 임합니다. 이미 나를 통해 아름다운 사람이 되어본 경험이 있는 그녀는 세상의 모든 바람난 남편을 이해하기 위해 애쓰고 있습니다. 나는 굳이 그럴 필요가 없다고 말하지만 U는 저절로 그렇게 된다고 말합니다.

텔레마케터인 여성 N은 실적을 올리지 못해 매번 추궁을 당하는 직장에 다니고 있습니다. 얼마 전에는 상사로부터 두들겨 맞기까지 했지만, 직장을 잃을까봐 부당하다는 말 한마디도 제대로 하지 못했습니다. 나는 묻습니다.

다른 직장을 찾으면 안 되나요?

여상 졸업하고 여섯 번째예요.

여섯 번 아니라 열여섯 번째면 어때요? 비슷비슷할 텐데.

비슷비슷해서 버티는 거예요. 백화점에서 일할 때는 고객에게 뺨도 맞았고, 편의점 일할 때는 주인한테 강간을 당할 뻔도 했어요.

나는 이상하게 나 자신이 한심하게 여겨집니다. N을 때린 책상 위의 자, N을 때린 살 부러진 우산, N을 때린 무자비한 손바닥을 상상해 봅니다.

그래도 맞으면서까지 일해야 해요?

여기가 월급이 좀 나아요.

꼭 돈을 많이 벌어야 합니까?

돈을 벌어야 아름다운 사람도 만나고 그러죠.

사랑합니다.

사랑해요.

그런 적은 수입으로 아름다운 사람의 서비스를 받는 게 사치라고요? 그렇지 않습니다. 백만 원을 벌어도, 백이십만 원을 벌어도 어차피 지금과 다른 생활을 할 수는 없습니다. 잘 아시지 않습니까? 매달 백만 원을 고스란히 이십 년간 저축해도 전셋집 하나를 변변히 못 구한다는 것을, 또 사실 백만 원 버는 사람이 백만 원씩 저축을 할 수도 없다는 것을. 게다가 간신히 얼마간의 돈을 모은다 해도, 그러기 위해 애꿎게 축낸 젊음과 건강을 그때에 이르러 되돌릴 수도 없답니다.

N이 '아름다운 사람'을 사랑하는 것은 다른 사랑할 것이 없기 때문입니다. 그녀는 나 또는 우리를 통해 상처가 아프다고 말하는 대신 어떻게 생긴 상처인지 들여다보는 시간을 갖고 있으며, 또한 용서 않고 세상을 상대할 맷집을 키우고 있습니다. (왜 꼭 용서들을 하라고 난리를 치는 것인지 모르겠습니다.)

N은 '아름다운 사람'을 통해 강하고 아름다워집니다. 그런 면에서 N이 고되게 번 돈을 '아름다운 사람'에 쓰는 것은 그만한 가치가 있는 일입니다. 나는 마음이 아프지만 무료로 서비스를 해드리겠다는 말은

일절 하지 않습니다. 그건 당당하게 아름다운 사람이 되려는 고객에게 누가 되는 일이기도 하기 때문입니다. 어설픈 동정심은 자존감으로 가득 차야 할 순간에 아무런 도움이 되지 못합니다. N과 나는 다음번 만날 약속을 잡습니다.

청춘도 희망도 모두 스러지고 만다는 사실을 떠올리면, N의 선택이야말로 현명한 것입니다. 나는 자신이 진정 아름다운 사람이라는 것을 깨달을 기회조차 가지지 못한 모든 여성에게 '아름다운 사람'을 더 널리 알리고 싶습니다.

그나저나 월요일, 화요일이 지났는데도 J가 나를 부르지 않습니다. 이상한 일입니다. 썩 내키지 않는 만남이라 여겼는데 막상 기별이 없으니 서운합니다. 식빵에 버터를 발라 먹다가도, 옷에 늘어진 실밥을 잘라내다가도 연락이 오지 않을까 싶어 급히 전화기를 들여다봅니다. 하지만 어디가 아픈지, 무슨 일이 있는지 내가 먼저 물어볼 수는 없습니다. '아름다운 사람'은 늘 고객에게 우선권을 줍니다.

나는 시험 기간이라 갈 수 없다는 아르바이트생 D를 대신해 과부 P에게 갑니다. (D는 밀린 학자금을 갚느라 여러 개의 아르바이트를 합니다. 일을 하기 위해 과감히 수업을 빼먹기도 하지만 시험 당일까지 그럴 수는 없다고 합니다.)

비 오는 날 교통사고로 남편을 잃었다는 P는 비만 오면 외롭고 무서워 견딜 수가 없다며 '아름다운 사람'을 찾습니다. 그녀는 우기보다 건기가 많은 나라들을 수시로 검색하며 이민을 꿈꿉니다. 하지만 건기가 많은 나라들이 대부분 가뭄으로 고통받거나 내전으로 위험하다는 사실을 알고는 풀이 죽습니다.

나 역시 비가 오면 어쩐지 몸이 개운치 않아 P에게는 가급적 아르바이트생을 보내고 있지만, 오늘은 달리 대안이 없군요.

아름다운 사람

코피 나요.

그 집에 들어서자마자 P가 내게 급히 티슈를 내밉니다. 어쩌면 혈관의 문제가 아닐 수도 있겠다는 생각이 처음으로 듭니다. 스승의 말처럼 나 역시 마중물까지 바닥이 난 것인지 모릅니다. (펌프질을 해본 분이라면 마중물의 중요성을 기억하실 겁니다.) 스승이 있느냐고요? 그렇답니다. 이십 대 후반이었던 내가 스승을 만났을 때, 그는 마흔 중반에 이른 베테랑이었습니다. 하지만 그는 얼마 지나지 않아 더 이상 일을 계속할 수가 없게 되어버렸습니다.

연장이라는 게, 예고 없이 갑자기 망가져.

스승은 그렇게 말하며 내게 꾸준히 체력 관리할 것을 당부했습니다. 그는 비정규직이 아닌 정규직 직원을 원했고, 당연히 비정규직보다야 정규직을 선호해야 할 내 입장에서 그의 제의를 흔쾌히 받아들이지 않을 수 없었습니다. 그런데 왜 나는 지금 직원을 쓰지 않고 아르바이트생을 쓰느냐고요? 어디까지나 그들이 원하지 않기 때문이랍니다. (그들은 아름다운 사람을 사랑하지만, 뼈를 묻을 각오로 일을 하지는 않습니다. 요즘 젊은이들의 추세인지도 모릅니다.)

스승은 꼼꼼히 인수인계를 하면서 '아름다운 사람'을 이어갈 수 있는 자질 하나하나를 내게 전수하여 주었습니다.

스승은, 여자는 악기라거나 갈지 않은 보석이라거나 하는 흔한 말을 하지 않았습니다.

여자는 담배다.

애연가였던 그는 여자란 가끔 냄새도 맡고 가볍게 물고 쓰다듬기도 해야 하며 종국에는 깊게 빨아들이고 숨결과 함께 내뱉어야 하는 존재라고 말했습니다. 담배에 사천여 종의 발암 물질과 독성 물질이 있다 해도 담배를 사랑하지 않을 수 없는 것처럼, 상대에게 중독되어야만 이 일을 할 수 있다고도 하였습니다.

바람 부는 날에는 특별히 더 긴장해야 해.

그는 방심하고 있다가는 바람이 담배를 다 뺏어가는 수가 있다며 바람과 적절히 나눠 피는 요령을 터득해야 한다고 말하였습니다. 그리고 담배를 무는 남자만큼이나 바람도 여자에게는 필요한 존재이니, 그 바람을 막으려 해서는 불도 붙일 수가 없을 거라고 경고하였습니다.

그러니 원래 담배를 피우지 않던 내가 담배를 피우기 시작한 것은 뭐니뭐니해도 스승의 가르침 때문입니다. 나는 담배가 바람에 재를 날리며 창조적인 여러 모양의 연기를 아름답게 피워 올리는 것을 보면서 가르침을 새록새록 깨치고 있습니다. 여성은 비단 남자에 의해서만이 아니라 자유로운 바람에 의해서도 숭고한 미를 완성합니다.

스승은 가르쳐줄 수 있는 거의 모든 것을 내게 가르쳐주고 홀연히 떠났습니다. 자신이 먼저 연락할 때까지 절대 연락을 하지 말라는 당부를 하고서 말입니다. 아마도 스승은 자신의 건강 상태에 대해 꽤나 비관했던 것 같습니다. 어쩌면 자존심이 좀 상했을지도 모르지요.

코피 때문에 잠시 스승을 떠올린 나는 어쩐지 울컥하는 마음이 됩니다. 나 역시 이제 일선에서 은퇴해야 할 시기에 다다른 것인지도 모릅니다. 당시 스승의 나이보다 한참 어린 나이라 해도 정말 마중물까지 바닥이 난 것이라면 달리 방법이 없겠지요.

비 오는 날 나오니 역시 몸도 마음도 정상이 아닙니다. 하지만 기대하고 있는 P를 실망시킬 수는 없습니다. 나는 그녀의 죽은 남편인 양 다정하게 어깨동무를 해주고 몸 구석구석을 만져줍니다. 누르는 손끝이 너무 약해서 간지럽게 해서도 안 되고, 너무 강해서 아프게 해서도 안 됩니다. 담뱃잎이 촘촘하게 자리 잡을 수 있도록 담배를 거꾸로 세워 두드리고 만져줄 때처럼 내 손은 섬세하게 움직입니다. 이 순간 나는 진심으로 P를 사랑합니다.

절정에 도달한 그녀는 더 이상 밖에서 나는 빗소리에 신경 쓰지 않고 편안히 잠이 듭니다. 나는 P가 렘수면 상태를 지나 깊은 잠에 빠졌다는 확신이 든 순간 조용히 그녀의 집을 빠져나옵니다.

나는 오늘, 오전에 만나기로 한 고객 K에게 가고 있습니다. K는 약속한 날이 되기 며칠 전부터 많이 들떠 있었습니다.

선혈이 낭자한 꿈을 꾸었어. 분명 좋은 징조야.

무슨 말인지 알고 있습니다. 나는 그녀의 꿈이 부디 정말 길조이기를 바랍니다.

허리도 찌릿거리고 가슴도 부풀고, 기분 엄청 좋아.

많은 여성들이 그런 증세를 겪는다고 합니다. 젊은 날에는 싫어했을 그 느낌을 지금 K는 진심으로 즐기고 있습니다. (당신이 아직도 무슨 말인지 알아차리지 못했다면 너무 어리거나 혹은 타인의 고통에 둔감한 겁니다.)

이번엔 진짜 할 것 같아.

꼭 그럴 겁니다. (K가 간절히 바라니까요.)

하지만 그녀는 오늘 아침 다시 우울해져버렸군요.

이번에도 아닌가봐. 기분 엄청 꽝이야.

나는 그녀를 많이 위로해야 할 것 같습니다. 얼마 전에 폐경 증세를 겪은 K는(그렇습니다. 어떤 여성들은 폐경을 사형 선고처럼 여깁니다!) 그동안 콩밥에 두부된장찌개, 시금치 무침 등을 날마다 먹으며 과일은 오직 석류와 모과만을 먹었고, 다람쥐처럼 하루 종일 견과류를 씹고는 했습니다. 모자라는 에스트로겐을 보충하면 폐경을 막을 수 있을 거라 생각했던 것이죠.

K는 지난 일 년간 완전히 끊어진 것도 아니면서 또 충분히 하는 것도 아닌 생리 때문에 신경이 곤두서 있었습니다. 결국 아무것도 나오지 않고 한 달을 건너뛰었다가 예정일도 아닌 때에 생리를 하게 된 이후로는

날마다 혹시나 하며 기다리게 되었습니다. 그녀는 유사한 징조가 있을 때마다 기대를 했고 번번이 실망을 했지만, 기대를 완전히 버리지는 않았습니다. 나는 폐경이 여성성 전체를 의미하지는 않는다고 K를 위로하지만 지금의 그녀는 위로조차 쉽게 받아들이지 못합니다.

K는 자신의 검은색 승용차에 나를 태우고 교외로 나갑니다. 바람이라도 쐬고 싶다는 그녀를 배려해서 오후에 일이 있다는 말을 차마 하지 못합니다. 대신 자유로를 달리는 동안 창문을 활짝 열고 제대로 바람을 느낍니다. 나와 바람은 제법 친한 사이입니다. 오랜만에 교외로 나가니 나 역시 기분이 좋습니다.

우리는 디즈니랜드 로고에 나오는 성처럼 생긴 모텔에 들어갑니다. 몸에 새겨진 세월의 흔적을 보이고 싶어하지 않는 K를 배려해 나는 객실의 블라인드를 모두 닫고 탁상 램프 하나만을 켜둡니다. 그녀는 우울한 오늘, 일 단계 마사지 없이 이 단계 마사지로 바로 가기를 원합니다. 고객이 원하는 대로!

똑바로 누우면 가슴이 없어지고 옆으로 누우면 뱃살이 흘러내리는 K는 엎드리는 것을 좋아합니다. 나는 그녀의 배 아래에 베개를 깔아주고 자신이 충분히 예쁘다는 생각을 할 수 있도록 정성스레 애무를 시작합니다. 나는 평소 그녀가 좋아하는 대로 엉덩이를 살짝 깨물어주기도 합니다. 담배의 필터 부분에 생기고는 하는 것처럼 아프지 않을 만한 잇자국이 남습니다. K는 점차 자신감을 되찾습니다.

나는 그녀가 스스로에게 완전히 도취되고 자신을 가장 아름다운 사람이라 느끼게 하기 위해 열과 성을 다합니다. 세상 전체를 소유하고 세상 누구보다 아름다워진 그녀가 흐느끼듯 짧게 비명을 지릅니다.

나는 교외로 나가면서 이미 J에게 조금 늦을 거라는 메시지를 보낸 바 있습니다. 오랜만에 만나는 그녀를 기다리게 하려니 편치 않은 마음이었지만 어쩔 수가 없었습니다. K도 내게는 소중한 고객이니까요. 그녀와 맛있는 파스타를 먹고 돌아와 J의 집에 도착하고보니 약속 시간보다 사십오 분이 늦었군요. (일주일쯤 연락을 끊기도 했던 그녀에게 사십오 분쯤의 기다림을 주어도 괜찮으리라는 생각을 하기는 했습니다만….) 예상대로 J는 평소 약속 시간을 어기는 법이 없는 나를 너그럽게 대합니다.

그나저나 그녀는 오늘 다른 날보다 조금 더 취한 것 같습니다. 어째서 J의 남편은 J를 흥분시키지 못하는 것일까요? 맥없이 침대에 앉아 있는 그녀는 나와 헤어지기 직전의 S처럼 또는 십 년 전에 이혼을 한 내 아내처럼 피곤해 보입니다. 사실 J는 내 첫사랑 S뿐 아니라 내 전처 E를 닮았습니다.

나는 부지불식간 떠오른 아내를 머릿속에서 지우지 못한 채 일을 시작합니다. 교외에서 K와 마신 붉은 포도주 때문일까요? 나는 나도 모르게 J의 클리토리스에 손을 대고 맙니다. 그런데 삽입은 물론 그 부위의 직접적인 애무조차 금지하던 J가 오늘은 얕은 신음을 토해내며 별다른 제제를 가하지 않습니다. 나는 좀 더 적극적으로 신체의 온갖 기관을 놀립니다. 입과 손과 온몸, 그리고 우주의 영혼을 닮아 바람 한 줄기도 존중하는 또 하나의 영혼으로. J의 반응이 진해집니다.

어쩌면 J가 진정으로 자신을 신뢰하는 순간이 오늘이 아닐까 생각합니다. 발기한 내 페니스가 그녀의 허벅지에서 서성이다 질 입구 가까이로 옮겨갑니다. '계속할까요?'라는 질문을 과감히 생략해버립니다. 콘돔을 끼우는 절차도 모르는 척 무시하고 맙니다. 이 순간을 놓치면 다시는 새로운 기회가 오지 않을 것 같아 조급해집니다.

하지만 갑자기 J가 나를 밀치더니 벌떡 일어나 앉습니다. J는 방금 전의 나긋나긋함과 전혀 연결할 수 없는 차가운 표정을 지으며 서둘러 옷을 챙깁니다. 자신의 욕망에 대한 아쉬움이나 내 갈급함에 대한 미안함은 보이지 않습니다. 그녀의 태도는 내가 했어야만 했으나 하지 않았던 질문 또는 절차에 대해 엄하게 질책하고 있습니다. 나는 반성합니다. 프로답지 못했습니다.

오늘은 그만 가주세요.

나는 지하철에서 자리가 났다고 좋아하며 앉아 한참을 가다가 반대 방향인 것을 알았을 때만큼이나 허탈해집니다. 유일한 위안은 그냥 '가주세요'가 아니라 '오늘은'이라는 단서가 붙었다는 점이었으나 크게 위로가 되지도 않습니다. 나는 침울해진 기분을 간신히 추스르며 평소와 달리 욕실에서 오래 나오지 않는 J에게 인사조차 하지 못하고 그녀의 집을 나섭니다.

털어내지 못한 정액 때문인지 허리부터 다리까지가 무지근합니다. 갑자기 눈물이 흐릅니다. 코피처럼 빨간 흔적을 남기지는 않을 그것에서 코피처럼 짭조름한 맛이 납니다.

아내 E가 생각납니다. 어쩌면 J는 정말 E인지도 모릅니다. 평생 함께 살 수 있으리라 믿었던, 아마도 사랑했던 순간이 없지는 않았을 그녀의 남편인 나로 인해 스스로를 발전시키기보다 퇴행과 좌절만을 겪어야 했던 내 아내 말입니다.

나는 아내 곁에서 자연스럽게 경사각을 이루는 모래 한 알이 되지 못했습니다. 아내 역시 마찬가지이기는 했습니다. 우리는 아마도 미숙해서, 상대의 모래 더미를 파괴하지 않고 자신의 모래 더미를 유지하는 방법을 몰랐을 것입니다. 아내는(혹은 나는) 처음에는 한 방울의 물이었지만 곧 한 바가지의 물이 되었고, 결국 한 양동이의 물이 되어 나(혹은 아내)의 전부를 허물어버렸습니다. 우리는 아집과 이기심을 젊은 날의 패기와 자존심으로 오해한 채 만신창이가 되어 헤어졌습니다. 그때는 젖은 모래 알갱이들을 말려버릴 수 있는 바람 한 줄기도 존재하지 않았습니다. 한심하게도 그랬습니다.

아름다운 사람

다 지나간 일입니다. 어쨌든 내가 J를 아내 E와 닮았다고 생각하는 이유는 바로 그 '젖어 있는' 느낌 때문일 것입니다. J의 습기가 자꾸 나를 불안하게 합니다. 그러나 많이 걱정스럽지는 않습니다. 나는 결국 J를 아름다운 사람으로 만들고야 말 테니까요.

천천히 걷습니다. 작년과 틀림없이 달라진 점이 있을 계절을 꼼꼼히 감상하고 낯선 행인들에게서 나와 무관하지 않은 어떤 것이라도 읽어내기 위해 애를 씁니다. (오늘은 시간이 잘 가야만 하기 때문입니다.)

그러나 이상하게 기운이 빠집니다. 또 코피가 흐릅니다. 혈관, 이놈의 약한 혈관이 문제입니다. 오피스텔로 돌아왔지만 홈페이지를 들여다보기 위해 컴퓨터를 켤 힘도 없습니다. 나는 J를 떠올리며 자위를 합니다. 최소 일억만 마리의 갈 곳 없는 정자들을 포함하였을 뿌연 정액이 맥없이 솟아나옵니다.

어린 여인 H에게 집으로 찾아가겠다는 문자를 보냅니다. 돈이 아쉬워서가 아닙니다. 질 나쁘게 구는 H가 얄미워서도 아닙니다. 질 나쁘고 어리다 해도 나는 그녀가 스스로를 사랑하게 되기를 바랍니다.

여인들은 내가 아니라 자신들이 지불한 돈에 의해, 즉 자기 자신에 의해 아름다운 사람이 되어야 합니다. 흩뿌려져 있는 무수한 다른 사람, 다른 물건을 통해서가 아니라 원래 온전하였고 잠시 그 사실을 잊었을 뿐인 자신을 통해 스스로를 다시 사랑하게 되기를 원합니다.

이제 당신은 이렇게 묻지 않을 수 없을 것입니다. 네가 누구이기에, 또 대관절 왜 그런 것을 바라느냐고요. 그러나 도대체 당신이 누구이기에, 또 왜 내가 그런 것에 답해야 합니까?

세상은 꼬리에 꼬리를 물고 거대한 나선을 그리며 무한으로 진행합니다. 하지만 사실 그 무한으로 가는 끝이 결국 처음을 향해 있다면요? 카오스모스, 즉 혼돈이 내재된 질서, 질서가 내재된 혼돈의 세상은 그 이전에 카오스나 코스모스가 없었다면 불가능했을 겁니다. 게다가 그 거대한 카오스모스의 세상조차도 분명 또 다른 세상으로 넘어가기 위한 하나의 단계일 뿐이리라 생각합니다. 무한은 도대체 얼마나 무한한 것일까요? 더욱 난감한 것은 그 무한의 시작마저도 무한의 영원한 벽에서 헤어날 수가 없을 거라는 사실입니다.

히틀러가 유대인을 박해하기 전에 유대인이 번영하며 동시에 극악무도했던 시절이 분명 있었으며, 그보다 더 이전에 디아스포라가 일어나야 했고 또 더 이전에는 솔로몬의 영화와 함께 타락이 있었어야만 합니다. 더 거슬러 올라간다면, 아담과 이브가 낙원에서 쫓겨나기 전에 선악과는 일부러 그 자리에 놓여 있었음이 분명합니다. 반항하고 부정하며 자유를 갈망하고, 그로 인해 필멸을 얻고 영생을 꿈꾸지 못했다면 인간은 결코 인간답지 못했을 겁니다. 세상의 어떤 실패와 실수에서 경험을 얻은 자라 하여도, 다시 아담과 이브의 상황에 처한다면 그 전철을 고스란히 밟을 수밖에 없을 것입니다. 우리의 시작은 애초부터 무한히 반복되는 끝의 다른 이름일 뿐인지도 모릅니다.

거저 줄 법한 제스처를 취하더라도 결코 그 제스처를 행동으로 옮기는 법 없는 운명과 꼭꼭 씹어 밥을 먹는 아흔아홉 살 노인네처럼 지치지 않고 항해를 계속하는 우주. 그 운명 속에서 그런 우주와 더불어 진땀을 흘리며 질주하는 것이 인간입니다.

피곤하군요. 스승을 떠올린 이후로 자꾸 은퇴에 대해 생각하게 됩니다. 아직 마흔도 되지 않은 나이지만 일을 그만할 때가 된 것인지도 모릅니다. 누가 그 시작과 끝을 알겠습니까?

그러나 아르바이트를 하는, 다소 경망스럽거나 열심만 있거나 또는 최소한의 진지함도 없는 친구들에게 '아름다운 사람'을 넘기고 싶지는 않습니다. 나는 가장 놓아주기 아쉬웠던 착한 A에게 문자를 넣습니다. 하지만 녀석은 지난번 상처가 좀 깊었던 모양입니다. '씨발, 연락하지 말랬지'라는 답이 왔네요. 적극적인 할머니 고객 때문에 세상을 알아버려서인지 혹은 여자에게 환멸을 느껴서인지 A는 더 이상 예전의 그 착한 A가 아닌 듯합니다. 모두 내 잘못이니 감수하는 수밖에요.

아무 일도 없었다는 듯 J가 다시 나를 불렀으므로, 나 역시 평소처럼 택배 상자를 들고 J를 방문합니다.

나는 지나치지 않을 정도로 살짝 취해 있는 그녀에게 나도 한 잔 마실 수 있는지 묻습니다. J가 흔쾌히 술을 따라줍니다. (술 한 잔, 그것은 언제나 한 잔 이상의 의미를 갖고 있습니다.) 위스키의 고향인 아일랜드산 제임슨이라는데, 향이 일품입니다.

오렌지빛이 도는 갈색의 술을 단번에 털어 넘기는 동작은 단아한 J와는 전혀 어울리지 않지만, 사람이 늘 자신에게 어울리는 행동만을 하라는 법은 없지요.

술을 잘 마시지 못하던 아내도 오로지 나 때문에 그 술을 마시고 있을 뿐이라는 인상을 주기 위해 잔을 단번에 꺾어 술을 삼키고는 했습니다. 물론 제임슨이라거나 하는 질 좋은 위스키는 아니었고 저렴한 국산 양주였던 걸로 기억합니다. 불행히도 아내 E는 그때, 지금 내가 운영하고 있는 '아름다운 사람' 같은 곳의 도움을 받지 못하였습니다. 우리는 자주, 아마도 거의 날마다, 다퉜습니다. 네가 그렇게 말라 있는 건 나를 사랑하지 않아서야. 아내는 울부짖었습니다. 이게 모두 내 탓이라고? 이게 모두? 명확한 이유로 우리는 갈라섰습니다. 너무 형이하학적인 이유라고요? 그렇지 않습니다. 정신과 육체가 연결되어 있는 인간의 몸에서 도대체 어떻게 형이하학이니 형이상학이니 하는 것을 구분할 수 있다는 말입니까?

무슨 생각해요?

갑작스런 아내의, 아니 J의 물음에 내 기억은 중단되고 맙니다. 맞습니다. 의미가 없지야 않겠지만 소용없는 기억일 뿐입니다.

아닙니다. 시작할까요?

그러나 이상합니다. 어쩐지 몸이 붕 뜬 것처럼 안정이 되지 않습니다. 딱 한 잔, 아니라 해도 겨우 두어 잔의 위스키를 마셨을 뿐인데 왜 이렇게 온몸이 나른해지는 걸까요? 그러나 나는 집중하려고 애를 쓰며 아내의, 아니 J의 온몸을 쓰다듬고 핥습니다. 하지만 J 역시 여느 때처럼 반응하지 않습니다. 그녀는 졸린 듯 자꾸 눈을 비빕니다. 경험 많은 프로로서 나는 가능하면 천천히 강약을 조절해가며 좋지 않은 컨디션을 만회해보려고 합니다. 하지만 그녀의 가슴 가까이에서, 그러니까 그리 천박하게 크지도 않고 소녀의 그것처럼 미성숙해 보이지도 않는 봉긋한 젖무덤 언저리에서, 까무룩 정신을 잃고 맙니다.

쓰러지기 직전, 나는 어째서 사람의 성욕이라는 게 사람마다 적당히 비슷하지 않은 것일까에 대해 궁금해했던 것 같습니다. 혹은 사람의 재산이라든가 외모라든가 기질이라든가 도덕성이라든가 지적 능력이라든가 하는 것들이 어째서 모두 제각각이어서 이렇게 혼란스러운 것일까에 대해 생각했던 것도 같습니다. 결국 인간은 원래부터, 그리고 영원히 '떼어놓은 자연'이기 때문일지도 모릅니다. (나중에야 안 일이지만 그때 J의 방에 있었던 것은 J와 나 두 사람만이 아니었습니다.)

내가 깨어났을 때, J의 남편은 울고 있었습니다. J는 내 옆에 곤히 잠들어 있네요. 선량하고 남자답게 생긴 그가 울어서 퉁퉁 부은 눈으로 나를 내려다보고 있습니다. 나는 우선 내 몸 전체에 아무런 심각한 손상도 입지 않았다는 사실을 확인하고 안도합니다. 그는 조용히 말합니다.

포크랄 조금 타서 재운 것뿐이야. 다른 부작용은 없을 거야, 씨발놈아.

그는 내게 욕을 하지만, 어쩐지 내가 깨어난 게 반가운 듯도 보입니다. 나는 그가 J의 말대로 나무랄 데 없는 사람이며, 천성이 모질지 못하다는 것을 대번에 알아차립니다. 그러니 현장을 덮치는 난폭한 방식 대신 나와 J를 잠재워버린 거겠죠.

그러나 그는 어떻게 내가 술을 마실 거라고 생각했을까요? 나는 그 전에 결코 J의 술을 얻어 마신 적이 없는데 말입니다. (J의 남편이 치과 의사라는 사실, 그가 아이들의 치과 치료 시 수면제로 사용하는 것이 포크랄이라는 사실, 색이 짙고 향이 진한 제임슨 위스키를 박스로 사두었다는 사실 등이 모두 납득 가능한 사실이라 하여도 하필 그날 내가 술을 마셨다는 사실은 어떻게 설명해야 할까요?) 어쩌면 J의 남편은 내가 술을 마시든 J가 술을 마시든 혹은 두 사람 모두 마시지 않든 상관없다고 생각했을지도 모릅니다.

그는 슬픔에 빠져 제대로 화를 내지도 못하고 있습니다. 나보다 술을 많이 마셨음이 분명한 J가 깨려면 시간이 좀 더 걸릴 듯합니다. 나는 J에게서 아내 E를 본 것처럼 J의 남편에게서 예전의 나 자신을 봅니다. 그가 말합니다.

술 한잔합시다. (역시 술 한잔은 언제나 술 한 잔 이상의 의미를 가지고 있습니다.)

*

나는 결국 H로부터 돈을 받아냈습니다. 일을 미루어두고 손해를 감수하며 하루 종일 H의 집 대문 앞에서 기다린 결과였습니다. 늦게 귀가하던 어린 여성은 푼돈으로 치사하게 군다며 그 자리에서 지갑을 열고 돈을 꺼내 주었습니다. 나는 여전히 자신을 아름다운 사람이라 믿지 못하는 그녀 앞에서 돈을 세고는, 한 장 더 들어온 만 원을 돌려주었습니다. H는 앞으로도 한참 더, 자신을 반영한 타인과 자기 스스로를 모두 괴롭힐 것이라는 듯 심술궂게 웃었습니다.

약한 혈관을 튼튼하게 해준다는 한약을 지어 먹은 후로 코피는 더 이상 흐르지 않습니다. 평소 한의학을 별로 신뢰하지 않았던 나지만, 코의 점막을 레이저로 지져야만 한다던 양방보다 백배 낫다고 생각하게 되었습니다.

봄이 되자 봄을 감당할 수 없는 많은 여성들이 '아름다운 사람'을 찾았습니다. 사이트를 관리하는 것만으로도 하루가 어떻게 지나가는지 모를 정도로 바빠져서, 마침맞게 내 인생에 등장한 한 사람을 제자 겸 동업자로 삼았습니다. 금연 정책에 시달려 담배를 끊었거나 혹은 끊을 결심을 한 아르바이트생만으로 일을 계속할 수 없었기 때문이기도 하지만, 무엇보다 영점으로 회귀하는 동시에 무한으로 뻗어나가는 우주의 나선형 진행에 순응해서였습니다.

제자 겸 동업자는 결코 우연히 만난 사람이 아니었습니다. 세상의 모든 우연은 갑작스레 코피 따위가 흘러 잠시 지혈을 하느라 쉬고 있는 방심한 필연의 다른 이름일 뿐입니다.

J의 남편은 예전의 나처럼 열심히 담배를 배우고 있습니다. 나는 그에게 외부가 유연한 알갱이들로 둘러싸인 모래 더미의 균형에 대해 이야기합니다. 그리고 바람과 경쟁하기보다 타협해야 한다는 스승의 가르침도 전합니다. J의 남편은 예전의 내가 그랬던 것처럼, 아름다운 사람을 위한 아름다운 사람으로 거듭나기 위해 성실히 노력합니다. 거의 완벽한 남자였던 그는 곧 완전히 완벽한 남자로 거듭날 것입니다.

우리는 모두 아름다운 사람입니다. 그도 나도, 아름다운 세상에 눈이 부십니다.

동행자

예감하지 못한다는 것은 슬픈 일이다.

슬픈 일이 일어났다.

동행자

 행복감을 느끼게 하는 바다가 있고 무력감을 느끼게 하는 바다가 있다. 옅은 파랑에서 점차 진한 파랑으로 번져가는 지중해의 바다 앞에서, 누군가는 나른한 평화에 잠길 것이고, 또 다른 누군가는 소용도 없는 신음을 뱉을 것이다. 같은 바다를 바라보는 방법은 모두 다르다. 파랗다고들 하나 사실 엄밀히 그렇지는 않은 바다가 애초에 한 가지 빛을 띠고 있지 않기 때문인지도 모른다.

*

 여덟 명의 사람들이 호텔 라메르의 주인 올랑의 미니버스에 타고 있다. 어제 호텔에서 묵었던 그들은 오늘 에즈라는 중세 마을을 둘러볼 예정이다.
 올랑은 특별히 내세울 게 없는 자신의 호텔에 투숙객을 모으기 위해 작은 서비스를 추가했다. 니스 인근 투어. 그는 저렴하게 구입한 미니버스를 유용하게 활용하고 있었다. SNS의 위력 때문인지, 감동적인 경험을 선호하는 사람들이 쏠쏠하게 모여들었다.
 지중해의 바다만큼 선명한 푸른 셔츠를 입은 남자가 아일랜드인 노부부에게 말을 건다.
 "멋진 밤이었죠? 아직도 꽃향기가 나요."
 간밤에 남자와 나란히 앉아 퍼레이드를 구경했던 부부가 환하게 웃는다. 션과 사라는 남자의 건너편 좌석에 앉아 호박씨를 까먹던 참이다.
 "꽃 냄새가 아니에요. 먹어봐요."
 사라는 일부러 주지 않았던 것이 아니라 그저 적절한 기회가 없었을 뿐이라는 듯 서둘러 호박씨 한 줌을 남자에게 건네준다. 씨를 옆으로 세워 앞니로 살짝 물고 껍질을 튕겨내는 부부의 솜씨는 능숙하기 이를 데 없다. 하지만 남자는 그들처럼 깔끔하게 껍질을 벗기지 못한다.
 션은 '바로 이런 게 삶이라네'라고 말하듯 여유 있는 표정으로 서툰 남자를 바라본다. 소신껏 자신의 일을 처리하며 살아왔다고 믿는 자들 특유의 자신감이 노신사의 눈썹 언저리에서 빛난다.
 사라의 표정은 남편보다 한결 부드럽고 다채롭다. 그녀는 '세 라 비 C'est la vie' 이상으로 장황해지려는 문장들을 가까스로 누른 후 아쉽다는 듯 짧게 말한다.
 "더 젊었을 때 니스에 와보지 못한 게 후회되네요."
 그녀는 아직도 가방에 꽂혀 있는 노란 미모사를 흔들어 보인다.
 어제 사라는 마차 위의 나비 여인이 던져주는 꽃다발을 차지하기 위해 가능한 한 크게 외치고 높이 팔을 뻗었다. 카니발에 참석한 사람들은 꽃과 음악과 삶의 환희에 동참하기 위해 저마다의 몸짓을 만들어냈었다. 허리를 비틀고 발뒤꿈치를 들었으며 손을 흔들고 볼의 안쪽 살을 깨물어댔다. 얼마나 아름다운 밤이었던가! 사라는 여운이 가시지 않은 지금의 기분을 잃고 싶지 않다는 듯 남편의 팔을 어루만진다.
 "비행기만 타면 금방인데, 괜히 멀게 느꼈어요."

"아일랜드에서 니스까지 두 시간 반 정도 걸리죠?"

"이렇게 햇빛이 환하고, 이렇게 따뜻한 곳으로 오기 위해 아무것도 아닌 시간이 걸렸을 뿐이죠."

남자는 사라의 회한이나 감동에 공감해서라기보다 그녀에게 무조건적인 호감을 보이기 위해서라는 듯 힘차게 고개를 끄덕인다.

사라는 남자의 깊고 검은 눈을 응시하며, 자신의 아들이 어른으로 자라기 전 남자와 같은 얼굴을 한 적이 있었다는 사실을 떠올린다. 가공할 만한 열망이나 정립된 이론에 함몰되어본 일이 없는 천진한 소년의 얼굴. 홀로 여행하는 중이라는 남자는 자유롭고 편안해 보였다. 그는 만난 지 하루나 이틀밖에 되지 않는 투숙객들 누구에게나 스스럼없이 다가갔다. 다른 사람들이 그를 어떻게 받아들이는지는 알 수 없었지만, 사라 자신은 그가 참으로 매력적인 젊은이라 생각하고 있었다.

"과거의 아쉬움 때문에 여행이 더 멋있어지는 법이라오. 우리 나이가 되면 확실히 그렇게 느끼지."

남자를 향한 사라의 다정한 시선을 못마땅하게 여긴 션이 얼마간 뻐기듯 말한다. 젊은 남자가 모르는 어떤 것을 자신은 이미 알고 있으며 경험했다고 자랑하고 싶은 것이다.

그의 붉고 털 많은 팔이 아내의 어깨를 지그시 누르듯 감싼다. 이제껏 나는 아내를 잘 다루어왔고 마지막까지도 결코 이 여자에게서 영향력을 잃지 않을 거야. 션의 얇은 입술이 그렇게 말하는 듯하다.

"그런가요?"

남자가 다소 진지한 얼굴이 되자 션은 이상하게 기분이 나쁘다. 가벼운 말장난에 그쳐야 할 것들이 너무 멀리까지 나갔다는 생각도 든다. 그는 해명 또는 항의를 해야 할 것처럼 느끼는 스스로에게 어리둥절해하면서도 한사코 자신을 변명하려 든다.

"적어도 나는 후회를 덜 하기 위해 애를 쓰며 살아왔소. 그럼에도 많은 것이 아쉽지만 다 가질 수는 없는 것 아니오."

남자는 전부는 아니라 해도 얼마간 이해하기 위해 노력하겠다는 듯 어깨를 으쓱 올린다. 그 부정과 긍정의 조합 안에 남자가 적어도 선을 노련한 사람으로 인정한다는 듯한 태도가 포함되어 있지 않았더라면 션은 심하게 골을 냈을지도 모른다. 남자에게는 분명 그를 불편하게 만드는 무언가가 있었다.

"지금부터 평생 잊을 수 없는 해변의 풍경을 보실 겁니다. 모두 즐거운 여행이 되시길!"

올랑이 시동을 걸자, 남자의 대각선 뒤쪽, 즉 노부부의 다음 자리에 앉아 있던 은진이 낮게 탄성을 내뱉는다. 그녀 역시 지난밤에 재주껏 손을 흔들어 받은 미모사를 자신의 모자에 꽂고 있다. 미모사는 적당히 수분을 빼앗긴 꽃들이 갖는 고유의 온화함을 간직한 채 노랗게 흔들리고 있다.

남자와 눈이 마주치자 은진이 환하게 웃는다. 그녀는 영어와 불어, 한국어를 모두 완벽하게 해내는 그의 국적에 대해 궁금해한 바 있다.

"모계와 부계 어디쯤에 연관이 있다고 해두죠. 물론 제가 똑똑한 탓도 있습니다."

남자는 밉지 않게 자신을 과시했다. 은진은 그도 그의 유머도 적잖이 마음이 들었다. 동서양의 조합임에 분명한 그의 얼굴은 신비로웠고, 군살 하나 없이 길게 뻗은 몸은 시원했다. 은진은 남자 때문에 여행이 더 즐겁게 느껴진다.

"에즈라는 마을, 정말 아름답다고 하네요. 인터넷에 올라온 사진만 봐도 설레요."

"당신은 늘 유쾌해 보이는군요."

"즐길 수 있을 때 즐겨야죠. 니스에 오니 더 그런 생각이 들어요. 해변에 즐비한 요트들, 경비행기들, 스포츠카들···. 보는 것만으로도 행복해요. 찌푸리고 살면 나만 억울하죠, 뭐."
"아무튼 즐거워 보여 다행입니다. 오늘도 행운을! 친구분도요!"
"친구라니요? 앤 내 동생뻘이에요. 열 살은 어리다고요."
 남자와 은진의 대화를 더 이상 못 들은 척할 수 없어진 세희의 얼굴이 빨개진다. 세희는 달아오른 뺨을 남자에게 보여주고 싶지 않아 고개를 창 쪽으로 틀어버린다. 주목을 받기 싫어하는 완강한 수줍음이 그녀를 딱딱하게 만든다. 세희는 무뚝뚝하게 대하는 자신에게 언제까지 그럴 수 있는지 보겠다는 듯 다정하게 구는 남자가 마음에 들지 않는다.
 어젯밤의 카니발도 사실 남자 때문에 제대로 충분히 즐기지 못했다. 행렬이 지나가는 중앙 통로를 중심으로 자신들의 맞은편에 앉아 있던 남자는 은진과 세희에게 여러 번 눈을 맞추며 손을 흔들어댔다. 세희는 은진의 강요 아닌 강요로 어깨가 드러나는 끈 원피스에 알록달록한 화관을 쓰고 있었는데, 자신이 남자 앞에서 발가벗고 있는 듯한 느낌을 지울 수가 없었다. 그녀는 지나치게 시선을 의식하느라 도무지 축제에 집중할 수가 없었다.
"어제 두 분은 정말 요정 같았습니다."
"알고 있어요. 우리가 좀 예쁘기는 하죠."
 은진이 남자와 스스럼없이 농담을 주고받자 세희의 얼굴은 더욱 빨개진다. 세희는 그가 불편하고 심지어 두렵기까지 하다. 그녀는 자신이 과민 반응을 하고 있는 것이라 생각하지만 어찌할 도리가 없다.
 광장 뒤편에서 출발한 버스가 해안가로 내려간다. 제대로 된 지중해를 보여주겠다는 올랑의 야심찬 계획에 대부분의 탑승객들은 큰 기대를 하고 있다. 하지만 작고 마른 중국 여인 싱위에는 버스 여행이 즐겁지 않다. 그녀의 남자 친구 마오유가 뾰로통한 그녀의 비위를 맞추느라 애를 쓰고 있다.
"기차를 탔으면 바다를 보지는 못했을 거야."

"하지만 버스를 포기하고 기차를 타기로 했다면 형편없는 호텔에 묵지 않아도 됐겠지."

"제발, 싱위에. 기차로는 오래 걸려."

"다른 버스 편도 분명히 있었을 거야."

"미안해. 내가 제대로 알아보지 못했어."

남자는 자신의 앞에 타고 있는 중국인 연인들의 대화에 조용히 귀를 기울인다. 그들은 남자는 물론 차 안에 있는 누구도 자신들의 중국말을 알아들을 수 있다는 생각을 해보지 않았다.

싱위에는 이렇게 가족 몰래 둘이서 여행을 온 것부터가 잘못이라며 연신 투덜대고 있다. 마오유는 싱위에가 먼저 여행을 가자고 졸랐다는 말을 하지 않은 채 참을성 있게 화가 난 애인을 달래고 있다.

"시간을 낭비하지 않고 에즈까지 편하게 갈 수 있으니 그래도 다행이잖아. 기차역까지 가는 시간도 있으니까."

"어쨌거나 난 정말 버스 같은 건 타고 싶지 않단 말이야."

"미안해. 모두 내 탓이야."

"그래, 모두 네 탓이야."

달리 어떻게 애인을 위로할 수 있는지 알지 못하는 마오유가 한숨을 쉰다. 뒤에 앉은 남자가 그의 어깨를 톡톡 두드린다.

"먹어볼래요?"

남자는 노부부에게서 받았던 호박씨를 펼쳐 보인다. 마오유는 씨에씨에와 땡큐를 번갈아 말하며 호박씨를 받아 든다. 싱위에는 그런 마오유를 흘겨보다 숫제 옆구리 살을 꼬집어버린다. 마오유는 전날부터 이유 없이 남자를 싫어했던 싱위에의 기분을 또 상하게 한 것이 마음에 걸려 아프다는 내색도 하지 못한다. 그는 자신의 애인이 왜 남자를 그토록 싫어하는지 이해하지 못한다.

마오유가 보기에 남자는 썩 괜찮은 사람이었다. 만난 지 얼마 되지 않앉지만 오래 사귄 친구처럼, 또 신뢰할 수 있는 형처럼 여겨졌다. 지나치게 기름지지도 않고 너무 퍽퍽하지도 않은 '북경오리' 같은 느낌이랄까? 마오유는 오리고기를 좋아했다. 그는 남자의 외모도 마음에 들었다. 사실 감탄할 지경이었다. 마오유는 국적을 불문하고 남자처럼 잘생긴 사람을 본 적이 없었다. 누구도 가본 적이 없는 바다 깊은 곳이 그러하리라 여겨지는 짙고 검은 눈동자와 무엇을 먹어도 흔적이 남지 않을 것 같은 깔끔한 입, 그리고 섬세하게 뻗은 콧등이 완벽하게 조화를 이룬 얼굴이었다. 게다가 남자는 세상의 어떤 고통에도 함몰되어본 적이 없어 보이는 매끈한 손을 갖고 있었다. 마오유는 고귀한 것에 닿아본 적이 별로 없고 작은 실수만을 반복했던 것 같은 자신의 손이 부끄럽게 여겨진다.

남자는 쾌활하면서도 차분했고 또 당당했다. 마오유는 그를 거의 존경에 가까운 눈으로 바라보고 있었다. 싱위에가 남자를 좋아하지 않는 것은 안타까운 일이었다. 그는 침울하게 호박씨를 까먹는다.

싱위에는 상대를 꿰뚫어 보는 듯한 남자의 검푸른 눈이 처음부터 마음에 들지 않았다. 버터가 충분히 들어가지 않은 크루아상과 몇 년은 묵은 듯 보이는 시리얼 부스러기가 굴러다니는 호텔의 뷔페만큼이나 남자가 마뜩찮았다. 게다가 아침 식사 자리에서 만난 남자는 능글맞게 굴면서 더 기분을 상하게 했다.

"먹을 만한 게 없죠?"

"그러네요. 그래도 이 호텔의 침대보다 형편없지는 않아요."

"가질 수 있는 것이나 가질 수 없는 것이나 모두 무가치해지는 순간이 온답니다."

남자는 농담을 던지듯 가볍게 말했지만, 싱위에는 그것이 결코 가볍게 느껴지지 않아 발끈했다.

"나는 가질 수 있는 게 아주 많아요."

"난 어때요?"

"미안하지만 당신 같은 사람에겐 관심이 없어요."

"이런! 뭔가를 오해했군요."

실제로 싱위에는 남자에게 전혀 호감이 일지 않았지만, 그가 오해라고 못 박으니 무안하지 않을 수 없었다. 남자가 자신을 놀렸다는 생각에 자존심이 상했으므로 만만한 마오유에게 분풀이를 해댔다. 그녀는 마오유가 이박 삼일 일정으로 올랑의 호텔을 예약했고, 다른 호텔을 구할 수 없다는 것을 알았지만 막무가내로 고집을 부려 결국 에즈 여행이 끝나는 대로 호텔을 옮기겠다는 약속을 받아내고야 말았다. 싱위에는 남자를 애초에 만난 일도 없는 것처럼 기억에서 완전히 몰아내버리고 싶었다.

버스는 이제 가파른 길을 따라 올라가고 있다. 적갈색 지붕의 집들이 늘어서 있는 해안선의 모습이 드러난다. 정밀한 그러데이션을 보여주고 싶은 듯 바다는 점점 진해졌다 엷어지면서 반짝이고, 그 바다를 반사적으로 품어 안은 구름들은 다양한 모습으로 나름의 향연을 벌이고 있다. 어디선가 길을 잃고 헤매는 말러의 선율이 울려 퍼지는 듯하고, 세상의 모든 독을 풀어낸다는 지치의 향기가 번져 나오는 듯하다.

노부부는 더 이상 아름다운 것을 볼 수는 없을 것이라는 듯 연신 고개를 끄덕인다. 침울한 세희의 얼굴에도 새초롬한 싱위에의 얼굴에도 희미하게 미소가 번진다. 되돌릴 수 없는 사건이나 시간 따위와 상관없어 보이는 해변의 풍광이 버스 안의 승객들을 사로잡는다.

"동영상으로 찍어둬야겠어. 눈으로만 보기 너무 아깝다."

은진은 카메라를 꺼내며 부산을 떤다. 해변을 바로 볼 수 있는 쪽에 앉지 않은 마오유와 싱위에 역시 다투던 것을 멈추고 엉덩이를 반쯤 들어 올린다. 파닥거리는 새들로 덮여 있는 것처럼 수선스럽게 반짝이는 바다에 모두들 압도당한다. 버스가 한 굽이를 돌 때마다 더 높은 음의 탄성이 터져 나온다.

사람들과 떨어진 자리에 시무룩하게 앉아 사진마저 찍지 않고 있던 이탈리아 청년 알란조도 어쩔 수 없이 한숨을 내쉰다. 사람들과 어울리는 것을 기피하는 듯 보였던 그도 그 순간만큼은 누군가와 감동을 나누고 싶은 모양이다.

남자가 돌연 일어서서 알란조가 있는 뒷자리로 이동한다.

"날씨가 아주 좋죠."

"지랄 맞게 좋죠."

알란조의 이태리식 영어가 뚜르르거리며 버스 안을 굴러다닌다. 남자는 나이 차가 많이 나는 동생을 대하듯 알란조의 어깨를 친근하게 토닥인다.

"즐겨요. 니스잖아요."

"당신이 내게 그런 걸 말해줄 필요는 없어요."

알란조는 젊은 사람답지 않게 깊고 피곤한 눈으로 남자를 바라본다. 남자를 은근히 곁눈질하거나 똑바로 보는 척만 했던 여느 사람들과 달리 알란조는 제대로 남자를 응시한다. 남자가 살짝 당황할 정도로 젊은 이의 눈에는 흔들림이 없다.

"나는 언제나 나를 몰아붙이기만 했던 놈에게 제대로 한 방 먹일 겁니다. 녀석은 자신이 내게 한 짓은 너무 쉽게 잊고 내가 녀석에게 한 짓에 대해서는 열 배, 백 배로 갚아주었어요. 무슨 뜻인지 알죠?"

알란조의 목소리는 엄숙하고 무겁다. 남자는 어린 그에게서 태어남과 동시에 늙어버리는 사람들의 숙연함을 본다.

"알 것 같아요."

"나한테 관심 갖지 말아요. 내 일은 내가 알아서 해요."

남자는 어젯밤과 확연히 달라진 알란조의 모습에 놀란다. 호텔의 바에서 만나 함께 위스키 잔을 기울였을 때만 해도 알란조는 그다지 확신에 차 있지 않았다. 술에 취한 젊은이는 남자로부터 어떤 조언이든 듣고 싶다는 태도를 취하기도 했다. 하지만 그는 오늘 별안간 강해져 있다. 남자는 어쩌면 알란조야말로 가장 자신과 상관없는 사람이 될지 모른다고 생각한다.

남자와 알란조는 나란히 앉아 각기 다른 방향을 바라보고 있다. 하얀 구름이 시간에 꼭 맞춰야 할 중요한 일이 있다는 듯 허둥지둥 그들을 쫓아온다.

언덕 위에 자리한 에즈의 교회 종탑이 눈에 들어온다. 다들 파노라마로 풍광을 펼쳐주었던 삼십여 분의 승차를 아쉽게 여기면서도 새로운 기대감에 설레며 버스에서 내린다.

"에즈는 기원전 이천 년 무렵에도 사람이 살았다는 기록이 있는 오래된 마을입니다. 지금 보시는 것처럼 마을이 요새의 형태를 갖춘 것은 십사 세기에 이곳을 관할했던 사보이 왕가에 의해서입니다. 로마인과 무어인들이 지배했고, 터키 군대가 점령을 한 적도 있으며, 스페인과의 전쟁 때는 성벽이 부서지기도 했지요. 천팔백육십 년에 이르러서야 에즈 주민들의 선택으로 공식 프랑스령이 되었습니다. 꼭대기에서 멋진 코트다쥐르Cote d'Azur의 풍광을 감상하세요. 여유 있게 산책하시되 잊지 마시길! 버스는 두 시에 출발합니다."

올랑은 사람들의 예의바른 감사 인사에 일일이 답한다.

"천만에. 별거 아니었어요. 즐거운 시간 되셔요."

남자는 지나치게 긴 바지를 질질 끌며 걷는 알란조의 뒤를 따라 오르막길을 오른다. 은진과 세희는 저만큼 앞서가는 것 같더니 벌써 보이지 않는다. 남자의 뒤로 중국인 커플이, 그리고 그 뒤로 아일랜드인 노부부가 따르고 있다. 사이사이 다른 관광객들이 표지판을 확인하며 걷고 있다. 독수리 둥지라 불렸던 마을은 별명에 걸맞게 해발 사백 미터가 넘는 높은 암벽 위에 자리하고 있다.

남자와 알란조는 같이 가는 듯도 보이고 그렇지 않은 듯도 보인다. 우회로로 만든 가파르지 않은 길을 따라 십 분쯤 가자 성벽의 잔해가 남아 있는 곳에 다다른다. 남자와 알란조는 잠시 숨을 고른다. 알란조는 잎을 넣은 종이를 둘둘 말아 침으로 붙인다. 남자는 자신의 말보로를 꺼내 문다.

"그대는 마치 바닷속에 있는 듯 고독 속에서 살았고, 그 바다가 그대를 품어주었지. 그런데도 아아, 그대는 뭍에 오르려 하는가? 아아, 그대는 다시 자신의 몸을 질질 끌고 다니려 하는가? 〈자라투스트라는 이렇게 말했다〉에 나오는 대목이라오. 당신 바지를 보니 갑자기 떠올랐어요."

남자는 여러 번 젖고 마르기를 반복해서인지 꾸덕꾸덕 굳어 있는 알란조의 바지를 가리킨다. 니스의 날씨와 어울리지 않는 긴 바지 끝에 나뭇잎이며 먼지가 뒤엉켜 있다. 알란조는 태연하다.

"진흙탕인 인생을 지나다니면서 깔끔한 척해봐야 무슨 소용이 있겠어요?"

"새로 시작할 수도 있었을 텐데요."

"내 바지는 모두 내 다리보다 길어요. 오물을 묻히지 않고는 한 발짝도 걸을 수가 없죠."

"왜 바지를 고쳐 입거나 다른 종류의 바지를 사려는 생각을 하지 않는 거죠?"

"처음부터 이런 바지를 입었어요. 왜 그랬는지, 언제부터 그랬는지 기억나지 않아요. 다른 바지를 입고 싶지 않았고, 입을 수도 없을 거라 생각했어요, 늘."

남자는 하얀 띠를 품은 채 앞으로 나아왔다 뒤로 물러서는 바다를 응시한다. 춤을 추는 물결을 따라, 관광객인 척하며 관광객들의 지갑을 털었던 알란조의 모습이 자욱한 먼지처럼 피어오른다. 마리화나를 피우고, 먹고, 훔치고, 자고, 술에 취하고, 바지를 산다. 바지는 늘 알란조의 주변을 쓸고 다녔다. 알란조는 갑자기 '신은 죽었다'고 외쳤던 자라투스트라처럼 결연하게 말한다.

"이제 나는 내 길을 갈 거요."

알란조는 거의 필터 끝에 이른 담배를 끄고는 새로 담배 하나를 더 만다. 남자는 그를 남겨두고 홀로 발을 옮긴다. 매끄럽지 않은 바닥의 돌들이 지나가는 사람들의 자취를 꼼꼼히 제 몸에 새기고 있다.

남자는 마을 중턱에 위치한 카페에서 맥주를 주문해 마시고 있는 노부부의 자리에 합류한다.

"기네스가 아닌 것을 어찌 맥주라 하는지 모르겠어요. 이 아름다운 곳에 맥주다운 맥주가 없는 것이 아쉽군요."

"우리 고향에선 거품이 행운을 가져다준다고들 말해요. 맥주의 거품이든 커피의 거품이든."

"모두에게 행운을!"

남자는 자신의 카푸치노 잔을 들어 건배를 제의한다. 노부부는 행복해 보인다. 풍성한 하얀 거품이 모두의 입가에 흔적을 남긴다.

사라가 남자의 팔에 손을 얹으며 다정하게 말한다.

"이봐요, 나는 남편이 벌어오는 돈으로 애들을 키우고 옷을 사고 강아지를 먹였어요. 만족스러워요. 내가 사는 섬에서 누릴 수 있는 모든 것을 누렸어요."

"정말 행복해 보이세요."

"행복하답니다. 대양을 횡단해야만 진짜 인생을 사는 건 아니잖아요. 사람은 모두 달라요."

남자는 자신의 컵을 천천히 돌려가며 고개를 끄덕인다.

"오늘은 정말 잊을 수 없는 날이 될 겁니다. 카푸치노마저도 특별하네요."

션은 기네스가 그리운 듯 혹은 다른 어떤 것이 그리운 듯 먼 하늘로 시선을 돌리고 있다. 바다와 경계를 나눌 수 없는 하늘이 어디서부터 시작되는지 끝나는지 가늠하기가 쉽지 않다. 션은 아무도 눈치 채지 못하길 바라며 슬쩍 눈물을 훔친다. 하지만 남자도 사라도 그 모습을 놓치지 않는다. 남편이 우는 모습을 남들에게 보이고 싶어하지는 않을 거라 여긴 아내가 화장실에 다녀오겠다며 자리에서 일어선다. 남자는 남은 커피를 마저 마신다.

"정말 맛있군요."

"한 여자가 아들의 관을 끌고 법원 앞에 나타났어요. 이전에 내가 잠시 맡았던 사건인데 그때까지도 해결이 되지 않았죠. 나는 그녀가 억울하다는 것을 알았지만 도와줄 수 없었어요. 영향력 있는 사람이 나의 명예로운 퇴직에 오점이 될 거라고 말했기 때문이죠."

"왜 지금 그 사건이 떠오르는 거죠?"

"모르겠어요. 두세 번 외도를 했어도 중심을 잃지는 않았어요. 아내가 알고 있는 건도 있죠. 일을 하는 동안 경계가 애매할 때도 많았지만 도를 넘어선 적은 없다고 자부해요. 그러나 그 사건은 왠지 자신이 없어요."

"우린 모두 불완전해요."

"맞아요. '해서는 안 될 일'이라는 게 있다면 애초에 신이 그런 일을 만들어내지 않았으면 될 일이죠. 나는 최선을 다했을 뿐이에요."

"잊으세요, 그럼. 에즈는 그런 걸 잊게 만들어주는 곳입니다."

남편과 남자에게 적당한 시간을 주었다고 여긴 사라가 돌아와 다시 자리에 앉는다. 지푸라기처럼 윤기를 잃어버린 사라의 머리카락이 바람에 날린다. 노부부가 서로를 바라보는 눈에 애정이 넘친다. 남자는 그들을 방해하지 않기 위해 먼저 일어선다.

남자는 아치형 통로에서 막 교회를 돌아보고 나온 은진, 세희와 마주친다. 세희는 사진을 찍느라 바쁘다는 듯 남자에게 눈길 한 번 주지 않는다. 그녀가 카메라에 담는 것은 골목 양쪽 벽에 나 있는 문과 창문들이다. 함부로 비밀을 누설하지 않겠다는 듯, 어떤 보물도 결코 나누어 주지 않겠다는 듯 굳게 닫힌 문 앞에서 세희는 여러 번 셔터를 누른다.

같은 호텔에서 이틀을 머무는 동안 몇 번 눈을 마주친 게 전부였지만 세희는 알 수 있었다. 남자는 어떤 과거나 미래, 심지어 현재에도 연루되어 있지 않은 사람이었다. 그가 미래를 담보로 현재를 양보하며 살아온 자신을 돌아보게 만드는 거울처럼 여겨지자 세희는 견딜 수가 없었다. 그녀는 남자가 께름칙했고 두려웠다. 그가 자신에게 상냥하게 굴수록 점점 화가 나기도 했다. 누구에게나 친절하지만 실은 누구에게도 마음을 주지 않는 남자와 같은 자가, 사랑하는 사람들을 지키기 위해 고통을 견디며 살아온 자신 앞에서 여유 있는 모습을 보이는 게 싫었다. 그녀는 남자를 피해 다녔지만 남자는 어딜 가나 불쑥불쑥 눈앞에 나타나고는 했다. 세희는 괴로웠다.

은진이 남자에게 두 사람의 사진을 찍어달라고 부탁한다. 세희는 마지못해 은진의 옆에 선다. 남자는 철제 난간에 비스듬히 기대어 선 두 사람을 찍는다. 그들은 조카와 이모 혹은 조숙한 딸과 젊은 엄마처럼 다정해 보인다. 그들이 간직하고 싶어하는 바다, 하늘, 꽃들이 모두 함께 찍힌다.

남자는 은진이 달고 있는 은 목걸이를 놓치지 않고 알아본다.

"앙크 목걸이를 샀군요? 예쁩니다."

"삶의 숨결, 나일의 열쇠라네요. 부활을 상징하는 이시스의 영물이래요."

"니스에 숨어든 이집트의 영물이군요."

"이곳에는 여러 문화가 공존했대요. 이집트, 그리스, 로마, 터키…."

"어딘들 그렇지 않겠어요. 모든 게 뒤섞여 있지요. 죽고 다시 태어나고 또 죽는 거죠."

은진은 사실 어떤 부활에도 관심이 없다. 죽음이나 부활에 관심을 가졌더라면 틀림없이 그녀는 좀 덜 즐겁게 살았을 것이다. 더 신중해졌을 것이므로 우울해졌을 것이기 때문이다. 그녀는 죽음이나 부활에 관심을 가지지 않아 다행이라 생각한다. 덜 즐겁게 사는 것은 결코 그녀가 원하는 바가 아니었다.

그녀는 자신의 업소에 드나들던 황 사장을 따라 파리로 여행을 온 것이었다. 하지만 파리에서 짐을 풀자마자 황 사장은 아내가 쓰러졌다는 연락을 받았다. 그가 다급히 한국으로 돌아간 후 호텔 방에 남겨진 은진은 난감했다. 공짜로 얻은 비행기 표를 날리고 싶지 않았지만, 말도 통하지 않는 나라에서 혼자 여행을 하려니 자신이 없었던 것이다. 게다가 그녀에게는 황 사장이 미안해하며 남기고 간 돈 봉투도 있었다. 은진은 자신의 술집에서 파트타임으로 일한 적이 있는 세희가 런던에서 유학 중이라는 사실을 떠올렸다. 전화번호를 몰랐지만 카카오톡으로 연락할 수 있었다. 은진은 경비를 모두 부담하겠다는 조건으로 그녀를 불러들였다. 프랑스에서는 영어가 통하지 않는다는 것도 이젠 옛말이었다. 세희는 그런대로 도움이 되었다. 은진은 아까워하지 않고 돈을 썼다.

은진은 남자와의 대화가 즐겁다.

"이곳에 오길 정말 잘했어요. 이렇게 아름다운 곳이 있다는 걸 알지 못하고 죽었더라면 억울할 뻔했어요."

"나 역시 정말 감동적인 곳이라 생각해요."

"철학자며 예술가들이 왜 이곳을 사랑했는지 알 것 같아요."

"마티스나 피카소가 에즈를 거쳐 가지 않았더라면, 우리는 분명 세상에서 가장 은밀한 비밀 몇 가지를 엿보지 못했을 겁니다. 한 철학자가 허공에 대고 외치는 소리도 듣지 못했을 거고요."

"이런 아름다운 곳에서 왜 그런 골치 아픈 철학 같은 것을 했나 몰라

동행자

요. 즐기기도 바빴을 텐데."

"지속되는 기쁨이라는 게 없다는 걸 알아서였겠죠."

"골치가 아픈 후에 더 즐겁고, 즐거웠던 기억이 있어야 또다시 골치가 아픈 법이긴 하죠."

은진은 자신의 방식대로 풀어낸 것에 만족한다는 듯 경쾌하게 몸을 돌린다.

"이제 이국적인 정원을 둘러봐야죠."

"네, 같이 가요."

남자와 은진은 아치형 덮개가 있는 골목으로 천천히 걸음을 옮긴다. 세희는 멀찍이 떨어져서 그들을 따른다.

올랑의 버스에 탔던 모든 사람들이 바위산 꼭대기에 자리한 에즈의 정원에 하나둘씩 모여든다. 줄기가 사람의 머리보다 큰 선인장이며 공룡처럼 팔을 뻗은 거대한 알로에 앞에서 놀라움을 감추지 못한다. 남자는 여러 번 커플들의 사진을 찍어주었다. 작은 폭포와 연못 앞에서 한 장, 폐허로 남은 성벽을 배경으로 한 장, 그리고 광대한 하늘과 바다가 다 보이는 포토 포인트에서 또 한 장.

아직도 사이가 좋아지지 않은 듯한 마오유와 싱위에가 바바라라는 이름의 동상 앞에 서 있다. 두 사람은 동상 아래에 쓰인 문구를 놓고 서로의 주장을 펴고 있다.

마오유는 '디즈 스트레이 록스 these stray locks'라는 구문에 대해 '길을 잃은 자물쇠들'이라 주장하고, 싱위에는 '흐트러진 머리채'라 주장한다. 두 사람은 중국어 이상으로 공을 들여 익혀온 영어에 대해 자부심이 대단하다.

"봐, 이렇게 해야 시가 되지. 바람이 내 피부에 매달려 있어요. 이 흐트러진 머리채는 신경 쓸 것 없어요. 나는 아이올로스의 딸이랍니다."

"아니야. 바바라가 동풍의 여신의 딸이라고 한다면, 그 바람이 자신을 감싸고 있는 한 이미 무력해진 자물쇠, 즉 육체적인 한계는 문제될 게 없다는 뜻으로 쓰인 거야."

"하지만 자물쇠라고 표현하고 싶었다면 동상에 최소한 굵은 체인 하나쯤은 있어야 될 거 아냐? 여기서 '록스'는 머리털이라는 뜻이야."

"테라코타로 만들어진 움직일 수 없는 조각상이라는 것을 염두에 두고 자물쇠의 이중적인 의미를 파악해야 해. 머리채가 도대체 무슨 상관이야?"

남자는 논쟁하는 그들의 옆에서 유심히 조각상을 관찰한다. 긴 원피스의 주머니에 양손을 넣은 채 바람의 향기를 음미하는 듯 눈을 감은 젊은 여인은 아이올로스의 딸답게 당당하고 자유로워 보인다. 남자가 두 사람의 사이에 끼어든다.

"아이올로스의 다른 아들은 끝없이 바위를 굴렸다는 시지포스라는 설이 있어요."

"또 당신이군요."

기분이 나쁜 김에 누구에게라도 화풀이를 해야겠다는 듯 싱위에가 호전적으로 말한다.

"나 역시 바바라를 감상하고 싶었을 뿐이오."

"당신은 코트다쥐르의 풍광과는 어울리지 않아요. 동풍의 여신과도, 이 바람의 딸과도 도무지 어울리지 않는다고요."

"그럴지도 모르죠. 하지만 나도 당신처럼 있어야 할 곳에 있는 것뿐이오."

"재수 없어."

싱위에는 찢어진 눈을 사납게 깜빡이더니 몸을 휙 돌려 길을 내려간다. 마오유는 남자에게 미안하다는 말을 여러 번 한 뒤 서둘러 그녀를 따른다. 남자는 싱위에가 그렇게 화를 낼 이유도, 마오유가 그렇게 굽실거릴 이유도 없다고 말해주고 싶지만 이미 그들은 사라지고 없다.

남자는 어쩔 수 없는 일이라는 듯 큰 키의 바바라를 올려다보며 윙크를 보낸다. 눈을 감은 바바라는 남자나 싱위에, 또는 다른 어떤 사람에게도 관심이 없다는 듯 바람을 만끽하고 있다.

남자는 지금껏 자신에게 호의를 보이거나 따뜻하게 대하는 사람을 만난 적이 거의 없다. 가끔 남자를, 오래전에 엉덩이를 두드려주고는 했던 자식이나 영원히 가슴에 새긴 연인처럼 대하는 사람들이 있기는 했다. 그들 중 일부는 전생에서부터 그를 기다렸다는 듯 호감을 표했고, 가끔은 숭배에 가까운 애정을 보이기도 했다. 하지만 대부분의 사람들은 남자를 불편하게 여겼다. 오십사 번 버스를 기다리다 연거푸 사십오 번 버스만을 보게 되어 스스로를 믿지 못하게 된 사람들처럼 당황스러운 눈빛으로 그를 보고는 했다. 개중에는 남자가 자신을 보지 못하게 하는 유일한 방법이 자신의 눈을 가려버리는 것이라 여겨 바보처럼 행동하는 이도 있었다. 남자는 그들을 귀엽게 보지 않았다.

싱위에처럼 호감을 보이지 않는 정도가 아니라 대놓고 적대감을 표출하는 부류도 있었다. 그들은 대체로 무모해서 성공률이 낮음에도 불구하고 덤벼들기를 주저하지 않았다. 우두머리 자리를 빼앗기고도 끝까지 사납게 끽끽대기를 멈추지 않는 늙은 오랑우탄처럼. 하지만 그들은 결국 썩어빠진 이와 무딘 발톱을 감춘 채 쫓겨나야만 했다.

남자는 자신이 만나왔던 사람들 대부분이 어리고 어리석다고 생각한다. 본질적으로 은밀하기에 일부러 허술한 외형을 갖추었을 뿐인 삶을 제대로 이해하는 사람은 드물었다. 남자는 그들을 안타깝게 여기지 않는다. 그들은 그들의 길을 가고 남자는 남자 자신의 길을 갈 따름이다.

올랑이 기다리는 곳에 남들보다 먼저 도착한 남자는 시간을 확인한다. 이런저런 기념품 가게에 들른 사람들이 모두 돌아오려면 이십여 분은 걸릴 것이다. 그는 떨어진 동전을 찾기라도 하듯 버스 주위를 살펴보며 한 바퀴를 돈다.

올랑은 운전석에서 의자를 뒤로 젖힌 채 곤한 잠에 빠져 있다. 갈팡질팡하며 사춘기를 보낸 일도 없고, 우울하게 성장하지도 않았던 올랑은 별다른 고민 없이 부모님이 하던 호텔업을 물려받았다. 그는 따뜻한 남부 프랑스의 햇살 아래서 특별히 미워하는 사람도 특별히 못마땅해하는 일도 없이 편안하게 살아왔다. 그의 잠든 얼굴은 해안에 즐비한 요트만큼이나 평화롭다.

남자는 올랑을 물끄러미 바라보다가 근처의 가게에서 아이스크림 두 개를 사 온다. 남자가 차창을 가볍게 두드리자 올랑은 단잠을 잤다는 듯 기분 좋은 얼굴로 일어난다. 그는 아이스크림을 받아들며 늘어지게 하품을 한다.

"고마워요."

"기다리느라 지루했죠?"

"잘 쉬었죠, 뭐."

"같이 산책이라도 할 걸 그랬나봐요."

"어릴 때부터 자주 왔던 곳이에요. 여기로 신혼여행 오는 사람들을 보면 신기하다니까요."

"너무 가까이서 접하면 소중한 걸 모르긴 하죠."

남자는 프랑스가 아닌 다른 곳에서 살아보고 싶다는 올랑을 이해한다. 사람들은 대부분 미지의 것에 환상을 품고 그 환상이 지루한 삶을 가려주기를 기대하게 마련이니까. 음울하게 떨어지는 빗방울과 간단없이 부는 바람에 시달린 아일랜드인 노부부라면 정녕 부러워할 이 따뜻한 햇볕을 따분하게 여기기도 하는 것이다. 올랑은 붉어진 코와 뺨을 어루만지며 김이 나는 핫와인을 마시고 싶어하고, 속옷 안에까지 들어온 하얀 눈이 전기처럼 짜릿하게 냉기를 전달하는 순간도 경험하고 싶어한다. 그는 인간의 무리가 개미처럼 보이는 지하철역에 가본 적이 없으며, 단지 생존만을 위해 고공 농성을 하고 촛불을 치켜들기도 하는 삶을 알지 못하므로 다른 환경, 다른 삶을 쉽게 동경한다.

"근데 이 버스, 유럽에선 흔하지 않은 회사의 차군요."

"요즘은 차이코프스키의 호두까기 인형들도 모두 중국말로 떠든답니다. 중국산 아닌 게 없죠."

"중국의 힘이 대단하긴 하군요."

"그럼요. 제가 준비한 오늘의 깜짝 선물도 알고보면 메이드 인 차이나예요."

두 사람은 아이스크림을 맛있게 먹는다. 상큼한 레몬 향이 입가에 남는다.

사람들이 하나둘씩 차에 오르기 시작한다. 자리에 앉은 마오유는 싱위에가 산 여러 가지 것들을 메는 가방에 옮기느라 바쁘다. 목을 아래로 길게 늘어뜨린 오리 인형과 발랑 드러누운 돼지 인형, 손으로 수를 놓았다는 컵 받침들과 에즈의 풍경이 담긴 달력 등이다. 사라는 은으로 만들어진 파테라를 남자에게 보여준다. 기원전 삼백 년에 에즈에서 발견되어 현재 대영박물관에 전시되어 있는 바로 그 컵을 본뜬 것이라는 말을 빠뜨리지 않는다.

"신에게 술을 바치는 의식을 할 때 여기에 따랐대요."

"컵이라기보다 접시처럼 보이는군요. 손잡이도 없고."

은진과 세희, 싱위에도 모두 목을 빼고 파테라를 구경한다. 경건함을 드러내려는 사제들이 팔을 뻗어 신에게 바쳤던 술잔, 희생 제물을 바치는 제단에 올렸다는 거룩한 술잔이 모두에게 강한 인상을 준다.

그사이 올랑은 버스에 오른 손님들 하나하나를 체크하며 에즈의 상징이라는 열쇠고리를 나누어 준다. 사람들은 뼈 위에 앉아 있는 피닉스를 받아들고 다양한 버전의 감사 인사를 보낸다. 누구도 조잡하게 마감된 흔적이 뚜렷한 기념품의 품질에 토를 달지 않는다. 에즈를 기념해서 좋고, 불사 또는 부활을 떠올려서 좋고, 특별한 기억이 하나 더 추가되어서 좋고, 또 그냥 공짜라서 좋은 사람들의 입에서 감탄이 쏟아진다.
올랑은 하나 남은 열쇠고리를 흔들어 보이며, 이탈리아 청년이 도착하지 않았음을 지적한다. 남자가 깜빡 잊었다는 듯 알란조의 말을 전한다.
"잊고 있었네요. 그는 더 구경을 한 후 천천히 따로 오겠답니다."
올랑이 고개를 끄덕이며 말한다.
"그 친구 아무래도 실연을 당했나봐요."
"젊은 날에는 약이죠."
누군가가 그런 젊은 날도 부럽다는 듯 명랑하게 대꾸한다. 버스가 천천히 출발한다.
버스는 왔던 길을 그대로 되밟아 나간다. 한나절의 산책에 지친 것인지, 아니면 보았던 경치를 또 한 번 보아서인지 사람들은 아까보다 차분하다. 하지만 차창 밖으로 흐르는 풍경이 여전히 아름답다고 생각하며 감상하기를 멈추지 않는다. 나무만 있었다면 이렇게 은은하게 느껴지지 않았을 것이다. 바다만 펼쳐졌다면 지루했을 것이다. 작은 집들만 모여 있었다면 답답했을 것이고, 암벽과 돌벽만 늘어서 있었다면 우중충했을 것이다. 그러나 남부 프랑스는 이 모든 것을 함께 갖고 있고, 어떻게 조합해야 하는지 잘 알고 있는 듯 보인다. 사람들은 아직도 카메라를 들이대야 할 것 같은 조급함에 시달린다. 모든 게 끝나가는데도 말이다.
은진은 휴대전화기에서 자신을 버려두고 황급히 돌아간 황 사장의 메시지를 확인한다.
"일이 곤란하게 되었어. 마누라가 이런저런 사진을 많이도 갖고 있더라고."
은진은 답문을 보내지 않는다. 아내가 자살을 기도했다는 소식을 받은 후 황 사장은 그간 자신의 아내에 대해 했던 모든 말과 반대되는 행동을 취했다. 정말 지루한 여자야. 맨날 애들 공부, 공부. 학원비가 얼마고, 입시가 어떻고, 그런 말밖에 할 줄 모르는 사람이라고. 인생을 즐길 줄 모르는 여편네지. 그러나 그는 아내가 손목을 그었다는 소식을 듣고 잠깐의 망설임도 없이 곧장 짐을 쌌다. 투박한 손으로 여러 번 문지른 얼굴이 온통 벌게진 채였다. 은진은 그의 아내가 죽는 시늉만 했을 뿐이라고 욕을 해주려다 가까스로 참았다. 황 사장은 구할 수 있는 가장 빠른 편의 비행기를 타고 떠났다. 은진은 그가 남겨준 한 다발의 돈을 고마워하지도 않고 받았다.

세희는 자신이 산 여러 장의 엽서를 보고 있다. 에즈 꼭대기에서 볼 수 있는 해변과 작은 마을들, 보송보송해 보이는 구름과 해가 지는 하늘, 또 단단하게 서 있는 노란 교회들을 직접 눈으로 보았다는 게 믿기지 않는다. 이상하게도 실제 풍광을 보는 것보다 엽서를 보는 게 더 사실적으로 느껴진다. 간만에 긴장 없는 행복감을 느낀다.

애초에 그녀는 은진의 부탁을 거절하고 싶었다. 학자금 대출 때문에 몇 번 은진의 술집에서 일을 한 적이 있다고는 해도 여행 가이드 역할까지 해야 할 이유는 없었다. 하지만 이국땅에서도 여전히 가난했던 그녀는 곧 한국으로 돌아가야 했고, 돌아가면 계속해서 학교에 다니기 위해 또다시 아르바이트가 필요할지도 몰랐다. 은진의 술집은 보수가 상당한 곳이었다. 구태여 다른 곳과 거래를 터서 얼굴만 더 팔리게 하고 싶지도 않았다. 그녀는 돈 안 드는 여행이니 마음껏 즐기자고 마음먹은 터였다. 하지만 어쩐지 아주 편안한 기분이 되지는 않았다.

세희는 앞자리에 앉은 남자를 슬며시 곁눈질한다. 그녀는 처음부터 그가 무서웠다. 깊이를 알 수 없는 그의 눈과 일자로 쭉 뻗은 눈썹 때문에 오소소 소름이 돋았다. 남자를 볼 때마다 하나의 이미지가 떠올랐다. 힘을 뺀 채 바람에 몸을 내맡긴 커다란 새인 남자와 바람을 거슬러 날아가느라 빠르게 날개를 파닥여야만 하는 작은 새인 자신. 자유로운 큰 새는 언제든 사나운 부리로 고단한 작은 새를 쪼아버릴 것만 같았다.

세희는 남자 때문에 초조해졌다.

남자는 창밖으로 멀어지는 에즈 마을을 돌아보고 있다. 장난감처럼 작아진 마을이 암벽 위에 동그마니 놓여 있다. 아직도 여러 명의 관광객들이 사진을 찍고 있는 벼랑 위 정원에서 알란조는 아래를 내려다보고 있을 것이다. 파랬다가 점점 검어지고 다시 엷어지면서 하늘과 뒤섞이는 지중해. 그 바다를 바라보며 청년은 드디어 삶의 뒤통수를 호되게 내려칠 수 있게 되었다고 기뻐하는 중일지도 모른다. 알란조는 땅에 질질 끌리는 자신의 바지에 대해 끝내 아무런 변명도 하지 않을 것이다.

싱위에는 마오유가 자신들이 사 온 귤을 남자에게 나누어 주려 하자 노골적으로 골을 낸다. 착한 젊은이 마오유는 이러지도 저러지도 못해 애꿎은 귤만 주물러댄다. 그는 언제나 누군가를 싫어하거나 경멸하는 것을 가장 힘겨워했다. 마오유는 어릴 때부터 친구들에게 친절했고 부모에게 순종했으며 선생님을 존경했다. 그들의 사소한 잘못이나 무능력함, 또는 강압적인 태도 따위에 실망하지 않았다. 싱위에가 근본적으로 선량하지 않은 데다 줄곧 투덜거리는 여자라는 것을 알게 되었지만, 그는 그마저도 무리 없이 받아들였다. 이미 사랑하고 있으므로 모든 것을 감당해야 한다고 생각했다.

싱위에가 여행 내내 마오유를 구박한 가장 큰 이유는 스스로를 지나치게 높이 평가해서였다. 그녀는 자신이 마오유에게 과분한 상대라고 생각하고 있었다. 잘생긴 데다 착하기까지 한 마오유를 얻는 것만이 유일한 소원이었던 때가 있었다. 하지만 싱위에는 그가 데이트 신청을 하도록 유도하고 정확히 그것이 이루어진 직후에, 곧바로 자신의 선택을 후회했다. 싱위에는 대체로 그렇게 살아왔다. 어떤 사람들은 그러한 성정에 대해 변덕스럽다고 비난했지만, 싱위에 본인은 폭넓은 관심과 열린 태도를 가진 것이라 자부하고 있었다. 그녀는 마오유에게 싫증이 난 뒤 감당할 수 없는 것들을 요구함으로써 모든 것을 그의 탓으로 돌리고

자 했다. 하지만 마오유는 지나치게 참을성이 많았다. 어떤 무리한 부탁에도 거절하는 법이 없었다. 그가 착하게 굴수록 싱위에는 점점 더 화가 났다.

이제 올랑의 버스는 둥그렇게 굽은 도로를 따라 내려가고 있다. 사람들은 잘 몰라서 반대편에 앉기도 했던 처음과는 달리 이번에는 해변 풍광이 잘 보이는 쪽으로 모여 앉아 있다. 버스가 왼쪽으로 도는 순간 가볍게 차체가 흔들린다.

승객들의 멀미를 방지하기 위해서라도 직선에 가깝게 운전하는 게 좋겠지만, 올랑은 결코 중앙선을 침범하지 않는다. 갓 차를 산 젊은 사람들이 난폭하게 운전을 하다 사고가 났다는 기사를 여러 번 보았기 때문이다. 그는 차선을 따라 단정하게 운전을 하면서 자신이 경솔하게 운전 실력을 과시하지 않아도 좋을 만큼 나이를 먹었다고 생각한다. 지킬 것은 지키면서도 여유를 즐길 줄 아는 스스로를 자랑스럽게 여긴다.

오후의 햇살이 버스 구석구석으로 나른하게 스며든다. 올랑은 아이스크림이 아니라 커피를 한 잔 마셨어야 했다고 생각한다. 낮잠을 충분히 잔 것 같은데도 졸음이 몰려온다. 올랑은 창문을 조금 더 열고 남자에게 말을 건다.

"나는 가끔 이 길에서 첫 감동을 느끼는 사람들이 부러워요. 너무 익숙해져 새롭게 느끼지 못한다는 건 안타까운 일이에요."

"그러나 오늘의 이 길이 어제와 같다고는 할 수 없죠."

"그렇죠. 타고 있는 사람들이 다르니까요."

"물론이죠. 세상에서 가장 특별한 내가 타고 있지 않소?"

올랑은 남자의 대답에 유쾌하게 웃는다.

"사실 나는 당신을 잘 모르겠어요. 우리 호텔에 당신과 같은 사람이 온 적은 한 번도 없었어요. 내게 친절히 대해주고 다른 모든 사람들에게 부드럽지만, 뭐랄까, 당신은…."

"저도 이렇게 평화로운 곳은 오랜만이랍니다."

"늘 평화롭지는 않아요. 작년에 개인 헬기가 추락했답니다. 끔찍했죠. 여기도 드문드문 큰 사건들이 일어나요."

"그러나 당신은 그걸 현실이라 느끼지 못하지요. 그렇지 않나요?"

"맞아요. 내 생활은 호텔에서 손님을 맞고 맛있는 포트와인을 마시다가 이 작은 버스를 모는 데서 끝나요. 결국 다른 삶은 알지 못하겠죠?"

"다 알 필요는 없답니다."

올랑은 그동안 상냥했던 남자의 태도가 얼마간 변했다고 느낀다. 시니컬한 것 같기도 하고, 무료해 보이기도 한다. 올랑은 백미러로 남자를 힐끗 바라보며 그래도 덕분에 졸음이 가셨다고 생각한다. 버스는 가파른 내리막길로 접어들고 있다.

사라는 짧지 않은 산책이 힘들었던 탓인지 금방 잠이 들었다. 살아왔던 세월만큼 두터운 꿈이 잠시 그녀를 덮는다. 션은 고요한 사라의 얼굴을 바라본다. 두 겹 또는 세 겹으로 처진 턱의 살이 차의 진동에 따라 이리저리 흔들리고 있다. 사라는 좋은 여자였다. 그리고 용기 있는 여자였다. 그녀는 삶에 들이닥치는 그 어떤 사자도 훌륭하게 길들일 줄 알았다. 사자를 두려워하며 도망을 가지도 않았고, 또 그 사자를 죽이려 들지도 않았다. 그녀는 언제나 화해하고 공존할 수 있는 길을 찾아내고는 했다. 아내는 마지막 순간조차 부드럽고 따뜻하게 맞이할 수 있을 것이다. 션은 그녀와 함께한 시간들에 감사한다.

"자, 이제 난 준비가 되었다네."

누구보다 현실적인 션이 가장 먼저 남자에게 말한다. 그의 경험상 지금은 그렇지 않은 척하거나 숨거나 부정하는 것을 그만두어야 할 때이다. 그는 살아왔던 방식대로 가장 적절한 순간에 타협해서 상처를 덜 받는, 혹은 손해를 덜 입는 쪽을 택하기로 한다.

"애주가는 술과 대적하지 않는 법이지. 나는 당신이 그다지 썩 마음에 들지는 않지만 아내에게 뒤질 수는 없어. 시작하시오."

그 순간, 작은 버스의 오른쪽 앞바퀴가 헐거워진다. 타고 있던 모든 사람이 느낄 수 있을 정도로 버스가 휘청거린다. 그들 대부분은 순식간에 무슨 일이 일어나고 있는지를 알아차린다.

사라가 기분 좋은 얼굴로 깨어난다. 션과 사라는 다정하게 두 손을 맞잡는다.

싱위에가 야무지게 주먹을 쥐고서 마오유의 가슴을 때린다.

"이 모든 게 네 탓이야! 기차를 타지 않겠다고 고집한 네 탓이라고!"

"미안해, 싱위에. 하지만 기차는 정말 타고 싶지 않았어. 사랑해."

"이런 멍청이, 지금 사랑 따위가 무슨 소용이야? 너만 아니었다면 내게는 아직도 많은 기회가 있었을 거야."

"미안해, 싱위에. 정말 미안해."

남자가 자리에서 벌떡 일어난다. 그는 더 이상 쾌활하고 호방한 미소를 짓던 푸른 셔츠의 사내가 아니다. 그의 눈은 잔잔한 바다 너머에서 전혀 다른 계기로 진군을 준비하는 해일처럼 들끓고 있다. 마오유가 도리질하는 싱위에를 끌어안으며 애원하는 눈초리로 남자를 바라본다. 착한 마오유는 자신은 설령 포기했을지라도 끝까지 포기하지 않는 싱위에를 위로해주고 싶어한다.

"싱위에를 이런 곳에 데려오지 말았어야 했어요. 내가 미련했어요."

어느새 목이 꺾인 마오유가 흐느끼며 말한다. 싱위에가 날카로운 소리로 답한다.

"그래, 두고두고 죄스러워해야 해. 죽어서라도 너를 용서하지 않을 거야."

남자는 두 연인을 상대하지 않는다. 그의 눈에 알 수 없는 대륙과 바다, 하늘이 떠다닌다. 그의 몸이 조금씩 커져가고 있다.

"도대체 이게 뭐요?"

이제껏 지중해의 햇빛이 아닌 다른 햇빛과 니스 연안의 부드러운 파도가 아닌 다른 파도를 동경하기만 했던 올랑이 놀란 얼굴로 묻는다. 그는 자신의 작은 버스가 즐거운 스포츠 중계와 한 잔의 맥주, 짭조름한 감자 칩 따위를 향해 가고 있지 않다는 사실을 받아들이지 못한다. 그는 무기력하게 핸들을 놓고 남자의 달라진 얼굴을 바라본다.

남자는 올랑을 무시하는데, 지금은 사실 그 누구와도 시선을 맞추지 않는다. 남자는 개별적으로 사람들을 보지 않는 것이 모두를 동시에 보는 유일한 방법임을 알고 있다.

이제 버스는 중력의 지지를 받지 못하고 그 어떤 인간의 법칙과도 상관없는 길을 가고 있다. 오른쪽 바퀴가 실수로 흘러내린 동전처럼 떨어져나간다. 누군가가 창유리에 머리를 부딪치고 누군가가 다른 누군가와 엉겨 구른다.

올랑이 운전하는 자리까지 튕겨져 나온 세희가 고통으로 신음한다. 피가 흐르는 그녀의 얼굴은 흙빛이 되어 있다.

"내가 무슨 잘못을 했길래? 무서워. 나는 죽고 싶지 않아."

팔다리가 꼬인 채 좌석 간 통로에 널브러져 있는 은진이 말한다.

"우리가 뭘 잘못해서 지금 이 자리에 있는 게 아니야. 곧 괜찮아질 거야."

"저 남자는 처음 봤을 때부터 나를 떨리게 했어. 예감이 좋지 않았을 때 도망갔어야 했는데…. 아, 아버지, 어머니! 너무 끔찍해!"

세희의 울부짖는 소리가 버스를 얼마쯤 더 기울어지게 만든다.

"운다고 달라질 게 없잖아? 그만 좀 해!"

은진이 세희에게 소리친다. 하지만 그녀의 목소리는 다른 비명에 묻혀 세희에게 가 닿지 못한다.

얼마간 붕 떠 있던 버스가 다시 한 번 땅과 부딪치며 굉음을 낸다. 후면 측면 할 것 없이 죄다 찌그러진 버스가 벼랑 아래로 떨어지기 시

동행자 249

작한다. 안전벨트를 맨 올랑을 제외한 다른 모든 승객들이 이리로 구르고 또 저리로 튀어 오른다. 사라와 션은 더 이상 함께 손을 잡고 있지 못하고, 싱위에와 마오유 역시 각기 다른 방향에서 아우성을 치고 있다. 세희는 이제 숨을 쉬지 않는다. 어디에서 쏟아져 나온 것인지 알 수 없는 빗이며 지갑, 라이터, 볼펜, 귤 등이 출렁이는 버스를 따라 널을 뛴다. 앙크 목걸이와 엽서 등 그들이 몇 분 전에 샀던 에즈의 기념품들도 아무렇게나 흩어진다. 복잡하게 굽은 뼈 위에 앉아 있는 피닉스들은 그 어떤 능력도 발휘하지 않겠다는 듯 무심한 표정으로 좁은 버스 안을 날아다닌다.

더 이상 중력의 영향 아래 있지 않은 사람들이나 사물들과 대조적으로 몸집이 커진 남자만이 유일하게 균형을 잡고 있다. 바닥에 발을 딱 붙인 채로 흔들림 없이 서 있는 그의 머리, 가슴, 손, 발 등이 버스 구석구석까지 닿아 있다.

목이 꺾인 데다 가슴뼈에 금이 간 마오유가 극심한 고통을 참아가며 남자에게 애원한다.

"전 당신을 존경해요. 어디든 따라갈 용의가 있다고요. 하지만 싱위에는 내버려두세요, 제발."

하지만 남자는 솜처럼 부푼 거대한 손을 움직여 자신을 존경한다는 마오유를 단번에 눌러버린다. 착한 중국 남자는 익살스러운 광대처럼 잠시 전신을 부르르 떨다 숨이 넘어가고 만다. 그는 이제 누군가를 존경하거나 사랑할 필요가 없을 것이다.

갑자기 싱위에가 제 몸보다 커진 남자의 얼굴을 쥐어뜯는다. 그녀는 아무런 통증도 느끼지 못할 남자의 살을 물어뜯고 발로 차며 악을 쓴다.

"내가 느끼는 고통의 몇 백배를 느끼게 해줄 거야. 널 저주해, 영원히!"

바로 그 순간, 싱위에의 몸이 버스의 진동과 함께 튀어오른다. 남자가 소리 없이 웃는다. 하지만 그녀는 기다시피 굴러 와 다시 남자의 발목을 부여잡는다.

"결코 이렇게 가지 않을 거야. 그럴 수 없어."

그녀는 남자의 멱살을 잡지 못한 것이 억울하다는 듯 이를 간다. 싱위에는 버둥거리고 할퀴며 할 수 있는 모든 것을 다 한다. 하지만 작고 깡마른 그녀는 점점 강해지고 점점 커져가는 남자에게 파리만큼의 위해도 가하지 못한다. 남자는 성가시다는 듯 싱위에를 걷어차버린다.

남자는 천천히 고개를 돌려 사람들이 떠나온 에즈 마을을 바라본다. 마을의 이국 정원 꼭대기에서 나무토막처럼 보이는 기름한 것이 떨어진다. 남자는 그것이 알란조라는 것을 알고 있다. 아마도 아이올로스의 딸이 경쾌하게 휘파람을 불며 그를 배웅해주었을 것이다. 남자는 바다를 향해 가면서 알란조가 읊조리는 마지막 말을 듣는다.

"이제야 나는 살고 있다. 신은 죽었으나 죽음은 살아 있다."

사는 게 쉽지 않았던 이태리 청년은 쉽게 죽어가고 있었다. 알란조는 다시는 끌리는 긴 바지를 입지 않을 것이고 그럴 필요도 없을 것이다.

"이것도 꽤 스릴 있기는 하지만, 기왕 가는 거 한 번에 가면 좋잖아. 이렇게까지 할 거 있어?"

마지막까지도 미소를 거두지 않은 은진이 힘없이 말한다. 일부러 그리기라도 한 듯 그녀의 얼굴에는 온통 붉은 줄이 그어져 있다. 고대의 술잔 파테라에 제대로 맞은 그녀의 머리에서 피가 뿜어져 나왔던 것이다. 거울을 찾을 수만 있다면 그녀는 붉은 무늬가 현란한 자신의 얼굴을 보려 했을 것이다.

근원지를 알 수 없는 곳에서 남자의 목소리가 울린다.

"부끄러운가?"

"도대체 무엇이? 내가 운영했던 술집이나 내가 했던 일이? 전혀."

"그럼 자랑스러운가?"

"천만에. 난 그저 유사 이래 한 번도 없어진 적이 없는 어떤 직업을 가졌을 뿐이야. 누군가는 해야 하는 일인데, 그 일을 내가 했다고 해서 부끄럽거나 자랑스러울 건 없어. 순간순간 고통스러웠고 또 즐거웠지. 그게 다야."

남자의 검푸른 눈이 가만히 깜빡인다. 버스의 곳곳에 구겨진 종이처럼 끼여 있던 몇몇 사람들이 은진의 말에 공감한다는 듯 신음을 낸다. 다른 몇몇 사람들은 그렇지 않은 듯하다. 하지만 은진은 곧바로 사람들의 평가와는 아무런 상관도 없는 곳으로 떠나버리고 만다.

이제 남자는 버스의 외부로 터져나갈 듯 몸과 키가 커져 있다. 남자의 어깨와 버스의 운전석 사이에 끼어 있던 올랑이 처절하게 비명을 지른다.

"이봐요, 멈춰줘요. 제발. 나의 오늘은 어제와 같아야 해요."

그 순간 올랑의 코앞으로 거대한 나무가 돌진하는가 싶더니 곧 버스의 앞 유리가 깨지고 만다. 올랑은 그간 자신을 보살폈던 악의 없는 햇살과 부드러운 바람보다 오후에 보기로 한 축구 경기가 더 아쉽다는 듯 남자에게 묻는다.

"마드리드와 소시에다드, 어느 쪽이 이기게 될까요? 세상은 정말, 모르는 일투성이군요."

남자는 어쩌면 올랑의 순진한 의문에 미소를 지었을지도 모른다. 하지만 미니버스 속의 누구도 그의 얼굴을 볼 수 없다. 한 번 더 버스가 뒤집힌다. 날카로운 유리의 파편들이 올랑에게로 쏟아지며 더 물어보려는 그의 입을 막는다. 올랑의 의문들은 뻣뻣하게 굳은 그의 몸과 함께 사라지고 만다.

파편들과 시체 사이에 끼여 몸을 움직일 수 없었던 션이 가까이로 굴러 온 자신의 아내를 향해 말한다.

"당신에게 부끄러운 사람이 되고 싶지 않았소."

"부끄럽다니요? 당신과 나는 오십 년을 함께했어요. 제법 긴 시간이었죠."

노란 미모사 꽃잎과 붉은 피로 범벅이 된 사라가 숨을 헐떡이며 답한다.

"당신에게 말하지 못한 것들도 있소."

"할 필요 없어요."

두 사람은 서로 팔을 뻗어보지만 잡을 수 없다. 사라가 간신히 말을 잇는다.

"부끄러워해야 할 것은 우리 자신이 아니에요. 저 남자도 아니죠. 책임을 져야 하는 것은, 어쩌면 삶 자체랍니다."

사라는 평온하게 눈을 감는다. 션이 울음을 터뜨린다. 그러나 오래 울지는 못한다. 그도 금방 사라를 따라가야 했기 때문이다.

작은 버스는 이제 망설임 없이 가파른 길을 따라 내려가고 있다. 신비한 기운을 품은 수목 사이를 지나, 요정들의 금가루가 뿌려진 것 같은 해변을 향해, 버스는 구르고 구른다. 단 한 번도 한 가지 색으로 빛난 적이 없는 바다가 그들을 기다리고 있다.

*

남자는 사람들을 끌고 제 길을 간다. 이제 더 이상 살아 있지 않은 그들은 해변에서 놀던 소녀의 다리에 붙은 해초처럼 동행했던 자에게 주렁주렁 매달려 있다. 예감하지 못한다는 것은 슬픈 일이다. 슬픈 일이 일어났다.

그저 서장에 불과합니다―여자의 이야기

그것들은 모두 직접 드러내서 오히려

희미해져버릴 수도 있는 어떤 이야기를 보다 선명하게 보여주기 위해

작당이라도 한 듯 조심스레 우회할 것이다.

그저 서장에 불과합니다—여자의 이야기

베개로서 공감하고 고민할 만한 것들과
존재 의의를 위해 분수를 망각하지 않는 선에서 가질 수 있는 소박한 바람

 요즘 내가 눈에 띄게 수척해졌다는 것은 나도 알아. 밤새 이리 뒤집히고 저리 뒤집히는 통에 몸살을 앓고 있으니까. 아마 일 인치나 이 인치는 허리 사이즈가 줄었을 거야. 내장 지방이 분해되는 기분이랄까, 암튼 속이 좀 허해진 느낌이야.
 그런 걸 기쁨으로 여기는 자도 있지만, 내 입장에서는 전혀 반길 만한 일이 아니야. 나는 손때가 묻거나 적어져서 처음보다 더 아쉽고 소중하게 여겨지는 다른 어떤 것들과는 본질적으로 다르니까 말이야. 사실 이렇게 빈약해지다가는 숫제 쓰레기통에 던져져버릴지도 몰라. 코 푼 휴지들 틈에서 혹은 고춧가루가 묻은 씹다 버린 껌 사이에서 온몸을 떨다가 결국 불에 타고 말지도 모르지. 내가 어찌 신경이 곤두서지 않겠어? 정말 죽을 지경이야.

지난밤에 여자는 나를 이리저리 돌리다 못해 눕혀놓고 마구 때리기 시작했어. 그러니까 양 끝을 두드려서 가운데를 볼록하게 하려던 모양인데, 목화솜인 내 몸이 몇 분이나 그 상태를 유지했겠어? 곧 납작해지고 말았지. 여자는 다시 일어나 앉아 나를 못살게 괴롭혔어.

그래서 멍이 든 거냐고? 아냐. 이건 얼룩이야. 여자의 눈물이 흘러내려 내게 묻은 거야. 마치 겨우내 꽁꽁 얼었던 눈이 따뜻해진 날씨에 저항하지 못하고 주르르 녹아내리듯, 그렇게 흘렀던 거야. 여자는 축축해진 내게 새 커버를 씌울 생각도 하지 않고 덜 젖은 곳으로 작은 머리를 옮겨가며 밤을 견뎠어. 여자의 머리가 닿았던 곳은 습기와 열기로 후끈했지. 내가 달리 할 수 있는 일은 없었어. 찜찜한 기분으로 시간을 견디는 수밖에….

그녀의 남편은 뭘 했냐고? 그는 그냥 자고 있었어. 특별한 영감을 주는 것도 아니고 어떤 사건을 예지하는 것도 아닌 그저 그런 꿈을 꾸는 듯 편안하게 자고 있었지. 자신의 아내가 누웠다 앉았다, 이리 뒤척이고 저리 뒤척이는 것도 모르고서 말이야.

말이 나왔으니 말이지만, 도대체 그런 게 왜 부부인지 모르겠어. 아니, 아니. 내가 그에게 불만이 있어서가 아니라 어디까지나 여자를 동정해서 하는 말이야. 여자는 홀로 밤을 꼴딱 새다시피 했거든.

나는 불을 끄기 직전, 먼저 잠든 남편을 바라보는 여자의 눈빛을 보았어. 외로움인지 쓸쓸함인지 인간만이 느끼는 비루한 고통인지 나로서는 가늠할 수 없었지. 어쨌거나 그 눈빛은 여자의 아이들이 그녀가 만든 음식보다 시켜 먹는 음식이 낫다는 말을 했을 때 혹은 그녀의 관심을 간섭이라 폄하했을 때보다 더 무거워 보였어.

모르긴 몰라도 내 존재 자체와 결코 떨어뜨려 생각할 수 없었던 예단용 한실 이불이 어느 날 갑자기 오리털 이불로 대체되었을 때 느꼈던 느낌이랑 비슷하지 싶어. 기운이 쫙 빠지고 세상사 다 허무했지. 목화솜에 비단 홑청을 씌워 한 땀 한 땀 조심스레 떠서 만들어졌던, 무한한 수고와 인내 없이는 완성될 수 없었던 한실 이불이 답답하고 불편하기만 한 폐기물로 전락하는 것을 보는 일은 내 존재 자체를 뒤흔드는 일이었거든. 뼈대 비슷한 거라도 있다고 자부해왔던 내면의 구심점이 와르르 무너져 내리는 기분이랄까? 그때 나는 나에 대해서도 내가 사는 방식에 대해서도 갑자기 잘 모르게 되었다는 생각이 들었어. 쓸쓸하고 고통스러웠지.

비유가 너무 편향되어 있다고? 미안해. 하지만 내가 여자에게 공감할 수 있는 감정은 이 정도가 다야. 그나마 그게 내가 갖고 있는 가장 충격적인 경험이거든. 아이도 낳아본 적 없고 사랑도 해보지 않은 내가 사실 뭘 알겠어?

한 가지만은 확실해. 여자는 이전에 겪어보지 못했거나 아주 오래전에 겪어서 알지 못하는 것과 다를 바 없는 어떤 일에 부닥친 게 틀림없어. 자신을 포함한 모든 것에 이상하게 낯설어했거든. 여자는 내가 원래 네모였다는 것을 처음 알았다는 듯 깜짝 놀라며 나를 둘둘 말아보려고도 했고 반으로 접어보려고도 했어. 물론 나는 말리지도 접히지도 않은 채 원래 내가 생긴 대로 펴져버렸지. 여자는 실망한 듯도 보이고 안도한 듯도 보였어.

도대체 어떤 것이 여자에게 찾아온 걸까? 혹시 남편 때문인가?

하지만 여자의 남편에게서 특별히 이상한 점은 보이지 않았어. 그는 회사 생활을 충실하게 하는 다른 많은 남편들처럼 일주일에 한두 번 일찍 귀가하고 주말에는 골프를 치러 나가거나 등산을 가. 집에 있을 때는 텔레비전 앞에서 지치지 않고 채널을 돌려대지. 그는 한 채널만 진득하게 보면 철퇴로 뒤통수를 맞을 수도 있다고 생각하는 게 틀림없어. 안방에만 있어도 소리가 들리니까 대충 알 수 있는데, 오래 채널이 안 바뀌는 건 남자가 텔레비전을 보다가 잠이 들었다는 증거일 뿐이야. 그는 어쩌다 일찍 오는 날에는 저녁을 먹고 샤워를 한 뒤 잠자리에 들고, 일찍 오지 않는 날에는 저녁을 먹지 않고 샤워를 한 뒤 잠자리에 들어.

혹시 부부 사이가 유독 냉랭했던 건 아니냐고? 글쎄, 내가 아는 건 두 사람이 서로의 표정을 볼 수 없는 캄캄한 상태에서 매우 조용한 섹스를 했다는 것 정도야. 아이들이 캠프를 가서 없거나 친구 집에서 자고 오는 날을 택했는데, 사실 그런 날은 많지 않았지. 몰라, 비교 대상이 있을 수가 없잖아.

어쨌든 지난밤이 최악이었어. 밤에 우는 새가 낮게 울자 여자는 응답이라도 하듯 더 낮게 울음을 터뜨렸어. 살아온 전 생애, 누구에게도 말하지 않았던 혹은 말할 수 없었던 불온한 일들이 세상에 알려질 것이라는 위협을 받기라도 한 사람처럼 과민했지.

여자가 울음소리를 내지 않기 위해 나를 껴안은 채 꽉 물었을 때는 정말 그대로 찢어져버리는 줄 알았어. 나는 여자의 침과 눈물과 땀으로 온통 젖은 채 날이 새기만을 간절히 기다리지 않을 수 없었어. 솜털 하나하나를 배배 꼬아가며 해가 뜨기만을 바랐지.

마침내 아침이 되자 여자는 정신이 좀 드는지 얼룩지고 젖은 내 커버를 벗겨내고 새것으로 갈아주었어. 하지만 여자의 손길은 하루에 대한 기대감 때문에 생기던 적절한 온기를 품고 있지 않았어. 밤사이 빠져나간 수분 때문이기라도 한 양 메마르고 거칠었지. 되는 대로 어쩔 수 없이 한다는 듯한 무성의한 손길. 각질이 까슬까슬하게 일어나서, 왜 닿아도 기분이 좋지 않고 계속 거슬리는 그런 손길 있잖아.

그래서 나는 오늘 밤이 무서워. 여자가 또 나를 밤새 이리저리 뒤집으며 괴롭힐까봐….

내가 내 안위만을 생각해서거나 이기적이어서는 아니야. 난 어쨌든 여자의 베개이므로 여자가 편안하기를 바라. 한실 이불도 밀려난 마당에 어쩌면 그것만이 나의 가장 확고한 존재 의의일 수도 있으니까 말이야.

중력에 꼿꼿이 저항하던 여자의 머리를 눕히고 복잡한 생각들로 지친 여자의 뇌를 가만가만 토닥여준 뒤 풍부한 꿈의 휴게실로 보내주고 싶다는 게 소박한 나의 바람이야.

오늘 밤에는 그럴 수 있을까? 여자를 강타한 게 실망이든 분노든 불안이든 부디 빨리 멈추었으면 좋겠어.

**모든 내용을 알고 있으나 결코 누설하지 않는,
혹은 누설하지 못하는 휴대전화기의 비애**

부산스러움이 기회만 된다면 언제든 솟구칠 수 있는 태세로 먼지처럼 가라앉아 있는 아침이야. 여자는 그 부산스러움을 더 이상 화려하게 포장하고 싶지 않은 모양이야. 그녀는 세수도 하지 않은 채, 침울한 표정으로 나를 바라보고 있어. 친하게 지내는 대학 친구와 대화를 시작하기 위해서지.

여자의 손가락이 나를 힘없이 두드려. 어제와 비슷하고 또 엊그제와도 비슷한 한탄 외에 새로 한두 가지 내용이 추가되는군. 여자는 친구의 대답을 기다리며 울어서 부은 눈을 문질러.

그래. 당연하게도 나는 이 모든 일들이 어떻게 진행되고 있는지, 여자가 왜 이렇게 힘들어하는지 잘 알고 있어. 하지만 나는 '개인정보 보호'라는 나로서도 어찌할 수 없는 강력한 방어기제 때문에 여자의 비밀을 결코 누설할 수 없어. 그럴 수도 없고, 그러지도 않겠다는 게 내 입장이야.

여자의 아이들도 남편도, 여자가 스스로 알리기를 원하는 소수를 제외하고는 그 누구도 여자가 요즘 무슨 일로 평소와 다른 행동을 하는지 알지 못해.

사실 며칠 전 밤, 여자의 남편은 여자가 잠시 물을 마시러 나간 사이 나를 만지작거렸어. 손가락을 부자연스럽게 돌려야 풀 수 있는 패턴으로 나를 잠가두지 않았더라면, 여자는 무방비 상태로 원하지 않는 일에 맞닥뜨려야 했을지도 몰라. 남편은 비밀번호가 바뀐 나를 들고 한두 번 헛된 시도를 해보았지만, 여자가 돌아오자 전혀 그런 일이 없다는 듯 시치미를 뗐지. 사실 그의 행동이 그저 호기심에서 비롯된 것인지, 아니면 다른 이유가 있어서였는지는 잘 모르겠어. 나는 어디까지나 여자의 전화기이지 남자의 전화기는 아니니까 말이야.

어쨌거나 남편은 열리지 않는 아내의 전화기에 크게 신경이 쓰인 것은 아닌 듯 금방 잠이 들어버렸어. 그는 살면서 습관처럼 굳어진 무심함의 관성에 굳이 저항해야 할 필요를 느끼지 못하는 듯했지.

사실 남편은 좀 더 의심해야 했고 적극적으로 우려해야 했어. 그러나 여자가 그러기를 바라지 않았으니 여자에게는 잘된 일인지도 모르지. 어쨌거나 여자는 최근 평범한 일상을 더 이상 계속 이어나갈 수 없는 상태에 빠져 있어.

여자는 자신의 감정을 그때그때 잘 표현해내고, 따라서 감정의 찌꺼기라고 할 만한 것을 남겨두지 않는, 소위 쿨한 유형의 인간이 아니야. 누군가에게 화가 날 때 화가 난 자신을 오히려 나무라는 혹은 상대방을 배려하면서도 자신의 분수를 넘어서까지 배려하지는 않는 사람들 특유의 냉철함을 유지하느라 해소되지 않은 감정의 잔여물을 늘 얼마쯤은 자신 안에 남겨두는 스타일이지. 이전까지는 그런 것들이 문제되지 않았어. 그런 찌꺼기나 잔여물은 고집스럽게 늙어가지는 않는 여자에게 소리 소문 없이 사라지기도 하는 것이었으니 말이야. 여자는 비교적 잘 처신해왔어.

그런데 지금은 그렇지 않아. 여자는 사라져버린 줄 알았던 과거와 언제까지 늑장만 부릴 줄 알았던 미래가 정색을 하며 다가오고, 때문에 현재까지도 부화뇌동하는 통에 정신을 차리지 못하고 있어.

선명하게 다 말할 수는 없어. 이건 정보 보호 때문이 아니라 내가 이해할 수 없는 영역이라서야. 그녀가 누구처럼 찻잔에서 엷게 퍼지는 마들렌 과자 따위를 보게 되어서인지 아니면 우연히 누군가를 만나서인지 혹은 그저 오래된 깊은 꿈에서 깨어날 때가 되어 깨어났을 뿐이어서인지….

사실 그 모든 게 복합적으로 작용해서인 듯도 하고 전혀 다른 이유가 있어서인 듯도 해. 그런 걸 명확히 알려줄 수 있는 앱 따위가 내게 깔려 있지 않아서 유감이야.

아무튼 그녀는 최근 정립되지 않은 생각들, 아직 시비가 가려지지 않은 판단들이 불쑥 튀어나오지 않게 하느라 녹초가 되어 있어.

어쨌거나 여자의 휴대전화기인 나는 내 능력을 최대한 발휘해 여자를 돕고 위로하고 싶어. 사실 지금의 나는 그 무엇보다 여자에게 가장 필요한 존재야.

지금 여자와 대화를 주고받는 대학 친구는 '그래서 네 생각은?'이나 '시간이 좀 걸릴 거야' 등의 중립적이면서도 합리적인 조언을 할 줄 아는 사람이야. 친구는 더 친했던 여자의 중학교 동창처럼 '그래서 어떻게 됐는데?'라거나 '미치겠다' 등의 호기심만 가득한 자기 본위적인 대응을 하지는 않거든. 여자가 그 중학교 동창에게 최근 더 이상 말을 걸지 않는 이유는 타인의 고통에 최소한 겉으로라도 조심성 있게 접근하려는 신중함을 발견하지 못했기 때문이야. 여자는 겉 다르고 속 다르지는 않다는 핑계로 최소한의 예의도 지키지 못하는 인간들이 겉 다르고 속 다른 인간들보다 더 견디기 어렵다는 것을 알게 됐거든. 그런 면에서 여자의 대학 동창은 마음에 드는 친구였어. 다른 상황에서라면 다소 답답하게 느껴질 수 있었겠지만, 지금과 같은 상황에서는 가장 위로가 된다고나 할까. 친구는 사려 깊게 여자의 얘기를 들었고, 이 모든 상황에 대한 결과 역시 여자가 감당해야 할 것이라는 점을 조심스럽게 상기시켜줄 줄 알았어.

둘의 수다는 길어져. 문자를 하는 데 걸리는 시간이 말하는 데 걸리는 시간의 두 배 또는 세 배가 되므로 친구는 '차라리 통화를 할까?'라고 물어. 하지만 여자는 '지금 내가 말을 할 수 있는 정신이 아니야'라며 친구의 제안을 거절해. 여자는 친구와 통화를 하다가 중언부언하는 자신을 견딜 수 없게 되어 결국 말에 책임을 지는 행동을 하게 될지도 모른다고 생각하기 때문이야. 여자는 의미를 갖지 말아야 하거나 혹은 의미 뒤에 숨어야 할 어떤 것들이 말이라는 단순한 방식을 통해 뻔뻔하게 드러나기를 원하지 않아. 어쩌면 여자는 화면에서 달아나지 않는 글을 통해 잠시나마 자신을 비추어 보고 싶은 것인지도 몰라.

여자의 친구는 여자의 말을 존중해서 인내심 있게 대화를 이어나가. 두 사람 사이에 빨래를 돌리다가, 설거지를 하다가 되는 대로 문자를 보내고는 하던 예전의 가벼운 태도는 보이지 않아. 바로 눈앞에 앉아 말없이 무언극을 이어가듯 둘은 침묵 가운데 대화를 나눠.

덕분에 나는 대접 받는 기분이라는 것을 제대로 맛보는 중이야. 여자가 소중한 보물이라도 되는 듯 나를 감싸 쥐고 내게서 눈을 떼지 않기 때문이지. 여행용 가방 속에서 배터리가 나간 채 방치된 적도 있는 때와는 비교도 할 수 없어. 지금 내가 여자에게 가장 중요한 존재라는 사실이 썩 마음에 들어.

대화를 마친 여자는 열한 시를 넘긴 시계를 흘끗 바라보며 자리에서 일어서. 그녀는 세수와 양치질을 하고 커피를 내리는 동안에도 결코 나를 홀로 두지 않아. 바지 뒷주머니에 꽂아놓고 신경을 쓰는데, 혹시 주머니에서 떨어져 깨지기라도 하면 낭패라는 듯 허리를 굽힐 때마다 손을 뒤로 돌려 내 안위를 확인하기도 하지. 여자는 머리를 정리하고 옷을 갈아입는 동안에도 수시로 나를 만지작거리며 메시지를 확인해. 대게 통신사나 쇼핑몰에서 보낸 스팸 문자일 뿐인데도, 여자는 과연 그것들이 정말 별 의미 없는 광고일 뿐인지를 캐내려는 사람처럼 골똘히 들여다봐. 그녀는 전에는 보지도 않고 삭제 처리를 했던 메시지에서 회신, 확약, 임박, 발송, 예약, 정성, 적립, 방문 등의 글자들을 꼼꼼히 살펴.

여자는 이제껏 한 번도 일어나지 않은 어떤 일이 자신에게 일어날지도 모른다는 예감에 사로잡힌 사람처럼 불안해해. 여자는 누군가의 전화를 기다리고 있는 것일까? 아니면 누군가에게 전화를 하고 싶은 것일까? 그것도 아니면 어떤 중요한 정보가 내 안에 저장되어 있기라도 한 것일까? 물론 나는 어떤 것도 누설하지 않을 거야. 그러지 못해.

잠시 후, 여자는 나를 통해 다양한 대화방에 드나들어. 이런저런 일들을 겪은 사람들의 사례가 홈통을 따라 흐르는 물줄기처럼 끊이지 않고 이어져 있는 곳이지. 누군가를 속이는 게 괴로운 사람이 있는가 하면 타인으로부터 기만당하는 게 억울한 사람도 있고, 그 모든 게 부질없다고 생각하는 사람도 있어.

여자는 아직 아무런 결정도 하지 않았어. 아니 꽤 오래, 아무런 결정도 할 수 없을 거야. 그녀는 내 얼굴을 이리저리 돌려대며 여러 곳을 들락거리다가 스르르 잠에 빠져들고 말아. 자면서도 여자는 나를 쥔 손에 힘을 풀지 않지.

당분간 나는 여자가 가장 소중히 여기는 물건이 될 거야. 좋은 일이지. 그러나 사실 나는 갑갑해. 모든 것을 알고 있으나 아무 말도 할 수 없는 나라는 존재를 견디는 게 나 스스로도 힘겹기 때문이야. 다 알고 있으나 아무것도 말할 수 없는 자의 비애라고나 할까. 그러나 잠든 여자의 얼굴을 보니 내 비애감은 사치일 뿐이라는 생각이 들기도 해. 영혼까지 잠든 게 아닌가 싶을 만큼 여자는 고단해 보여.

적당히 효력을 발휘하고 답답하지 않을 정도로만 무딘 칼이 여자의 눈물 세례를 받게 된 사연

조금 전 나는 반으로 동강이 났어. 끝 부분이 조금 부러지거나 뒷부분 어디쯤에 이가 나간 것이 아니라 숫제 한가운데가 끊어져버린 거야. 무언가를 썰거나 어딘가에 넣으려고 하다가 무리하게 힘을 가해서 그렇게 된 게 아니야. 그냥 평소처럼 칼집에 꽂혀 있던 나를 여자가 당기는 순간 반 토막이 나버린 거야. 마치 고무줄 빠진 바지가 허리춤에서 아무런 저항 없이 스르르 흘러내리듯 그렇게 내 반이 떨어져나갔어.

그 어떤 무리한 시도도 없었다는 사실이 여자에게 더 불길한 느낌을 준 것 같았어. 여자는 나무로 만들어진 칼집 전체를 거꾸로 들어 나의 반쪽을 빼내더니 울음을 터뜨렸어. 여자의 뜨뜻한 눈물이 내 몸에 방울방울 떨어졌어. 십오 년 가까운 결혼 생활 내내 여자의 주방을 지켰으니 여자가 서운해하는 것은 당연해. 그녀와 나는 참으로 긴 세월을 함께했거든.

그간 나 말고도 무수히 많은 칼들이 이 집에 들어오기는 했어. 하지만 여자는 새 칼을 몇 번 써보다가도 얼마 지나지 않아 그것들을 찬장 깊숙이 넣어두거나 다른 사람에게 줘버리고는 했지.

언젠가 독일제라는 새 칼로 무채를 썰다가 왼손 검지의 살점을 제대로 베어버린 후로 여자는 내게 더 애착을 보였어. 사실 요리를 잘하지 못하고 칼질은 더군다나 잘하지 못하는 여자에게 나만큼 적절한 도구도 없었어. 식재료를 예리하게 썰지는 못하지만 그렇다고 어이없을 정도로 무딘 것도 아닌 나는 여자에게 위협이 되지 않는 유일한 칼이었거든. 내가 아니었더라면 여자의 요리에는 늘 여자의 지문이 고스란히 남아 있는 살점과 손톱, 붉은 피 등이 함께 들어갔을 거야.

여자는 요리를 잘하지 못했으므로 생으로 즐길 수 있는 음식들을 자주 내놓았어. 갖은 채소를 썰어 월남 쌈을 만든다든지, 이런저런 채소에 치즈나 닭 가슴살을 얹은 샐러드를 즐겨 만들고는 했지. 손맛이 가야 하는 음식보다 그저 씻고 자르기만 하면 되는 음식을 위주로 하는 동안 나는 여자를 닮아갔고 여자는 나를 닮아갔어.

여자는 치열하거나 생동감 있는 삶을 살지 않았어. 기가 막힌 맛을 내는 어떤 요리들처럼 간이 딱 맞아 나무랄 것도 바랄 것도 없는 그런 삶을 살지 않았다는 말이야. 그런데 사실 여자는 그런 삶을 동경하지도 않았어. 그녀는 좀 모자라면 모자란 대로, 남으면 남는 대로 헐렁하게 사는 게 낫다고 생각했어. 적당히 효력을 발휘하고 답답하지 않을 정도로만 무딘 나처럼, 여자의 일상도 그래서 안전했지.

어쨌거나 나는 지금까지 참 많은 사랑을 여자에게서 받고 산 셈이야. 그런 내가 오늘 어떤 방식으로도 복구할 수 없게 동강이 나버렸으니 여자가 우는 게 당연한지도 몰라. 그러나 오래 여자를 봐왔고 함께 있어온 나는 여자가 나 하나 때문에 저렇게 서럽게 울지는 않는다는 것을 알아. 얼마 전부터 여자는 곧 철거될 아파트를 사수하려는 사람처럼 절실하게, 또 마지막 한 문제를 풀고 나서야 화장실에 가는 우등생처럼 오기를 부리며 나를 다루었거든. 어쩌면 평소와 다른 그런 여자의 상태가 나를 부러지게 한 것인지도 몰라.

아마 어제의 일이 결정적이었을 거야. 여자는 카레 냄새를 싫어하는 남편이 일찍 들어오는 날인데도 불구하고 카레를 만들기 위해 주방에 섰어. 손질이 된 감자와 양파, 당근, 청피망, 홍피망 가운데 여자는 붉은 피망을 먼저 골랐어. 나는 살짝 긴장했어. 여자는 색깔이 옅은 색의 채소부터 먼저 썰어야 한다는 말을 어디선가 들은 후로 재료 중에 양파가 있으면 늘 그것부터 썰고는 했기 때문이야. 나는 피망을 집어든 여자의 손이 불안스레 떨리고 있음을 감지했어. 그리고 곧 여자가 카레든 다른 어떤 것이든 요리를 할 생각이 전혀 없음을 알게 되었지.

여자의 손은 피망의 꼭지 부분을 잘라내고 길게 자른 뒤 다시 네모나게 잘라내는 평소의 방법을 전혀 모르는 것처럼 생소하게 움직였어. 그녀는 채소를 썰어 무언가를 만들기보다는 써는 자체에 의미를 둔 듯 아무렇게나 나를 휘둘렀어. 신선한 물을 가득 머금고 있던 도톰한 피망이 난도질을 당했지. 이어 당근이며 양파까지, 무엇에 쓰일지도 알 수 없게 된 채소들이 수북이 쌓였지만 여자는 멈추지 않았어. 사소한 손놀림만으로도 여자의 기분을 읽을 수 있는 나는 어쩌면 여자가 자르거나 다지고 싶은 것이 채소가 아닐지 모른다는 생각을 했어.

여자의 칼질은 신경질적이며 다급했어. 그녀는 냉동 닭을 내려칠 때처럼 힘껏 도마를 내려치기도 했는데, 그 때문에 조각들이 이리저리 튀기도 했지. 채소들이 모두 다진 고기처럼 너덜너덜해질 때까지, 여자는 나를 손에서 놓지 않았어. 그날 저녁 여자의 가족들은 중국집에서 배달된 음식을 먹어야 했어.

아무튼 나는 갑자기 반쪽이 나버렸어. 오늘 아침까지 나 역시 아무런 조짐을 느끼지 못한 것은 의아한 일인데, 어제의 과도한 노동이 아니라면 사실 갑작스레 동강이 난 것을 설명할 길이 없지.

그나마 다행인 건 내가 어제 바로 부러지지 않았다는 점이야. 여자는 어쨌거나 어제와 오늘 사이의 간격만큼 스스로를 좀 더 깊이 들여다볼 수 있었을 테니까 말이야.

나는 아주 오래 내게 잘 대해준 여자가 현명한 선택을 하길 바라. 여자와 시작했던 시간들을 여자와 끝까지 함께할 수 없어 애석하기는 하지만 여자를 원망하지 않을 거야. 조용히 마음을 정리해야겠어.

하지만 여자는 쉽사리 나를 포기하고 싶지 않은가봐. 그녀가 신문지를 꺼내 이제 영원히 하나가 될 수 없는 두 개의 나를 싸기 시작했거든. 모르지 않았으나 잠시 잊었던 사실, 영원한 것이 없고 완전한 것도 없다는 사실을 당장 받아들일 수는 없어도 곧 받아들여만 하리라는 것을 깨달은 사람처럼 의연한 태도야.

  여자는 커다란 글자와 작은 글자들 사이에 나를 숨겨 찬장 깊숙이 밀어 넣어. 예상치 못했던 일이라 솔직히 나는 당황스러워. 물론 고철 덩어리 사이에 던져지지 않은 것은 감사한 일이야. 하지만 무엇을 기다려야 하는지, 왜 기다려야 하는지도 모르는 채 이렇게 어두운 곳에 갇히는 게 기분 좋은 일은 아니야. 여자는 도대체 무얼 하려는 걸까?

자기 자신만을 가뿐히 건져 올려 떠날 여자를 기다리는,
아직 여자가 한 번도 입어보지 않은 원피스 드레스의 기대

  그래, 애석하게도 사실이야. 이렇게 예쁜 나를 여자가 아직 한 번도 입어보지 않았다는 거 말이야. 백화점에서 입어보지 않은 것은 물론이고, 집에 와서도 팔 한 번 껴보지 않았지.
  그렇다고 해서 내가 무슨 은둔자나 수도승처럼 흙냄새 나무 냄새 풍기는 소박한 모습일 거라고는 상상하지 마. 나는 그런 과도한 자기 탐닉이나 감당할 수 없는 절제 등과는 전혀 상관없는 외양을 하고 있으니까 말이야. 난 적당히 빳빳한 질감을 유지해서 볼륨 있는 가슴과 엉덩이 라인을 노골적이지는 않게, 그러나 충분히 섹시하게 드러내 보여주도록 디자인 된 최신형 원피스야.
  아는 사람은 알겠지만 몸에 딱 붙는 옷은 어지간히 자신 있는 몸매가 아니고서는 입지 못해. 이번 가을 컬렉션 중 하나로, 나와 거의 같이 출시된 H 브랜드의 원피스는 바로 그 점을 간과했기 때문에 몸 자랑을 충분히 할 수 있는 일부 소비자에게만 팔려나갔어. 내 인기는 그것들의 거의 세 배에 육박했지. 말하자면 난 성공한 드레스야. 검정색에 가까운 진한 남색 천에 도비 시폰 소재의 천이 덧대어져 있어 지나치게 여성적이지 않으면서도 여성적인 느낌을 잃지 않았다는 점이 성공 포인트였지. 어떤 사람들은 플레어스커트처럼 과하게 퍼져 있지도 않고, A라인 스커트처럼 답답하게 모여 있지도 않은 내 스커트 라인이 거의 예술의 경지라며 칭찬했어.

뭐니뭐니해도 내 최대 강점은 네크라인이야. 쇄골이 드러나 보이게 하면서도 가슴골이 선명하게 보이지는 않도록 적정선을 지킨 완벽한 목선 말이야. 사실 이 부분은 가슴골이 보일 듯 말 듯할 때 오히려 시선을 더 끈다는 것을 간파한 디자이너의 세밀한 계산에서 나온 거야. 가슴 사이즈가 팔십에 B컵 정도 되는 사람이 입었을 경우 이러한 장점이 가장 두드러지는데, 여자의 가슴은 딱 그 사이즈지.

여자가 나를 입는다면 누구라도 여자에게 눈길을 주지 않을 수 없을 거야. 화사했던 이십 대와는 다르겠지만 그때 못지않게 아름다워 보일 게 분명해.

여자는 나에 대해 매우 잘 알고 있었거나 나를 사려는 의지가 확고했던 게 분명해. 매장에 들어서자마자 망설이지도 않고 곧장 내게 다가와 말했거든. "널 가질 거야." 그녀는 나를 만져보고 입어보고 고민하다가는 결국 사지 못하게 될지도 몰라 겁을 내는 것 같았어. 감당하기 힘든 결정을 내리기 위해 눈 딱 감고 무모한 선택을 하는 자의 비장함 같은 게 느껴졌다고나 할까. 그녀는 가게의 점원에게도 단호하게 말했지. "안 입어봐도 돼요. 이걸로 주세요."

그런데 벌써 한 달이 되었어. 여자가 거금을 들여 나를 사 와서는 그냥 옷장 안쪽에 잘 걸어두기만 한 것이. 여자가 나를 환불하거나 다른 것으로 바꾸려는 생각이 아닌 것은 확실해. 여자는 나를 집에 가지고 오자마자 라벨도 떼버렸고, 영수증도 완전히 구겨서 쓰레기통에 버렸거든.

여자가 소위 된장녀 같은 사람이라 그저 허영심에 나를 샀다고는 생각하지 말아줘. 전혀 그렇지 않아. 옷장 속 다른 옷들을 보니 여자는 그간 분에 넘치는 욕심을 부린 적이 없었어. 사실 여자들이 그러기란 쉽지 않은데 말이야.

　선량해 보이는 여자의 다른 옷들도 그녀가 얼마든지 한 번쯤은 나 정도의 원피스를 입을 수 있다고 말해주었어. 마흔이 넘은 나이이기는 해도 여자가 나를 입으면 예쁠 거라고, 그 모습을 꼭 보고 싶다고도 했지. 그런데 왜 아직 이러고 있느냐고? 글쎄, 나도 잘 모르겠어.

　여자는 매일 옷장 문을 열고 닫을 때마다 너무나 열렬한 표정으로 나를 바라봐. 그런데 그 열렬함이 한 가지만을 뜻하지 않는다는 게 문제야. 나를 입게 될까봐 두려워하는 듯도 하고, 금방이라도 꺼내 입은 뒤 훌훌 떠나버리고 싶어하는 듯도 하며, 또 언제까지나 그렇게 나를 바라보기만 할 것처럼 무기력해 보이기도 하거든.

　여자의 얼굴은 날마다 변해. 조금 기뻐 보이는 어떤 날, 아직 많이 늙지 않은 여자의 얼굴은 당분간은 시들 일 없어 보이는 모란처럼 우아해. 하지만 조금 슬퍼 보이는 날에는 결코 싱그럽다고 할 수 없는 나이가 얼굴에 그대로 드러나지. 그 얼굴은 인조 장식품으로 조악하게 만들어진 백합처럼 절망적이야. 여자는 아마 그런 나이인 것 같아. 경우에 따라 젊어 보이다 늙어 보이다, 예뻐 보이다 추해 보이기도 할 수 있는 그런 나이.

　여자는 아이들의 심통을 받아주고, 이웃들과의 관계에서 체면을 유지하고, 또 이런저런 환경들이 가하는 변덕을 견디면서 나이를 먹었대. 일찌감치 자신에게 연민을 느껴 자아를 찾고 자기를 가꾸며 나이 먹는 것에 저항한 부류는 결코 아니었다는 거지. 이건 여자와 비교적 오랜 시간을 함께했다는 트위드 재킷과 헤링본 스커트가 내게 한 말이야. 여자는 한 달 전만 해도 재킷이나 스커트를 제대로 갖춰 입고 나간 일도 거의 없었다고 해. 보관이 잘 되어 낡지도 않은 그들은 그래서 언제나 같은 자리를 지키고 있었다지.

와이어가 틀어진 여자의 낡은 브래지어는 쓰레기통에 버려지기 직전, 억울할 법도 했지만 한사코 그렇지 않다며 말했어. 자신은 여자가 새로 산 브래지어들을 기꺼이 환영하는데, 이유는 그간 여자의 남편 속옷만 늘 새것으로 바뀌는 걸 보아왔기 때문이라는 거였지. 자기야 여자 곁에 오래 있으면 좋지만 여자를 생각하면 정말 아니다 싶었대. 물론 어디까지나 브래지어는 여자의 남편 것이 아니고 여자의 것이니 얼마나 공정하게 말했는지는 알 수가 없어. 남편의 얼룩말 무늬 팬티는 또 다른 말을 할지 어떻게 알겠어?

아무튼 여자는 더 이상 이전과 똑같이 살지 않기로 결심한 모양이야. 어떤 심경의 변화가 있었던 게 확실하대. 옷장 속 모든 옷들이 그래서 여자가 나를 데려온 것임에 틀림없다고 이구동성으로 말했거든. 무엇이 계기였을까? 남편의 외도 또는 여자 자신의 외도일 가능성? 다들 그 나이에 그러니까 말이야. 글쎄….

내가 여기 온 뒤 한 달 내내 여자가 저녁마다 외출을 했던 것은 사실이야. 남편이 일찍 오는 날은 예외였지만 다른 날에는 아이들을 학원에 데려다주고 와서 곧장 나가고는 했지. 그간 그저 걸려 있는 채로 생고문을 당했던 옷들이 간만에 돌아가면서 콧바람을 쐰다고 좋아들 하더라고.

이상한 것은 여자와 나갔다 돌아온 옷들이 잘못 따서 빼도 박도 못하게 된 와인 병의 코르크 마개처럼 곤란한 얼굴을 하고 입을 닫는다는 점이었어. 여자를 위해 함구하겠다는 듯, 굳이 말을 할 필요가 없다는 듯한 태도였지.

궁금하지 않느냐고? 이제 곧 확실히 알게 될 텐데 뭘. 최근 며칠간 여자는 이전보다 더 오래 나를 바라보고 만지작거렸거든. 나는 곧 여자와 나가게 될 거야.

여자는 알고 있어. 나를 입는 순간 여자의 인생이 지금까지와는 전혀 다르게 바뀔 수도 있다는 것을. 여자가 무릎 바로 윗선에서 단아하게 찰랑거리는 나를 입고 걷는 모습은 정말 황홀할 거야. 황색 잎들을 적색으로 물들이느라 비지땀을 흘리고 있던 갈참나무가 깜짝 놀랄 것이고, 머리를 부풀려 완고하게 매달려 있던 도토리가 자신도 모르게 긴장을 풀어버릴 테지. 악취를 풍기던 은행 열매들이 일제히 내쉬던 숨을 멈춰버릴지도 몰라. 그렇게 여자는 이 가을을 뒤흔들어버릴 거야.

지금 여자는 자신이 가장 당당해 보일 수 있는 때를 기다리고 있는 것인지도 몰라. 부드럽게 하늘거리는 나로 인해 가뜩이나 시들어가는 그녀의 피부가 오히려 더 푸석푸석해 보인다면 돈 들여 나를 살 이유가 없었겠지. 여자는 자신이 검푸르게 빛나는 나와 조화를 이루게 되는 때를 조심조심 기다리고 있는 거야. 그 시간은 어쩌면 여자가 한 번만 용기를 내면 금방 앞당겨질 수 있을지도 몰라. 딱 한 번, 여자가 목을 끼워 넣기만 하면, 순식간에 여자와 나는 하나가 되어 있을 거야.

하지만 여자는 싫든 좋든 익숙한 것들과 함께했던 시간들을 아무렇게나 던져버릴 수는 없는 모양이야. 그것이 여자가 아직은 나를 그저 바라보기만 하는 이유야. 나는 그런 여자를 채근하지는 않을 거야. 내 품위를 손상시켜가며 닦달하지 않아도 그녀는 곧 자기 자신만을 가뿐히 건져 올려 제 길을 갈 테니 말이야.

그건 오늘일 수도 있어. 구분할 수 없는 지점에서 내일의 꼬리를 단단하게 물고 있고, 또 티 안 나게 어제에 물려 있는 오늘이 아직 다 지나가지 않았으니 말이야. 심지어 지금 당장일 수도 있지. 도저히 열지 않을 것 같은 입을 너무나 쉽게 열기도 하는 톱니바퀴 속 시간들이 결코 영원히 충직하지는 않으니 말이야.

어쨌거나 나는 그녀가 가장 아름답고 당당한 순간에 반드시 함께 있게 될 거야.

긴 서장을 위한 짧은 변명

이제 긴 서장 이후, 본격적인 이야기가 시작될 것이다.

여자의 살냄새를 맡으며 여자와 밀접하게 닿아 있던 베개가 가장 먼저 나설지 모르겠다. 흠뻑 젖은 채 밤을 지새우며 해가 뜨기만을 기다렸으니 베개는 아마도 꽤 서두를 것이다.

하지만 동강이 난 이유보다 동강이 났음에도 찬장 깊숙이 자리한 이유가 더 궁금했던 칼이 베개에게 질세라 불쑥 튀어나올 가능성도 배제할 수 없다. 칼은 누구보다 여자와 오래 함께했으므로 차분히 전후 사정을 설명해나갈 수 있을 것이다.

혹시 칼이 부러진 허리 때문에 다소 주춤거린다면 그 틈을 타 원피스 드레스가 재빨리 입을 열지도 모른다. 계절이 가는 게 두려웠을 드레스는 여자의 아름다움을 완벽하게 드러내 보일 수 있는 기회를 마침내 얻어 기쁘다며 이야기를 시작할 것이다.

모든 것을 알고 있으나 말하지 못했을 뿐인 여자의 휴대전화기가 신중함을 기하기 위해 일부러 가장 늦게 나선다면 그 또한 적절할 것이다. 아마 여자의 전화기는 풍부한 데이터를 활용해 이야기 전체를 보완하고 완성하는 게 얼마나 가치 있는 일인지를 들먹이며 우쭐해할 것이다.

그러나 이들의 이야기를 유보시킨 채 여자의 다른 물건들이 좀 더 할 이야기가 있다며 나설 수도 있다. 왼편 안쪽 굽이 가장 먼저 닳는 여자의 신발이나 도서관과 커피숍, 극장 등에서 수도 없이 열렸다 닫혔다를 반복한 여자의 지갑, 또는 언제나 제대로 물기를 말리지 못한 채 녹이 슬어가는 여자의 우산 등이 새로운 다른 이야기를 던질 가능성도 있는 것이다.

그것들은 모두 직접 드러내서 오히려 희미해져버릴 수도 있는 어떤 이야기를 보다 선명하게 보여주기 위해 작당이라도 한 듯 조심스레 우회할 것이다. 그들은 심지어 우회하는 것만이 진실을 드러낼 수 있는 유일한 길이라는 데에 그들의 가죽, 지퍼, 손잡이 등을 걸지도 모른다.

어쨌거나 더 이상의 유예가 불가능해질 때까지, 여자의 책이나 립스틱, 컵이나 연필 등의 이야기는 계속될 것이다.

누군가가 불평할지 모르겠지만 이미 충분히 제 할 일을 했다고 믿는 이야기는 그를 이렇게 달랠 것이다. 그저 서장에 불과합니다, 라고.

그저 서장에 불과합니다 ― 남자의 이야기

남자는 남자를 아는 사람들의 입을 통해
그럴 수 있는 사람이 되기도 하고
전혀 그럴 수 없는 사람이 되기도 할 것이다.

그저 서장에 불과합니다—남자의 이야기

**자신보다 타인의 삶에 훨씬 관심이 많으며, 파헤쳐볼 만한 비밀을
하나도 갖고 있지 않는 사람은 드물다고 굳게 믿는 자가 알게 된 것**

 잘 아는 사이가 아닌 사람과 굳이 인사를 나눌 필요가 없다는 생각 같은 것을 해본 일이 없는 한 씨는 남자와 시선을 맞추기 위해 애를 쓰고 있다. 남자는 그녀의 딸과 초등학교 때 친하게 지냈던 아이의 아버지다. 그는 사람들로 가득 찬 버스 안에서 운 좋게 자리를 잡고 앉아 안경을 이마 위에 올린 채 휴대전화기를 들여다보고 있다. 틀림없이 노안이 온 것이다.
 한 씨는 가능한 한 남자의 시선이 미치는 곳으로 이동하기 위해 꿈틀꿈틀 몸을 움직이고 있다. 그녀는 평소 불필요하다고 생각하면서도 단호하게 제거하지는 못했던 살들을 흔들며 사람들 사이를 비집고 나아간다.
 한 씨가 그를 알은체하려는 이유는 비단 그녀가 보험 설계사로 일하고 있기 때문만은 아니다. 그녀는 이 년 전쯤 이미 남자의 아내, 즉 딸의

친구의 엄마로 하여금 두세 가지의 보험에 들게 하였고, 간간이 소식을 주고받으며 관계를 이어가고 있었다.

그녀는 안면이 좀 있을 뿐인 아이 친구의 아버지에게 또 다른 보험을 소개할 만큼 사리 분별이 없는 사람은 아니다. 그러나 그녀는 운 좋은 몇 번의 경험을 잊지 않고 있기에, 명함을 건넬 수 있으리라는 기대까지 버리지는 않는다. 남자가 그의 아내와 별개로, 다른 날이 아닌 바로 오늘 생명 보험 하나를 더 들어야겠다는 결심을 하지 않았으리라는 보장은 없기 때문이다. 한 씨는 일어날 것 같지 않은 우연한 일 때문에 보험 업계의 신화가 된 사람들을 수도 없이 알고 있다. 그녀는 그런 신화들을 인생 항로를 설계하는 데 있어서 가장 중요한 지침으로 삼고 있다.

좀 더 현실적인 이유도 있다. 하루 종일 이 동네 저 동네를 고단하게 뛰어다닌 그녀에게 좌석에 앉는 것, 즉 남자로부터 자리를 양보 받는 것이 정기적으로 들르는 목욕탕 이상의 가치를 지닐 것이기 때문이다. 물론 아이 친구의 아버지가 남자답게 또는 신사답게, 아니면 다소 억지스럽기는 하지만 어디까지나 그녀의 입장에서 인간답게 순순히 자리를 내줄지는 알 수 없는 일이다. 그러나 알 수 없다고 해서 가보지 않을 이유는 없다.

사실 한 씨는 설령 자리를 양보 받지 못한다 하더라도 어떻게든 남자와 인사를 나누고 싶다. 낯선 장소에서 아는 사람을 알은체하지 않고 지나가는 것은 그녀의 타고난 성격상 용납할 수 없는 일이기 때문이다. 한 씨는 이미 다 알고 있는 자신의 삶보다는 잘 모르는 타인의 삶에 훨씬 관심이 많으며, 그 타인의 삶에서 어떤 것이든 발견해내는 것을 기쁨으로 여긴다. 그녀는 파헤쳐볼 만한 비밀을 하나도 갖고 있지 않은 자는 드물며, 그 비밀을 엿보는 것이야말로 세상을 살맛 나게 사는 유일한 길이라고 굳게 믿고 있다.

한 씨는 남자에게서 시선을 떼지 않은 채 끈기 있게 나아간다. 자신에게 발이 밟히지 않기 위해 온 신경을 집중하고 있는 젊은 여자를 경멸하듯 가볍게 뒤로 밀어내고, 마침내 남자와 인사를 주고받을 수 있는 자리에까지 다다른다.

그녀는 이미 그의 차콜그레이 색 양복이 모와 아크릴이 반반쯤 섞인 평범한 제품인 데 비해 매고 있는 넥타이가 명품 C브랜드의 것임을 파악했다. 그러나 사실 그녀의 관심을 더 끄는 것은 남자가 양손으로 쥐고 있는 휴대전화기이다. 십 년 가까이 직장 생활을 한 이 경험 많은 보험설계사는 그가 결코 기사나 읽을거리를 검색하는 게 아니라는 사실을 간파한다. 전화기를 안정적으로 쥐고 손가락을 움직이는 것으로 보아 남자는 누군가와 흐뭇한 대화를 나누고 있음에 틀림없다. 한 씨는 그 상대가 결코 가족은 아닐 것이라 생각한다.

그녀는 남자에게 인사를 건넬 수 있는 자리를 외면하고 지나쳐 그의 뒤쪽에 자리를 잡는다. 시력이 좋다면 남자의 휴대전화기를 마음껏 들여다볼 수 있는 곳이다.

평소 완벽한 비밀이 없다는 데 얼마간 거창한 의미를 부여해온 한 씨의 얼굴이 보험왕이 되었던 어떤 날처럼 발그레해진다. 표준 체형인 사람들이 차지한 공간의 일 점 칠 배쯤을 차지한 그녀는 더 이상 자신이 양보 받을 수도 있었을 자리에 관심이 없다. 남자의 휴대전화기를 흘금흘금 들여다보는 한 씨의 얼굴에 알쏭달쏭한 미소가 번졌다가 사라진다.

약한 자 앞에서는 거침없이 행동하고, 강한 자 앞에서는 재빨리 비굴하게 행동할 줄 아는 자가 평소의 태도를 바꾸면서 가진 의문

회식 자리는 아홉 시도 되지 않아 파장 분위기를 맞는다. 팀원 중 고참인 김 과장이 막잔이라며 부장인 남자에게 술을 따른다.

"좋은 자리를 마련해주신 부장님께 감사하면서, 건배!"

사실 김 과장은 남자에게 잘 보이고 싶은 마음보다 상사인 그를 빨리 집에 보내고 싶은 마음이 더 크다. 부장을 슬쩍 따돌리고, 자기 아래의 젊은 사람들과 좀 더 자극적인 자리로 이동하고 싶은 것이다. 그래서 그는 잔을 부딪기만 할 뿐 술을 많이 마시지는 않은 채 남자가 취하기를 기다렸다.

회사의 물을 먹은 지 십 년이 넘은 김 과장은 무엇이 자신에게 득이 되는지, 되지 않는지를 잘 파악하고 있다. 그는 하반기 인사를 앞둔 시점이라 해도 부장인 남자에게 특별히 잘 보일 필요가 없다는 것을 안다.

회사에는 부하 직원들을 못살게 굴지만 자신에게 충성을 다하는 자는 꼭 챙기는 상사가 있는가 하면, 모두에게 잘 대해주지만 고과에 관해서 만큼은 냉정한 상사가 있다. 후자에 속하는 남자는 부당한 편애를 은근히 바라기도 하는 사람에게는 크게 좋은 상사가 아니다. 즉 김 과장에게 남자는 조심스레 아부를 해야만 하는 상대가 아니라 그저 표면적인 예의만 갖추면 그만인 시시한 상사였던 것이다.

김 과장의 현실적인 판단에 의하면, 남자를 지나치게 대접하는 것은 이 시간을 최대한 즐겨야 하는 자신에게 결코 득이 되지 않는 일이었다.

"부장님, 한잔 더 하러 가셔야죠?"

김 과장은 의례적으로 묻고 평소와 같은 대답을 기대한다. 남자는 알아서 빠져줄 것이다.

"응, 그래. 오랜만에 자리 옮겨서 더 마셔보지. 아직 초저녁이잖아."

"네? 아, 네. 그러시죠."

김 과장은 자신도 모르게 반문을 하고는 반문을 한 스스로에게 깜짝 놀라 잠시 허둥거린다. 이상한 일이다. 이차를 따라 나서는 법이 없는 남자인데, '난 그만 가봐야지'라는 평소의 사양 대신 초저녁이라는 말을 하고 있는 것이다. 술이 모자란 것일까? 그러고 보니, 남자가 평소보다 덜 취한 것 같기도 하다. 그가 계속 술잔이 아닌 물컵을 들었다 내렸다 하는 것을 본 것도 같다.

남자가 일어서자 대여섯 명 되는 팀원들이 우르르 따라 일어선다. 남자는 김 과장에게 법인 카드를 건네주고 나와 찬바람을 쐬며 담배를 피운다. 직원 중 몇 명이 기다렸다는 듯 담배를 꺼내 문다. 거리에는 과장하지 못해 안달이 난 네온사인들이 시근덕거리며 빛을 뿜어대고 있다.

"이차는 술 마시는 노래방으로 갈까?"

"네, 좋죠."

걸음을 옮기는 남자 뒤를 직원들이 따른다. 아직 노래를 부를 만큼 취하지도 않았고 그런 곳으로 갈 타이밍도 아니라 여기지만, 아무도 다른 의견을 내지 않는다. 모두의 표정에 궁금함이 서려 있다. 평소 부장인 남자보다 김 과장의 비위를 맞추는 데 더 익숙해 있던 다른 직원들이 낮은 목소리로 속삭인다.

"부장님 진짜 이차 가시는 거예요?"

"그러게. 별일이네. 다른 때 같았으면 일차 끝내고 그냥 가버리시는데 말이야."

"확실히 뭔가 달라요. 아까부터 화장실을 뻔질나게 드나드신 것도 이상하고."

김 과장은 직원들이 수군대는 소리에 예민하게 귀를 기울이고 있다. 춥다며 종종걸음을 치던 여직원 하나가 그에게 바짝 다가와 말을 건다.

"혹시 무슨 불치병 진단 받으신 거 아닐까요? 인생에 큰일이 생기면 사람이 변한다잖아요."

김 과장은 이야기를 한답시고 자연스레 몸을 바짝 붙이는 여직원을 밀어내지 않는다.

"남자 인생 끝난다는 전립선 암, 뭐 그런 건 아니겠지, 설마?"

공모자의 눈짓을 주고받은 그들과 앞서거니 뒤서거니 따라오는 서너

명의 다른 직원들 모두가 각자가 갖고 있는 다양한 방식으로 남자를 바라본다. 생수병을 홀짝거리며 걷고 있는 남자의 구두를 유심히 보는 사람도 있고, 남자의 어깨 높이 입간판을 보는 척하면서 그의 옆얼굴을 흘금 훔쳐보는 사람도 있다.

김 과장은 신경질적으로 남자의 뒤통수를 쏘아보며, 최근 그에게 어떤 변화가 있었는지를 반추해본다. 특별한 것은 없었다. 남자는 일주일쯤 전에 짙은 감색의 새 양복을 입고 왔었고, 최근 끊었던 담배를 다시 피우고 있었다. 오늘 계속 물을 많이 마셔댄 것도 변화라면 변화였다. 그러나 그가 알고 있기로 남자는 일 년에 한두 번쯤 새 양복을 사 입었고, 금연은 늘 했다가 포기했다가를 반복하고 있었다. 또 물이라면 가끔 갈증이 심하게 날 때가 있지 않은가 말이다. 평소에 그다지 부장에게 관심이 없었던 김 과장은 딱히 떠오르는 게 없어 갑갑하다.

앞서 걷던 남자가 갑자기 김 과장을 돌아본다.

"김 과장이 앞장서지? 내가 잘 모르니까 말이야."

약한 자 앞에서는 거침없이 행동하고, 강한 자 앞에서는 재빨리 비굴하게 행동할 줄 아는 김 과장이 상황에 적응하기 위해 애를 쓴다. 아무래도 지금의 남자는 강한 사람이다.

"네, 따라오시죠, 부장님. 같이 이차도 가주시고, 오늘 정말 기분 좋습니다."

김 과장은 곧 모두가 들어갈 만한 가라오케 주점을 발견한다. 그는 술집 앞에서 다른 직원들을 먼저 들여보낸 뒤 통화를 하느라 걸음이 느려진 남자를 기다린다.

김 과장은 몇십 년 만에 처음 졸업한 초등학교를 방문한 사람처럼 아련한 표정을 짓는 남자를 의아하게 바라본다. 통화를 마치지 못한 남자가 손짓으로 먼저 들어가라는 시늉을 한다. 계단을 올라가다가 김 과장은 잠시 멈추어 서서 남자의 목소리를 듣는다.

"그렇지, 그 노래….."
….
"들어볼게."
….
"아무튼 고마워."
….
"이제 그만 들어가봐야겠어."
김 과장은 남자가 통화를 마치는가 싶어 얼른 계단을 마저 올라간다. 그는 남자와 통화를 한 사람이 누구인지 몹시 궁금하다.

**하늘에서 내린다는 시어머니 용심을 갖고 있지 않다고 자부하는
남자의 어머니가 상반되거나 모순된 감정 속에서 날카롭게 파악한 사실**

"웬일이냐? 전화도 없이."
"그냥 밥이나 먹고 가려고 들렀어요."
남자의 어머니는 아들을 퉁명스럽게 맞는다. 남자가 별다른 예고 없이 들러 저녁을 먹고 가는 일은 사실 제법 정기적이다 싶게 자주 있는 편이다. 그러나 어머니는 자신의 존재를 조금이라도 더 부각시키기 위해 또는 각인시키기 위해 연락도 없이 온 남자를 나무라는 척한다.
그녀는 아들이 자신의 일상을 잘 알고 있다는 사실에 은근히 위안을 느끼면서도 한편으로는 자존심 상해 한다. 무료한 나날에 기다리거나 기대하지 않는 일이 하나쯤 일어나기를 바라는 마음을 자신에게조차 들키고 싶어하지 않기 때문이다.
"먹을 게 하나도 없다. 대충 먹어라."
하지만 어머니는 금방, 누가 봐도 미리 준비한 듯한 푸짐한 밥상을 차려낸다. 혼자된 지 오 년이 넘은 어머니는 아들을 먹이는 일이 즐거움에

도 불구하고, 먹고사는 일이 가장 귀찮다는 말을 빠뜨리지 않는다. '나는 아들에게 부담을 주는 사람이 아니다'는 식으로 내세우고 싶기 때문이기도 하고, '정작 나를 괴롭힌 건 아들이다'고 나중에라도 큰소리를 치고 싶어서이기도 하다. 그녀에게는 그녀의 말을 들어주는 익명의 대상들이 언제나 함께하고 있다.

"자주 오지 마라. 네 집 가서 밥 먹어."

말은 그렇게 하지만 늙은 어머니의 의중은 무엇보다 며느리나 손자들 없이 혼자 오는 아들이 결코 달갑지만은 않다는 것을 알리고 싶은 데 있다. 남자도 모르지 않으나 달리 방법이 없으므로 아무런 대꾸를 하지 않는다. 공룡 시대부터 반복되었을 듯한 판에 박힌 대화가 몇 마디 더 이어진다.

"애들은?"

"학원 갔죠."

"어미는?"

"애들 밥해주고 픽업하죠."

아들은 이제 묵묵히 밥을 먹는다. 어머니의 된장찌개에는 늘 칼칼한 맛을 내는 고추가 듬뿍 들어가 있다. 먹는 데 방해가 될까봐 남자는 덜렁거리는 넥타이를 셔츠 사이에 집어넣는다. 갑자기 어머니의 눈이 번득인다.

"넥타이 괜찮구나. 처음 보는 건데?"

"집에 있던 거예요."

"그럼 어미가 샀다는 말이냐?"

남자는 아무 말 하지 않고 물을 마신다. 밥을 반도 먹지 않았는데 남자는 어머니가 병째 가져다 준 물을 거의 다 마셨다. 어머니는 일상이 온통 갈증 나게 하는 것투성이라는 듯 물을 마셔대는 아들이 점점 이상하다. 그녀는 평소 외롭지 않기 위해 틈나는 대로 세심하게 다듬어왔던 감각의 촉수를 뻗는다.

"다른 여자한테 선물 받은 거구나?"

기특해하는 것인지 실망하는 것인지 도무지 알 수 없는 어머니의 눈이 아들의 눈을 빤히 들여다본다.

"무슨 말씀이세요? 회사 행사에서 사은품으로 받은 걸 거예요. 집에 있던 건가?"

"귀신을 속여라. 그런 고급 넥타이를 누가 사은품으로 주니?"

아들은 이제 더 이상 밥을 먹지 못한다. 잠시 말을 아끼는 게 낫겠다고 판단한 어머니는 더 먹어라고 권하지도 않고 서둘러 상을 치운다.

냉동건조 커피를 뜨거운 물에 녹여 내놓기까지, 그녀의 뇌리에 여러 생각들이 오간다. 애들이 있는데 설마? 에미가 그리 차가우니 기어이 일이 터지는구나. 지 아비랑 똑같은 짓을 하려고? 안 되지 안 돼. 남자의 어머니는 상반되거나 모순된 생각들로 머릿속이 점차 바빠진다.

정작 남자는 태연한 표정으로 뉴스를 보고 있다. 자신들과 별 상관이 없는 사건 사고에 관한 대화가 모자 사이에 오간다. 하지만 어머니는 대화 내용에 집중하고 있지 않다. 그녀는 자신의 짐작이 맞을 경우, 당연히 아들을 야단쳐야 한다고 여기지만, 거의 동시에 얄미운 며느리 역시 이 기회에 혼이 나봐야 한다고 생각하기도 한다.

남자의 어머니는 하늘이 내린다는 시어머니 용심을 자신은 결코 갖고 있지 않다고 자부해왔지만, 늘 속에서 끓기만 하고 한 번도 폭발한 적이 없는 불만이 얼마나 큰지도 알고 있다. 그녀가 아는 한 며느리는 아들과 십오 년 가까이 살았어도 아침밥 한 번 제대로 차려준 적이 없다. 자신이 삼십 년간 따뜻한 밥을 먹여 키운 아들에게 말이다. 게다가 며느리는 맞벌이를 하는 것도 아니면서 늘 바쁘다.

어쨌거나 그런 촌스러운 안목으로는 결코 지금 아들이 매고 있는 넥타이를 살 수가 없었을 것이다. 남자의 어머니는 무슨 일이 벌어지고 있는지 꼭 알아야겠다고 생각한다.

"얘기해봐라. 다른 여자가 생긴 거냐?"

"왜 자꾸 이상한 말씀 하세요? 저한테 무슨 일이 생긴 게 아니라 애들 엄마가 문제예요. 갱년기 때문인지 영 기운을 못 차려요."

"팔자 늘어지는 소리를 하는구나. 벌써 갱년기 올 나이 아니다."

"몸이 안 좋고 많이 우울한가봐요."

얼마 전까지도 갱년기 후유증으로 괴로움을 겪었던 그녀의 얼굴에 동병상련에서 오는 동정심은 보이지 않는다. 늘어진 피부와 골 깊은 주름으로 지쳐 보이던 어머니의 얼굴이 갑자기 윤이 나는 듯하다. 그녀는 아들이 물컵을 깨끗이 비운 걸 보고 물을 더 따라주며 말을 잇는다.

"일도 않고 집에만 앉아 있으니 병이 생기지. 갱년기니 뭐니 그거 다 게으름병이야."

"요즘은 운동 하나봐요. 요가를 한다던가? 가끔 등산도 가고요."

"애들 돌보느라 바쁘다며 시어미에게 전화도 잘 못하는 애가 그럴 여유는 있는 모양이구나."

"암튼 좀 힘든가봐요."

어머니는 생각에 잠긴 얼굴로 자신의 잔에 반쯤 남은 커피를 내려다본다. 이걸 다 마시면 밤새 잠을 못 잘 텐데…. 그녀는 잔의 손잡이에 손가락을 끼워 둥글게 한 번 돌린다. 남은 커피가 잔의 내부에 동그란 얼룩을 만든다. 새털같이 많은 게 날인데, 뭘. 그녀는 다 마시지 않으면 약효가 나지 않는 탕약을 마시기라도 하듯 커피를 쭉 들이켠다.

"가봐야겠어요."

"나한테는 다 얘기해도 된다. 알지?"

"뭐를요?"

"아니다. 다음에는 전화 좀 미리 하고 와라."

남자를 배웅하고 방으로 돌아온 어머니는 이상하게 기운이 솟는 것을 느낀다. 그것이 누군가의 불행을 통해 위안을 받기도 하는 가증스러운 인간의 본성 때문이라고는 결코 인정하지 않겠지만, 오랜만에 웃고 싶은 기분을 부정할 수는 없다.

그녀는 창문 커튼을 살짝 걷은 뒤 가늘게 실눈을 뜬 듯한 초승달에 대고 말한다. 누군가가 선물을 한 거야. 틀림없어.

오늘 밤, 아들의 아내의 시어머니인 그녀는 믿고 싶은 것만을 믿기로 한다. 밤이 깊어가고 있다.

**그럴 수도 있는 어떤 일들이 그래서 이상할 수도 있는 어떤 일들과
혼란스럽게 뒤섞인 자리에서 우정을 지켜낸 친구가 믿는 바**

"근데 오늘 우얀 일로 술 생각이 다 났노?"

남자의 친구는 맥주 반 잔에 소주 반 잔을 섞은 후 남자에게 건넨다. 불판에서는 삼겹살이 노릇하게 구워지고 있다. 남자는 단숨에 잔을 비우고, 친구는 반 잔을 마신 뒤 고기를 자른다.

"니 무신 일 있나?"

하지만 남자는 휴대전화기를 들여다보느라 친구의 질문에 대꾸하지 않는다. 친구는 그가 일부러 답을 피하는 것인지도 모른다고 생각한다.

"니 누구랑 그리 문자를 하고 난리고."

"회사 전화야. 잠시 통화 좀 하고 올게."

남자의 친구는 남자의 뒷모습에 오래 눈길을 준다. 은은하게 광택이 나는 양복, 새것은 아니지만 잘 닦인 구두, 동년배에 비해 넉넉해 보이는 머리숱. 겉모습에서 평소와 다른 점은 거의 발견할 수 없다. 하지만 그가 먼저 술자리를 제의한 것은 분명 이례적인 일이다. 중학교 때부터

이어온 친구 사이이기는 해도 남자가 먼저 술 마시자고 연락을 한 적은 거의 없기 때문이다.

무엇보다 남자는 술을 즐기는 사람이 아니다. 회사에서 접대차 마셔 대는 술만으로도 이미 간암 초기일 거라며 친구들과의 술자리에서는 일절 과음을 하지 않는 그였던 것이다. 그러니 오늘 느닷없이 남자가 먼저 술 한잔하자고 청한 것은 분명 이상한 일이다.

어쩐지 남자의 휴대전화기가 의심스럽다. 자리를 함께한 두어 시간 내내 심심찮게 메시지 진동음이 울렸기 때문이다. 남자는 드르륵거리는 소리가 들릴 때마다 메시지를 확인하고는 했다. 무음으로 두면 편했을 텐데도 말이다. 혹시 바람이라도 난 걸까?

하지만 친구는 반찬으로 나온 물김치를 그릇째 들고 마시며 자신도 모르게 고개를 젓는다. 아니다, 그럴 남자가 아니다. 벌써 퇴직 걱정을 해야만 하는 대기업에 다니니만큼 남자는 어쩌면 그저 회사로부터 과도한 스트레스를 받은 것인지도 모른다. 즐기지 않던 술이 생각날 만큼 말이다.

친구는 말라가는 마늘 두세 쪽을 안주 삼아 잔에 남아 있던 술을 마저 마신다. 남자의 통화가 길어지는 모양이다.

친구는 곧 자석의 엔 극과 에스 극처럼 몸을 맞붙이고 있는 상반된 감정이 한꺼번에 자력을 뿜어대고 있음을 느낀다. 남자를 걱정하는 마음과 거의 같은 크기의, 어쩌면 시기하는 데서 비롯되었을지 모르는 호기심이 솟아오른다. 튼튼한 직장에 다니고 좋은 동네에 자리를 잡은 남자에게 느닷없이 생겼을지 모를 불행의 가능성. 어쩌면 남자는 명예퇴직을 권고 받은 것인지도 모른다!

하지만 그는 금방 스스로 부끄러워져 자신의 마음을 숨기려는 듯 고기 굽는 손을 바쁘게 놀린다. 남자를 부러워하는 마음이 있다고는 하지만 우정까지 손상시킬 정도는 아니다. 친구는 학습 받아온 다양한 정리情理

를 뇌까리며 스스로를 의리 있는 죽마고우로 재정비한다.
 그는 자신을 소인배로 만들지 않기 위해 남자에 대해 더 이상 궁금해하지 않기로 한다. 지금 자신의 역할은 어디까지나 남자가 바라는 만큼, 바라는 대로 함께 있어주는 것뿐이라 생각한다. 죽마고우로서의 자존심을 지킬 줄 아는 스스로를 대견해하면서 말이다.
 "이모님, 여기 불판 좀 갈아주이소."
 친구가 큰 소리로 직원을 부른다. 새 불판을 들고 온 아주머니와 함께 남자도 돌아와 앉는다. 친구는 소주 반 맥주 반을 섞어놓은 잔을 들어 남자에게 건배를 제의한다.
 "뭐니뭐니 해도 건강이 최고다 아이가. 건강 좀 신경 써라 마."
 "너도 물 좀 많이 마셔라."
 그러고 보니 남자는 앉자마자 물 한 컵을 다 비운 것을 시작으로 술만큼 많은 물을 마셔대고 있다.
 "니는 술 마시러 온 기가 물 마시러 온 기가? 무슨 물을 그리 많이 마싰노?"
 "나 아는 사람이 의사인데 무조건 물밖에 없단다. 건강하게 살려면 물이 최고래."
 "지랄, 화장실 들락거리다가 십 년은 더 늙겠다."
 "그 의사가 자기도 의사라 물 많이 마신다고 생각했는데, 무슨 학술지 같은 것을 보다가 자기가 마셨던 것보다 더 많이 마셔야 한다고 깨달았다더라."
 "언제부터 니가 의사 말을 그리 고분고분 잘 들었노? 담배부터 끊어라, 자슥아."
 친구는 끊었던 담배를 다시 피우는 남자에게서 어울리지 않게 건강 애기가 나온 것에 대해 면박을 준다. 하지만 안다. 그렇게 늘 모순되게 사는 것이 두 사람, 아니 대다수 사람들의 인생이다. 지방간을 걱정하지만 기름기 좌르르 흐르는 참치 뱃살을 먹고, 잔류 농약이 기준치를 초과했다는 양배추지만 위를 보호하기 위해 먹어두는 게 인간이다. 친구는 자신의 우정 어린 마음에 스스로 도취되어 말한다.
"니 설마 건강에 문제 생긴 건 아니제?"
"그냥 술 한잔하고 싶어서 불렀을 뿐이야. 나이 들어가면서 친구 얼굴 좀 보고 살자는데 그렇게 이상해?"
남자는 보란 듯이 술잔을 비우고는 잘 익은 삼겹살 한 점을 입에 넣는다. 기름 몇 방울이 그의 입에서 떨어지다가 턱에 묻는다. 친구는 자신 쪽에 가까이 있는 냅킨 몇 장을 들어 남자에게 건넨다.
"아무 일 읎다믄 다행이다. 자, 마시라."
친구는 남은 술을 들이켜고 또 물을 마시는 남자를 유심히 본다. 그가 술 한 병을 더 시키려는데 남자가 제지한다.
"야, 나 더 못하겠다."
"한 병만 더 묵자."
"나 술 못하는 거 알잖아. 일어나야겠다."
"짜슥이, 아직 초저녁인데 지가 불러놓고 이차도 안 간다고?"
"다음에 하자. 좀 전에 회사 아는 분 부친 초상났다고 연락 왔어."
"오늘 뜨면 오늘 가야 되나? 뭔 소리고?"
"예전에 모시던 분이라 빨리 가봐야 한다."
그럴 수도 있는 어떤 일들이 그래서 이상할 수도 있는 어떤 일들과 혼란스럽게 뒤섞이지만 친구는 더 묻지 않는다. 우린 죽마고우 아이가!
두 사람은 술집 앞에 서서 사이좋게 담배 한 대씩을 피운다. 남자는 먼저 간다는 인사를 남기고 택시를 잡아탄다. 친구는 상갓집에 가려면 넥타이부터 바꿔야 한다는 말을 깜빡 잊고 못해주었다는 데 생각이 미친다. 하지만 유턴을 한 택시는 이미 시야에서 사라지고 없다.

또 하나의 길지 않은 변명

유예의 장면은 어떻게든 끝이 날 것이다.

어쩌면 다른 사람의 삶에 너무나 관심이 많은 한 씨가 또 다른 비밀 하나를 알아냈다며 실마리를 흘릴지 모른다. 그녀는 새 고객을 확보하는 것보다 남자에 대해 새 정보를 얻는 데에 더 열과 성을 다할 수도 있을 것이다.

남자와 가장 많은 시간을 보내는 약삭빠른 김 과장이 선수를 칠 수도 있다. 그러나 그는 남자의 변화가 자신의 안녕에 아무런 영향력도 행사하지 않으리라는 확신이 서야지만 나설 것이다. 그는 남자가 아부를 해야만 하는 직장 상사로 바뀌지 않았기를 바라며 자신에게 득이 될 정보가 있는지를 살필 것이다.

신이 나서 오감의 촉수를 뻗은 남자의 어머니가 오랜만에 큰소리를 치게 될지도 모른다. 하지만 그녀는 큰소리를 치다가 결국 가슴을 치게 될 수도 있다는 점을 잘 알고 있으므로 신중에 신중을 기할 것이다.

친구로서의 자존심을 지켰다고 안도했던 친구가 가장 늦게 알게 된다면 그는 배신감을 느끼며 남자를 욕할지도 모른다. 그러나 그는 언제나 그래왔듯 우정의 여러 모습 사이에서 방황하다가 결국 다시 스스로를 자랑스러워할 수 있는 자리에 놓을 것이다.

물론 이들의 이야기가 식상하다며 남자를 더 잘 안다고 믿는 다른 사람들이 나설 수도 있다. 누군가는 처음부터 남자에 대해 아는 체를 하지 못한 데 대해 아쉬워하며 허겁지겁 이야기를 풀어놓을 것이다. 또 누군가는 같은 방향으로만 가면 언젠가 나가게 될 미로를 일부러 이리저리 헤매면서, 남자가 정말 복잡한 사람이라고 힘주어 말할지도 모른다. 말하는 동안, 그들은 남자에 대해 자신들이 안다고 생각했던 것보다 의외로 더 많은 것을 알고 있어서 스스로도 깜짝 놀랄 것이다.

가령 남자가 자주 가는 레코드 가게의 주인은 그가 즐겨 찾던 클래식 음반 대신 젊은 인디 가수의 음반을 최근 구매했다는 사실을 들먹이며, 그에게 왜 갑작스러운 취향의 변화가 찾아왔는지에 대해 자세히 설명할 수 있을 것이다. 느닷없이 남자의 발목을 잡으며 구걸을 하기도 했던 노숙자 또한 자신은 그의 종아리뼈와 정강뼈뿐만 아니라 목말뼈까지 만져보았다며 친분을 과시할 것이다. 이어 남자의 영혼이 내내 자신을 떠나지 못했다고 주장하는 첫사랑이 다른 모두를 비웃으며 등장할지도 모르는데, 그렇게 되면 그의 부인 역시 가만히 앉아 있을 수만은 없을 것이다. 그들은 모두 자신들이 진작 나섰어야 한다며 목청을 높일 것이고, 좀 더 빨리 호명되지 않은 데 대해 유감을 표할 것이다.

　어쨌거나 남자는 남자를 아는 사람들의 입을 통해 그럴 수 있는 사람이 되기도 하고 전혀 그럴 수 없는 사람이 되기도 할 것이다. 이야기를 하기는 했으나 충분히 하지 못했다고 생각하는 사람들이나 숫제 이야기를 시작도 못한 사람들 모두가 다 같이 답답하다는 표정을 지을지 모르겠지만, 그 자체로 완벽하다고 믿는 이야기는 느긋하게 변명할 것이다. 그저 서장에 불과합니다,라고.

작가에게

우리가 그래, 친구야!

김지방

그러나 친구, 아직 우리에게는 인생이 좀 더 남았으니까, 또 모르잖아.
어쩌면 바람의 습격보다 아직도 여우가 다가오기를 기다리는 쪽인지도….

작가에게

우리가 그래, 친구야!

김지방

국민일보 경제부 기자

친구야!

네가 쓴 소설들을 읽은 후, 아니 읽으면서 내내 주변이 시끄러웠단다. 내가 앉아 있는 책상 주변, 내 집 안 어딘가를 소설 속 그 사람들이 바글바글 자기 마음대로 돌아다니는 것 같았기 때문이다.

네가 묘사한 그 사람들의 태도며 행동, 그리고 말들이 참 생생하고 현실적이었다. 그래서 '맞다! 이런 인간들 정말 많잖아'라며 나도 모르게 맞장구를 치기도 했단다. 그들은 외곬수거나 비극적인 인물이거나 혹은 말도 안 되는 행운을 타고난 특별한 사람들이 아니었다. 지극히 상식적으로 보이면서도 이해 가능할 만큼 적당히 속물스러웠다. 그들은 노골적으로 드러내지는 않으면서도 다른 사람들에게 그런 자신을 받아들이라며 근간憨慇하게 조를 줄도 아는 이들이었다. 그래서 그 인물들은 시시하거나 밉지 않았고, 마치 함께 그 자리에 있는 듯 친근했단다.

네가 불러 모은 그 사람들, 서로 곁눈질하다 말을 건네기도 하고, 대범한 척 시원하게 답을 하기도 하고, 또 답을 않기도 하면서 평범한 풍경을 엮더구나. 그러다 무심히 소주잔을 부딪치나 싶은데, 어느 순간 돌아보니 툭 하니 사건 하나가 던져져 있더라. 더블린 하숙집 뒷마당에 여우가 등장했고, 신촌 찌갯집 주인장이 사라져버렸으며, 프랑스 시골로 단체 관광을 간 다국적 관광객들이 죽어가고 있었다. 게다가 침울하게, 장난스럽게, 음험하게, 또 짐짓 태연하게 등장하는 따귀라니…. 하하하!

스무 살 전후의 우리가 처음 만났던 그 시절이 생각난다. 특별한 일이 없어도 거의 날마다 학교 후문 막걸리집에 모여 앉고는 했었지. 〈포켓가요〉를 청바지 뒷주머니에 넣어 다니며 애써 외운 노랫말을 흥얼거리기도 했고, 시시한 농담을 주고받기도 했다. 그렇게 우리는 낯선 캠퍼스에서 하루하루 살아가는 방법을 익혔지. 그 무렵의 너는 대개 장의자의 맨 끝이나 문에서 가까운 쪽에 자리를 잡았던 것으로 기억한다. 네가 무슨 노래를 불렀는지는 안 떠오르고, 그냥 조용히 앉아 있었던 것만 생각나네. 아마도 너는 그때부터 이미 사람들이 살아가는 모습을 가만히 지켜보며 머릿속에 이야기들을 차곡차곡 쌓아가고 있었나보다.

소설을 읽으면서, 내 친구 아진이가 미소 짓지도 찌푸리지도 않으면서 담담하게 그동안 관찰해온 인생의 솔직한 면들을 들려주는, 아니 드러내 보여주고 있다는 느낌이 들었다. 소설 속 인물들은 나름 진지하게 해결책을 내기도 하고, 빠져나가려 하기도 하고, 또 그냥 눈을 감으려 하기도 하더구나. 지극히 평범한 일상을 사는 우리들처럼…. 가끔은 그런 모습들이 어울려 한바탕의 소동이 되기도 했지. 가벼운 코미디 같은 그 이야기들이 라운지 재즈처럼 정말 기분 좋게 다가왔단다.

제목부터 독특한 〈따귀를 낳고〉를 무척 재미있게 읽었다. 따귀가 소설의 나, 화자라니, 뭐 이런 게 다 있나 싶더구나. 소설은 기발할 뿐만 아니라 인생 꼬이게 만드는 사건과 상처들이 다 들어 있어 깊은 울림을 주었다. 우리가 따귀를 맞는 순간이나 따귀를 때리고 싶은 순간이 얼마나 많니! 다른 어떤 형태의 폭력이 아닌 바로 그 따귀 말이다. 따귀가 늘 주변에서 맴도는 은선이 자책감이나 억울함이나 울분 같은 것을 속으로 쌓아가다가 극적인 긴장감이 고조되는 순간에 마침내 따귀를 휘두르게 되는데…. 하지만 결말은 내가 예상했던 것과는 완전히 달랐다. 일생일대 따귀의 맹활약을 보여주며 '우리의 시시한 인생에도 자존심이 있다'고 할 줄 알았는데 그게 아니었다. 정말 어떻게 그런 이야기를 만들어낼 수 있었니?

아, 만들어냈다는 말은 좀 부적절한 것 같다. 기사를 쓰면서, 소설가들은 기자들과 달리 자기 머릿속에서 마음대로 사람도 사건도 말도 이야기도 만들어내니 얼마나 좋을까, 하고 부러워한 적이 있었단다. 늘 남의 얘기를 주워 담아 글을 짜내야 하고, 그 지긋지긋한 '팩트'들을 얼기설기 조각보 엮듯 해야 하는 기자와는 전혀 다를 것 같아서 말이다.

그런데 네 소설을 읽으니 그게 아니란 거 알겠더라. 누구보다 현실을, 현실 속의 사람들을 자세히 관찰하고 사소한 것들까지 하나도 흘리지 않아야만, 또한 우리의 현실에서 한 치도 비껴가지 않은 거기, 바로 그 지점에서 인물들에게 성격과 인생과 가치관을 부여할 줄 알아야만 이런 소설을 쓸 수 있겠구나, 하는 생각이 들었다. 그래서 따귀를 낳은 후의 결말이 더 좋았다. 약간 허탈하기는 했는데, 사는 게 사실은 다 그러하니까! 주인공이 첫 번째 장면에서 이어지는 마지막 그 장면, 그 대목에서 드라마틱하게 껑충 뛰어올랐더라면, 그전까지 한 번도 보여준 적 없었던 멋진 태도로 손바닥을 휘둘러 따귀를 낳은 게 맞았더라면, 그건 잠깐 후련하기는 했겠지만 사실 비현실적이어서 오히려 씁쓸했을 거다. 네가 선택한 그녀의 모습이 더 현실적이어서, 참으로 그럴 수밖에 없어서 더 감동적이었단다.

〈여우〉도 그랬다. '아일랜드' 하면 싱싱한 초록에 눈부신 파랑만 떠오르는데, 네가 그린 아일랜드에서는 찌질한 모습만 가득하더라. 주방 세제가 들어간 콜라로부터 경멸의 시선을 받고 식은 피자를 뜯어 먹으며 주눅 든 채 살아가야 하는 젊은이들, 여우를 길들이기는커녕 지나치게 여우의 비위를 맞추면서도 거기, 그곳을 선뜻 떠날 수 없는 우리의 유학생들…. 내 친구 아진이, 그렇게 살고 있는 거냐? 〈율리시스〉의 도시 더블린에서 제임슨 위스키를 홀짝이며, 기네스 맥주의 거품을 감상하며 쾌활하게 지내나 싶어 엄청 부러웠는데, 작품을 읽고 나니 그 부러움이 싹 가셨다. 또한 피터의 집에서 빚어지는 찌질한 소동에 이어 아일랜드 토종 여우가 가한 마지막 반전에는 가슴 먹먹했다. 마포의 돼지갈비 골목에서 콜라겐이 많다고 인기를 끄는 그런 돼지 껍데기와 더블린에서는 구하기도 어려운 멸치를 날름 먹어 치우는 여우, 도도하게 먹기만 하고 결코 곁은 내주지 않는 그런 여우라니!

그렇게 공을 들여봤자 난 네게 조금도 감사하지 않을 거야. 네가 무슨 수를 써도, 난 네가 원하는 것을 주지 않아.

사는 게 다 그렇겠지만, 그 멀리 아일랜드의 숙소 뒷마당에서도 보드라운 여우 털 어루만지기가 그토록 힘들다는 게 참 껄쩍지근하다. 작가 친구, 꼭 그렇게 다 드러내야 했나?
그러고보면 소설가들은 참 잔인하구나 싶네. 기자들은 평범한 사건들에 무관심하다가도 뭔가 극적인 게 벌어지면 그제야 펜을 들고는 하는데, 소설가들은 극적이지 않은 인생에 무관심하면 안 되는 것들이 있다며 파헤쳐내니 말이다. 초라할 수도 있고 아무렇지 않을 수도 있으나 간과할 수 없는 게 우리 삶에 있다는 진실을 어쩌면 그리 무자비하게 써대는 것인지….
〈찌개가 끓고 있을 것이다〉는 한 편의 슬랩스틱 코미디 같았다. 찌갯집에 모인 사람들이 엉큼하게 꿍꿍이를 드러내며 좌충우돌 부딪치는 그 모습이 어찌 그리 웃기는지…. 모두가 자신의 삶 언저리에서 꿍꿍거릴 때 너는 곧잘 '끓고 있을' 찌개에 눈길을 주었던가보다. 그 모습을 보니 대통령이 국무회의에서 아무 의미 없는 발언을 할 때 혼자 볼펜 돌리기에 주목했다던 누군가가 떠올랐단다.

내 마음에 가장 남는 소설은 〈바람의 습격〉이었다. 일상이 된 상처와 엇갈리는 진심들 사이에서 덤덤하게 살아가는 사람들이 등장하는 것은 다른 작품들과 흐름이 같았다. 하지만 바람의 습격을 받은 할머니에게서는 좀 더 큰 감동이 느껴졌어. 손자에게 자꾸 무언가를 먹이면서 늘어놓는 할머니의 수다에 웃음기만 묻어 있는 게 아니었기 때문이다. 그 많은 음식들과 말들 속에는 할머니가 평생 꼭꼭 숨겨온 삶의 비밀과 아픔이 들어 있었다. 소설은 저마다의 마음속 그림자를 한 번쯤 직시할 수 있는 순간을 마련해주었어.

> 우리는 미친 듯이 서로를 찔러대며 사람이 해서는 안 되는 말을 주억거리기도 했다. 죄 없는 아기가 쌕쌕거리며 자고 있는 동안 죄 많은 우리는 지옥 불에 데기라도 한 듯 팔딱거렸다.
> 모르겠다. 더는 기억할 수가 없다. 그래서인지 모른다. 이승을 떠나지도 못한 채 내가 마누라를 기다리고 있는 것은. 우리는 함께 죄를 지었고, 그러므로 어디든 함께 가야 할 것이다.

할머니의 목소리와 손자 성재의 목소리가 뒤섞여 나오는데도 어쩌면 하나도 혼란스럽지 않았다. 마구 몰입하면서 읽어갔단다. 우리 사는 모습이 다 거기서 거기겠지만, 결국 이런 건가….

진심과 진심이 아닌 것 사이의 막이 어이없게도 너무나 얇을 수 있다는 사실 때문에 기어이 체하고 만다. 바늘로 내 손가락을 따주시던 할머니가 느닷없이 내게 말한다.

성재야, 잘 커줘서 고맙다, 참말로 고맙대이.

너와 내가 대학생이던 그 시절에 야학을 했던 한 친구가 들려주었던 이야기가 생각나는구나. 야학을 하다보면 잘되는 때가 있고 힘든 때가 있는데, 대체로 봉사하는 학생 중에 아줌마들이 끼어 있으면 서로 쉽게 친해지고 분위기가 좋아 두고두고 연락하는 학급이 된다고 하더라. 반대로 어린 학생들만 있을 때는 참 힘들어서 계획한 수업을 끝까지 다 못할 때도 있다고 하더구나. 〈바람의 습격〉을 읽으면서 그때 그 야학의 아줌마들이 어떤 분이었는지 조금은 알 것 같은 기분이었다. 할아버지가 커다란 점을 지우러 가는 대목이었다.

이미 쉰 중반을 넘은 당시의 나는 어떤 행운도 아무런 대가 없이 그리 쉽게 오지는 않는다는 것을 잘 알고 있었다. (…) 고집스레 제 길을 가고야 마는 운명을 뛰어넘을 수 있으리라 생각했던 것은 아니다. 그저 세상이 매우 영악하게 발전했다고 하니, 어쩌면 운명이라는 거대한 눈을 잠시나마 속일 수 있지 않을까 기대했던 것뿐이다. 점이 내게 붙어 있는 것이 아니라 그것이 곧바로 나 자체라는 사실을 설핏 외면하기로 했던 것이다. 그러나 맹세코 잠시 그래 보고 싶었던 것뿐이다. 살 만큼 살아온 내가 심연에 뿌리를 내린 운명의 집요함, 요지부동인 그 우직함을 모를 수가 없었다. 어쩌면 나는 그저 조금이나마 아내를 위로하고 싶었던 것뿐인지도 모른다.

아마 그 아줌마들은 사람에게 큰 기대도 하지 않고 크게 실망도 하지 않으면서, 자신의 인생에 드리운 약간의 불운을 어쩌면 잠깐이나마 비켜 갈 수 있지 않을까 하는 작은 기대감만 조심스레 품고 야학을 찾아왔던 게 아닐까 싶다. 그래서 아직도 적대적이거나 적대적이지 않은 세상 두 가지만 있는 게 아니라는 사실을 모르는(《아름다운 사람》) 대학생 야학 선생들의 설익은 인생 강의나 철없는 선동, 가끔씩 배어 나오는 우월감도 그러려니 웃어넘기며 집에서 싸온 보자기를 탁 벌려 잡채와 부침개를 같이 먹자고 할 수 있었던 것 같다.

친구야, 네가 들려주는 이야기들에 흠뻑 빠져서 나도 그런 느낌을 받았단다. '사람에 대해 비관하거나 낙관할 필요 없어. 인생에 닥친 비극을 과장할 것도 없고 아스라한 행운이라며 스스로와 주변을 현혹할 것도 없어'라며 누군가가 어깨 두들겨주는 그런 느낌. 마치 네가 찌갯집에서 소주 한 잔 따라준 후 '있는 그대로의 인생은 이런 거야'라며 쨍, 잔을 부딪칠 것만 같은 그런 느낌. 인생이 어떠해야 한다가 아니라, 그냥 인생이 그렇게 생겨 먹었다며 조용히 술 한 모금 마실 것 같은 그런 느낌.

이제 우리 인생에 텔레비전 드라마처럼 드라마틱하거나 영화처럼 거대한 사태가 벌어지지 않는다는 것도 알게 되었고, 평범하게 사는 모습들도 평범한 그 자체로 나름 예측 불가능하고 흥미진진하다는 것을 조금은 알게 되었기 때문이겠지?

그러나 친구, 아직 우리에게는 인생이 좀 더 남았으니까, 또 모르잖아. 어쩌면 바람의 습격보다 아직도 여우가 다가오기를 기다리는 쪽인지도…. 너는 고개를 끄덕이며 이렇게 말하는구나.

"어느 쪽이든, 우리가 그래!"

그렇게 말해주어서 좋다, 친구야!

여우

발행일 2016년 6월 20일

지은이 심아진

발행인 황정필

발행처 실크로드

출판등록 등록번호 제 2012-000216호(등록일자 2010년 7월 9일)

주소 경기도 파주 출판도시 광인사길 103

전화 (031) 955-6333

팩스 (031) 955-6335

홈페이지 www.achimnara.kr

이메일 adad1515@naver.com

ⓒ 2016 심아진, 특약에 따라 검인을 생략합니다.

ISBN 978-89-94893-24-2

* 이 책의 내용은 저작권법에 의해 보호를 받는 저작물이므로 무단 전재 및 복제를 금합니다.
* 잘못된 책은 구입하신 곳에서 바꾸어 드립니다.